# 啄木声声

第六届"啄木鸟杯"中国文艺评论年度优秀论文集

中国文艺评论家协会
中国文联文艺评论中心 编

人民出版社

# 啄木声声——第六届"啄木鸟杯"中国文艺评论年度优秀论文集丛书

# 编 委 会

# 出版说明

为深入贯彻落实习近平新时代中国特色社会主义思想和党的十九大、十九届历次全会精神，贯彻落实习近平总书记在中国文联十一大、中国作协十大开幕式上的重要讲话精神，贯彻落实习近平总书记关于文艺评论重要指示批示，按照中办、国办印发的《关于全国性文艺评奖制度改革的意见》和"做好文艺评论工作激励"的具体部署，根据中宣部等五部门《关于加强新时代文艺评论工作的指导意见》、中国文联《加强新时代文艺评论工作实施方案》以及中国文联加强改进新时代文艺评论工作座谈会部署安排，2021年，中国文联、中国文艺评论家协会组织开展第六届"啄木鸟杯"中国文艺评论年度推优活动。

本届"啄木鸟杯"中国文艺评论年度推优活动作品报送以单位推荐为主，在此前设立的年度优秀文艺评论著作、年度优秀文艺评论文章（长评）两个项目基础上，增加了年度优秀文艺短评文章项目。此次推优共收到报送作品548份，其中著作62部、长评307篇、短评179篇。中国文联、中国文艺评论家协会秉承坚持导向、注重质量、宁缺毋滥的原则，经过初评、复评、终评，并报中国文联批准，最终推选出年度优秀文艺评论著作5部、长评文章20篇、短评文章10篇。此书将本届推优的优秀文艺评论文章结集出版。

"啄木鸟杯"中国文艺评论年度推优活动将继续秉承高质量、高品位、高格调的推选标准，为挖掘推介年度优秀文艺评论作品而不懈努力。

中国文艺评论家协会

中国文联文艺评论中心

# 目　录

（按作者姓氏拼音排序）

## 长评作品

## 短评作品

长评作品

# 中华曲艺如何再创时代新经典

鲍震培　南开大学文学院教授

由于历史上崇雅贬俗的社会文化心理，曲艺长期被视为不登大雅之堂的"玩意儿"，曲艺人很少考虑经典的问题，曲艺理论界也较少以此命题进行专门研究。当中央文史研究馆提出要编写《中华曲艺经典百篇》的时候，我们才发现，在曲艺几千年的发展历史长河中，蕴藏着浩如烟海的经典，远远不是百篇所能概括的。总结中华曲艺经典，是一项前所未有的大工程，具有非常重要的意义。从文献价值来看，从古代变文到明清曲艺，再到民国时期和当代的优秀曲艺作品，其中收集到的文字材料、图像资料都有非常重要的价值。从现实需要来看，无论是对中华优秀传统文化的传承、普及，还是作为曲艺教育教学的参考，甚至是对提高曲艺界的文化自信都有重大意义。曲艺经典应当成为曲艺创作的标准和范式。在编写《中华曲艺经典百篇》的过程中，专家们发现，经典往往是经过长时间的艺术实践后才能达到艺术至境，"一遍拆洗一遍新"这句有名的艺谚正是揭示了曲艺经典化的过程，重排曲艺经典在活态传承中有着现实意义。本文希望通过对曲艺经典的特征、曲艺经典的形成机制及经典化问题等方面的探讨推进研究的深入。

## 一、曲艺经典是薪火相传的艺术精品

"经典"一词古已有之，汉代许慎《说文解字》中解释"经，织也"，"经"是纺织时纵向的纹路，南朝梁时期刘勰所著《文心雕龙》的《宗经第三》中这样解释"经"："'经'也者，恒久之至道，不刊之鸿教也。"①即所谓"经"是亘古不变的根本道理，不

---

① （南梁）刘勰：《文心雕龙译注》，王运熙、周锋译注，上海古籍出版社 2016 年版，第 9 页。

可改变的伟大教导。经学指儒家之学,如《诗》《书》《礼》《易》《春秋》五经之属,佛教、道教也以教义书籍为某某"经"。"典"的本意为常道、法则。《尔雅·释诂》中说:典,常也。"经""典"合并在一起,在《辞海》和《现代汉语词典》中的解释大致相同,即"重要的有指导作用的权威著作"和"古代儒家的经籍,也泛指宗教的经书"。在英语中canon(经典)出自希伯来语,表示"规范""规则",也指古希腊罗马文献,意思是被视为典范的或传统的东西。

经典是客观存在的,是历时性的。论述什么是曲艺经典,可以参照文学研究界比较通行的对文学经典的界定。有的学者提出典范性、权威性、思想性、文学性四条标准;有的学者指出经典作品具有超越时空的永恒性,无限的复读性等;也有的学者认为经典应该从原创性、陌生化角度去衡量。与以上"本质主义"下的经典观不同,"建构主义"下的经典观认为经典与时代性、历史性、民族性等因素密切相关,没有普遍适用的价值标准,一部作品能够成为经典,除了源于文本自身所蕴含的丰富的文化信息与情感外,也与它在历史发展中被不断挖掘、提炼的新内容有关。所以对经典的界定是具有一定主观性和当代性的,经典延续的语境更为重要。

2003年度诺贝尔文学奖获得者库切在《何为经典——一个经典演讲》中说:艺术经典有不少是经历了野蛮攻击而得以劫后余生的幸存者,"幸存是因为数代人不愿放开紧握住它的手、忍眼看它就此流逝,以至于无论付出何种代价都愿一直将它保留着——这即真正意义上之经典"。"如果不是经典之作,那么在一个音乐家的生命终止之后,专业人士将不会一代接一代地付出精力和劳动去保存其作品。"①库切演讲中的这段话指出了经典对于人的重要性,真正的艺术经典会有"一代接一代"的薪火传递,除了经典本身具有的客观性外,还有后代人为传承经典主动付出精力和劳动的主观性,故而永久性或长期流传成为了经典最显著的特征。比如评话和评书《三国演义》、相声《扒马褂》、京韵大鼓《剑阁闻铃》、单弦《杜十娘》、苏州弹词《珍珠塔》等都因为是艺术中的经典,一代又一代的曲艺人将其薪火传递、久演不衰。

笔者认为,曲艺经典是具备原创性、思想性、艺术性,流传相对永久的作品。精品不等同于经典,精品是指艺术质量高的作品。凡经典都是精品,但精品不一定能够成为经典。

---

① ［南非］J. M. 库切:《何谓经典——一个经典演讲》,吴可译,《外国文艺》2007年第2期。

## 二、曲艺经典艺术特征丰富且鲜明

### (一)原创性

曲艺是中华优秀传统文化的一部分,溯源于先秦时代,形成于汉唐时期,经过历史的淘洗,留下来的古代曲艺文学有很多已属经典。无论在大众情感的抒发方面,民间智慧的总结方面,汉语口语的运用方面,民族的歌唱、演奏方面,古代曲艺文学都留下了宝贵的文化遗产。比如唐代变文、宋代话本、鼓子词、金元诸宫调、宋元平话、明代词话、清代的弹词和子弟书等曲艺文献文本,其原创性程度都很高。再如唐代"弄参军"的《三教论衡》可以视为我国相声最早的滥觞,敦煌写本《目连变文》成为后世所有目连戏的母体,《王昭君变文》是最早说唱昭君故事的曲艺,在南音、梅花大鼓等许多曲种中都保留了此曲目。宋代说经话本《大唐三藏取经诗话》之于小说《西游记》,元代说书人的记录《三国志平话》之于罗贯中《三国志通俗演义》,金代董解元《西厢记诸宫调》之于王实甫《西厢记》,明代《明成化说唱词话丛刊》中包公系列词话之于小说《三侠五义》,无不体现了曲艺的首创之功。虽然我们现在看不到当时的音像资料,但仅仅根据这些曲艺文本文献便可以断定它的经典性,可以说,曲艺是创造了古代的文学、艺术经典的艺术形式。

在搜集、整理或评估古代曲艺文献时,原创性应是界定经典的第一标准,其蕴含的经典意味或是曲艺文学体裁的雏形,或是曲艺音乐范式的草定,或是某种故事题材、人物形象的选择,或是价值观和思想情感的呈现,或是综合以上所有达到的真善美的境界。有的原创作品可能在艺术上相对粗糙、单调,如鼓子词《元微之崔莺莺商调蝶恋花》,但它是最早的曲牌连缀体曲艺,在音乐体制上作为诸宫调前身,有不可磨灭的经典意义。有的原创作品起点颇高,如宋元话本《快嘴李翠莲记》《西厢记诸宫调》,清代子弟书《忆真妃》,弹词《再生缘》,木鱼书《花笺记》《二荷花史》等,都是曲艺文学史上"兀立的高峰",对后世产生了极大的影响。《快嘴李翠莲记》塑造了一个反抗封建包办婚姻的具有喜剧性格的女性形象,李翠莲的泼辣、明快在后世的传统曲艺中可以找到不少影子。还有的原创作品,经历了发展演变的"经典化"过程,如明代词话《莺哥行孝义传》,讲述的是民间广为流传的一只会作诗的鹦鹉孝母的故事,经过了明清两代南方地区曲艺曲种"宣卷"《鹦哥宝卷》和河西地区曲艺曲种"念卷"《鹦哥宝卷》的发展,塑造了鹦哥不屈从于强权和皇权的反抗性格,在西北甘肃青海地方曲艺曲种"贤孝"中形成了《白鹦哥吊孝》这一经典曲目,至今传唱不衰。

相声是扎根民间、源于生活、深受群众欢迎的曲艺表演艺术形式。传统相声主要指清末至1949年期间演出的作品,总数在200段以上。传统相声具有高度发达的原创性,即使有的创编思路或来自历代笑话,或来自民间神话、故事、传说等,其中的创作成分仍占很大比例。相声鼻祖朱绍文凭着他"满腹文章穷不怕"的文化功底,创作出白沙撒字(旧时演出习俗)的《字相》,后来教徒弟合说对口相声,其创作的《三近视》《千字文》《大保镖》等对口相声,至今还在舞台上表演。即使是单口相声也不同于一般意义上的讲故事,而以幽默风趣的喜剧性贯穿始终,在嬉笑怒骂中针砭时弊。单口相声大师张寿臣和刘宝瑞都有很多原创作品传世,如张寿臣的《化蜡扦儿》《贼说话》《洋药方》等,刘宝瑞的《珍珠翡翠白玉汤》《假行家》《连升三级》等,堪称传统相声的经典。大部分的传统相声并未署名,民间文艺的集体性特点决定了这些经典作品是艺人群体长期实践和传承的结果,是叹为观止的中国民间智慧的结晶。除此之外,相声还具有鲜明的时代感,不光传统相声记录、描摹了过去的社会百态、人生百相,新中国成立以来的新相声作品——从20世纪50年代的《夜行记》《买猴儿》,到改革开放以来的《如此照相》《虎口遐想》《五官争功》《巧立名目》等精品佳作——也很好地反映了当下的时代变化和民情人心。

(二)地域性

曲艺经典的地域性特征主要表现在三个方面:

一是摹地方之景、叙地方之事。一方水土养一方人,扎根民间的曲艺,作为民众喜闻乐见的文艺形式,鲜明的地方特色与生俱来。讲述地方传说、演绎地方风情的作品在很多曲种中占有重要位置。比如福建泉州、福州、广东潮州一带喜唱南音,其最经典的作品是《陈三五娘》,讲述泉州人陈三在潮州与五娘邂逅的爱情故事,与地方戏潮剧《荔镜记》形成互文。温州鼓词《陈十四》(《南游传》)讲的是流传于浙南与闽北的民间神祇陈靖姑的事迹。弹词中的《珍珠塔》源于苏州吴江同里镇,《三笑》说的是苏州明代吴中四才子的故事,《白蛇传》叙述了流行于杭州西湖的白蛇、青蛇和许仙、法海的恩怨纠葛,《杨乃武与小白菜》讲述了清末发生在杭州余杭县的真实冤案。扬州清曲中的《水漫金山》描绘了白蛇与法海在镇江金山寺长江畔发生的一场"水斗"。湖南渔鼓中的《乾隆访江南》讲唱清代乾隆皇帝微服私访下江南,扶危济困的喜剧故事。福州评话中的《虾米俤》讲的是乡下渔民在福州卖虾米喜结良缘的故事。扬州评话《皮五辣子》描绘了一幅幅扬州市井众生的风俗画。数来宝《同仁堂》唱颂北京城里的各种买卖铺面。南京白局《采芦蒿》

《金陵遍地景》唱的是江南名城南京的优美景色。山东快书《武松打虎》《武松打店》唱的是《水浒传》中山东好汉武松的故事。二人台《走西口》《五哥放羊》则以塞外风光作为叙事背景。还有东北二人转、河南曲艺、京津冀曲艺、四川曲艺及各地方曲艺中都有大量结合本地风土人情的代表作品，这是曲艺服务于地方文化这一特点所决定的。

二是说地方之言，唱地方之调。曲艺是方言的艺术，但这种方言并不拘泥于某个地方的语音。曲艺方言是经过提炼加工的、艺术化的方言，是在保持地方语言特色的同时，最大限度拓展观众群的方言。如京韵大鼓从河北木板大鼓演变而来，一开始用河北方言演唱，被天津观众戏称为"怯大鼓"，而后有人用天津方言演唱，出现了短暂的"卫调大鼓"的阶段，继而刘宝全等人对此进行改良，用北京语音演唱，因而获得了京津冀广泛的观众群，遂定名为京韵大鼓，形成刘派、白派、骆派、少白派等，各派拥有不同的经典曲目。如刘派的《长坂坡》《战长沙》《大西厢》，少白派的《红梅阁》，骆派的《剑阁闻铃》《俞伯牙摔琴》，白派的《黛玉焚稿》等"红楼段儿"。其中白派传人阎秋霞用河间语音语调演唱，有别具一格的韵味，形成了特有的经典曲目。一些使用方言的评书、快板、相声等也以独特的语言亲和力赢得听众，如山东快书、四川评书、大同数来宝、海派相声等，方言特色十分鲜明。由此推断，在方言渐行渐远的现代社会中，曲艺经典的传承因具备了保护地方方言这一非遗功能将备受重视。此外，曲艺音乐唱腔是以语言为基础的，依字行腔、依情走腔、一曲多用。所谓"字正腔圆"，字正是咬字要正，不管是方言还是普通话，音调都要到位。和京剧、昆曲、地方戏相比，曲艺演唱的上口音少，方音不仅用于对话，也用于叙述，所以方言特点更加浓郁。如果减少方言味道，曲艺音乐也就失去了独特的韵味，致使一些经典曲目在传承中出现"走味儿""没味儿"的现象。

三是展地方之习性，观地方之民俗。曲艺经典体现了与当地人性格相协调的审美情趣和审美特征，比如苏州弹词的细腻、糯软，陕北说书的粗犷、火炽，南音的古雅、悠远，粤曲的深情、婉转……拿评书评话来说，北方多袍带书，南方多世情书，北京人好说"三国""西汉"，天津人好说"聊斋""三侠五义"，东北人好说"隋唐""岳飞传"，四川人好说市井滑稽等。总之，曲艺的传统经典也好，新经典也好，其鲜明的地方特色是不可小觑的特征。另外，曲艺的民俗性在少数民族地区体现为民族性，岭仲艺人说唱的《格萨尔王传》是藏族史诗，玛纳斯齐说唱的《玛纳斯》是新疆柯尔克孜族史诗，陶力或乌力格尔艺人说唱的《江格尔》是蒙古族史诗，这三大史诗堪称史诗典范，在世界上都有很高的地位。朝鲜族盘索里的《春香传》和

《沈清传》亦是流传了六百多年的经典。少数民族曲艺使用少数民族语言进行表演和传承,从中华曲艺整体发展来看,还需加强汉译工作,才能更好地实现少数民族曲艺经典的传播和研究。

(三)互文性

曲艺的前身是"百戏",从它诞生之日起,就是具有包容性的艺术形式,如同海绵吸水般汲取各兄弟姊妹艺术的养料,所以有特别明显的互文迹象。在单纯曲艺文本中的互文,是指曲艺与小说、戏曲的互文现象,突出表现在曲艺对小说和戏曲的改编、加工、转化,其中有的改编是创造性的。按照高频率互文的出现,曲艺与小说、戏曲互文可用六部名著作为板块来概括,它们是:《三国演义》《水浒传》《红楼梦》《西游记》《西厢记》和《聊斋志异》。另外,宋元以来的所有说部,按照讲史(袍带书)、公案(短打书)、烟粉(世情书)、神魔、灵怪、传奇等题材划分的古代小说,几乎被一网打尽地改编成曲艺的书(曲)目,或唱或说,或长或短,地域不限,形式各异。一部《卖油郎独占花魁》,可以是评书,也可以是东北二人转,还可以是南京白局、铁片大鼓、兰州鼓子等。

曲艺互文性经典首推"三国"。"三国"无疑是最有曲艺缘的一部书,它的母体本来自曲艺——依据对宋代"说三分"技艺的考究,宋元时已有说书人的简约记录本,即《三国志平话》。自明代罗贯中写出《三国演义》之后,北方评书、南方评话都喜"说'三国'",多数的大鼓书、四川扬琴、四川竹琴等都有"三国"段,曲目繁多,其中不少是经典曲目,如《古城会》《长坂坡》《草船借箭》等等。再说《水浒传》,属于英雄传奇类。评书和评话都有《水浒传》书目,扬州评话艺术家王少堂擅说《武松》《宋江》。山东快书原被称为"说武老二的",就是因为它以说武松故事为主,有《武松打虎》《鲁达除霸》等经典。单弦中有曲目《武十回》,各地鼓曲中也有《武松打虎》《杨志卖刀》《野猪林》《林冲夜奔》等许多经典曲目。曹雪芹的《红楼梦》作为中国古典小说的巅峰之作,其在民间的流传和接受,曲艺发挥了很大作用。早在清代的子弟书中就有大量《红楼梦》题材的作品。在木板大鼓、京韵大鼓、梅花大鼓、河南坠子、奉调大鼓、苏州弹词等诸多曲种对《红楼梦》的演绎中,《黛玉葬花》《黛玉焚稿》《宝玉哭黛玉》《宝玉娶亲》《祭晴雯》《宝钗扑蝶》等曲目成为脍炙人口的曲艺经典。《西游记》的曲艺改编之作虽不是很多,但过去评书评话中皆有大书说《西游记》全本,乐亭大鼓、西河大鼓等有曲目《大闹天宫》,徐州琴书等有曲目《猪八戒拱地》,二人转有曲目《高老庄》,快板书有曲目《孙悟空三打白骨精》,这些曲目都来源于小说中最精彩的情节,改编后成为了与小说互文的曲艺经典。

《西厢记》源于唐传奇,经过说唱诸宫调《董西厢》后发展为王实甫元杂剧名作《西厢记》,这一古典爱情喜剧经典表现在长篇曲艺作品中有苏州弹词《西厢记》,名家杨振雄能说 50 回之多,被誉为"杨西厢"。短篇曲艺名段则有京韵大鼓《大西厢》,二人转《西厢观花》《西厢观画》,乐亭大鼓《拷红》,梅花大鼓《十字西厢》等,把张生和崔莺莺的爱情故事作为古代自由恋爱的范本,不断用各种艺术手段演绎出来。《聊斋志异》是清代蒲松龄独创的文言小说集,自清末宗室德月川将《聊斋》改编为评书后,出现了董云坡、张致兰等名家,基本上采用照本宣讲的说法。陈派评书创始人陈士和取诸家之长,借鉴前辈说书家的艺术经验,对《聊斋》数十篇内容进行再创作,成为近代《聊斋》说书艺术的集大成者。他一改传统说法,用通俗语言说讲世俗之事,重人情事理,善于使扣子,使人百听不厌。陈士和一生说《聊斋》51段,名段有《画皮》《崂山道士》《梦狼》《席方平》《辛十四娘》《张鸿渐》等。另外单弦也有不少名家擅长演唱《聊斋》改编的曲目,如《水莽草》《胭脂》《巧娘》等。

除此之外,评书评话中的《东周列国志》《西汉演义》《东汉演义》《隋唐演义》《岳飞传》《大明英烈传》《封神演义》《包公案》《济公传》等,均与小说、戏曲形成互文。尽管在文学史中有些作品不在经典之列,但并不妨碍改编为曲艺之后成为了经典之作代代相传。除了长篇的"大书"以外,短篇书(曲)目如《姜子牙卖面》《韩信算卦》《罗成算卦》《杨八姐游春》《樊金定骂城》《双锁山》《草桥断后》等,都是久演不衰的优秀传统书(曲)目。

研究曲艺互文性的意义正在于曲艺擅于借鉴各兄弟姊妹艺术或其他门类艺术,借势而上,实现优质创新路径。由此可知,曲艺在演绎经典的同时也创造了经典。

(四)艺术性

自清朝到民国,曲艺艺术发展达到鼎盛,突出表现为曲种大繁荣,并且每个曲种都产生了代表性的艺术精品,即我们现在所说的传统书(曲)目,这些作品呈现出文本文学性强、叙事与抒情结合、艺术手段丰富多彩的艺术性。与戏剧艺术相比,曲艺以演员叙述性表演说唱故事,同时具有非常鲜明的抒情特色,达到了以诉诸听觉艺术为主的艺术高峰。曲艺理论家薛宝琨总结曲艺的两大艺术特征是"叙述性"和"抒情性"。[1]

曲艺中,好的唱词讲求雅俗共赏的文学性,运用了"合辙押韵""贯口""垛字

---

[1] 胡孟祥主编:《薛宝琨说唱艺术论集》,中国民间文艺出版社 1989 年版,第 19—35 页。

句""对仗""联喻""双关"等诸多修辞手段。如西河大鼓《玲珑塔》,上海说唱《金陵塔》,河南坠子等曲种的《王婆骂鸡》,青海贤孝《老鼠告状》,河南坠子《借髢髢》,绍兴莲花落《借大衫》,湖北小曲《苏文表借衣》等,无不巧言之、善辩之,对口语语言艺术的运用达到淋漓尽致、诙谐风趣的艺术境界。曲艺是叙事艺术,无奇不传,传事之奇,传人之奇,传人之常情,演悲欢离合,抒七情六欲。拿评书来说,运用了"开脸儿""赋赞""摆砌末""明笔""暗笔""伏笔""惊人笔""倒插笔""书中扣""蔓上扣""连环扣"等丰富技巧,醒木一拍压四座,艺不惊人死不休。

对比戏曲,曲艺作品更擅于片段式叙事,往往截取生活片段,浓墨重彩地表现人物思想感情,在尖锐的戏剧冲突中刻画人物心理活动,如同影视剧里的感情戏、内心戏。如东北大鼓《忆真妃》及京韵大鼓《剑阁闻铃》,唱出了唐明皇既悔且哀,以及对杨贵妃的无限思念之情。河南坠子《杨家将·砸御匾》中,佘太君怒斥谢金吾不该砸御匾,痛说杨门一家"征战英烈史",一方面表现她保家卫国的赤胆忠心,另一方面表现她痛失亲人的悲愤之情,感情真挚、感人至深。类似的还有《鞭打芦花》《昭君出塞》《蓝桥会》等,优秀曲目不胜枚举。还有岔曲《风雨归舟》、京韵大鼓《丑末寅初》、天津时调《放风筝》、四川清音《小放风筝》、南音《客途秋恨》、粤曲《再折长亭柳》等,都是传唱至今,令听众为之痴迷的传统曲艺经典。

综上所述,通过对曲艺经典的四个主要特征"原创性、地域性、互文性、艺术性"的研究,可见其内在艺术机制富有独特的规律性,也构成这门艺术向前发展的动力系统。曲艺的经典化欲照此机制运行,就要注重原创,讲求内容为王,坚持地方特色和民族审美情调,汲取多种文艺形式营养,守正创新,凸显曲艺的艺术特征。

## 三、新时代下曲艺的经典化与再生产

梳理、探讨曲艺经典,可以为当下曲艺精品创作提供参照系,这也是曲艺非遗"活态"传承所必须开展的工作,要实现曲艺的创造性转化和创新性发展,需要解决曲艺经典化过程中的以下几个问题。

(一)价值重现为经典化拓宽路径

一方面,对经典的研究是对既有优良文化传统的认定,对优秀文化因子的阐释,这关乎文化自信的建立和文化传统的传承;另一方面,艺术作品从潜在的经典发展为既定的经典,其不断的经典化是推动文学艺术随时代发展而创新的重要动因。经典是与时俱进的,每一个时代都会面临经典的重新界定、重新发现与弘扬,而重新发现与弘扬则意味着在价值观层面的时代传承。例如明代文学家徐渭的诗、书、画及杂剧创作，荷兰画家梵高的画作等都是经历了当时的默默无闻，在后世被人发现其蕴含的伟大深刻的思想价值而成为经典的。尤其是对于新中国成立以来的新创作品来说，必须经过一个经典化的过程才能留下来、传下去。在这一过程中，对作品价值的重新发现十分重要，比如这些年对家风家训、中华孝文化、年节文化、反腐倡廉等风气的推广、弘扬，使一些曲艺名段重新被召唤、被复排，受到广大人民群众的欢迎，使曲艺经典焕发出新的光彩。京东大鼓《白雪红心》原是文艺作品中较早创作的歌颂焦裕禄爱民为民这一公仆精神的作品，近年来从曲艺家董湘昆的原创百段作品中脱颖而出，成为当下传唱率最高和最受欢迎的曲目之一；西河大鼓《鲁班学艺》中呈现的鲁班专注、专研、创新、创造的能工巧匠精神，在时下弘扬"大国工匠"精神的背景下被赋予了新意；鞭挞现实生活中不孝行为的铁片大鼓《良心》，在弘扬中华"孝道"精神、扶正家风家训的行动中广为流传，等等。原创佳作越具有传唱性，证明其越能经受时间的考验，经典化的程度也就越高。曲艺是一种具有鲜明时代烙印的艺术形式，虽然与其他一些艺术相比，并不那么高深和富于前瞻性，有些作品会因时过境迁被淘汰，但它坚持以平易、朴实的风格讲述中国故事、展现中国精神，其价值力量日积月累，随着时间的推移将不断涌现经典。

（二）题材创新为经典化赋能

作为当代曲艺家，原创精品意识必不可少，由此才能创作出赋有经典因子的精品力作。凡原创精品以内容为王，故题材创新可为曲艺经典化赋能。当代曲艺创作题材的自由度很高，可以有文化民俗题材、现实生活题材、革命历史题材等。其中反映20世纪以来中国社会巨变的革命化叙事内容，集中体现了中国人民在实现民族独立自由和建设社会主义的历史进程中的伟大斗争，是中国人民在20世纪的集体记忆结晶，这种特定题材在学术界往往用"红色经典"涵括。2011年《曲艺》杂志在庆祝中国共产党成立90周年时推出90篇曲艺经典名录[1]，其中大部分是在新中国成立后产生的最能够代表和反映广大人民思想感情和生活愿景的优秀作品，它们深深植根于新的曲艺土壤中，被中国人民伟大的革命斗争实践和社会主义建设的生活洪流所激活。如陕北说书《刘巧团圆》《翻身记》，评书《肖飞买药》《许云峰赴宴》，快板书《劫刑车》，京韵大鼓《黄继光》《罗盛教》《韩英见娘》，单弦《地下苍松》，湖北小曲《江姐进山》等，无不洋溢着革命乐观主义精神和革命英雄主义

---

① 《纪念中国共产党成立90周年　新中国曲艺经典作品90篇名录》，《曲艺》2011年第7期。

精神。而以现实生活为题材的相声《夜行记》《买猴儿》《昨天》《五官争功》《虎口遐想》，四川清音《布谷鸟儿咕咕叫》，河南坠子《摘棉花》，弹词开篇《一定要把淮河修好》，快板《天安门前看升旗》，天津时调《军民鱼水情》等，有的反映社会主义建设的进程和成就，有的歌颂融合的新型军民关系，有的以喜剧的方式和昨天告别、和不良倾向作斗争。这些经典的书（曲）目既是社会主义伟大时代前进的记忆，也是当代人民努力奋斗生活的写照。由此可见，涵盖革命斗争历史和社会主义实践这一内容的"红色经典"，是高度反映广大人民思想感情和生活愿景的优秀作品，具有旗帜鲜明的爱国主义精神和强烈的教育引导功能。在中国特色社会主义迈向新征程的今天，传承、传播、研究这些曲艺"红色经典"，并沿着这一创新之路继续创作原创精品，对促进和实现"中国梦"有着积极的作用。任何对主流文化语境抽离和颠覆的创作，对英雄形象消解和消费的创作，都是曲艺艺术发展中的逆流，终不能阻挡曲艺弘扬社会主义核心价值观，展示中国精神、中国力量的前进步伐。

（三）坚持人民性为经典化导航

当下，文艺的创作导向事关精品的产生，习近平总书记明确提出了"坚持以人民为中心的创作导向"[①]，这一方针继承了中国共产党在长期革命斗争中总结出的为人民服务的宗旨，是在文艺活动中一贯坚守的创作原则。习近平总书记在中国共产党第十九次全国代表大会上的报告中指出："社会主义文艺是人民的文艺，必须坚持以人民为中心的创作导向，在深入生活、扎根人民中进行无愧于时代的文艺创造。"[②]要做到以人民为中心，首先要深入了解和反映人民的生活，现实生活永远是文学艺术取之不尽、用之不竭的源泉。尤其是曲艺这样的通俗文艺，更与大众生活无缝对接，但反映生活并非是原生态的呈现，而是要高于生活，实现艺术真实。而要做到艺术真实，就要从生活中提炼出鲜明的价值取向和思想感情，这些观念和情感只有跟人民群众的所思、所想合拍，才能引起观众思想和情感的共鸣，赢得他们的喜爱。正如姜昆所说："你离人民有多近，人民对你有多亲。"[③]有的人认为曲艺艺术形式简单、创作门槛低，把"接地气"的人民性仅仅理解为"娱俗"，这种理解

---

① 习近平：《在文艺工作座谈会上的讲话》，人民出版社 2014 年版，第 13 页。

② 习近平：《决胜全面建成小康社会　夺取新时代中国特色社会主义伟大胜利——在中国共产党第十九次全国代表大会上的报告》，《中国共产党第十九次全国代表大会文件汇编》，人民出版社 2017 年版，第 35 页。

③ 来源于 2019 年 5 月 6 日在青岛举办的全国曲艺联盟首期专业素养提升班上，中国曲艺家协会主席、相声表演艺术家姜昆所作的《你离人民有多近，人民对你有多亲》专题辅导讲座。

是片面的。好的作品光有"接地气"的真实是远远不够的,要成为经典,还必须拥有"善"和"美"的高度,这是由艺术家的时代感和立场决定的。我国文艺理论家黄药眠曾说:"文学中的人民性是历史的范畴,因此它所包含的具体内容,也随着社会形势发展的不同而有所不同。有在人类童年期的古代叙事诗中的人民性,有古代奴隶制度时期作品中的人民性,有资产阶级兴起时期作品中的人民性,有革命民主主义的人民性。"①虽然都是反映生活的真实,但时代不同、立场不同、站位不同,所达到的对社会的认知理念和所呈现的价值观就有很大的区别。如果单纯追求娱乐噱头,思想意识滞后,混淆善恶是非,作品的美学品位就会大打折扣。因此对作品具有的人民性的要求是"讲品位、讲格调、讲责任,抵制低俗、庸俗、媚俗"②。只有做到符合"真、善、美"的人民性,才能产生无愧于伟大时代和人民的新经典。

"时运交移,质文代变""歌谣文理,与世推移"③。我们研究经典不是固守着老祖宗留下的遗产孤芳自赏,而是要实现传统艺术的创造性转化和创新性发展。优质作品的经典化离不开时代传承,即审视和思考当代社会思潮的特点,不断深化中国故事的内涵,为敢于担当、不辱使命者讴歌,鼓舞人民奋发有为实现中国梦。"曲艺的经典化是一个传承与创新的对立统一、相辅相成的过程。曲艺之所以到今天仍散发着艺术的幽香,就是因为她在传承过程中不断创新发展,并向经典化的不同,所达到的对社会的认知理念和所呈现愿景迈进。"④"雏凤清于老凤声",老树新枝更着花。曲艺不仅仅是非遗艺术,更是鲜活的当代艺术。在新时代的长征路上,让曲艺声音唱响中国故事,让曲艺经典在实现中华民族伟大复兴的中国梦中大显神威。

(原载于《中国文艺评论》2020 年第 7 期)

---

① 黄药眠:《论文学中的人民性》,《文史哲》1953 年第 6 期。

② 习近平:《决胜全面建成小康社会 夺取新时代中国特色社会主义伟大胜利——在中国共产党第十九次全国代表大会上的报告》,《中国共产党第十九次全国代表大会文件汇编》,人民出版社2017 年版,第 35 页。

③ (南梁)刘勰:《文心雕龙译注·时序》,王运熙、周锋译注,上海古籍出版社 2016 年版,第211 页。

④ 周思明:《经典化:曲艺向上向善的美学通衢》,《曲艺》2019 年第 11 期。

# 父亲：作为一种文学装置

## ——理解双雪涛、班宇、郑执的一种角度

丛治辰　北京大学中文系副教授

## 一、为什么不可以是"父亲"？

　　双雪涛、班宇、郑执三位同样出身于沈阳铁西区的 80 后作者，近年来成为文坛聚讼纷纭的关注热点，已是不争的事实。地方文化宣传部门、文学评论界和大众文化领域当中的诸多力量有意无意形成合谋，往往将这三位作家并置讨论，称为"铁西三剑客""新东北作家群"，或作为"东北文艺复兴"的一部分，这让"东北"这一元素无可避免地从其作品中凸显出来，笼罩在几乎一切相关讨论之上。而关于这三位作家最有力的研究者莫过于黄平和刘岩，这两位同样出身东北的青年学者都曾不止一次撰写宏文，对双雪涛等人予以介绍、褒扬、分析和阐释，在确立三者文学地位方面可谓居功至伟。某种程度上，正是这两位学者的研究工作，进一步为"东北"赋予了特定的学术内涵，明晰了从"东北"理解双雪涛、班宇和郑执的学理框架。他们不仅使这三位作家的意义超出了相对狭小的铁西区，将之与整个东北的广阔土地联系在一起，并且指出他们最为重要的价值乃是写出了 20 世纪 90 年代国企改制、工人下岗的创伤时刻。正是在空间与时间的这一特殊交汇点上，黄平和刘岩认为双雪涛等人钩沉出了"东北"作为"共和国长子"的历史，描绘出波澜壮阔而耐人寻味的社会结构变迁，修复了有机的社会主义工业城市空间。在此框架之下，三人作品中最值得关注的人物当然是那些在社会转型期被迫离开国营工厂的工人阶级，最动人的抒情也当然是有关这些下岗职工的喟叹和对特定历史背景下"东北"的乡愁。

　　但与学术界和批评界的热情形成鲜明对照的是，至少双雪涛和班宇都对这样

的理论阐释不甚领情。他们一方面反复提醒批评家在题材之外,也应对自己小说技艺方面的追求有所关注——"对于一位作家而言,他写作的材料是一个问题,但更重要的是他看待材料的方式和处理问题的方法"①;另一方面则极力解释,之所以会集中地书写东北和东北的下岗职工,不过是因为对这些素材天然熟悉——"我就是一个东北人,在东北生活了 30 年。……所以天生就决定了我写东西大部分与东北相关,这是一个无法选择的命运,我是一个被选择,被推到一个素材充满东北意味的写作者的角色中来的"②。关于双雪涛等人对自己小说技艺的刻意强调,笔者在另一篇相关文章中已有所分析③,此不赘述;而这里令人尤感兴趣的是,当解释何以"东北"宿命般成为自己不可逃避的小说素材时,三位作家几乎无一例外都提到了"父辈"甚至就是"父亲"。——班宇曾经表示:"我对工人这一群体非常熟悉,这些形象出自我的父辈,或者他们的朋友。"④双雪涛也明确谈及自己对父子关系的强烈兴趣:"我对父子关系比较感兴趣,因为父子关系是一种意味深长的关系,这个关系可以扩展到很宏大的程度,比如故乡,也可以收缩到具体的家庭中,所以对父子关系我比较愿意去尝试、探索。"⑤相比之下,郑执较少谈及自己的创作,但是他在"一席"平台的那次演讲,简直就像是对双雪涛上述表述的最好注脚。演讲中郑执讲了两个故事,一个关于自己的父亲,一个关于"穷鬼乐园"。⑥ 这一演讲结构无异于将具体家庭中的"父亲"扩展出去,达致对于东北、时代,乃至于整个世界的理解与悲悯。而一旦意识到在三位作者的自述中,"父亲"出现得如此频繁,我们就不难对他们的创作有新的发现:在双雪涛和班宇的小说里,几乎每一篇都有"父亲"的形象,并或隐或现地扮演了对小说而言极为重要的角色,至于郑执,则甚至专门为父亲创作了一部长篇小说《我只在乎你》。或许在对比当中更容易理解这一现象的意义:有论者曾对班宇目前为止唯一一部小说集《冬泳》⑦做过统

① 鲁太光、双雪涛、刘岩:《纪实与虚构:文学中的"东北"》,《文艺理论与批评》2019 年第 2 期。
② 鲁太光、双雪涛、刘岩:《纪实与虚构:文学中的"东北"》,《文艺理论与批评》2019 年第 2 期。
③ 参见拙文《何谓"东北"? 何种"文艺"? 何以"复兴"? ——双雪涛、班宇和郑执与当前审美趣味的复杂结构》,《中国现代文学研究丛刊》2020 年第 4 期。
④ 朱蓉婷:《班宇:我更愿意对小说本质进行一些探寻》,《南方都市报》2019 年 5 月 26 日。
⑤ 鲁太光、双雪涛、刘岩:《纪实与虚构:文学中的"东北"》,《文艺理论与批评》2019 年第 2 期。事实上,双雪涛不止一次谈及父亲对自己写作的影响,可参见双雪涛《我的师承》,《文艺争鸣》2015 年第 8 期;双雪涛、走走:《"写小说的人,不能放过那道稍瞬即逝的光芒"》,《野草》2015 年第 3 期。
⑥ 参见郑执:《面与乐园》,"一席"微信公众号,2019 年 1 月 19 日。
⑦ 就在本文写成交稿的同时,班宇第二本小说集《逍遥游》出版上市。本文来不及将其纳入讨论范畴,是一大遗憾,或容日后弥补。

计,发现以下岗职工题材为主流的作品"在班宇的创作整体中,占不到半数;而如果稍微深入地对以这类题材为主流的作品做内容分析的话,我们同样不难发现,班宇以'下岗'事件为线索或以'下岗工人'为主人公的作品中,他所关注的又绝不仅仅主要在于社会变革及其负面影响"①。而在双雪涛最新的小说集《猎人》中,作者显然有意在抹除自己的"东北"标签,以至于黄平与刘岩都多少表示了担忧,但除《松鼠》一篇之外,"父亲"仍顽强地未从双雪涛的小说中离场。——因此,为什么一定要从"东北"及其特定历史时刻去理解双雪涛、班宇和郑执呢? 为什么不可以是"父亲"?

当然,论者其实也并未完全忽略"父亲"。张思远的《双雪涛小说中的父与子》即专门探讨双雪涛小说中的父子关系——尽管就笔者目力所及这乃是唯一的一篇——但实则只是从父子关系切入论题,着重讨论的仍是"父亲"们作为国营工厂下岗职工的身份和宏大历史加之于他们的命运,对单纯家庭意义上的"父亲"反而所言甚少。② 这相当程度上代表了研究者们谈论双雪涛等人小说中的"父亲"或父子关系的常规方式,事实上,黄平、刘岩、周荣、李雪、杨立青都曾论及这一话题,但无一例外都对"父亲"作了理论化或隐喻性的处理,将之视为某一特定人群的代表,或历史转折的(往往是沉默的)代言人。③ 只有方岩将"父亲"放置在日常生活与宏大历史之间,视为小说之虚构投向宏大历史的诱饵,然而归根结底,其鹄的仍然在历史而非"父亲"。④ 倒是一些或许尚未被理论、方法与术语充分武装的在读研究生,会在无意间跳出既定论述逻辑,从双雪涛等人小说有关"父亲"与家庭的书写中,感到直接的审美冲击。譬如吴玲发现,双雪涛小说中的青春悲剧,几乎都是肇因于家庭缺失、父母缺席⑤;而杨雪晴则发现,"父一辈"身上总是凝聚了宽厚、仁和的美好品质⑥;当然,还应该加上此前已经提及的张思远。这似乎恰恰证

---

① 石磊:《后先锋、地域文化与口语化写作——班宇近年小说初探》,《延河》2020 年第 1 期。

② 张思远:《双雪涛小说中的父与子》,《文化学刊》2019 年第 2 期。

③ 参见黄平:《"新的美学原则在崛起"——以双雪涛〈平原上的摩西〉为例》,《扬子江评论》2017 年第 3 期;刘岩:《双雪涛的小说与当代中国老工业区的悬疑叙事——以〈平原上的摩西〉为中心》,《文艺研究》2018 年第 12 期;周荣:《班宇的"分身术"》,《青年作家》2019 年第 1 期;李雪:《城市的乡愁——谈双雪涛的沈阳故事兼及一种城市文学》,《当代作家评论》2016 年第 6 期;杨立青:《双雪涛小说中的"东北"及其他》,《扬子江评论》2019 年第 1 期。

④ 参见方岩:《诱饵与怪兽——双雪涛小说中的历史表情》,《当代作家评论》2017 年第 2 期。

⑤ 吴玲:《青春的艰难与成长——双雪涛小说的成长叙事分析》,《呼伦贝尔学院学报》2016 年第 1 期。

⑥ 杨雪晴:《东北平原上的小人物书写——以双雪涛〈平原上的摩西〉为例》,《鸭绿江(下半月)》2019 年第 8 期。

明了,唯有将"父亲"与下岗职工的身份、共同体破碎的时刻联系起来,才能够在学术体系中为之命名,证明话题的重要性和论者的训练有素。但反过来也可以质诘:学术话语是否也在一定程度上压抑了文本丰富的审美可能? 在诸多研究者中,对理论武器操持得最为熟练者大概得说是刘岩,其强劲的理论阐释能力,以及在理论背景下条分缕析进行文本分析的本领,令人深为折服。然而在眼花缭乱欲罢不能之余,却又不能不感到一丝隐约的狐疑。笔者在此前的相关文章里,曾经论及刘岩对双雪涛《平原上的摩西》中蒋不凡的理解,认为仅仅依照某种理论预设将其视为"城市治安维护者"未免稍显简单,事实上"取消了理解蒋不凡这个人物的其他一切可能:他还是一个大龄未婚的单身男子、同事的好兄长、尽职尽责却丢了佩枪的公安干警,后来还成为长久依靠年迈父母照料的植物人"①。——两位白发斑驳的老人,日复一日地,或许是步履蹒跚地照料他们曾经英武如今却动也不能动一下的儿子,最终仍然白发人送黑发人,但他的母亲却常年收藏着儿子带血的衣物,这对于理解这个人物和理解这篇小说,难道毫无意义吗? 此种情况非止一端,在《世纪之交的东北经验、反自动化书写与一座小说城的崛起——双雪涛、班宇、郑执沈阳叙事综论》中,刘岩曾经引述《聋哑时代》中的一段文字,认为这是两个初中生在"谈论一位势利的老师,事实上也在谈论90年代阶层分化过程中形成的新的身份话语"②:

> 她说,孙老师调查了你家的成分。我说:成分? 她说:这是我听她和别的老师说的。我说:你怎么听见的? 她说:你管不着,她说你家是工人阶级,扶不上墙。我说:什么叫扶不上墙。她说:我也不知道,你千万别和人说是我说的,把你语文作业交了吧。我说:操,老子从小翻墙就不要人扶,你跟孙老师说,我忘带了。

的确,这段对话很容易令人意识到其中涉及的阶层身份问题,尤其是作者特意选用了"成分"这样一个颇具年代感的词汇,更于沧海桑田之间营造出一种反讽效果。但是这两个初中生并不仅仅是在"谈论一位势利的老师",也是在谈论李默的

---

① 参见拙文《何谓"东北"? 何种"文艺"? 何以"复兴"? ——双雪涛、班宇和郑执与当前审美趣味的复杂结构》,《中国现代文学研究丛刊》2020年第4期。
② 刘岩:《世纪之交的东北经验、反自动化书写与一座小说城的崛起——双雪涛、班宇、郑执沈阳叙事综论》,《文艺争鸣》2019年第11期。

家庭。当一个刚读初中的孩子,听到别人——而且是师长——如此轻蔑地评价自己的家庭、自己的父亲和母亲,他会有怎样复杂的感情?他又会如何做出反应?这将对他产生多么持久的影响?小说叙述刻意制造了一种情绪上的压制,在本应使用问号和叹号的几处代之以冷静或冷漠的句号,但恰恰在这种有意的压制当中,我们分明可以感觉到一种无法言说的情感风暴,冲决了李默与世界原本单纯明净的关系。——这不重要吗?或许这两例当中的情感表达都过于隐晦了,令文本解读本就可以有多种角度;但是在同一篇论文的第三节,刘岩还引述了班宇《逍遥游》的最后一段,那当中复杂的抒情里明白无误地包含着父女之间那种疲倦而深沉的温情,刘岩却依然对此未置一词,只是忙于讨论这一段落的语体问题。——当然,这其实无可厚非。事实上刘岩在这一节谈及的几乎所有文本都与父亲有直接关系,但是他都置之不理,因为在这里他想要处理的主要是语言问题。任何一篇学术研究文章,都一定有其自身的问题意识和论述逻辑,当文本无法纳入其中的时候,就难免有所选择、割舍与遮蔽。论文的目标往往是确定而单一的,而小说的言外之意则势必旁逸斜出,因此没有任何一位论者有能力在一篇文章中穷尽其对于文本的所有理解。不过正因如此,我们当然也有充分的理由从既有常规的讨论方式和学理框架中跳出,选择另外的角度去理解双雪涛、班宇和郑执,别有凸显与遮蔽。比如,谈谈他们小说中的"父亲"。

## 二、"父亲"的叙事功能、抒情功能与认知功能

说双雪涛和班宇几乎每篇小说里都有"父亲"的形象,或许会招致相当多质疑:至少,在双雪涛的处女作《翅鬼》里,那些有如奴隶的翅鬼们不是被视为妖祟的弃儿吗?所以他们不是无父无母的吗?但是无父无母,并不代表小说就和"父亲"没有关系。事实上,双雪涛笔下的不少人物都处在一种无父无母的状态,但"父亲"依然构成小说中不在场的重要在场。翅鬼们被赶出家门的命运,使得他们孤独、压抑、怨愤,这恰恰印证了"父亲"的重要性。同样,《大路》里的"我"和小女孩、《聋哑时代》里的安娜、《走出格勒》里的老拉,都要么父母双亡,要么亲情冷漠,等同于无父。如果不是无父,她们不会流离失所,不会性格变异,也不会过早地混迹社会甚至走上死路。正如翅鬼们如果双亲在堂,又怎能郁积那么强烈的反抗意志,凝聚那么牢固的内部团结,想要逃出雪国并最终导致了这个畸形王国的覆灭?就此而言,在这些作品当中,"父亲"尽管缺席,却分明是人物得以成立的基础,是

小说叙事的根本动力。

不在场的"父亲"尚且能够起到如此作用,则在场的"父亲"对小说叙事的影响可想而知。在《天吾手记》这个沈阳—台北双城故事中,作者在小说篇幅近半的心脏位置埋下了一个隐秘,正与"父亲"有关。天吾的父亲嗜酒而暴戾,安歌的父亲则长期对亲生女儿进行"一些性上面的'探索'",正是这两位父亲或直接或间接地塑造了天吾的性格,并决定了他的职业选择与人生走向:若非安歌不能忍受自己的家庭而出走失踪,天吾恐怕不会成为一名刑警,则整个故事也就不会开始;甚至,我们还可以在同样离家出走的安歌和小久之间发现某种似隐若现的联系,令小说中两座城市的关系都因此显得更加微妙。

《翅鬼》和《天吾手记》的创作都有其外部动因,前者是为了向台湾的一个文学奖投稿,后者是应邀完成一项写作计划。在这两部"奇幻类型小说特征"明显的作品中,双雪涛或许只能以一种曲折隐晦的方式投射自己的个人情感。而就在几乎同时,双雪涛还写了《聋哑时代》,这是真正因他郁积已久的情绪而创作的作品,双雪涛因此认为它非常重要,写出了自己"当时最想说的是什么"①。《聋哑时代》写的是初中校园生活,主人公当然是少男少女,双雪涛以中篇小说连缀的结构,分别书写了刘一达、高杰、许可、吴迪、安娜、霍家麟、艾小男等七名人物,当然在他们背后,还有一个作为叙述者的"我"——李默。这样的小说,完全可以将故事展开的场景限定在校园之中,但《聋哑时代》的故事却是从"我"的父亲和母亲开始讲起;而在讲述那些初中生的青春成长时,家庭也不断出现在故事的背景当中。徐勇曾经指出,双雪涛这部早期作品尽管看上去和很多"80后"作家的青春叙事有所相像,但仍表现出独特的品质。徐勇将其特质归因于小说对作为意识形态国家机器组成部分的学校教育之反思与批判②,但其实类似反思在"80后"其他作家如韩寒那里早已有之。事实上,最初一批"80后"写作者浮出水面的一个重要背景,正是20世纪90年代末有关语文教育问题的大讨论,因此相关反思就是"80后"作家记录成长故事的题中应有之义。依笔者之见,《聋哑时代》的特别之处其实恰恰在于,双雪涛在校园之外还写了家庭。尽管着墨不多,但是小说中的父亲与母亲,的确构成了那些少男少女们人格形成的重要因素,也由此成为小说叙事的内在驱动力量,在一些重要的关节处改变了小说走向,起到结构叙事的作用。徐勇将《聋哑时代》中的

---

① 双雪涛、走走:《"写小说的人,不能放过那道稍瞬即逝的光芒"》,《野草》2015年第3期。
② 徐勇:《成长写作与"小说家"的诞生——双雪涛〈聋哑时代〉阅读札记》,《鸭绿江(上半月刊)》2015年第5期。

家庭视为学校教育的同谋,认为它们"一起构成一种坚硬的现实或秩序",但这似乎并不完全符合事实:安娜、霍家麟、艾小男等人的父母或许可以照此理解,但"我"的父母和"我"之间的关系则要远为复杂,那当中很少暴力与压抑,却更多温情与负疚。徐勇其实也已经敏锐地注意到,《聋哑时代》的文学性或许与作者对学校教育的反思并无关系,而来自于叙述者本身与其所叙内容之间的反讽张力——"他(李默)努力过,并对自己没能按照父母的要求上进深感歉疚,对不起父母辛苦挣来的血汗钱,但他又并不想太过委屈自己,结果变成了一个'庸碌无为'、不好不坏、不苟且又不上进的'中间地带'的人。"——这样无奈的负疚,不能不让我们想起前文引述过的那段对"一位势利的老师"的讨论,从中不难想象,李默的父母很可能也有着同样无奈的负疚。而无奈的负疚,这不正是家庭当中时时发生又足以令人动容的情感? 将"他人"的父母与"自己"的父母区别对待,很可能并非有意设计,而是因为作家在创作早期使用第一人称叙事时,难免产生一种下意识的恍惚感,不知此身何身,因而对"他人"的父母容易作概念化的塑造,而叙及"自己"的父母却多少带有些复杂混淆的感情,反而可能包含着双雪涛自己在当时也不能了然的隐秘心理。

几年之后双雪涛回顾自己的创作时,表示对《聋哑时代》"没有自悔少作的感觉",因为那种不管不顾撕开生活痛感的莽撞或许不复重来。① 不过创作者的早期勇气固然可贵,懵懂与蹒跚终归难免,双雪涛本人也承认,《聋哑时代》和《天吾手记》其实还算不得成熟②,更遑论《翅鬼》。毋宁说,《聋哑时代》不过是双雪涛自觉面对自我经验的开始。因此我们也可以理解,为什么在这早期的三部小说里,"父亲"在叙事层面的作用是那么暧昧吊诡:一方面,的确不难发现其在小说结构与人物塑造等诸多方面,发挥了近乎决定性的作用;但是另一方面,其实从小说中挖去家庭因素,叙事依然可以成立,或许会略显单薄,但还不至于破碎瓦解。家庭是多余而重要的,离开它小说叙事依然完整,但是有了它小说又变得迥然不同。正是在这样原本可有可无,但作家却一定令其必有的怪异之中,或许恰恰隐藏了小说家真正的内心诉求——那才是双雪涛真正想要讲述的故事。

因此伴随双雪涛越来越以专业态度对待文学创作,"父亲"在他的小说里也变得日益重要。在他迄今为止被讨论最多的小说《平原上的摩西》中,作为父亲的李

---

① 双雪涛、走走:《"写小说的人,不能放过那道稍瞬即逝的光芒"》,《野草》2015 年第 3 期。

② 参见双雪涛:《我的师承》,《文艺争鸣》2015 年第 8 期。

守廉是小说里唯一不曾发言但却是事件谜底的人物,论者往往将他的沉默与工人阶级的处境联系起来,认为那象征了工人们尚无力反抗"全球化和市场自由主义的抽象理想"①;但沉默不也是东方式父亲的典型性格特征吗? ——尤其是当这位父亲处在那种无奈的负疚之中,明白自己未能给家人足够优渥的生活却又无能为力的时候。小说中那桩作为故事核心的命案,正是李守廉在这样复杂的情绪之下,为了在女儿面前保持体面,以及为了保护女儿,而造成的意外。其实除了李守廉,庄树的父亲与傅东心的父亲,也同样构成这篇小说叙事的重要动力。而双雪涛那篇经常作为东北老工业基地寓言被提及的作品《北方化为乌有》中,同样是父亲的死亡之谜在牵动着整篇小说的叙述。另外一篇和工人阶级几乎没有关系的小说《跛人》里,如果没有火车上那个奇怪的中年人对自己父子关系的讲述,情节的转折就根本不可能发生,小说也就不知道会沿着漫长的铁路线延伸到什么地方。而在《冷枪》里,双雪涛则对"父亲"之于小说结构的作用,进行了更为细致而含蓄的处理。读者很容易认为这篇小说乃是基于棍儿和老背两个人物展开,但其实有关他们的种种细节只是填充了小说的表层,真正对叙事起到决定性作用的并非这二人中的任何一位,倒是几乎没有出场的棍儿的父亲:中学时代的棍儿之所以那么肆无忌惮,正是因为颇有家资的父亲令他有恃无恐;进入大学棍儿之所以有所收敛,也是因为入学前父亲和他语重心长的那次谈话,以及家道中落的事实;至于小说结尾,当他举起拐杖抡向那个作弊者时,其中的情绪有多少是因为老背,又有多少是因为同样被这个社会推来搡去的父亲呢? ——在后来谈及这篇小说时,双雪涛说:棍儿这一举动的动机乃是因为"一种很久以来的对无规则世界的狂怒","这个无规则世界处处在伤害着他(包括老背和他的父亲)"②。双雪涛特意加上了这个括号,分明在提示我们这篇小说中"父亲"之不可或缺。

行文至此,我们不难发现一个有趣的变化:从什么时候开始,双雪涛小说中的"家庭"逐渐被"父亲"取代了?《聋哑时代》里的那些人物还大都父母双全,而在《跛人》当中,那个中年人其实是在召唤两个孩子回到家庭,却用"父亲"替代了家庭。后来双雪涛大部分小说里的母亲,要么几乎没有存在感,要么与家庭貌合神离(譬如《平原上的摩西》中庄树的母亲傅东心),要么根本就早早逃离了家庭(譬如《平原上的摩西》中李斐的母亲)。最具代表性的例子莫过于《走出格勒》,那当中

① 黄平:《"新的美学原则在崛起"——以双雪涛〈平原上的摩西〉为例》,《扬子江评论》2017年第3期。

② 双雪涛、走走:《"写小说的人,不能放过那道稍瞬即逝的光芒"》,《野草》2015年第3期。

的父亲常年在狱,其实与儿子和家庭殊少瓜葛,这位母亲也并未弃家远走,而是独力将儿子抚养成人,娶妻成家。然而小说却是以写给父亲的信开始,以父亲的回信结束,父亲的身影始终游荡在小说的字里行间,挥之不去——再一次,如果没有"父亲",小说是难以成立的。一个常年见不到父亲,甚至从未得到父亲回信的儿子,何以对"父亲"如此念念不忘? 我们当然绝对无法相信,东北的女性都像双雪涛(其实也包括班宇和郑执)笔下的人物那样不负责任,会因社会变迁、家庭变故而动辄一走了之——这势必会引得女性主义者群起而攻之。习惯从双雪涛等人小说中读出"东北"乡愁的论者则或许会说,那只是因为"父亲"最典型地代表了共和国工人阶级的形象,而非母亲。但是这样的论调恐怕同样难为女性主义者所容,而且那显然是严重低估甚至侮蔑了共和国成立以来男女平权的巨大成就,还会招致大部分左翼知识分子的猛烈攻击。当然,这当中很可能包含了作家个人经历的因素:双雪涛和郑执都过早地失去了父亲,并都曾表示,父亲的去世对自己的创作产生了重要影响①(死亡,这是能够迸发出多么强烈的表达诉求和抒情意愿的可怕黑洞! 更何况是父亲的离世)。但是这不能解释,为什么在班宇的小说里,"父亲"同样扮演了举足轻重的角色,而母亲则同样会跑到南方,还"坚持穿着貂"打麻将②。或许这其中的原因既未必那么具有普泛意义,也不那么偶然,而与三位作者的性别和写作时的年龄有关。儿子与父亲的关系总是极为微妙,或许曾经有过弗洛伊德称之为"弑父"的叛逆时期,但最终每个儿子总是多多少少会长成父亲的样子。性别因素让他们难免接受同样的社会规训,形成相似的情感方式,从而让儿子逐渐对父亲有所理解与认同,尤其在儿子们自己也已为人父的时候——双雪涛、班宇和郑执都出生在 20 世纪 80 年代,此时此刻的他们正逐渐感受到家庭的负荷与生活的压力。其实不仅仅是儿子,女性在步入社会之后似乎也难免对父亲多些同情。那可能并不仅仅因为子女在此时本就趋于成熟,还因为客观而言,在长久的文化传统中,父亲的形象的确更偏于社会性,因此当一个人开始感受到世事艰辛的时候,便比较容易将心比心,理解"父亲"。更何况与此同时,那个好像永远能够为子女遮风挡雨的男人,通常也已经开始迈入衰弱的老年。朱自清的《背影》其实早已告诉我们,恰恰是那个严厉苛责而身形高大的"父亲"形象在残酷的社会现实中坍塌的时刻,才是父子情深的时刻。父亲近乎唠叨的叮嘱关怀和一封封家书,都不如那个

---

① 参见双雪涛、走走:《"写小说的人,不能放过那道稍瞬即逝的光芒"》,《野草》2015 年第 3 期;郑执:《面与乐园》,"一席"微信公众号,2019 年 1 月 19 日。
② 参见班宇:《盘锦豹子》,转引自班宇:《冬泳》,上海三联书店 2018 年版。

肥胖笨拙的背影,更能够让儿子长久怀念,成为冲决情感的闸口。这就可以解释,为什么在双雪涛等人所塑造的"父亲"形象中,最为动人的正是那些社会意义上的失败者。

因此之所以"父亲"会在双雪涛等人的小说中起到那么重要的作用,甚至可以视为结构、组织、推进叙事的基础元件,实是因为其强大的抒情能力。一个最为典型的例子是班宇的《盘锦豹子》。在东北方言里,一个人被称为"豹子"往往意味着他脾气火暴或者说血气方刚,在所谓"社会青年"里也属于心狠手辣、敢打能冲的一类。小说中"盘锦豹子"当然指的是主人公孙旭庭,但是读者恐怕很难将此人物和这一方言词汇联系起来。在家庭生活中,孙旭庭不仅谈不上脾气火暴,甚至可以说是唯唯诺诺、委曲求全,甚至在小姑离家而去,连"我"的奶奶和父亲都深感不安的时候,他也毫无暴怒的意思;而在公共生活中,他是一个肯吃苦、爱钻研,却任由世道摆布的老实工人。这样一个人物,当从盘锦老家来的朋友在他的婚礼和他父亲的丧礼上喊出他的绰号时,简直让人以为是耳朵出了问题,或者,是作者有意在制造一种反讽效果。但小说结尾,他手持菜刀冲出家门,终于让我们明白原来作者和那些盘锦的朋友们都诚不我欺,孙旭庭果真曾是"豹子"样的人物。这近乎欧·亨利式的结尾,让整篇小说陡然立了起来,显然是因为一种强劲的抒情力量。孙旭庭那咆哮疯狂、情绪迸发的时刻,一下子将他此前的萎靡神态统统照亮,让我们明白他绝非窝囊之人,长久以来的种种表现,不过是因为他太过在乎他的家庭。如果不是最终的翻转将小说中埋藏的情感压抑全部激活,那么孙旭庭将像任何一个父亲一样正常但缺乏光彩地生活着,直到死去。他的爱那么内敛,以至于无人了解。因此直到那时,他的儿子才看到了一个完整的父亲,彻底地理解了他,并与之紧紧拥抱在一起。班宇于此极为精准地写出了东方式的父爱,那是一种持久隐忍又相当惊人的感情。

以"父亲"作为抒情元件,令双雪涛等人的小说呈现出一种内敛而刚硬的气质。他们的作品既不像那种纯然基于社会分析的小说一样过于理论化,缺乏抒情意味,又不会过于情感泛滥,而有一种与东方式父爱相类似的格调:看似散漫,实则深情,举重若轻。这一美学特质或许也是这三人的作品会获得读者和批评界好评的一个重要原因。这样的抒情并不仅仅发生在小说结构的关节处——事实上,那种过分戏剧化的处理方式,反而不合于此种抒情的气质——与"父亲"有关的情感往往静水流深,需要从字里行间细细寻索,就像《盘锦豹子》里孙旭庭弥漫于整篇小说的父爱,很容易在粗疏的阅读中被忽略过去。又譬如那部看似是为一群弃儿立传的《翅鬼》里,"父亲"也并非只是以缺席的方式发挥作用:寒的父亲不是就不顾朝廷禁令,偷偷传他功夫吗? 在寒下井之前,那寥寥八个字"不求争锋,只求保命"的教诲里,又隐藏着怎样无奈而负疚的感情? 令人尤感温暖的,是寒显然体会到了父亲的深情并有所呼应,在临死之际,他还要特别声明:"记住我的父亲姓林,我本该叫林寒。"父子之间这种内敛到甚至有些病态的情感方式,为这部过分依靠想象力和情节冲突的类型小说增添了重量,其价值远远超过作者有意构造的那段矫情的恋爱,甚至某种程度改写了贯穿于整部小说的兄弟情谊——林寒的诀别遗言告诉我们,命名是如此重要,因为那是父亲的权力,因此赋予"我"名字,引领"我"解放的萧朗,真的只是朋友而已吗?① 这一疑问或许足以和《翅鬼》的写作动机、发表地点联系起来,触及作者创作时的隐秘意图,令这部看似简单的小说绽放出更深的意味。

不过关于"父亲",双雪涛最值得一谈的作品应该还是《大师》。双雪涛曾坦率地表示,这篇小说正写在自己对创作极为纠结犹疑的关键时刻,并且与已经故去的父亲有着直接关系,那其中凝聚了他对于父亲的无限怀念。② 但是如果单从人物塑造得正面不正面、高大不高大着眼,恐怕根本看不出双雪涛对小说里这位父亲的感情有多么积极:那是一个彻头彻尾的失败者,而且他的失败恐怕和 20 世纪 90 年代东北社会结构的变化没什么关系——在国企改制之前,他不是就已经被发配到没人愿意去的仓库当管理员了吗? 而在遭到妻子抛弃又被迫下岗之后,他更是迅速堕落成一个嗜酒的废人,过了一年,甚至连棋也不下了。但尽管如此,整篇小说依然是围绕"父亲"在展开叙事,在一些细节处,也依然从"父亲"或父子关系中迸发出动人的情感力量。譬如小说开篇处,那次言短意长的对饮;譬如父亲近于精神失常时,还是"固执地穿着"儿子的校服,"好像第一次穿上那样";譬如小说结尾处,在连输三局之后,颓废已久的父亲终究还是儿子最后的依靠。不过与众不同的是,这一次,小说不是依靠抒情的力量来支撑和推动叙事,而是采用了父子关系的另外一种形态:教诲。尽管那次父子对饮简直就像是一场生命的接力传递,一场酒喝完,父亲越来越需要被照顾,而儿子则日益独立,甚至就连父亲在棋摊上的名声,

---

① 命名对于《翅鬼》这部小说的重要性,可以从双雪涛的自述中看出。在小说的前言中,双雪涛表示,在开始创作之前,他脑海中已经有了关于小说的不少元素,但迟迟无法动笔,"直到出现了一个词语叫作'名字',于是就有了小说的第一句话,'我的名字叫默,这个名字是从萧朗那买的'。到现在为止,这句话还是我写过的最得意的开头"。双雪涛:《翅鬼》,广西师范大学出版社 2019 年版,第 2 页。

② 双雪涛、走走:《"写小说的人,不能放过那道稍瞬即逝的光芒"》,《野草》2015 年第 3 期。

也逐渐被儿子领走;但是小说中处处回荡着的,仍是父亲对于儿子教诲的声音。父亲说,"无论什么时候,用过的东西不能扔在那,尿完尿要把裤门拉上,下完棋的棋盘要给人家收拾好,人这东西,不用什么文化,就这么点道理";父亲说,"有时候赢是很简单的事,外面人多又杂,知人知面不知心,想下一辈子,一辈子有人和你下,有时候就不那么简单";父亲说,下棋是下棋,不能挂东西;父亲说,"在学校不要下棋,能分得开吗";父亲说,"叫一声吧",叫这和尚一声"爸"吧……如果说,成为废人也可以算是某种意义上的死亡,那么显然,即便"父亲"已然故去,也将持续深度地参与"儿子"的生命:以上父亲的所有教诲,都一字不落地铭刻在"我"的性格与行为当中,这让这篇小说从另外一个角度来看,也可以说是儿子的成长小说。甚至,"父亲"的教诲从一开始就超出了小说文本的边界之外。在谈及《大师》时双雪涛表示,这篇小说之所以重要,乃因为这根本就是身处人生艰难时刻的他,以小说的方式向父亲发出的呼救:

> 写《大师》的时候,我正处在人生最捉襟见肘的阶段,但是还是想选择一直写下去。有一种自我催眠的烈士情怀。当然也希望能写出来,成为一个被承认的写作者,但是更多的时候,觉得希望渺茫,也许就无声无息地这么下去,然后泯灭。那这个过程是什么呢?可能就变成了一种献祭。我就写了一个十字架,赌博,一种无望的坚定。因为我的父亲一辈子下棋,当然故事完全不是他的故事,但是他为了下棋付出之多,收获之少,令我触目惊心。比如基本上大部分时间,处在不那么富裕的人群;没有任何社会地位,只是在路边的棋摊那里,存有威名。但是一到他的场域,他就变成强者,享受精神上的满足。当时他已去世,我无限地怀念他,希望和他聊聊,希望他能告诉我,是不是值得。当时已无法做到,只能写个东西,装作他在和我交谈。①

如果说,小说真的可以是作者借以认识世界的工具,那么至少在《大师》当中,"父亲"构成了最为重要的认知元件。事实上,如果我们愿意承认,无论是否包含着性别权力的不对等,客观而言,或至少在双雪涛等人的情感结构中,父亲较之母亲更偏于社会性,那么基于这一认识在小说中想象出来的"父亲",其抒情的功能就不可避免地要与认知功能纠缠在一起,"父亲"的动人时刻,也就往往是"儿子"开始认识这个世界的契机。在双雪涛《无赖》中,当父亲被迫搬迁,对儿子说"但凡爸有一口气,就不让你受委屈"时,是何等抒情,又让儿子何等清晰地感受到这个

---

① 双雪涛、走走:《"写小说的人,不能放过那道稍瞬即逝的光芒"》,《野草》2015 年第 3 期。

世界的冷硬？在《盘锦豹子》里，孙旭东不也是在孙旭庭遭到妻子离弃之后才痛改前非的吗？这或许就是为什么，这些在我看来是书写"父亲"的小说，同样也可以作为分析东北社会变迁的好样本。也正是因为"父亲"的叙事功能、抒情功能和认知功能如此复杂地纠缠在一起，我将之视为双雪涛等人小说中一种基础性的文学装置。

## 三、"父亲"这一装置颠倒了什么

柄谷行人在《日本现代文学的起源》中使用"装置"一词的时候，讨论的其实并非审美问题，而是认知问题。他认为在他称之为"装置"的"风景"中，隐藏着某种颠倒或遮蔽的机制：日本现代文学中的风景被认为是不言自明的，但实际上人们只不过是遗忘了它的起源。事实上，那种风景是在西方的透视法/现代性引入日本之后，被悄然替换而出现的，在这一过程中，重要的不是风景，而是被透视法生产出来的想象风景的"内面之人"。然而，尽管只有以西方的透视法才能得到日本现代文学意义上的风景，但一改传统观念采用透视法的那个观察者，却往往躲在视点背后，不被发现。在讨论这一替换的时候，柄谷行人相当巧合地也举了与"父亲"有关的例子，来说明何以在当时唯有夏目漱石意识到了这一问题："漱石幼年时代当过养子，直到一定的年龄他一直把养父养母视为亲生父母。他是被'取代'了的。对他来说，父子关系绝非自然的，而只能是可以'取代'的。"[1]本文使用"文学装置"一词来指称双雪涛等人小说中的"父亲"，倒实在并不打算那样残忍地否定"父亲"之不言自明性，但的确围绕有关"父亲"的书写与理解，同样存在着一定的颠倒与遮蔽。

那么在双雪涛等人的小说中，"父亲"这一装置颠倒了什么呢？以柄谷行人的论述作为参照，则"父亲"亦可视为一种外部风景，乃是从"儿子"这一内面透视而得的产物。柄谷行人所用的"透视者"这一隐喻，如果对应于具体的小说文本，则大概可以类比为小说的叙述者。的确，当我们下意识地沿着叙述者的讲述，将所有关注都聚焦在"父亲"身上时，其实已经掉进了叙述者悄然设下的陷阱，从而往往忽略父子关系的另外一方，那就是"儿子"。从前引双雪涛访谈中的那段

---

① ［日］柄谷行人：《日本现代文学的起源》，赵京华译，生活·读书·新知三联书店 2003 年版，第 7 页。

回答不难看出,书写"父亲"的动机其实并不在于表达父亲,而出自解决儿子问题的必要。就此而言,双雪涛早期的三部作品,可以说提供了他后来所有小说有关"父亲"的母题:寻找、理解、成长。而"父亲"作为失败者的形象,与"儿子"的处境恐怕也不无关系。双雪涛的《间距》《北方化为乌有》和班宇的《枪墓》多少提示我们是怎样的"儿子"在怀念他们的"父亲"。假如从小说中拿掉与"父亲"有关的元素,则这些小说基本可以归入典型的"失败青年"故事。如果说曾经的国企改制让"父亲"陡然间从主人翁的身份跌落,一蹶不振;则"儿子"们甚至从来不能理解什么是"铁饭碗",只能无止境地在资本搭建的繁华都市里漂泊。回忆"父亲"当然也不会改变这些青年们并不如意的命运,只是为这样的命运增添了历史感,那反而更令人感到一种宿命般的沮丧。"父亲"在此不仅仅是"儿子"建立理解与认同的支点,还是"儿子"借以抒情或者说宣泄的出口,是"儿子"在属于他们自己的浮华与苦难中想要紧紧抓住的最后依靠。郑执的《我只在乎你》将这样一种意图结构呈现得尤为明显,他直接采用了双线叙事,让"父亲"与"儿子"的青春相互交叠,彼此印证:同样桀骜不驯意气风发,又同样遭到世界的痛击。不同的时代为这些男人提供的压抑或有不同,但是压抑本身却并无二致,正是在同样遭受压抑的境遇中,"儿子"理解了"父亲"。因此,过分凝视双雪涛等人小说中涉及的那一"东北"历史的创伤时刻反而会造成盲点,他们三人写的并非历史故事,而是当下记忆。

　　沿着叙述者的视线去理解双雪涛等人小说中的"父亲",还会造成另外一重遮蔽,那就是,双雪涛、班宇和郑执写的是"父亲",而不仅仅是"失败的父亲"。因为叙述者"我"的父亲往往是那个失败的角色,很容易让人错误地以为,那些在社会结构变动中被甩出体制的人们,才是三位作者叙述的目的。但其实他们也写过不少享受改革开放红利而先富起来的"父亲",甚至在一些作品中,这样的"父亲"还是小说关键性的组成部分,比如《冷枪》,比如《平原上的摩西》,比如《跷跷板》。这些成功者的子女似乎总是对他们的"父亲"不以为然、抵触、叛逆,拒绝"父亲"为他们安排好的人生,这又很容易让人错误地以为其中多少透露了作者本人对既得利益者的态度。但是那些失败者的"儿子"们,又何曾体贴呢?班宇《肃杀》中的肖树斌为了儿子几乎倾尽所有,最终只能选择毫无道义地消失,他的儿子会比《平原上的摩西》中那个"富二代"庄树更令人感到欣慰吗?"父亲"与"儿子"之和解,取决于后者的成长,而非前者的社会地位。对于"父亲"的抗拒,大概没有比《我只在乎你》当中的冯子肖更加激烈的了——尽管法网恢恢,冯劲的走私王国破产乃迟早之事,但冯子肖的任性毕竟直接加速了这一过程——可是最终,他仍然选择了回到父亲身边。其实抛去少年热血的偏执,以罔顾公义的理性从父子关系与社会结构的角度分析,不难理解为什么冯劲会选择让儿子的好友苏凉去进行那场危险的交易,而瞒过冯子肖:任何父亲都希望自己的儿子能够平安生活、不犯险境,无论他自己是不是双手沾满他人血汗的冒险者。《冷枪》中父亲对棍儿的劝说,《平原上的摩西》中庄德增要求庄树不做刑警的谈判,因此也就都不难理解。从中也不难看出,即便是那些成功者也同样怀有深深的不安全感,某种意义而言,他们或许也并没有我们所想象的那么"成功"。对此表现得最为复杂深入的,当数双雪涛的《跷跷板》。那位成功的"父亲"最终只愿意相信身为普通工人的"我",意味着曾经同为工人阶级一分子的他,对于过往时代保持着怎样美好的记忆和执着的信赖;因而在他对我诉说的那些真假难辨的呓语里,一定埋藏了那一时代终结时刻极为复杂的负罪情绪。然而尽管负罪,却必须杀伐决断,其中的原因直接指向"父亲"对家庭的责任和对子女的庇护:在一个不进则退的时代,一位"父亲"不择手段地想要让自己的家人过上幸福生活,似乎也并非不可理解之事。甚至可以说,恰在这当中,埋藏着至为残酷而深沉的父爱。在剧本《哥本哈根》中,纳粹德国的物理学家海森堡悲愤地抗议:"人们更容易错误地认为刚巧处在非正义一方的国家的百姓们会不那么热爱他们的国家。"①同样,人们也往往愿意相信,一个在公共生活中缺乏道德感的父亲会不那么热爱自己的子女,或者他们的子女理应不那么尊敬自己的父亲,但这样的想法显然都是荒谬的错误。因此对于《跷跷板》那个令人迷惑的结尾,我们或许可以有一个略带布尔乔亚意味的解释:那是作者双雪涛以小说中近乎"儿子"的视角对"父亲"给予理解地书写之后,实在不忍心将"父亲"的罪恶推到极致,因此只能让那桩发生在共同体破碎时刻的凶杀案徘徊在幻觉与现实之间。

不过,仅仅将我们对成功者"父亲"的忽略归因于叙述者,其实有欠公正。文学可谓弱者的事业,无论作者还是读者,都难免有意无意对身处弱势的人物倾注更多关心。更何况,社会当中的成功者总是少数,因而阅读双雪涛等人小说的我们,即便不至于是失败者,大概率也不会是成功者,以人性而论,便更愿意在心理的天平上偏向失败的一方。黄平在讨论双雪涛等人创作的时候,就不惜现身说法:"不管是双雪涛还是班宇,他们小说里都写了一个情节就是9000元的学费,我们都知

---

① [英]迈克·弗雷恩:《哥本哈根》,胡开奇译,《剧本》2004年第10期。

道在 20 世纪 90 年代,9000 元学费意味着什么。这个事情在东北是真实的,我也交过类似的学费,压力也非常大。对于他们的小说,我这个读者的感受是真实的。"①——很显然,黄平绝非是以一个既得利益者子女的身份来讨论他所谓"新东北作家群"的。事实上,尽管他与刘岩共享着近似的话语资源,但在具体的论述形态上却存在着微妙的差异。作为沈阳人,刘岩未必不对双雪涛等人的故乡书写心有戚戚,但他高度自律地坚持在一个严密自足的理论框架内讨论问题,将个人情感尽量摒斥在外;而黄平则不惮溢出学理范畴,令个人感情始终萦绕着整个逻辑过程,从而实现了一种有情的文学批评。就此而言,黄平对双雪涛等人的发言本身亦足可以视为一种有感而发的创作。

而如果将黄平的论述同样视为一种创作,便不难发现,他对于双雪涛等人小说中"父亲"的理解不乏可观之处。在讨论双雪涛《平原上的摩西》时,黄平坦然承认:"笔者第一次阅读这篇小说时,最为感动的就是小说隐含的'父'与'子'的和解。"只不过接下来,黄平对"父亲"作了颇具隐喻意味的描述,将当代小说中的"弑父"看作是告别集体主义时代的审美表征,从而令双雪涛等人小说中的"父亲"与"下岗职工"的身份更为紧密地联结在一起,似乎这三位年轻作者写作"父亲"的最重要价值不在"父亲"本身,而在于理解历史:"下岗职工进入暮年的今天,他们的后代理解并拥抱父亲,开始讲述父亲一代的故事。"②在《"新东北作家群"论纲》第二节,黄平同样极为准确地引述了《大师》与《盘锦豹子》中父子情深的时刻,令人几乎能够在相关论述中读出属于他个人的抒情。但他终究只是将这一讨论作为引言,导向更具学理化的分析:"他们的小说,在重新理解父辈这批失败者的同时,隐含着对于单向度的新自由主义现代性的批判。"③诚然,在当前学术生态当中,无论"东北"还是"下岗职工",似乎都远比"父亲"更具学理价值,也更容易获得学理支撑。但是黄平的论述路径仍让人不仅对他,甚至对包括刘岩在内的所有论者都产生疑问:究竟他们是在历史的总体性框架下注意到了"父亲",还是因为"父亲"而发现了历史? 在对于双雪涛等人小说的理解层面,是否还存在着另一重颠倒? 一种或许更近于柄谷行人本意的颠倒。

---

① 张定浩、黄平:《"向内"的写作与"向外"的写作》,《文艺报》2019 年 12 月 18 日。
② 黄平:《"新的美学原则在崛起"——以双雪涛〈平原上的摩西〉为例》,《扬子江评论》2017 年第 3 期。
③ 黄平:《"新东北作家群"论纲》,《吉林大学社会科学学报》2020 年第 1 期。

## 四、走出"东北"的可能性

当然,无论上述问题的答案是什么,显然双雪涛、班宇和郑执所书写的"父亲"都很难与20世纪90年代发生在东北的社会结构变动完全脱开关系——尽管并非所有小说都一定如此,比如那篇《跛子》。应该承认,在谈论他们笔下的"父亲"时,要绕开"东北"并非易事。因此,笔者无意质疑黄平、刘岩等人研究的有效性;事实上,他们的论述相当精彩,极富洞见和启发性。一定程度上,本文另立议题的一个重要原因,恰恰是他们的话语过于强大——如果这样一种论述路径成为理解双雪涛等人小说的唯一方式,会不会反而限定了他们创作的价值? 和笔者一样并不生长于东北的读者,以及对黄平所谓"共同体破碎"时刻并无记忆的读者,不也同样能够因他们的小说而生发感触吗?

之所以选择"父亲"作为理解双雪涛、班宇和郑执的一种角度,正因为作为非东北籍的读者,这三位作家的小说给笔者的直接感动的确并不来自于国有企业改制和工人下岗,而来自于"父亲"和父子关系。文学研究作为一门科学,固然应该充分学科化和理论化,但研究对象所给予的感性体验,也理应得到足够重视。那或许恰恰意味着对文本多义性的尊重,并可以借此打开更为广阔的论域——文学研究不正是在文学作品的推动与刺激下,才得以不断深入开掘的吗? 因此,围绕"父亲"的话语资源相对匮乏,或者说略显过时,可能反而是相关研究的契机。正是文本中那幽暗不明的地带,在召唤着研究者向更深远的所在迈进。就此而言,关注双雪涛等人小说中的"父亲",其意义并不仅仅在于"父亲"本身,更为重要的是跟随"父亲"走出"东北",去触及有可能被单一话语遮蔽的其他可能:比如性别,比如认同,比如小说技艺,比如更长时间段的集体心理结构——即便是讨论"历史",也未必一定只能从"东北"切入。当然,较之这样的愿景,本文的论述还过于粗疏,有诸多话题未来得及充分展开,只希望能够为理解双雪涛、班宇和郑执打开一条小小的岔路,期待着会通向令人惊喜的未知世界。

(原载于《扬子江文学评论》2020年第4期)

# 试析抗疫戏剧创作的三道难题

邓添天　四川省剧目工作室编辑部主任

文运与国运相牵,文脉与国脉相连。庚子年初新冠肺炎疫情来势汹汹,为打赢这场事关全党全国人民的健康保卫战,增强决胜信心,戏剧工作者充分发扬戏剧的战斗传统,一如既往积极作为。他们以满腔的热情投入创作,显现出了对国家民族命运的强烈担当。

新冠肺炎疫情发生不过短短几个月,戏剧家们任疾风劲雨,仓促上阵,难免情感有余,慎思不足。但当灾难来临,于每个创作者来说,更多就是被迫开启新认知,总有一个边学习边创作的试手期。尽管人类历史不缺灾难,经典灾难文艺也可供参考,但是人的生命只有一次。我们当然希望一生永不历难,永不体验灾难;同时,在对灾难没有具体感知之前,仅从其他灾难文艺里认领相关书面经验,下笔也不易做到有物、有神。特别是战况愈演愈烈,形势严峻之时,戏剧家们只能放下一切顾好眼前,将创作化为武器,以解燃眉,由此导致急就章创作必需必要,这是抗疫戏剧及所有抗灾戏剧无法略过的创作历程和美学印痕。但是急就章创作必需必要,不表示急就章创作都是艺术。非常时期,非常创作,是机遇,更是挑战。本文试谈在这个过程中急需观照的三道创作难题。

## 一、抗疫戏剧的情感观照:救灾审美化

前不久朋友圈一则短文《没人想听你写的救灾歌曲》写道,非常时期唱歌没用。客观说,这个看法固然偏激,但的确将灾难文艺或者抗疫创作需要融合又很难融合的两端——救灾和审美(表现内容:救灾;表现效果:审美),摆到了我们面前。

面对冬末春初新冠病毒的袭击,举国上下齐力抗疫,使得中华大地上的疫情在较短时间内得到控制。党和政府输送大量医疗设备、人员、物资到湖北,形成了全面动员、全面部署、全面加强的群防群控体系;一个个白衣天使、党员干部、解放军战士逆行援鄂,夜以继日奋战一线;14亿中国人禁足宅家,为战"疫"胜利默默祈福。一时之间,灾情与抗灾,悲情与悲壮,一遍遍萦绕在中华大地的天空上,一次次定格在中国民众的心眼中。如果把参与这场疫战的人分救灾人受难人,那么,全国人民都是救灾人。我们人人都是主角,人人都在贡献,包括"封城"后的武汉人全力配合和病毒感染者的主动隔离。救灾行动如火如荼展开,为这场疫战鼓与呼自是戏剧创作者使命所在。

然而,一旦在戏剧创作中表现救灾,我们就不得不致力于救灾审美化。可以说,救灾审美化就是抗疫戏剧书写者攻克的难关。都知道,审美与救灾,一个站艺术这端,一个处现实那头,本就不在同一维度。中外艺术发展史对艺术本质所达成的共识是审美,而审美活动是艺术刺激引发的情景交融的意象世界。审美之美在意象,似主客同体、物我两忘之美,既不是脱离人的心灵的纯客观美,也不是脱离物质世界的纯主观美。美学家黑格尔更是一语破的:

"艺术美是心灵再造的美"。① 这充分说明,艺术作用于现实的媒介是人的心灵。艺术的使命是诉诸人的感觉知觉和想象联想,激发人的审美情感,从而观照、丰富人的人格,让人成为健全的人、完整的人。黑格尔还说"艺术是人生的奢侈",②变相解答了"唱歌没用"的言论。不错,唱歌对于捐款捐物治病救灾等现实物质层面的帮助的确趋无。倘若抗疫音乐不能做到审美化,不能抚慰人的情感和心灵,就压力甚大。对于抗疫戏剧,压力或者鞭策亦然。

戏剧创作者不比音乐创作者面对抗疫素材产生创作激情以及天然去雕饰地直抒胸臆就可以。都知道,剧本最终感染观众,这中间兜的圈有多大,路径有多迂回。文学家高尔基这话相信人所共知:"剧本是最难运用的一种文学形式,之所以难,是因为每个剧中人物都按照自己的语言和行动来表现人的特征,而不是作者的提示。"③换言之,戏剧创作者除了和其他艺术门类作者一样,具备写出佳作所需的世界观、价值观尤其是现代价值观等必备素质外,还要将自己在抗疫素材中产生的情感,转化为剧中人物的行动和语言,从我者的抒发转为他者的塑造。这中间任何一

① [德]黑格尔:《美学》,朱光潜译,商务印书馆1981年版,第3页。
② [德]黑格尔:《美学》,朱光潜译,商务印书馆1981年版,第7页。
③ [苏]高尔基:《高尔基选集·文学论文选》,人民文学出版社1958年版,第243页。

环出了问题,都可能影响剧本的感染力。再者,每个他者都塑造好了仍不表示能抚慰人的情感和心灵,具备戏剧美。余秋雨先生对"戏剧美"有过精辟论述:"对于优秀戏剧来说,表现生活的真实性和崇高目的性总是不可离异。表现生活的真实性,是经过进步生活目的筛选、过滤和提炼的真实,不能把各种原始形态的真实付诸舞台直观;反之,表现生活的崇高目的性,又应该以洞见后的真实为凭借,尽量获得真实性的许诺,不能使美好的内心归向停留在一个虚幻的王国里。如果我们把经过筛选和过滤后的真实称之为'真',把主体的崇高目的简称为'善',那么,'美'就产生于'真'与'善'的有机统一之中。"①余先生所指的真是认识论层面的真,所指的善是伦理学层面的善。真包括真相和真理,真相与人性相关,真理还须理清,真相和真理都需辨认发现,而善无需辨认发现,是约定俗成的道德义理。真是若隐若现的,善是大白天下的。在现实生活中,真与善不全重合常常抵牾就是人生常态。而优秀戏剧之所以优秀,是因为它是全部生活的高度集中。戏剧美的生成要素就应为全部生活高度集中后的真善有机合一,这里面至少在情节上会体现真与善有机博弈的内容。换言之,戏剧创作要抵达审美层面,或者说要走心,具体考验我们是否立足全部生活,发现和表现真,从大的方面来说,这个真至少包含人物的真实和情节脉络的真实。

那么,表现救灾行动是否做到立足全部生活后有机整合真与善?救灾主角是逆行救灾者。弗洛伊德分人为本我、自我、超我三部分。逆行救灾属于人的超我表现。而人的超我与人的全部,生活的全部并非相互重叠,互为包含。纵然我们与抗疫救灾者交流或查阅更多资料打捞到人物的真实性,比如人物心态真实,心愿真实等。而表现人物的真实性,又不能照相式地记录收集到的素材。因为素材即便真实可信,那也只是抗疫战士的抗疫事迹。抗疫事迹是平面的,不会"善解人意"地自动生成立体塑造逆行者的戏码,还得依靠剧作者合理想象加工塑造。最关键的是,我们的灾情是控制住了,我们的救灾行动取得了阶段性胜利。于是,此类抗疫戏剧最终就不能完全遵照戏剧美的生成机制去编织情节,不能引入真善有机博弈的内容,不能走向引人怜悯的悲剧上去,比如抗疫战士的正义意志并未在结尾时得到应有的肯定和回报,剧中的"恶"并未在台上得到应有的惩处等等;也不能走向引人捧腹的喜剧上去,对应喜剧调侃风格,小丑式、滑稽类角色更配。学者武丹丹一针见血指出,新中国成立以来表现医务人员的戏剧难度大的原因在于:"与现实

① 余秋雨:《戏剧审美心理学》,四川人民出版社1986年版,第20页。

太近,戏剧冲突与现实冲突几乎不同步"。① 抗疫戏剧何尝不如此? 表现太近现实,就只能按照现实安排情节,不得不耳提面命地交代一切,挤占了观众观剧时参与创造的留白空间。在此情形下如何破题,难度不请自来。

## 二、抗疫戏剧的情节观照:生活艺术化

所以,表现救灾人,即救灾审美化有难度的原因在于情节主线基本固定了,只能从小情节(表现方法)上突围,从追求情节的艺术性上,向审美迈进。

而表现救灾人,其关键在于救灾人的人物塑造。如何将救灾人尽可能塑造得真实可信?

创作者不论查阅网络或者实地采风,采集的素材即便亲眼所见,亲耳所听,都不一定是真的,对的,普遍的。这就需要我们立足真实逐个筛查,比如素材本身能够概括一般吗? 素材行文符合逻辑和常识吗? 素材对人物的描述是真实状态吗?等等。剧作家罗怀臻指出现实题材创作须"对个体生命的关怀",②用作荡涤、打捞抗疫素材中人物真实,就很容易成功。也就是说,对个体生命不关怀的素材和表述就得清除或者改写。医务人员的敬业奉献属于人的神性一面。人的神性一面不代表就是人的意愿、欲求。比如把医务人员救治病人可能感染病毒,视为他们赴死"情结"之体现,就是对他们的严重误读。张文宏医生说医务人员不是机器。易中天先生推送了网文《没有一种本职工作叫该死》,旗帜鲜明地纠正误读,引得医务人员纷纷在留言区域附和。剧作者笔下的抗疫战士,首先是活生生的人。活生生的人就和你我一样,不能随意乱写。剧作者应以"己所不欲,勿施于人"的态度确定他们哪些该做,哪些不该做,哪个心态该有,哪个心态不该有,层层荡涤提炼。当然,抗疫战士来自不同行业,塑造他们须不同专业知识作支撑,但是专业知识本身也是鲜活、生动的人物塑造的阶梯。重心只要是写人,这"己所不欲,勿施于人"就是剧作者安排笔下人物行动语言的指导方针。倘若剧作者视笔下人物为至亲、为自己,那么,塑造的人物就与真实性八九不离十了。对抗疫战士人物真实性的把握,我们还可借助采访、调研获知,但是采访、调研的结果也不一定就是正确的、准确的、普遍的,还需剧作者再作人文荡涤,而这又回到刚刚的话题了。

---

① 武丹丹:《当代舞台上的医护形象:抒写崇高致敬天使》,《文艺报》2020 年 3 月 16 日。
② 怡梦:《真人真事为什么一演出来就假了》,《中国艺术报》2018 年 4 月 18 日。

当我们打捞、提炼出抗疫战士人物真实之后,塑造、表现他们又不能如交代结果般直接呈现。为什么? 戏剧理论家马也先生认为"缺少论证最省力的办法就是玩弄实例",①并且他引列宁原文辅证:"在社会现象方面,没有比胡乱抽取一些个别事实和玩弄实例更站不住脚的了……如果从事实的全部总和,从事实的联系去掌握事实,那么,事实不仅是胜于雄辩的东西,而且是证据确凿的东西。如果不从全部总和,不从联系中去掌握事实,而是片面和随便地挑选出的,那么事实就只能是一种儿戏,或者甚至连儿戏都不如。"②两段话加一起,其意就是,我们论证观点仅仅靠摆事实是不够的,是单薄的。正确路径应是在摆事实基础上联系地、整体地进行论证和说理。论证越有机、越有条理,被论证的观点才越站得住脚,越让人信服。

这一道理用于表现抗疫战士人物真实同样适用。换言之,抗疫战士人物真实的表现,要化为求证、论证人物真实的过程中去。文华大奖话剧《麻醉师》通过病人的央求、指点学生严谨作文、顾不上家庭、抵制既是同学又是药品商的利诱合作等以及七万余例麻醉手术无一失败的实绩来塑造(论证)第四军医大学西京医院麻醉科副主任陈绍洋医生的责任担当。也就是说,陈医生的敬业奉献,是在他和病人、学生、家庭、同学、药品商人的交手中得到表现,而这已经是论证题的正确打开方式了。他并非无对象地展示自己。那么,如何将请战援鄂医生现实个案如剪掉长发、推迟婚约等(这些个案若孤立展示,就等于只摆事实做列举题,人物虽真实但缺表现过程)找到陪衬物、博弈物辅以论证,实现个案、说理有机结合,最终带领观众判断得出抗疫医生的崇高伟大,这显然又是难题一道。

## 三、抗疫戏剧的价值观照:痛感哲理化

抗疫戏剧除了表现逆行者,还可以于细微处见真情,于无声处见真谛,从承受灾难角度切入创作,拓宽表现维度深度。抗疫戏剧属于灾难文艺。我们每个人是救灾人,每个人都不是局外人,每个人都是受难人。"疫"战期间,我们满屏满眼都是生离死别和支离破碎,生命的脆弱及珍贵被无限放大、强化,一切有关生死、爱恨、苦乐、得失的命题,就如"一个人从墓地回来的路上就成了诗人",是不能回避的创作领悟或冲动。这类体悟人生、诉诸哲理的戏剧,曾以存在戏剧、叙事戏剧、荒

① 马也:《马也戏剧批评文选》,作家出版社 2008 年版,第 78 页。
② 马也:《马也戏剧批评文选》,作家出版社 2008 年版,第 78 页。

诞戏剧的美名,见载西方戏剧史,而灾难正是它们的催化剂。

西方哲理戏剧是作家们在两次世界大战间生存境遇的写照。当时的作家目睹了战争的硝烟与战后的疮痍:周围的世界没有理性、秩序,人的尊严、价值被死亡、疾病、贫苦消耗殆尽,人的精神零落无依。人的存在的荒诞感、虚无感、异样感只好在作家们笔下得到发泄。只不过,有的作家在虚无中挣扎、觅路,有的作家诠释、剖析虚无。这里挑重要作家作品说明一二。法国剧作家萨特探讨人与他人关系的巨作《存在与虚无》在西方哲学史上占据重要地位,其观点"人注定是自由的""人的选择决定人的存在""存在先于本质""人的自由选择决定了人的本质"世界闻名。这还不够,他还写多部哲理剧,其《禁闭》一剧直接演出当时人们置身的困局,并抛出"他人是地狱"的台词点睛。萨特想告诉人们,唯有心灵从尘世中超脱出来,才能自我拯救。如果联系萨特所处的时代,他的所言所行可都是布道人道主义精神的拳拳之音,在为重新确立人类存在意义而殚精竭虑。剧作家加缪的长篇小说《鼠疫》是这次新冠肺炎疫情期间谈论较多的一部灾难经典。加缪和萨特都是存在主义哲学的代表人物,都是历经二战炮火、百折不挠的作家战士。加缪虽然没有大部头哲学著作,但他作品《鼠疫》里的主人公在与灾难抗争中充分张扬着人类的善良、理性和勇敢。面对荒诞不经的困局,加缪和萨特态度一样,都期望突围,为人类的尊严和活着的意义重建价值坐标系。不过,剧作家贝克特就没有萨特、加缪那么积极了,其《等待戈多》一剧,弥漫了一种消极的情绪。该剧以离奇、荒诞的形式不无悲悯地揭露了人的虚无和世界的陌生,成了西方荒诞戏剧代表作,等等。回头看来,正是作家们身处的灾难逆境,铸就了这些经典。

中国哲理戏剧虽不经灾难直接催生而来,也是其间接衍生物。20世纪七八十年代,改革开放国门打开,中西文化交流碰撞频仍,西方叙事戏剧、荒诞戏剧从内容到形式为中国戏剧家发现生活探求真理带来了启发,一时之间,全国掀起探索戏剧的浪潮,一批拷问灵魂、追求哲思的作品《桑树坪纪事》《一个死者对生者的访问》《车站》《野人》《我为什么死了》《街上流行红裙子》《屋外有热流》等涌现出来。为什么中国戏剧家会对西方哲理戏剧一见倾心,并能融会贯通、举一反三向前掘进,以至于创作成果四处开花,美不胜收?这不难理解。中国古代戏曲虽然少有哲理表现,但不表示中国戏剧家对西方哲理戏剧所洞察和揭示的人所共有的苦难、困境就反应迟钝。西方哲理戏剧经灾难冲击而来,但就本质上讲,这就是人的物质外壳强行褪去之后,纯粹的心音的召唤。中国戏剧家对此,焉能无动于衷、保持淡定?他们唯有更加活跃地参与探索和实践,才是人之为人的正常反应。

而此时的戏曲园地。由于时代变革,传统戏曲无法跟上现代审美。传统戏剧现代转型成了戏曲作家的创作主攻。探索戏剧浪潮袭来,无疑使得他们应对新时代新使命更加得心顺手。

剧作家徐棻的《田姐与庄周》就是在对禁戏《大劈棺》现代新编之中巧妙赋色哲理而增辉的。该剧选择庄周这一圣人凡胎,由他的言行不一来说明了人最难战胜的是自己。多么冷僻的道理,借戏剧说明并不多见,但是人的言行不一不是人的缺点,而是人的特点、弱点,如顺水推舟,自然成立、传递开来。该剧观赏性与哲理性兼备也成佳话。剧作家魏明伦探索川剧《潘金莲》也是一出思辨意味浓厚的佳作。该剧通过众多人物出场讨论一个古代贫家女儿为何走上谋杀亲夫的道路,进而把妇女解放不等于性解放,嫁鸡随鸡不等于美德,自愿幸福地白头偕老不等于被迫委屈地白头同苦,正确的一夫一妻制不等于极端一夫一妻终身制等等拿到桌面供人讨论,全国文艺界因此迎来了一次思想大解放。

距20世纪80年代,又过去了40余年。中国戏剧诉诸哲理的探索实践,早已从异样的、炽热的星火演变为剧作家自我抒发或领悟心得的创作现象,当然,这其间,不乏理智思想盖过感性形象的创作误区存在,但这并不影响我们承认,哲理戏剧就是今天创作的一个选项。这类戏剧至今仍有佳作就是证明。如唐代诗人张若虚《春江花月夜》中"江畔何人初照月,江月何年初照人"的哲理意境,在传统戏曲中鲜有见到,却在当代青年剧作家罗周昆剧《春江花月夜》里重现光彩。换个角度感受和表现灾难,难度虽然也不小,但至少为创作开辟了新天地,营造了新生机,没有理由不试一下。

话说回来,抗疫戏剧目前并不多,大戏尤为少。在这种情形下,就如何表现救灾人谈那么多,原因在于其表现主体决定了此类抗疫戏剧属于现实题材戏剧真人真事创作范畴。也就是说,真人真事戏剧创作目前有哪些问题,此类抗疫戏剧就应该规避哪些问题,而对真人真事戏剧创作有怎样期待,对此类抗疫戏剧就有怎样期待。两年前《中国艺术报》刊发了《真人真事为什么一演出来就假了》一文,报道了国内戏剧专家学者对这一创作问题的建言。于此类抗疫戏剧,亦是加勉。而从承受灾难角度切入创作只是本文一提议,不过一旦视角转变,剧作者选择了贴近自己生活经历的人事来书写,表现束缚少,正好大展拳脚。理论工作者反而应该退到一旁,以密切关注为主。所以,让我们再等等看。

(原载于《四川戏剧》2020 年第 11 期)

# 重树"典型环境中的典型人物"的现实主义大纛

## ——重读《弗·恩格斯致玛格丽特·哈克奈斯》①随想录

丁帆　南京大学文学院教授

恩格斯的这封致玛格丽特·哈克奈斯的信札曾经是 20 世纪 50 至 70 年代文艺理论的教科书,它是指导当时文艺创作的指南,也是文学批评衡量作家作品的一个标尺。当年在文艺理论课上我们曾经反反复复地讨论过其中的含义,如今回想起来是多么幼稚可笑,因为在那个"典型环境"中仅凭着我们可怜的见识和识见,根本就无法触及恩格斯宏文的皮毛,更无从谈及对其深刻的理解了。

回眸当年我们所崇拜的作家和批评家在领会这篇文章主旨时的阐释,表现出的勇气可嘉,却也是多么浅薄的理解和阐释啊。究其原因,那就是统治阶级思想的"典型环境"让我们走不出思想的囚笼。从客观上来说,在那个大一统的时代里,我们不能体会到 1888 年欧洲资本主义动荡时代给人们的心灵上带来的剧烈震动;从主观上来说,我们的作家完全不能够理解大工业时代里一个小资产阶级作家的狭隘视野与一个洞悉了整个资本主义世界本质特征的思想家两者之间的巨大差异性——我们还将哈克奈斯的《城市姑娘》当作恩格斯赞扬的作品来捧读呢。

且不说当时许多欧美作家也并不能完全理解恩格斯关于现实主义理论的核心元素——"典型环境中的典型人物"的深刻含义,就更不必说其时对资本世界并不了解,只凭着本本和教条去盲人骑瞎马似地解析"典型环境中的典型人物"了。只有中国 1990 年代以后真正尝到了资本市场经济的酸甜苦辣时,真正进入了商品社会和消费市场以后,我们才能深切地体会到"典型环境中的典型人物"对中国的文

---

①　参见[德]马克思、恩格斯:《弗·恩格斯致玛格丽特·哈克奈斯》,《马克思恩格斯选集》第 37 卷,人民出版社 1976 年版。本文所有关于此文的引文均选自于该版本,文内不再一一注释。

学创作和文学批评是何等的重要,将其作为我们当下现实主义创作和批评的指南,似乎并不过时,如果我们的现实主义创作和批评水平能够达到恩格斯所设定的标准,也许我们的创作会更上一个台阶。

几十年来我也时常引用这篇文章里的警句,但是今天当我逐字逐句重读这篇文章的时候,感觉就完全不一样了,联系我们走过的现实主义的创作道路和批评历史,一种悲从中来的情绪弥漫在胸中,是到了重树恩格斯所倡导的那种现实主义创作原理的时候了。

恩格斯首先承认了哈克奈斯的小说《城市姑娘》"是一件小小的艺术品"。既表明了她的创作有一定的艺术价值,"小小的"形容词则是对其勉强的褒扬,潜台词却是保留了批评的权利。这里不能忽视的是这样一条看似客套的信息,那就是翻译家对原著所持有的翻译原则问题,即恩格斯说他的朋友艾希霍夫在翻译《城市姑娘》时"几乎不得不逐字逐句地翻译,因为任何省略或试图改动都只能损害原作的价值"。我个人以为,这就提出了翻译家对原著的真实性所持有的谨慎态度,那种依靠故事梗概所译出来的"林纾体"的文本是不可靠的,百年来,我们的翻译界一直围绕着"意译"和"直译"的问题争论不休,这个问题看似与本文所要阐释的论题核心"真实地再现典型环境中的典型人物"并无太大的关系,其实不然,翻译过程倘若不遵循现实主义"真实性"的原则,就会误读原著所释放出来的真实场景和人物行为,那是一种破坏现实主义翻译原则的误导。纵观百年来翻译史上许许多多、反反复复重译的各式各样的世界名著,作为一个并不精通外语的普通读者,我们在林林总总、目迷五色的译著中迷失的恰恰就是难辨谁是反映出了现实主义"真实地再现典型环境中的典型人物"原则的译文了。从这个角度来说,恩格斯的这句"闲话"并不是无用的客套话,因为百年来我们不知道吞下了多少"误译"的苦果,让"谬种流传"至今。以上的"题外话"只是此文的一个"引子"而已。

言归正传,首先我们要分析的是恩格斯对《城市姑娘》"小小的"褒扬:"您的小说,除了它的现实主义的真实性以外,最使我注意的是它表现了真正艺术家的勇气。"在这里,恩格斯首先强调的是"现实主义的真实性"这个原则,回眸百年来的中国现当代文学史和批评史,我们不难发现这样一个十分诡异的问题,在中国大陆,我们只有在 20 世纪五六十年代对这个问题进行过激烈的争论,围绕着文学作品的"真实性"问题展开的争论终于在世界观战胜"真实性"的结局中落幕了,那种胡风式的"现实主义真实性大于世界观"的论点终于成为理论祭坛上的牺牲品。尤其是在对电影《达吉和他的父亲》及原著的讨论中所涉及的真实性中的"人性论"的问题,成了被批判的对象,让我们的现实主义滑向了黑暗的深渊。殊不知这个问题至今仍然都没有得到很好的解决,即便是在"二次思想解放"和"二次启蒙"的1980年代,文学创作和文学批评的现实主义思潮在"真实性"刚刚被提上议事日程上来的时候,就很快被"现代主义"的思潮所覆盖了,一时间"现代派""先锋派"等创作流派和批评思潮占据了文学艺术的中心位置,现实主义成为一个被鄙夷而过时的弃儿,其"真实性"的原则成为一种古典主义的笑柄,更不要说1990年代商品大潮到来后,我们的文学创作和批评被消费文化的理论所牵引着走向了"后现代主义"的文化思潮语境当中而不能自拔,即便是"三驾马车"式的"现实主义冲击波"也无法用旧有的现实主义理念拯救濒死的伪现实主义的创作了。然而,值得注意的是,近十几年来中国大陆文坛所兴起的所谓"非虚构文学"现象,使我认识到这样一个发人深省的问题:这就是经过几十年来的反复折腾,我们似乎在各种各样的文体的实验当中又回到了恩格斯所提出的现实主义创作原则的原点上来了,它在本质上触及的仍然是一切时代作家都不能背离的对世界真相揭示的真谛。在这个各种外力压迫的时代环境中,如何塑造"典型环境中的典型人物",不仅需要作家和批评家价值观的正确选择,更重要的是恩格斯所说的"真正艺术家的勇气",这种"勇气"需要面对的不仅仅是得罪上层阶级的颜面,无疑,来自外在的和内心的阻力是更巨大的,也许一般的读者是不易觉察出来的,或者说我们的作家觉察出来以后并无"勇气"去实施。按照恩格斯所描述的哈克奈斯所面临的压力是来自"救世军"的压力:"这种勇气不仅表现在您敢于冒犯傲慢的体面人物而对救世军所作的处理上,这些人物也许从您的小说里才第一次知道救世军为什么竟对人民群众发生这样大的影响。"此文的注释中对"救世军"的解释是"该组织利用资产阶级的大力支持,进行广泛的宗教宣传,建立了一整套慈善机构,其目的是使劳动群众离开反对剥削者的斗争。救世军的传教士进行社会性的蛊惑宣传,表面上谴责富人的利己主义"。从这个角度来说,哈克奈斯所处的时代"典型环境"并没有我们今天作家所面临的压力大,除去后工业时代消费文化意识形态的压力之外,我们还得面对各种各样体制的"傲慢"束缚,资产阶级、中产阶级、小资产阶级和无产阶级无一不从各种角度来诟病当下的创作和批评,所以,我们的作家和批评家的压力远比第一和第二次大工业时代语境下写作的哈克奈斯负担要沉重了许多,无疑,我们无可指责许多作家和批评家不能承受时代压力之重,他们的"勇气"被这个时代"典型环境"中巨兽的无形之手扼住了咽喉,被另一种"救世军"的"蛊惑宣传"蒙住了眼睛。

很有意思的是恩格斯表扬这部小说的时候说出了这样的有着深刻寓意的表扬与批评"双重意味"的话语:"这些人物也许从您的小说里才第一次知道救世军为什么竟对人民群众发生这样大的影响。而且还主要表现在您把无产阶级姑娘被资产阶级男人所勾引这样一个老而又老的故事作为全书的中心时所使用的简单朴素、不加修饰的手法。平庸的作家会觉得需要用一大堆矫揉造作和修饰来掩盖这种他们认为是平凡的情节,然而他们终究还是逃不脱被人看穿的命运。您觉得您有把握叙述一个老故事,因为您只要如实地叙述,就能使它变成新故事。"

毫无疑问,现实主义的力量让哈克奈斯把救世军"传声筒"式的宣传本质用小说的形象表达呈现给了读者,这是现实主义"小小的"胜利。但是,在一个"老而又老的故事"的故事结构中"所使用的简单朴素、不加修饰的手法""就能使它变成新故事"。为什么就是这么一个没有什么艺术技巧的作品能够得到恩格斯"小小的"赞赏呢?这个问题我一直纳闷了几十年,直到今天,当我们历经了种种主义的文体写作程式以后,终于明白了"平庸的作家会觉得需要用一大堆矫揉造作和修饰来掩盖这种他们认为是平凡的情节,然而他们终究还是逃不脱被人看穿的命运"这段话的深意所在。恩格斯说"您的阿瑟·格兰特先生是一个杰作",是在说这个虚伪的资产阶级"典型人物"选择的不错,但并不是赞许作者对这个"典型人物"的塑造达到了一定的艺术高度,否则《城市姑娘》早就成为无产阶级的世界经典著作了。殊不知那种中国自古以来始乱终弃的"才子佳人"小说套路与西方世界作品中的"无产阶级姑娘被资产阶级男人所勾引"(亦如《德伯家的苔丝》那样的模式)都是一种小说模子脱出来的产品,问题是"平庸的作家"就不像伟大的作家那样会用现实主义强大的批判眼光去再现"典型环境中的典型人物"形象,而是陷于"题材决定论"的怪圈之中不能自拔。在这里,与其说是恩格斯在表扬哈克奈斯揭露资产阶级的虚伪面孔,还不如说是在进一步鼓励作者应该循着批判现实主义的创作道路前行,把她笔下的"阿瑟·格兰特先生"塑造成一个具有共鸣和共名效果的"典型人物"。这一段话作为铺垫,正是开启了下文对现实主义文学的定义和定性,同时也委婉地批评了哈克奈斯《城市姑娘》在现实主义"再现"艺术功能的释放中显示出的批判哲学内涵的不足。

因此,恩格斯旗帜鲜明地表达了这样几层意思。

首先,他说"如果我要提出什么批评的话,那就是,您的小说也许还不是充分的现实主义的。据我看来,现实主义的意思是,除细节的真实外,还要真实地再现典型环境中的典型人物"。这段话不仅是此文批评的画龙点睛之笔,而且成为一百三十二年来对现实主义创作和批评最精辟和最经典的概括。注意,恩格斯强调了现实主义小说的"细节的真实"是小说艺术前提这个重要的观点,无疑这是一部作品成功与否的必要条件,如果溢出了这个条件,就不能算作艺术品,只有首先满足这个先决条件,我们才可以去谈现实主义的创作和批评。

回眸中国百年来的文学史,尤其是后七十年来的文学创作和文学批评,我们曾经将这段话视为马克思主义文学理论的圭臬,但是我们的文学创作有多少是遵循这个创作原则去完美地创造出"典型环境中的典型人物"了呢? 有多少文学理论家和文学批评家是真正透彻地理解和阐释了恩格斯对现实主义的深刻定义了呢? 也许我们的理解还停留在哈克奈斯那样懵懵懂懂的水平上,凡此种种,这就是造成了我们的现实主义始终处于一个低水平的创作和批评语境中的根本原因。

毋庸置疑,"细节的真实"一般的作家都可以做到,问题当然还在这样的真实的细节是否是为那个"典型环境中的典型人物"的需要所设。撇开这个创作技巧的基本常识外,我们在"典型环境中的典型人物"的塑造之中不可忽略的是这两个字,即"再现"功能。除现实主义的之外,一切文学艺术均以"表现"一词作为表达方式,只有"再现"才是现实主义独特的表达方式。这个问题纠缠了我许多年,自打我阅读了大量的现代派的作品之后,我才悟出了在两种表达形式上的巨大差异性。在各有长短的创作和批评中,我意识到了这样一个道理:我们喊叫了几十年的现实主义在"典型环境中的典型人物"的烛照下却是一种"伪现实主义",它与恩格斯的现实主义原理相去甚远。恩格斯所说的现实主义是以 19 世纪"批判现实主义思潮"为蓝本进行分析和哲学性的批判的,而我们却是在一种赞歌或战歌的现实主义的怪圈中彷徨呐喊。而"再现"的功能就是需要作家对社会生活中的一切虚伪的现象给予无情的揭露与批判,这本来就是一个现实主义的基本常识问题,我们却在处处回避之中放弃了这一原则,形成了几十年来恩格斯所说的那种"不充分的现实主义"泛滥。

因此,恩格斯说:"您的人物,就他们本身而言,是够典型的;但是环绕着这些人物并促使他们行动的环境,也许就不是那样典型了。"就是揭示出了作家在创作中用"细节的真实"堆砌起来的"典型人物"一旦脱离了"典型环境",其人物的典型性就会受到极大的伤害。换言之,"典型环境"本质的真实性是决定"典型人物"塑造成功与否的前提和必要条件。是的,在我们中国现当代文学史中不乏那种有着鲜活生命力的"典型人物"的塑造,但是,他们始终无法成为文学史长廊中最为突出的"典型人物"形象,因为他们无法上升到"典型性格"的高度,他们进入不到对"国民性"的集体无意识和个体无意识的人物雕塑的艺术殿堂之中,只有寥若晨星的《阿Q正传》孤独地屹立在那里,成为仅有的少数几个上升到"典型性格"的人物谱系。究其原因,我们对"典型环境"的理解还不够透彻,也就是对现实主义创作和批评的本质特征尚未吃透到骨髓当中去,没有把"典型环境"作为现实主义,尤其是批判现实主义创作和批评的灵魂来视之,因为所有的现实主义的作品最终都要揭示一个时代的本质特征,作家笔下的"典型人物"都是那个"典型环境"中的"典型性格"高度浓缩的概括,是那个时代"异化的产儿",即便像菲茨杰拉德《了不起的盖茨比》那样的作品也是为了让那个"典型性格的人物"成为作者抨击那个"典型环境"塑造出的一个被时代异化了的畸形形象,所以它才成为美国经久不衰的经典作品。所有这些都指向了"典型环境"对"典型人物"创造的制约,这个浅显的真理直到1980年代"寻根文学"崛起的时候,一些作家才顿悟出了"文化制约人类"的道理,可惜他们没有选择批判现实主义的创作和批评的道路向前走,致使我们失去了一次对"现实主义深化"的机遇。回顾1960年在"大连农村题材创作会议"上提出的"现实主义深化论"和"中间人物论"也没有真正触及"典型环境"的问题,那些对现实主义的反思仅仅停留在对"典型人物"的制约的反抗上。

作为一个女性作家,哈克奈斯用她细腻的笔触描写了一个虚伪的资产阶级的"典型人物",所以恩格斯才说出了这样客气的恭维话:"您的阿瑟·格兰特先生是一个杰作。"然而,正是作者忽略一部伟大的作品对其时代大背景的描写,无论是直接的或是曲笔的,抑或是隐晦的表达,都是对作家价值观念的考验和验证。雨果之所以是大师级的作家,其中一个最重要的因素就是他直接把法国大革命的背景植入了自己的小说创作之中,才让《悲惨世界》《九三年》《巴黎圣母院》这样充满着人性光辉的作品成为永远照耀人类现实世界的灯塔,以至于让有些人把这些典范的现实主义作品当作浪漫主义的作品来欣赏。我个人认为,这就是作家利用"典型环境"来塑造"典型人物"大视野的创作技巧胜利,它既需要作家具有强烈的历史和哲学眼光,同时也需要作家具备处理和把控自身所处时代的价值判断的敏锐性和正确性,所以马克思主义的批判哲学无疑就是对任何时代的"检察官",因为每一个时代与社会都有其双重性,正如狄更斯所言:

> 这是一个最好的时代,这是一个最坏的时代;
> 这是一个智慧的年代,这是一个愚蠢的年代;
> 这是一个信仰的时期,这是一个怀疑的时期;

这是一个光明的季节,这是一个黑暗的季节;

这是希望之春,这是失望之冬;

人们面前应有尽有,人们面前一无所有;

人们正踏上天堂之路,人们正走向地狱之门。①

而我们的作家往往就忽略其作品应该所具有的对社会的责任感,殊不知"牛虻"对时代的贡献远远大于"寄生鸟"的自私。如果一个作家离开了对"典型环境"的注视,即便他有十二分的才华,他被自己笔下栩栩如生、生动无比的人物描写技巧所陶醉,描写出来的人物却仍然是一具行尸走肉,因为他永远不会成为留在文学史长廊中的"典型性格"形象,因为一个没有打上时代纹印标识的人物是没有来路和谱系的泥胚,人们无法对其进行历史的鉴别——这与跨越任何时代的"典型性格"雕塑是有本质区别的,塞万提斯的《堂吉诃德》和鲁迅的《阿Q正传》是有着鲜明时代标识的作品,作家把那个时代的"典型环境"高度凝练在这些"典型人物"身上,才使他们成为跨越时代、跨越国族的"典型人物"雕像。

所以,恩格斯才语重心长地指出哈克奈斯小说的弊病就在于:"在《城市姑娘》里,工人阶级是以消极群众的形象出现的,他们不能自助,甚至没有表现出任何企图自助的努力。想使这样的工人阶级摆脱其贫困而麻木的处境的一切企图都来自外面,来自上面。如果这是对1800年或1810年,即圣西门和罗伯特·欧文的时代的正确描写,那么,在1887年,在一个有幸参加了战斗无产阶级的大部分斗争差不多五十年之久的人看来,这就不可能是正确的了。他们为恢复自己做人的地位所作的剧烈的努力——半自觉的或自觉的,都属于历史,因而也应当在现实主义领域内占有自己的地位。"在这里,恩格斯对作者低估了伦敦东头工人阶级觉悟表示了遗憾,说如果是在七八十年前"圣西门和罗伯特·欧文的时代",工人的愚昧和奴性还没有觉悟的话,那么在恩格斯写这篇文章前一年的1887年《城市姑娘》的诞生时,英国工人已然不是这样的思想状态了,而这种对社会政治的敏锐感觉被作家有意无意地忽视了,显然会给现实主义的作品带来致命的伤害,无视半个世纪以来"工人阶级对他们四周的压迫环境所进行的叛逆的反抗",从根本上来说就是对时代"典型环境"的剧烈变化无动于衷的表现,显然,恩格斯是在熟读了马克思《1844年经济学哲学手稿》基础上对工场英国工人阶级的奴隶生活状况得出的分析结

---

① [英]查尔斯·狄更斯:《双城记》,石永礼、赵文娟译,人民文学出版社1996年版,第8页。

论。恰恰在这一点上作家往往会忽略典型环境中典型性格的宏观准确把握。这样的弊端不仅体现在外国作家的身上,也呈现在中国现当代许许多多的作家身上,他们往往认为,小说作品是一种艺术,一种写作的技巧,无须介入生活,沉浸在一己的心理世界中驰骋即可,殊不知,千千万万的阅读者不仅仅是要观看"朗读者"的写作技巧,他们还想倾听"朗读者"与其休戚相关的生活状态,这才是恩格斯所说的一部作品要在历史的长河中永存就"应当在现实主义领域内占有自己的地位"。这就是囊括一切现实主义作品和批评的真谛所在。

因此,恩格斯在文章的结尾一针见血地指出了《城市姑娘》的要害:"为了替您辩护,我必须承认,在文明世界里,任何地方的工人群众都不像伦敦东头的工人群众那样不积极地反抗,那样消极地屈服于命运,那样迟钝。正如马克思在《1844年经济学哲学手稿》里所描述的那样:工人成了自己对象的奴隶。而且我怎么能知道:您是否有非常充分的理由这一次先描写工人阶级生活的消极面,而在另一本书中再描写积极面呢?"我以为恩格斯的这段结语是带有嘲讽意味的婉转批评,无疑,在整个19世纪,英国工人阶级反抗资本主义的运动层出不穷,英国和法国成为工人运动的中心,尤其是1970年代第二次工业革命以后,他们的觉悟进一步提高,恩格斯在文章中提及的1887年的时间节点正是法国工人狄盖特在6月16日为《国际歌》谱曲的日子,也是巴黎公社过去十六年后工人阶级运动风起云涌的时刻,"全世界无产者联合起来"成为工人阶级世界性反抗资本主义的统一口号,如果真的像作家所描写的那样,那么不是作家的盲视,就是作家的价值观出现了问题,没有真实地记录下伦敦东头工人阶级的生活状态的变化,这才引起了恩格斯几近愤怒的谴责:"任何地方的工人群众都不像伦敦东头的工人群众那样不积极地反抗,那样消极地屈服于命运,那样迟钝。"在这里,我们毫不犹豫地看到了恩格斯对一个无视时代大背景下底层人民真实思想状况缺失的深刻批判,这是一种现实主义的人性关怀。

反观我们当下的文学创作和文学批评,即便对"底层文学"的观照,虽然没有像哈克奈斯那样盲视,却也显得那样的肤浅和无力。

下面我着重谈谈这篇文章的另外一个中心观点,这个观点也是被我们的文学史耽搁了的文学创作和批评最重要的指南性论断,同样是这篇文章的另一"文眼"所在。因此我以为这篇文章不只是"独具慧眼",而是"双目齐视"。

首先,恩格斯明确指出,他并不是要把自己的政治观念强加给作者,用德国人喜欢以哲学表达的"倾向小说"来冲淡文学艺术的魅力。一个作家无须"来鼓吹作者的社会观点和政治观点",但这并不是说作家不要有自己的价值观念,所以"作者的见解愈隐蔽,对艺术作品来说就愈好"才是一部作品最好的艺术表达方式,这也是鲁迅一再提倡的作家要使用"曲笔"的道理。在这里,我提请大家注意一个细节,那就是恩格斯十分看重作家对当下生活的描写,充分体现了现实主义"当代性"对于作家的重要作用。一个优秀的作家总是把人物的刻画置于一个特殊的"典型环境"之中进行细致的描写,目的就在于让读者能够在会心一笑中获得的不仅仅是艺术的愉悦,更重要的是让他们透过"典型人物"的故事和行状,体味到作家概括这个时代精神的深刻洞察力。回避"典型环境"描写是不对的,但是拙劣地表达自己的政治观念也是艺术作品所不齿的,成为被艺术所诟病的:"传声筒"是作家的失败,这就是马克思主义批判哲学的辩证法。当然观点的隐蔽不能抵达让任何人都看不懂的地步,那也是作家作品的另一种失败。

以下这段话已然是一百多年来无论是资产阶级还是无产阶级作家们都称之为文学理论和文学批评经典性的语录,恩格斯毫无顾忌,也毫无保留地以批判现实主义大师巴尔扎克为例,来阐释了老巴尔扎克式的现实主义的艺术本质特征。

让我举一个例子。巴尔扎克,我认为他是比过去、现在和未来的一切左拉都要伟大得多的现实主义大师,他在《人间喜剧》里给我们提供了一部法国"社会"特别是巴黎"上流社会"的卓越的现实主义历史,他用编年史的方式几乎逐年地把上升的资产阶级在1816年至1848年这一时期对贵族社会日甚一日的冲击描写出来,这一贵族社会在1815年以后又重整旗鼓,尽力重新恢复旧日法国生活方式的标准。他描写了这个在他看来是模范社会的最后残余怎样在庸俗的、满身铜臭的暴发户的逼攻之下逐渐灭亡,或者被这一暴发户所腐化;他描写了贵妇人(她们对丈夫的不忠只不过是维护自己的一种方式,这和她们在婚姻上听人摆布的方式是完全相适应的)怎样让位给专为金钱或衣着而不忠于丈夫的资产阶级妇女。在这幅中心图画的四周,他汇集了法国社会的全部历史,我从这里,甚至在经济细节方面(如革命以后动产和不动产的重新分配)所学到的东西,也要比从当时所有职业的历史学家、经济学家和统计学家那里学到的全部东西还要多。不错,巴尔扎克在政治上是一个正统派;他的伟大的作品是对上流社会必然崩溃的一曲无尽的挽歌;他的全部同情都在注定要灭亡的那个阶级方面。但是,尽管如此,当他让他所深切同情的那些贵族男女行动的时候,他的嘲笑是空前尖刻的,他的讽刺是空前辛辣的。而他经常毫不掩饰地加以赞赏的人物,却正是他政治上的死对头,圣玛丽修道院的共和党英雄们,这些人在那时(1830—1836年)的确是代表人民群众的。这样,巴尔扎克就不得不违反自己的阶级同情和政治偏见;他看到了他心爱的贵族们灭亡的必然性,从而把他们描写成不配有更好命运的人;他在当时唯一能找到未来的真正的人的地方看到了这样的人——这一切我认为是现实主义的最伟大胜利之一,是老巴尔扎克最重大的特点之一。

恩格斯之所以说巴尔扎克比左拉更伟大,则是因为他看问题的角度不一样,自然主义写作大师与现实主义大师相比较,恩格斯当然更加喜欢"百科全书"式的全方位长镜头扫描那个时代的鸿篇巨制了。这种"编年史"的写作方式让"他在《人间喜剧》里给我们提供了一部法国'社会'特别是巴黎'上流社会'卓越的现实主义历史"。正是马克思主义文学理论中所标举的作家应该如实地介入当下生活的核心原则,亦即作品的"当代性"才是作品的灵魂所在。故此,恩格斯才把老巴尔扎克推上了19世纪批判现实主义的最高宝座上:"在这幅中心图画的四周,他汇集了法国社会的全部历史,我从这里,甚至在经济细节方面(如革命以后动产和不动产的重新分配)所学到的东西,也要比从当时所有职业的历史学家、经济学家和统计学家那里学到的全部东西还要多。"这种近乎于武断的全称性判断之所以让人臣服,就在于老巴尔扎克作品笔下的那个不死的"典型人物"的幽灵真的久久徘徊在这个世界的上空,久久不会弥散是因为驱之不散,这才是一部现实主义的伟大胜利,因为它们的对当时现实的描摹意义仍然活在我们当下的生活之中,这就是真正的现实主义力量,它摧毁过一个旧世界,它还继续影响着一个现实的"此在"世界,同时还会预示着人类发展途径中未来世界林林总总的社会生活现象的"再现"。

最后还需要强调的是,恩格斯应该是首倡作家的创作方法大于世界观的伟大批评家,换言之,就是他提倡作家站在人类良知和正义的立场上去克服自身的阶级立场,在作品中注入不带偏见"反立场"的价值观——一个对历史负责的现实主义创作方法所约定的正义价值观。所以他说:"不错,巴尔扎克在政治上是一个正统派;他的伟大的作品是对上流社会必然崩溃的一曲无尽的挽歌;他的全部同情都在注定要灭亡的那个阶级方面。""一曲无尽的挽歌"成为现实主义作家伟大人格的体现,这才是现实主义取得胜利的法宝。这一点被恩格斯说得十分透彻:"这样,巴尔扎克就不得不违反自己的阶级同情和政治偏见;他看到了他心爱的贵族们灭亡的必然性,从而把他们描写成不配有更好命运的人;他在当时唯一能找到未来的真正的人的地方看到了这样的人——这一切我认为是现实主义的最伟大胜利之一,是老巴尔扎克最重大的特点之一。"这就是马克思主义文学理论的核心内容"历史的必然要求"所在,这一点在《恩格斯致斐迪南·拉萨尔》论述现实主义悲剧时就说得清清楚楚了。我要说的是,这些几乎就是常识性的马克思恩格斯的现实主义的创作原理和批评原则,我们的作家和理论家、批评家有多少人能够深刻地理解其中的含义了呢?

恩格斯这篇文章的伟大之处,就是在于文章对现实主义的评价体系是永远不过时的创作与批评的指南。

现实主义并不是时代的弃儿,问题是我们从来就没有正儿八经地去抚养和培育过它,在这个物欲横流的消费主义时代里,我们向往的是现代和后现代的创作理念和方法,我们耻于谈论现实主义,那是因为我们根本就从来没有真正懂过现实主义的本义,尤其是批判现实主义从来就没有真正在中国当代文学中生根过。所以,正视现实主义创作方法在这个时代的作用,呼唤真正的现实主义回归,应该是我们重读此文的最终目标。

虽然这是一个缺乏"典型环境中的典型人物"文学塑造的时代。

所以,抓住时代的机遇,在这个纷乱复杂的世界里重树恩格斯"典型环境中的典型人物",创造出当今世界具有普遍意义的"典型性格"的人物谱系,是每一个现实主义创作者应该遵循的小说创作的真理。

可惜我们并没有察觉和明白这个真理放之小说创作四海而皆准的道理。

(原载于《中国当代文学研究》2020 年第 5 期)

# 家国情与岭南风：舞剧《醒·狮》的民族审美建构

董超　东华理工大学艺术学院舞蹈教研室主任
朱律　北京舞蹈学院中国民族民间舞系民俗舞教研室主任

　　舞剧是以舞蹈为基础，整合文学、音乐、戏剧、舞台美术等手段来表现人，反映生活的综合性表演艺术①。如何在遵循舞蹈艺术特征和规律的前提下，通过舞剧所综合的各种手段进行叙事和表意，是综合考量一部舞剧质量的重要指标。舞剧《醒·狮》以国家级非物质文化遗产"醒狮"（"南狮"）为素材，综合运用舞蹈构图、舞台美术、舞蹈道具等手段进行主要意象的设计和意境的生成。剧中虚构了龙少、阿醒、龙妹等人物和故事，又将其置放于时代洪流（广州"三元里"抗英斗争）之中，强调了历史事件的历史意义，赋予虚构的故事以现实主义的基调；又将个人命运与民族命运结合，从叙事和表意角度赋予了"醒狮"以人格的民族气质，实现了舞剧审美的民族化建构。

## 一、整合舞剧叙事手段进行民族化审美搭建

　　人体动作、舞剧音乐以及舞台灯光、道具、布景等是舞剧传统的叙事语言。《醒·狮》有效整合这些手段进行叙事和表意，体现出具有民族烙印的处理手法。

　　（一）以"风情画"解"民族风情"

　　强调文化的特异性是进行文化表达和传播的常用手段。《醒·狮》作为一部深耕地域文化题材的舞剧，对岭南地域环境中具有代表性的自然风貌和文化风貌

---

　　① 参见袁禾：《舞蹈基本原理》，上海音乐出版社 2015 年版。

的物象集中展示,强调了特有的"祥和""热闹"又兼具"厚重"的文化色彩。舞剧第一幕展示了三元里的"长街风情":横、竖垂挂的各种牌匾,穿着板凳鞋的年轻人,着"鸡公榄"沿街叫卖的小贩,戴大头佛持葵扇的引狮人,舞醒狮的队伍,跟着舞狮人举着狮凳的小伙……这些民俗风情因舞剧叙事的需要被集中到一起,同一时间内集中展示出多种地域文化符号(物象),尤其是跟醒狮有关的物象:南拳、狮凳、狮头、狮鼓、引狮人,这种集中展示出于交代叙事背景的需要,表达一种独具特色的地域文化物象组合,为整部舞剧奠定文化和文化表达的基调。其中长街中的"耍狮子",既是一种民俗,也为两位男主角第一次斗狮而产生的戏剧冲突埋下伏笔。接着展示了广东的茶馆文化:品茶,听木鱼歌说唱(《叹世歌》)。这段中的"茶馆"舞蹈编排节奏紧凑,动作富于变化,尤其是桌上"扣指舞"非常有特色:桌面与地面垂直,这时桌面就像放大镜一样,演员的手臂和手指动作被直接展示在观众面前,这种舞台表意处理既拓宽了叙事表达的空间,又丰富了观众的审美视野。

对舞剧来说,地方特色符号的选择要考虑其可舞性问题,然后是其与叙事的关系,进而上升到民族审美的表达层面。舞剧中,地方特色不是简单的罗列和铺陈,这些具有标识性的特色比较有效地参与了叙事的表达:最明显的莫过于茶馆里两位男主的对打。两位男主攀高桌胶着对打,龙少遗憾败北,形成了舞剧叙事的第一次戏剧冲突,同时为第二次戏剧冲突埋下伏笔。这种戏剧叙事焦点的处理手法虽为舶来品,但在舞剧中被赋予中国式表达:"桌上舞蹈"早已有之,戏曲中的《三岔口》和中国古典舞作品《醉鼓》。《醒·狮》开拓了桌上的舞蹈空间,将南狮登高采青的形式与双人舞编排结合在一起,两位男主角的把位变化多样,既符合武术对抗和舞狮登高采青的特点,又抓住双人舞蹈对人物关系和动作的处理要求。从"地青""中青"(踩桌凳)一直斗到"高青"(叠桌),这一段是舞狮"采青"与舞蹈表演结合得非常好的舞段,既有"舞""武"又有"斗",非常精彩。可以说这段舞蹈将原本在地面上的表演拓宽到了层叠的舞台立体空间,又把戏曲中桌上舞进行了很好的发展。

(二)借舞台叙事空间进行民族化表意

舞剧中,经常使用灯光的明暗、布景的移动等方式对舞台表演区域进行人为"切割",这种"切割"既可以是并线叙事——同时间的叙事空间的切割,也可以是线性叙事——异空间的叙事时间的切割。

舞剧中多次使用"多空间切割"的手法满足叙事需要,如"序"中三位主角出现时,舞台被切割出三个时空,同时交代三位主角的不同身份;再如第三幕龙妹死去时,舞台主空间是龙妹内心独白之舞,同时舞台多个方位依次出现阿醒、龙少、醒母与龙妹合舞,这样的舞台空间切割将龙妹弥留之际的内心活动的不同方面和层次表现得淋漓尽致,显示出中国人浓重而含蓄的亲情观、爱情观,也从侧面反映出列强炮火的惨无人道和对生命的摧残。这种借助舞台装置的形式进行"中国式"抒情和表意的做法也是舞剧中国化进程中的常用手法。

第二幕舞台空间被"狮头"龙骨切割成三个不同的叙事场景:舞台靠近上台口的一侧以较高大的"狮面"龙骨为"阿醒家"。在这一场中,先后出现手持醒狮玩偶的女孩与板凳群舞、阿醒与龙妹的双人舞,这两段舞蹈表现龙妹内心对阿醒"喜悦—顾虑—接受"的过程;舞台靠近下台口的一侧以较矮的"狮口"龙骨为"龙少家",他躺在摇椅上贪婪地吸食鸦片,吞云吐雾,不务正业。恰被归家的龙妹看到,这时就产生了龙妹规劝龙少的双人舞。第三个场景是"狮面"龙骨转向舞台正后方,舞台表演空间瞬间完成转换,故事矛盾也转向舞剧第二个戏剧冲突:龙少、阿醒因龙妹而打架,阿醒败下阵来。这一幕借助舞美所完成的环境和故事铺陈同样承载了传统的家庭观和亲情观。

上述舞剧道具的设计可见设计者的巧妙心思:"狮面"有一种"积极""正面"内涵预设,与阿醒的身份和人物性格设定相匹配;"狮口"的意象性则很明显——"狮"可以成就人,也可以"吃(毁)"人,关键在于舞狮的人以何种态度对待,龙少吸食鸦片也印证了这个预设。舞台上高大的"狮面"龙骨与较矮的"狮口"龙骨的对比、借由"狮面"的转向完成叙事的转向、矛盾焦点的聚合等等这些处理手法,形成具有表意意味的舞剧舞台语言,这与西方的芭蕾舞剧中对舞美装置的处理手法截然不同。

以物象为基础赋予其"人格"意义,进而生成表意意象是中国艺术创作中常用的手法之一,凌寒盛放的红梅常被古代文人赋予"傲骨""高洁"的品格,王安石的《梅花》"墙角数枝梅,凌寒独自开。遥知不是雪,为有暗香来"即为一例。杨丽萍、柴明明、刘岩等舞蹈家都曾表演过以"梅"为题的作品,不约而同地都以肢体语言描摹梅花的虬枝,营造出风雪中梅花凌寒清幽的品格。这种做法被舞剧编导们充分发挥,正是中国舞剧民族化审美建构中的主要手法之一。

(三)赋予物象多重意蕴,营造新的"心灵视像"①

舞剧中,"狮凳"不仅让舞狮人站得更高,让醒狮登得更高,更托起"舞狮人"的

---

① 参见袁禾:《舞蹈基本原理》,上海音乐出版社 2015 年版,第 88 页。

未来,托起民族精神。"狮凳"随着剧情的发展而呈现出多样化的意蕴。这个作用可以从两方面来考量:一方面,"狮凳"是练习"醒狮"和"南拳"时不可或缺的辅助工具。没有狮凳就不会有高层搭台,就不会有狮王争霸。第一幕的"长街风情"中,舞狮人脚踩蜿蜒的狮凳完成腾跃技巧,"茶馆"一段中龙少和阿醒二人踩狮凳高台进行高台比武等等,都体现了狮凳的功用。另一方面,舞剧中的"狮凳"看似一件简单道具,却几乎出现在每一幕中,而且编导赋予其多重意蕴,在不同的人物关系和情境中体现出层次丰富的表达效果。第二幕以"狮面"龙骨为"阿醒家"一场中,龙妹到阿醒家玩耍,内心的喜悦非常,编导巧妙地将龙妹内心的波澜幻化为一排围绕狮凳翩然起舞的女孩,轻巧活泼,灵动可爱。接着是阿醒与龙妹的双人舞,这段舞蹈围绕着一个狮凳展开,两人的肢体接触和造型无论如何变换始终都以狮凳相隔,这里的狮凳是两人关系的一道"屏障",既表示两人物理空间关系上的区隔,又象征两人碍于道德约束形成的无形的心理屏障,舞蹈动作虽有接触,却始终隔着板凳而不敢越"雷池"一步。接着又是女孩与狮凳的群舞,这里的处理手法与前述类似,龙妹内心视像外化为鱼贯而出的女孩,双手执狮偶活泼起舞。这一段可以视为龙妹终于向阿醒敞开心扉。至此,阿醒与龙妹的恋人关系交代清楚。第三幕"入阵"中,"狮凳"同样跳出与"醒狮"的固有关系,成为一种特殊的表达符号。英军的船炮打破了三元里的平静,这时出现众人舞狮凳的场面。在这段舞蹈中,"狮凳"脱离其原有的适用语境,不断变换其象征含义,每一次都形成了新的意象:人们手中的凳子掉在地上,东倒西歪的横亘在舞台前区,表示人们以血肉之躯抗争和抵御敌人;当抗争的力量越来越微弱时,人们将狮凳凳腿朝外竖起围成一圈,这时的"狮凳"又象征团结、防御和自保;当龙妹将要香消玉殒时,狮凳在舞台上散开,预示大家失去了奋起抗争的领头人;弥留之际,龙妹带上大头佛,手持葵扇起舞,"引狮人"的形象跃然舞台之上,这时,龙妹四周是扶着狮凳拼命挣扎的国人,是站起来扶正歪斜的"三元古庙"牌匾的国人,"狮凳"已经成为面对危难时人们坚强的后盾,成为一种带着血肉的物件。这里众多的狮凳构成国人的群像,每一个"狮凳"都代表一个国人,都代表着山河破碎时每个中国人的骨气——"人倒凳伏,人在凳立"。

可以说舞剧中的狮凳已经突破了它作为一件道具的一般用途,在编导的表意建构中成为塑造人物内心世界、生成生动隽永的主题意象的符号之一,有力烘托出身处时代风云中的人物命运与人生选择。可以说这些舞段体现出中国舞剧编导在处理道具的表意特性与民族化表达时较为成熟的手法。

## 二、《醒·狮》主要意象的设计和意境的生成

追求意象化的舞台语言表达,是中国传统艺术尤其是以"演剧"为主要内容的传统表演艺术的美学追求。舞剧《醒·狮》中主要故事和人物的设定都围绕"醒狮"这一核心"物象"展开。"醒狮"是国家级非物质文化遗产,舞剧从其历史沿革、制作工艺和艺术价值中抽离出最核心的元素——"人"和"情",一方面,塑造了具有个性和审美内涵的人物角色:"龙少"、"阿醒"、"龙妹"和"醒母";另一方面,将"醒狮"从一个区域文化符号上升为一种象征"不屈不挠""团结向上"的民族气势。

(一)人物姓名的内涵意象

舞剧中的主要人物"阿醒"个性朴实、坚韧,舞狮功底扎实,在和龙少初次交手时失利,这激发了他更加刻苦训练的斗志。透过阿醒能看到千千万万个传统中国人所具有的品格;"龙少"个性直率、张扬,功夫了得,茶馆初次交手战胜阿醒,而后吸食鸦片自甘堕落,不思进取,在与阿醒的第二次交手时溃败。这似乎与自诩为"天朝上国""闭关锁国"的大清被坚船利炮摧毁的命运一般。而面对亲人的感化和外敌的入侵,龙少幡然悔悟,与阿醒一起舞起醒狮,振奋族人精神,以奋勇之姿为奋战的勇士们舞狮助威,彰显民族气势和情怀。从他二人的命运发展线索可以明显看出编剧所设计的"假定"意图:"醒"即时刻保持清醒,纵有失败,尤可卧薪尝胆,有待日后振羽高飞;"龙"即"巨龙",即使沉睡,也会蹈厉奋发,重焕腾云之姿。

这种以人名为虚拟象征的处理手法在中国艺术创作中并不鲜见。《红楼梦》里的"贾宝玉"谐音"假宝玉"就有此意。通过带有一定实际内涵和意义的名字来象征或暗喻,使艺术表达更含蓄隐晦。对一部舞剧来说,这样的处理虽谈不上大手笔,但就是这细微之处为舞剧整体的审美建构起到了锦上添花的作用。

(二)舞蹈构图的"立象尽意"

通过编排和组织的舞蹈构图能起到很好的表达作用,这其实是对舞台上的"点""线""面"的处理和运用,"凡舞蹈构图都涉及物象空间、意识空间和意象空间。"

舞剧通过"醒狮"展现民族气节,其舞段的舞蹈构图十分有冲击力。如剧中多次出现的三角形队形:龙少、阿醒二人茶馆比武,借助茶桌和茶凳形成的"山"字形(即向上的三角形),"山"字形队形在形态上能给人一种挺拔高耸之感,在表达上

可以象征凝聚、团结之意,这类例子如群舞《黄河魂》开始的群体造型表现了饱受苦难的中国人的团结和坚强不屈的精神;而出现频率更高的向前的三角形队形,能给人一种冲击感、紧张感和压迫感,能够表达一种团结奋勇的气势。如龙少、阿醒二人和好,带众人一起舞狮,呈朝向观众的三角形队形。最具代表性的莫过于龙妹化身"引狮人"鼓舞冲在最前,众乡亲随其后形成三角形队伍,舞鼓的每个人既可以看作是阿凤的化身,作为群体又是阿凤精神的象征和化身,又是一种民族气节的集中表现。众人齐鼓声既是振奋之声、民族之声,又是福祉之声,在鼓声振奋下,群舞狮上场,端腿站立,高举狮头。这里同样又是一个群体向前的三角形队形。像这样充满冲击力的造型会营造一种积极的、昂扬向上的团结的力量,把舞台的时空感转换成族群和民族的精神与气势,从而完成富于集体意志和家国情怀的语言表达和情感表达。正是舞台上营造的具有形式感的物象,蕴意着指向舞剧主旨的巨大力量,舞蹈就是这样依靠它无言、动态的肢体动作塑造人物,创造形象,生成意蕴深刻的舞蹈意象,这正是舞蹈艺术的特质所在。

（三）由"观物取象"到"得意忘象"的升华

舞剧围绕"南狮"（醒狮）,为其架构了故事,设定了人物,最后将其放进了真实的历史语境中进行叙事,这一切都是为了借"醒狮"之口讲一个发愤图强的故事。

1."狮面""狮口""狮眼"——"醒狮"意象的物象化组合

南狮重在"狮头",舞剧从叙事和表意的需要出发,巧妙地将"狮头"拆分为三部分,以"狮面"配阿醒,阿醒家高大坚固又明亮,以示其男儿自强有骨气,自始至终都是积极的人物形象;以"狮口"配龙少,龙少家拱门稍矮且暗淡,重要的是龙少吸食鸦片时正是躺在位于"狮口"中的摇椅上,"狮口"以"狮口吃人"的意象表示他因鸦片而人生迷途。第三幕"入阵"时,"狮口"在舞台中央自转,"狮面"绕其公转,以示两人在三元里决斗,剑拔弩张。舞台上旋转的"狮面""狮口"交代了决斗现场气氛的胶着。正要采"高青"的时候,炮火声响起,台前垂幕上军舰将炮火对准三元里,对准起舞的"醒狮"。坚船利炮打在狮头上,实际就在暗示打在支撑狮头的人身上,这正是当时国人命运的真实写照。阿醒和龙少的命运就这样与历史联系在一起:"没有人,家不是家,国不是国;人无狮不聚,狮无人不灵。"舞剧的叙事在这里由小人物的线索升华为全民族的命运。"狮面""狮眼"的拆分,正象征个体的不完美,而一旦具有互补的个体有机会组合在一起,将会产生超越双倍的力量,这正是舞剧中的"醒狮"被赋予人格的表现之一。

2."龙""醒"舞"狮"——"醒狮"意象的人格化升华

　　"醒狮"是"狮头""狮背"合作完成的,而"龙少""阿醒"的关系从"冲突"到化干戈为玉帛,同仇敌忾,在三元里一起舞起醒狮,这个叙事的逻辑其实也是舞狮练习时"狮头""狮背"不断磨合适应到完美配合的过程。编导在进行阐述时提到阿醒、龙少其实是一个人的两面,所以阿醒的品质与龙少的重生,一个人的两面的聚合所形成的奋发图强的气势凝聚在狮头被高高举起的那一刻,这既是人格完满的一刻,又是升腾的中华民族的气势,至此,舞剧的主题得到了质的升华。

　　面对满目疮痍的国土和列强的肆意抢掠,中国像一头由雄浑到沉睡的东方巨狮,当"狮眼"垂降与"狮面""狮眼"组合在一起的那一刻,正是阿醒、龙少一起"舞狮点睛"所燃爆的民族升腾的激情,"就整部舞剧的叙述而言,作为舞者活动空间的'狮头'场景与作为舞者行动标志的'狮头'道具,形成了语境与语素的理解'共同体',强化了舞剧审美意象的'整体性'。"①

　　有人舞"醒狮","醒狮"才具有了人的灵气,才能聚人之和气,才能扬民族之正气。中华民族在这里被喻示为一头醒来的"东方雄狮"。狮面、狮眼的组合,狮头、狮背的合体将个体的力量聚合为整体气魄,这是舞剧中的醒狮被赋予人格的表现之二。

　　舞剧通过人物关系和历史事件赋予"醒狮"以有血有肉的人格,将"狮"的雄劲和"醒"的主旨糅合起来化为一股民族的升腾气象,观众为这种气势所振奋和感染,只见"醒狮",不见《醒·狮》。所以"醒狮"既是叙事的核心物象,又是舞剧民族化审美所要建构的核心意象。

## 三、《醒·狮》对"岭南舞蹈"审美建构的补充

　　以"醒狮"作为舞蹈素材,前有舞蹈《醒狮》,小舞剧《醒》,而舞剧《醒·狮》"个性明显的地方特色,成为舞剧整体叙事的特定环境和美学追求,成功地激活了作为一种表现手段的地域色彩为舞剧所带来的极大艺术生命力"②,同时也给我们展现了一个更为丰满的岭南文化符号——"醒狮"和它所承载的关于醒狮人、关于民族、关于历史的辛劳和印记,舞剧中的"醒狮"通过人物设定和叙事表意的设计,进行多层意象的叠加,最终上升为一种升腾的民族气势,舞剧将这种气势总结为"有华人的地方就有醒狮",掷地有声,这是一种非常典型的民族文化认同。基于民族

---

① 于平:《舞剧新作短评四题》,《艺术评论》2019 年第 7 期。
② 江东:《怒吼的狮子——观舞剧〈醒·狮〉》,《艺术评论》2019 年第 2 期。

共同心理素质的文化认同是"漂泊"的个体的终极追求,所以全球海外华人春节最热闹的节目就是舞龙舞狮,因为这是关于同根同源的最深刻的民族记忆。在这一点上,舞剧《醒·狮》的表达更叠加了"思乡情切"的意味。

作为岭南人共同的地域身份象征和符号之一,"醒狮"的素材为岭南舞蹈文化走出去埋下了温情的一笔。"岭南舞蹈"是近年来经常被提及的一个舞蹈种类,特指岭南地域内的各类舞蹈形式。有学者将岭南舞蹈凝炼为"'威武谐趣、灵动写意'的宏观动态审美特征"①,"灵动、谐趣、写意"是作为东南沿海的岭南舞蹈所与生俱来的特质,这也是我们印象中岭南舞蹈的历史风貌和地域风情。"威武"则是明清以来,尤其是近现代以来在南北文化交融、抵御外辱等历史进程中积淀并滋长出来的新的气质。一方面,早期的通商活动让岭南人最早认识和接触外部世界,这一进程塑造了岭南人离乡背井和对故乡的情切。"下南洋"的人口迁移形成了一种文化输出,中国人所特有的"念祖归根"传统成为华侨骨子里的一种情怀,舞剧最后彰显的"有华人的地方就有醒狮"其实是一种由人口迁移所形成的文化输出的产物,代表着对岭南文化的体认和自豪,这是一种对本民族文化积极、自信的态度。另一方面,历史上"侵略—反侵略"的斗争,塑造了岭南人保家卫国的民族情怀。岭南人民的反抗是在宗族观念影响下的一种带有族群烙印的反殖民抗争,这是一种以共同心理素质为基础的文化认同和情感皈依。因此,以"南拳"为代表的广府文化,带有"韧性""自强""豪气""奋发""英武"的气质和精神,这与其早期的通商与反抗帝国主义侵略不无关系,正是这种为了家国的抗争孕育了岭南人民顽强的民族主义和精神品质。因此,岭南舞蹈"英武"的审美气质与时代有着不可分割的关系,舞剧《醒·狮》明确实现了岭南舞蹈"威武"美学品格的建构与表达。

## 四、余论:不足与建议

如前所述,《醒·狮》在舞剧民族审美建构中做出了比较成功的尝试,而这种建构的过程不是空中楼阁,始终都是要在舞剧的叙事进程中才能充分体现,略有遗憾的是舞剧的叙事仍存不足。

首先,作为历史背景的"三元里抗英"事件在叙事逻辑上应该早埋伏笔。舞剧

---

① 刘波:《区域文化视野下的民俗舞蹈研究——以"岭南舞蹈"的美学分析为例》,《北京舞蹈学院学报》2017 年第 5 期。

"起势"里展示地域风情，一幕"探青"主角第一次冲突（小冲突），二幕"醉睡"主角第二次冲突（大冲突），三幕"入阵"主角"采青"争霸。"三元里抗英"至第四幕"发威"才出现，放在舞剧叙事的两次主要戏剧冲突之后，前面花了大把的时间交代主角的关系和矛盾，英军入侵才出现全剧的最大焦点，这无形中就削弱了"三元里抗英"在整部舞剧中的叙事力度，也削弱了这一事件本身的历史价值。很显然，这段历史背景在剧中出现的有些突兀，会给人一种刻意而为之之感。正如于平所言："虽然背景与场景仍然有"两张皮"之憾，但舞剧《醒·狮》的场景又不能没有'三元里抗英'的背景——撷取一朵'浪花'去感知时代'大潮'，是我们舞剧创作需要认真去解决的课题！"①其实舞剧的"醉睡"一幕既然已经设计了龙少吸鸦片，为何不在"起势"中热闹的街巷风情中增加一段与"茶馆"对比的萎靡的"烟馆"舞呢？这种对比能够有效推进舞剧的叙事，龙少吸食鸦片也有叙事的合理动机，更可以为第四幕英军入侵埋下伏笔，一举三得。

其次，四个主要角色的个性塑造不够丰满。对于任何一部"剧"来说，通常把人物置放于历史环境中，通过人物对历史事件的各种反应来塑造人物形象和性格，这样人物的品性高下立判，舞台上也立得住，舞剧的编剧为人物设计了不同的性格和较为合理的戏剧矛盾，而如何把人物恰如其分地放在叙事逻辑中更为紧要。人物要置放在叙事和人物关系的逻辑中，这个人物才能活起来，"由人见事"才能突出事件的重要性和参与事件的人对历史事件的塑造作用，也才能自然地显出事件的历史意义和对人物命运的深刻影响，但我们在剧中看到更多的是故事而不是每个人在历史洪流中所应该显现出来的独特的"这一个"。

最后，前面每一幕都出现的"狮凳"，唯独最后一幕难觅踪影。舞剧的道具用得好能够起到非常好的辅助叙事的作用。前几幕中，无论是作为茶馆里争斗"采青"的"狮凳"，还是作为阿醒和龙妹关系的"屏障"，抑或是表现危难之际纷纷倒下的国人形象，在整部舞剧中，我们见识了"板凳"这一物象的表达空间十分宽广，可以说，只要敢用、用得恰当，任何一个道具都是能诉说、有灵魂的。可惜的是，在最后一幕舞剧整体气势处在一种升腾的气势中时，有鼓、有人、有狮，更有挡不住的恢宏的民族气势，唯独缺了曾发挥过很大作用的"狮凳"，这不能不说是个遗憾。

（原载于《北京舞蹈学院学报》2020 年第 6 期）

---

① 于平：《民族的尊严醒狮的魂——大型民族舞剧〈醒·狮〉》，《舞蹈》2019 年第 1 期。

# 《梅兰芳·当年梅郎》：全面贯通的生命通透

方冠男　云南艺术学院副教授

据说，《梅兰芳·当年梅郎》沪上演出，其演出之热，与梅郎当年相若，一票难求，正是，以戏演戏，以演员扮演员，以剧种阐释剧种，以剧人叙说剧人，其间，当年事与当下事，剧中人与剧外人，临水相照，霎时间水月镜花，再转念通通透透，颇让人有恍若隔世之感。

## 一

说通透，先源于贯通。

贯通是从形式开始的。

首先，当然是语言的贯通——剧情发生，地点先而泰州，继而北平，再之上海，南腔北调，就在这一场演出中，融合起来，时而京腔京韵，时而方言苏白，时而沪上软语，甚至还有洋泾浜英文，居然就这么化而相融，你中有我，我中有你了。

语言贯通的基础，是剧种贯通。《梅兰芳·当年梅郎》，以昆曲人演京剧人，自然而然地，京剧唱段，就成了昆曲叙事中的戏中戏，这就显现出演员的功力了，时而昆曲，时而京剧，时而曲牌，时而板腔，尤其是表演者，时而是剧中人，时而是剧外人，情节里，跳进跳出，剧种间，收放自如，如此表演，已入化境，颇见玄妙。

玄妙的表演化境，最集中显现在行当的贯通上。首当其冲的，自然是施夏明，他不仅仅是男演女的性别贯通，还是以昆曲巾生演京剧男旦的跨剧种、跨行当、跨性别、跨语言的多重贯通，还不仅如此，因他扮演的梅兰芳，本身就是一位贯通了旦角表演之大成的艺术家，青衣、花旦、闺门旦、刀马旦，唱念做舞，都融为一体，可见此多重贯通之内容丰厚、层次繁复。还不止于此，除他以外，还有配角的跨行当展示，如严慧玉的闺门旦和女老生之贯通，车夫李阿大的昆曲与京剧扮演之贯通……行当的贯通，使得不同的演员，都有不同的行当、功法展示空间，如此，男演女，女演男，老演少，少演老，文武相承，戏中有戏，让人大觉过瘾。

语言贯通也好，剧种贯通也好，行当贯通也好，其根本，都在于戏曲语言的贯通。戏曲语言，是一套语法体系，无论念白，还是唱腔，或者伴奏，包含四功五法，甚至妆面行头，全都是这语法体系中的语言元素。这一套语法体系，可以说，既是昆曲的语言，也是京剧的语言，更是全中国戏曲剧种的共同语言，因此，跨了行当，跨了性别，甚至跨了剧种，都无妨，因为，演出团队紧紧抓住了演出的语言根基——中国戏曲之语法，只要抓住了这一条，那么，无论如何创造，如何贯通，都从心所欲，不逾规矩。也正是昆曲，才有此吐纳的气势，以六百年的历史根基，举重若轻地包住了京剧皮黄，于是，以昆驭京，以简驭繁，将不同的剧种，融为一体，无所不协。

## 二

从艺术属性上来说，戏曲语言是以贯通，而在场面处理上，该剧也做到了贯通：

叙述上，是"当下"与"当年"的贯通。剧中"当下"，是1956年梅兰芳回乡祭祖，但剧中的"当年"，却是梅兰芳成名关键的1913年，场面安排，以回忆开始，中间辅以穿插，于是，时而回忆，时而现实，这就完成了戏曲叙事的时间贯通。

呈现上，是前台与后台的贯通。这倒不少见，田汉之《名优之死》《关汉卿》，秦瘦鸥之《秋海棠》，吴祖光之《风雪夜归人》，都以后台为前台，以前台为后台，向观众展示了戏曲演出的后台场面——但这后台，又何止是某一家戏楼、某一家剧场以及某一场具体演出的后台呢？《梅兰芳·当年梅郎》的整体叙事，展示一个大演员成长成名成就的经历，那才是真正的后台，前台是大家都看得到的"梅兰芳"，后台，是一个受挫的、奋进的、迷茫的、勇敢的梅兰芳，剧场的设计也展示出了这一点，纱幕拉下，投影放送，观众看到的，都是舞台上华丽的梅兰芳影像，那是梅兰芳的生命前台，而纱幕升起，那才是一个艺术家生命纵深的求索过程，那是梅郎深沉的人生后台。

到这里，才见《梅兰芳·当年梅郎》的真味：人人争相追捧的，往往是一代名伶功成名就的表象，但作为真正的梅郎知音，得见那逡巡迷茫中奋力突围、进而拓展艺术疆域和生命格局的求索过程，才是最为要害。因此，编剧和导演，有意突出了一场戏,恰是瞩目在繁华之外的冷寂深夜,有那寻常人看不到的孤寂外滩,在那里,梅兰芳坐车夜行。

这一场戏,当是《梅兰芳·当年梅郎》的最精彩段落。梅兰芳深夜应酬后,坐上黄包车,却漫无目的地夜行,让车夫,先往那光亮处去,求索无所得,再往那幽暗处去,求索亦无所得,倒是与车夫对答,相认同乡,彼此理解,从底层车夫的生命阅历中完成生命共振,从而得到启悟,"别人不走的路,我走,别人不唱的戏,我唱"。深夜,一车,一灯,一车夫,一乘客。

这求索之路,又岂止是表象显现的行路呢,分明是一个陷于困境中的迷茫者自我省思的路,是一个不知向何处突围的逡巡者自我开悟的路,这条路,阮籍走过,没有走通,只有恸哭而回,屈原走过,没有走通,却是玉石俱毁,如今,梅郎也走来,并在一个底层百姓的身上,获得生命开疆的元气和能量,原来,光亮中藏着阴影,而幽暗处孕育光明,抬头仰望,那满天的星斗,灿烂于至暗的黑夜。一种黑暗与光明、绝途与生机的辩证哲思,通通透透、彻彻悟悟地展示出来了,所谓世事洞明,正是如此吧! 由这一场戏里,黄浦江边,出现了一个开悟的梅郎。

还值得特别注意的是,这一场被我认为"戏眼"的场次,除了思想层级的深度以外,还显现出了艺术层级的创造力,即"拉车"程式的展示。戏曲中,拉黄包车,倒也有过,京剧《骆驼祥子》里有过此类处理,但多数情况下,还有一辆实实在在的黄包车,但《梅兰芳·当年梅郎》中,却没有了黄包车,而只用一根粗绳子,代替了拉车的把手,拉车者与坐车者,相互配合,一前一后,展示拉车行路,路上行车,正如《秋江》一折中江上行船,其中贯通的,是戏曲程式中以虚化实、以简代繁的艺术观念,是为当代戏曲新程式颇为成熟的探索,此笔神来。

## 三

上文那么多"贯通"之语,最终归结,也正是编剧想要着重表达的,正是——一个像梅兰芳这样的大戏剧家的出现,该是怎样的难得!

首先,当然应得力于一切的贯通。演出时,那后台展示的繁复功法,表面上华丽好看,但四功五法里,凝聚了寒来暑往、多年不辍的勤学苦练,冬练三九,夏练三伏,这种工夫的贯通,是大戏剧家成就的基本条件。

在此基础上,还需这个戏剧家,有个人贯通的艺术灵气,如梅兰芳,贯通了青衣、花旦、刀马旦的大成,方为一代宗师。

然后，他还应有人生智慧的贯通，正如当年梅郎，他遇挫不退缩，被人轻视，并不因此自暴自弃，反而更加努力，抓住前辈提携的机遇，无论遭遇如何，也要保持刚健，更从生活阅历中提炼隽永智慧，最终才能走向成功。

此外，尤其难得的，是还需要有一些善于辨别才华、发掘才华、珍惜才华、保护才华的伯乐。世间多的是看人下菜碟的势利之徒，此类人，不但不辨才华，甚至毁灭才华。因此，青年才子，必须遇得几个知音，碰到几个伯乐，才有出头之日，难得，剧中的梅兰芳，能有王凤卿作为伯乐，有严慧玉、杨荫荪作为知音和投资者，有了他们的全力支持，方有扬名上海的机会。

伯乐知音，固然难得，但更难得的，却是能够孕育伯乐和知音的文化生态。难以想象，如果没有王凤卿力保，没有杨荫荪托底，当年梅郎，会是如何？比俊杰更难得的，是赏识爱护俊杰的伯乐，如此，有才的俊杰，才有亮相的机会，那藏在口袋里的锥子，才有机会亮出锋芒，等到俊杰成就，又成为发掘才华、托举俊杰的新一代伯乐，从而形成良性的文化生态……从这个角度而言，文化生态之通畅练达，对大戏剧家之孕育、成长、成就的作用，恐怕更为重要。

我知道，《梅兰芳·当年梅郎》说的绝不是梅兰芳的励志故事，一个好的剧本，一定凝萃剧作家自己的人生经历。剧作家罗周，因贯通了不同的剧种创作、贯通了文学与戏剧、贯通了文化与文学，从而显现出非同科班出身的、不可学的编剧气质，终于青年成名，常常为业内诵为一时传奇，但那也只是她的前台，而在这成名、成就的路上，有多少看人下菜碟的势利小人，又有多少不甘其下的复杂心态，却是说不得了。所以，那逡巡迷茫最终奋勇突围的当年梅郎，其实也是剧作家的自况，而当年夜游黄浦江、在那光亮和幽暗中开悟的戏剧人，恐怕，是罗周自己吧。

如果说，《梅兰芳·当年梅郎》整体贯通的语言体系和文化气质极为出众，那么，它的不足，也正在这贯通之气的阻滞上。从梅兰芳归故里，到回忆与王凤卿的交往，及至演戏登台唱大轴的过程，都非常顺畅，唯其一点，待得尾声，前头是梅兰芳演《穆柯寨》的准备，最后，穆桂英的戏码却没有出现，反而跳到1956年，演出《霸王别姬》的剑舞，这种跳跃，就让观众诧异了；与此同时，《霸王别姬》之剑舞表演，演员演来，亦颇为费力，从演出场面来说，反而气滞，结合前面演出的通畅圆融，最后反而遗憾了。

（原载于《中国昆曲年鉴》，苏州大学出版社2021年版）

# 红、黄、蓝：色彩的"政治学"

## ——1958 年"红色文学史"的编写

洪子诚　北京大学中文系教授

在《问题与方法——中国当代文学史研究讲稿》这本书中，我谈到当代文学"经典"评定与政治潮流关系的时候，举了 20 世纪 50 年代北大中文系 1955 级学生集体编写教材的例子①。"大跃进"的热潮中，他们响应号召，只用三十几天集体编写了《中国文学史》（以下简称"55 级文学史"），成为当时引人注目的事件。因为初版本的红色封面，更由于它的"颠覆性"激进内容，和首创的集体编写的工作方式，当时被称为"红色文学史"。但第二年的扩展修订版，删改了若干激进的评述，封面装帧也变为黄色。到了 60 年代初周扬主持的文科教材版《中国文学史》，则是深蓝色封面，科研体制也由集体协作变为专家的主编责任制。这种封面本非预设的色彩变化，在"文革"期间被解读为无产阶级与资产阶级博弈斗争的政治意义②。

关于"55 级文学史"，近二三十年来的学术史研究论著多有提及③。下面的评

---

① 参见洪子诚：《问题与方法——中国当代文学史研究讲稿》，生活·读书·新知三联书店 2002 年版，第 251 页。廖仲安在《北大朗润园怀旧绝句八首》中有这样的诗句："一史封皮三易色，此中甘苦费君探。""费君"指参加编写"55 级文学史"红皮本、黄皮本，也参加编写 60 年代统编文科教材"蓝皮本"的费振刚。

② 费振刚 2013 年接受访谈时说，"文革"期间，北大工宣队曾组织人写文章，批判文学史从红皮到黄皮到蓝皮的资产阶级的"和平演变"，并不点名指费振刚"有一个人，本来是红皮的代表人物，却变成了蓝皮的主编"。参见方铭、马庆洲：《一史封皮三易色，此中甘苦费君探——费振刚教授访谈录》，《文艺研究》2013 年第 1 期。

③ 如戴燕的《文学史的权力》，陈平原的《作为学科的文学史》，张荣翼、李松的《文学史哲学》下编的《文学史书写个案研究》，刘敬圻主编的《20 世纪中国古典文学学科通志》，周兴陆的《20 世纪中国古代文学研究史》等。

述,主要是将它作为当代的文化事件进行回顾:追溯它发生的社会政治背景,表达的政治/学术目标,编写依据的理念,和作为群众性集体学术研究的组织、运行方式,以加深对当代知识生产与权力、主流意识形态建构的关系,以及历史事件背后的思想、政治、人事脉络的了解。

## 一、"拔白旗、插红旗"

"55级文学史"的编写,是在1958年开展的"拔白旗、插红旗"运动的组成部分。这一运动在高校,主要是发动针对代表性学者的"资产阶级学术思想"的批判,并组织以青年学生为主体的集体教材编写。这一运动在北京大学开展的情况,该校当年有这样的描述:

> 自8月初到9月下旬,在还不到两个月的时间内,全校共完成科学研究项目四千余个,其中人文科学方面有一千余个……中文系仅在一个月之内就批判了游国恩、林庚、王瑶、王力、高名凯、刘大杰、朱光潜等人的资产阶级学术思想,并对右派分子陆侃如、钟敬文在中国文学史方面的反动谬论进行了批驳,前后共写论文将近一百篇。历史系对陈寅恪的唯心主义历史观和治学方法与钱穆、李济等人的反动史学思想以及对外国资产阶级所谓"汉学家"如伯希和、梅园末直等对中国历史的歪曲捏造也进行了批判和驳斥。哲学系对冯友兰的唯心主义哲学思想特别是他在中国哲学史方面的修正主义观点进行了全面深入的批判,共写了将近六十篇论文,对马寅初、贺麟、洪谦、朱谦之与郑昕等人也进行了批判……在经济科学方面,对南共纲领、马寅初的经济思想和徐毓枬的《经济学说史》进行了批判。法律系批判了龚祥瑞、芮沐和赵理海的资产阶级旧法观点和修正主义观点。图书馆学系对刘国钧、杜定友在图书馆学方面的资产阶级观点进行了批判。在批判过程中,齐思和、洪谦、刘国钧等根据自觉革命的精神对自己的资产阶级学术思想也进行了初步检查和批判。①

---

① 《北京大学学报(人文科学)》编辑委员会编:《北京大学批判资产阶级学术思想论文集》"编者的话",高等教育出版社1958年版,第Ⅱ页。论文集收入批判论文18篇,批判对象有游国恩、王瑶、林庚、王力、魏建功、陈寅恪、钱穆、伯希和、冯友兰、马寅初、凯恩斯、龚祥瑞、芮沐、刘国钧、杜定友,并收入齐思和、刘国钧的检讨文章。

在五六十年代,物理系和中文系是北大的两个大系,取分分别在文理科最高,不管什么样的"运功"(鸣放、反右、大跃进等)也往往走在前列。中文系在一个月的时间,师生撰写的批判文章就有一百余篇,批判对象有在本系任教的文学史家、语言学家,也有系、校外专家。论文的一部分,编辑、出版了四辑《文学研究与批判专刊》和两辑《语言学研究与批判》①。

被批判的游国恩、林庚、王瑶、王力等先生,是当时有影响力,在50年代也活跃的学者。游国恩那本收入《屈赋考源》《楚辞女性中心说》等论文的《楚辞论文集》,1957年刚刚由古典文学出版社出版。林庚的《诗人李白》1956年版权转到上海的古典文学出版社,不到两年里印数就达八万余册;1957年初,他的《中国文学简史》上卷也印行面世并受到关注。就在批判展开的前几个月,《北京大学学报》刊登了林庚的论文《盛唐气象》,《文艺报》也发表了王瑶以马克思主义观点批判胡风、冯雪峰的长文②。没有想到转眼之间,他们就成了批判对象,成了"资产阶级学术思想"代表人物。对王瑶的批判,导致他自1955年开始担任的《文艺报》编委职衔,从1958年10月的第19期起被撤销。

在运动中,北大中文系的这些先生的学问,被批判为"伪科学":他们的"文学史著作中,除了大量的烦琐考证和材料堆砌外,就是从资产阶级观点出发,对于古典作家和作品进行歪曲的解释"。在时势的激荡下,学生们确立了超越他们的勇气,并将这一关系,定性为对立阶级之间的取代:"决心跟历代的封建学者和资产阶级专家的文学研究的错误观点彻底决裂",用集体的智慧撰写"内容全新,体制全新"的论著③:

> 一月之内,在党的领导下,四年级学生、研究生和青年教师根据厚今薄古的原则写出了资产阶级学者没有写过的《当代文学》和《中国现代文艺思想斗争史》两部讲义;写出了《中国六十年来语言学的介绍和批判》一书,达20万

---

① 北京大学中国语文学系编辑的《文学研究与批判专刊》四辑,由人民文学出版社同时出版于1958年9月。第一、二辑收入批判游国恩的文章十余篇和批判林庚的20篇,第三辑为批判王瑶专辑。也收入被批判者所作的检讨,如游国恩的《〈楚辞〉研究的自我批判》、林庚的《批判我在文学史研究中的资产阶级学术思想》、王瑶的《〈中国新文学史稿〉的自我批判》。《语言学研究与批判》第一辑1958年由高等教育出版社出版,主要批判王力和高名凯、陆宗达、岑麒祥。第二辑出版于1960年,内容只有"研究"而没有"批判"了。

② 林庚的《盛唐气象》和王瑶的《评雪峰〈论民主革命的文艺运动〉》分别刊于《北京大学学报》1958年第2期和《文艺报》1958年第1期。

③ 费振刚:《在战斗中学习和成长》,《人民日报》1958年10月28日。费振刚1958年夏天后,担任中文系1955级党支部书记,也是文学史编写的主要负责人之一。

字;教师们原计划在 1959 年才写出这部书,但是,在年青人的手中……短短两
个星期就写出来了。……四年级学生还写出了一部比较详细的中国文学史教
学大纲。三年级学生写出了一部《中国文学史》,长达 75 万字。几位老教授
受教育部委托编写《中国文学史》,写了两年没有完成,三年级学生一个月内
就完成了。这个年级的学生还为工农编写了一部成语词典;研究生和一部分
青年教师合写一部《马列主义语言学基础》……①

这里说的三年级学生一个月编写的中国文学史,就是下面要讨论的"55 级文
学史"。

## 二、"大协作的机器"

1958 年是"人有多大胆,地有多大产"②的年头,但几十人"苦战四十天"完成
几十万字的中国文学史编写,还是会遇到来自内部和外部的怀疑,这包括编写者的
学术资历、拟定的编写完成时间以及编写的方式。这种写作方式挑战了传统有关
人文研究工作的一般想象。对于人文学科的研究、写作,可否采用集体大协作方式
的质疑,北大中文系 1955 级学生认为"不但是可能的,而且是一个新的方向":

> 知识分子从事精神财富的生产,长久以来,他们都是个体劳动者,沿袭下
> 来,人们也总是认为这样是正常情况,无法改变。这种观念一直到 1958 年我
> 们编写《中国文学史》后才破除。③

集体协作的首要问题,是如何将分散的个人组成一个思想、步调统一的整体,
如何处理统一思想和个人经验之间的关系。无产阶级的未来主义者有着机器崇拜
的情结,"55 级文学史"编写者显然从现代工业生产的理念和组织方式上获得灵
感:不仅使用"大协作""机器"等字眼来描述这一科研活动,也把他们的工作直接

---

① 北京大学中国语文学系编辑:《文学研究与批判专刊·前言》第一辑,人民文学出版社 1958
年版,第 1—2 页。
② 这是 1958 年 8 月 27 日《人民日报》一篇文章的标题。
③ 费振刚:《在战斗中学习,在群众运动中成长!——1960 年 8 月 2 日在中国作家协会理事(扩
大)会上的发言》,《战斗的集体——北京大学中文系 1955 级毕业纪念》,1960 年自印,第 64 页。

与 1958 年工业生产"蚂蚁啃骨头"的典型相提并论①。当时在高校开展的批判个人主义和"红专辩论",常将大工业生产与小生产的手工劳作加以对比,来论证存在决定意识:前者形成工人阶级的集体主义,而小生产和脑力劳动的个体劳动方式,为个人主义滋生提供温床。因而,在"55 级文学史"编写者那里,探索从个人思考、写作变化为集体写作的方式,就不只是具体方法上的意义。如何建造一个"像一部机器紧张而和谐地转动"的组织,而"每个人就是这部机器上的齿轮或螺丝钉"②? 在文学史出版后,人们总结了下面几条经验。

首先是标准、指导思想。编写者说,他们通过组织理论学习和贯穿全过程的"务虚会",实现标准、规则的制定和实施。一开始,主要是学习马列主义、毛泽东的论著,以之作为指导思想,并"就一些根本问题展开辩论",达到"认识的统一","进行了五天的理论学习和鸣放"③。理论学习和"务虚会"针对三个层面的问题。一是参加者的思想、工作态度,确立"个人无条件服从集体的'正确'意见"的原则;二是历史叙述和作家作品评价、分析的理论根据和标准;三是发现、建构中国文学史的"规律",作为统御整部文学史叙述的基本框架。这里体现的理念和方法,在当时的史学界被概括为"以论带史"的方法。有编写者在回忆中讲到这一方法应用的具体细节(也许这是较极端的例子):

> 记得全年级同学在编写文学史前,曾经先"解剖麻雀",聚集在宿舍楼道里,讨论社会上争论的关于《琵琶记》是否宣扬封建道德的问题。其中有的发言者,其实并没有读过《琵琶记》,连作品人物名字都叫不出来,在长篇的发言中,称的是"男主人公"怎样、"女主人公"怎样的,却可以大谈一番批判性的高深道理,一二三四讲得头头是道。④

其次是严密的机构、制度:

---

① 1958 年 6 月,上海小型的建设机器厂工人用自己创造的四台小机器,加工制造了化肥设备的大部件,把这种加工方法比喻为"蚂蚁啃骨头"。《解放日报》《新民晚报》等作了广泛报道推广,成为当时克服条件限制,发挥集体力量办大事的典型。

② 参见费振刚:《在战斗中学习,在群众运动中成长! ——1960 年 8 月 2 日在中国作家协会理事(扩大)会上的发言》,《战斗的集体——北京大学中文系 1955 级毕业纪念》,1960 年自印。

③ 北京大学中文系 1955 级《中国文学史》编委会:《谁说脑力劳动不能大协作》,《光明日报》1958 年 12 月 7 日。

④ 孙玉石语,见谢冕、孙绍振、刘登翰、孙玉石、殷晋培、洪子诚:《回顾一次写作——〈新诗发展概况〉的前前后后》,北京大学出版社 2007 年版,第 22 页。

成立了以党的支委会为核心的编委会,党支部书记挂帅当主编。四个副主编分工负责协助主编进行政治思想工作、业务工作、对外联系、秘书事务工作……建立了先秦两汉、魏晋南北朝、隋唐五代、宋元、明清、鸦片战争到五四等六个业务小组。每组都配备了坚强的党员领导骨干……每个组又根据业务的方面,划分了小小组,作了明确的具体分工……还建立了一整套的会议、汇报制度和规定了工作时间、工作纪律。这样,一部脑力劳动大协作的机器就最后"安装"完毕,开始有节奏地转动起来了。①

最后是生产过程、产品检验:

"机器"进入了正式生产。党领导编委会把整个"生产过程",规划为几个阶段:个人和小小组阅读材料,写出详细的有论点、有论据的提纲、小组讨论、修改提纲、编委会审查提纲、个人写初稿、小组讨论、修改初稿(或二稿)、编委会审查、修改、定稿……业务工作的每一步骤,都必须紧紧地加以掌握。尤其是提纲的讨论、修改、审查……②

编写过程出现的矛盾,包括学术观点的分歧上,规定了"个人无条件服从集体的'正确'意见"的原则:

小组对个人所拟的提纲,往往作出很多正确的补充、修改,乃至全盘推翻。大多数同志对这一点,都能本着坚持真理、勇于辩论、修正错误、服从集体的原则加以接受……但也有少数同志……过分重视自己的意见而忽视集体的正确意见……甚至有个别的人甩袖子不干。这时可以由别人本着小组讨论的集体意见来进行修改或重写工作。但对这种思想,却不能放过,我们就在务虚会上,从原则出发,展开尖锐的批评。③

---

① 北京大学中文系 1955 级《中国文学史》编委会:《谁说脑力劳动不能大协作》,《光明日报》1958 年 12 月 7 日。

② 北京大学中文系 1955 级《中国文学史》编委会:《谁说脑力劳动不能大协作》,《光明日报》1958 年 12 月 7 日。

③ 北京大学中文系 1955 级《中国文学史》编委会:《谁说脑力劳动不能大协作》,《光明日报》1958 年 12 月 7 日。

在这个"脑力劳动大协作的机器"中,组装进机器的个体可能因此获得超越一己的智慧、力量,但个人也可能被"集体"孤立,碎片化,灵感、想象力在"正确"集体的压力下磨损,被抑制。从另一面说,排除了差异性经验,排除个体的奇想、偶然性的"集体",它的"正确"有时候也难免走向空洞、僵硬和公式化。

"55 级文学史"的制度和科研方式,后来虽然不再有完整的复现,但其中某些理念和工作方法,在当代中国学术生产中有深远影响。

## 三、"红色文学史"

1958 年,全国各地高校学生的科研活动遍地开花,编写的教材、文学史自然也不止北大这一部。较知名的还有北京师范大学中文系 1955 级学生编写的《中国民间文学史》(人民文学出版社 1958 年版),复旦大学中文系古典文学组学生集体编著的三卷本《中国文学史》①,华中师范学院(现在的华中师范大学)中文系以学生为主体的"中国当代文学"的编写也在这个时候开始。在这些文学史中,"55 级文学史"受到更广泛的关注,成为产生影响的学术、文化事件。

"55 级文学史"面世就获得"红色文学史"的称号。"红色"主要不是指封面颜色,而是它的"插红旗"的"阶级品格",它的激进的立论和分析方法,还有集体编书的方式。"红色文学史"《前言》有这样的自我评价:

> 我们不会去粗暴地否认封建学者和资产阶级学者在中国文学史研究上做出的一些贡献,但是不能不指出,由于他们历史的、阶级的局限性,并没有写出一部真正科学的文学史……我们这些站在党的红旗之下的无产阶级学术的新兵,决不能无视目前的状况,更不能安于这种现状,我们再不能沉默了,我们要在党的正确领导下,谈出我们的看法,向资产阶级学术思想展开不调和的斗争,并在这场严重的斗争里,把自己锻炼成插红旗、拔白旗的社会主义科学大军中坚强的战士。②

---

① 中华书局上海编辑所出版,上、中、下三册分别出版于 1958 年 12 月、1959 年 4 月、1959 年 12 月。
② 北京大学中文系文学专门化 1955 级集体编著:《中国文学史》上册,人民文学出版社 1958 年版,第 1—2 页。

书出版的当月,《光明日报》社论称它是"一部真正的红色文学史"①。刊发在《光明日报》上的编委会文章《一本插红旗的中国文学史的诞生》中,谈到该书出版后接到来自全国各地的读者,"其中有文艺界的前辈,有工人,公社社员,解放军战士和少先队员的来信,他们称赞我们的文学史是'红色文学史',是他们自己的书"②。北大中文系主任杨晦等人的文章标题也用了"红色"的字眼③。一年多的时间里,发表在《光明日报》《人民日报》《文汇报》《中国青年报》《北京日报》《文艺报》《人民文学》等报刊的赞扬这部书(包括修订本),或介绍编写经验的文章多达二十余篇。费振刚是55级党支部书记,他作为这个集体代表参加1959年第二届全国青年建设社会主义积极分子代表大会,作为特邀代表参加1960年第三次文代会和中国作协理事(扩大)会。陈素琰作为编写组的代表先后出席北京市学习毛主席著作学习会、全国学生第17届代表大会。1959年11月,时任中央文教小组副组长的康生——那时他尚未进入中央权力核心,要到60年代初批判"苏修"的战役中有出色表现后,他才得遂此愿——给1955级同学的信,对"红色"的含义有联系"反右倾"问题的发挥:

> 学生可以写书,而且可以写像《中国文学史》这样大部头的书,这在两年以前,是不可设想的。对学生可不可以写书,可不可以参加编写教学大纲和教材,去年不少人是有怀疑的。他们以为历史上没有过的事,我们也不应当有;前人所不敢做的事,我们也不应当做。特别是一些右倾机会主义者,总是害怕和反对新生事物和新生力量。他们在新生事物面前,评头论足,百般刁难,大泼冷水。当去年你们编写的《中国文学史》第一次出版的时候,也有过这样或那样是议论,说你们写的书这也不行,那也不好。但是,你们在党的支持和鼓舞下,没有被这股右倾歪风邪气所吓倒,今天又重写了这部120万字的新著。书摆在人们面前,事实打破了人们的怀疑,右倾机会主义者对你们的各种仇言也不攻自破。④

---

① 《出版工作的新方向》,《光明日报》1958年9月27日。
② 《一本插红旗的中国文学史的诞生》,《光明日报》1958年9月27日。
③ 杨晦、季镇淮、冯钟芸、陈贻焮、李绍广:《红色〈中国文学史〉的科学成就——评北大中文系专门化1955级集体编写的〈中国文学史〉》,《北大青年》1958年11月5日。
④ 参见《战斗的集体——北京大学中文系1955级毕业纪念》,1960年自印,第2页。

## 四、何其芳的批评

1958 年"大跃进"轰轰烈烈,但年底热度开始减弱,国家对出现的偏差、错误颁布调整、纠正的各种措施,这也包括教育领域。1959 年 1 月,中共中央在北京召开教育工作会议,在肯定 1958 年教育革命、学术批判"成绩很大"的同时,指出存在"批判得过多,打击面太广,比较粗暴"①的偏向。会议提出,学校应该以教学为主,发挥教师在教学中的主导作用,建立正常的师生关系,纠正宁"左"勿右的思想倾向。5 月,中央批转教育部党组《关于高等学校学生编写讲义问题的意见》,说学生的主要任务是学好规定的课程,不要为编讲义而编讲义,更不要为了赶国庆献礼而仓促编写,粗制滥造②。

这就出现了不同意见得以发表的气候。1959 年上半年,京沪两地的学者围绕北大、复旦学生编写的两部文学史展开讨论。从 3 月到 6 月,上海《文汇报》《解放日报》两家刊登的讨论文章有四十多篇。《光明日报》"文学遗产"专刊③更是重要的讨论平台。文章之外,两地还举行多次讨论会。中国作协上海分会文学研究室编辑、出版了《中国文学史讨论集》④。在北京,从 4 月中旬到 6 月中旬,中宣部指定中国作协和中国科学院文学研究所联合召开四次中国文学史问题讨论会,"55 级文学史"和北师大的"民间文学史"是主要对象和问题来源。讨论会由文学所所长何其芳和中国作协书记处书记邵荃麟轮流主持,讨论会地点在当时王府大街中国文联礼堂⑤。京沪两地的讨论集中在三个问题上:现实主义与反现实主义斗争是否是中国文学史的规律,民间文学是否是中国文学的主流,以及具体作家作品的评价。

---

① 金铁宽主编:《中华人民共和国教育大事记》第 1 卷,山东教育出版社 1995 年版,第 484 页。

② 金铁宽主编:《中华人民共和国教育大事记》第 1 卷,山东教育出版社 1995 年版,第 503—504 页。参见李庆刚:《"大跃进"时期"教育革命"研究》,中共中央党校出版社 2006 年版。

③ 《光明日报》在 20 世纪 50 年代,创办了若干学术专刊,有"史学""哲学""文学遗产"等。"文学遗产"专刊第 1 期出版于 1954 年 3 月 1 日,由中国作家协会古典文学部负责编辑,1956 年 9 月,作协古典文学部撤销,专刊改为中国科学院文学研究所主办,主编为陈翔鹤。这是五六十年代中国古典文学研究的重要平台,累计出版 832 期,1966 年停刊。1980 年,《文学遗产》改为杂志形式出版。《光明日报》"文学遗产"专刊还出版《文学遗产选集》和《文学遗产增刊》。

④ 该书 1959 年 10 月由中华书局出版,收入讨论文章四十余篇,作者有复旦、华东师院(现在的华东师大)等校学生,和刘大杰、马茂元、郭豫适、以群、陈友琴、程俊英、朱东润、王运熙、顾易生、章培恒等学者。

⑤ 参见方铭、马庆洲:《一史封皮三易色,此中甘苦费君探——费振刚教授访谈录》,《文艺研究》2013 年第 1 期。

6月17日的讨论会上,刚担任中国科学院文学研究所所长不久的何其芳,作了题为《文学史讨论中的几个问题》的长篇发言,后经作者撰写成文,在7月26日、8月2日、8月9日的《光明日报》"文学遗产"专刊上连载①。这个发言具有讨论总结的性质。在开头和结尾,他肯定"55级文学史"的优点、成就是"主导"的,称赞"年轻同志"宝贵的革命精神,说"在这么短促的时间内写出一部文学史"是"我们这个时代的奇迹"。又表扬这部文学史鲜明的阶级立场,"贯穿着批判资产阶级学术思想的精神"②。在这些偏于笼统的赞扬之后,批评、质询就具体、尖锐且全面:不仅指向具体的论述,也涉及所依据的理论和论述方式。

何其芳首先批评了轻易发现"规律"的冲动。说"北大的文学史"提出的"现实主义与反现实主义斗争"和"民间文学主流"的"规律","在理论和事实上都是讲不通的"。在引用了恩格斯《卡尔·马克思〈政治经济学批判〉》中的话——"唯物主义的观点即使只是在一个单独的实例上的发展,也是一种需要多年静心研究的科学工作,因为这很明显,在这里仅仅用一些词句是无济于事的,只有大量经过批判的选择和完全掌握的历史材料才能使人完成这一任务"③后,他强调,"何况在我们面前的是整个中国文学的历史"④。

"55级文学史"的民间文学主流论,来自高尔基的论述——"人民不但是创造一切物质财富的力量,同时也是创造精神财富的唯一无穷的泉源",但也和1958年新民歌和搜集民间文学的运动有直接关系。虽说这部文学史的《前言》称"我国民间文学以铁的事实和内在的真实力量"证明它在中国文学发展中的决定作用,是中国文学的"主流"⑤,但在全书的具体章节中,却可以见到叙述上的煞费苦心、漏洞百出。这部文学史的另一规律是"现实主义与反现实主义的斗争"。后来的研究者一般认为这个提法来自茅盾的《夜读偶记》。茅盾1958年连载于《文艺报》的长文当年影响确实很大,包括文艺史的编写⑥。但它并非茅盾新创,在古典文学研

---

① 该文后来收入《文学遗产选集》第三辑,中华书局1960年版,也收入《何其芳文集》第六卷,人民文学出版社1984年版。

② 何其芳:《文学史讨论中的几个问题》,《文学遗产选集》第3辑。

③ 转引自何其芳:《文学史讨论中的几个问题》,《文学遗产选集》第3辑。

④ 何其芳:《文学史讨论中的几个问题》,《文学遗产选集》第3辑。

⑤ "55级文学史"对高尔基这些话的引用,见北京大学中文系文学专门化1955级集体编著:《中国文学史》上册,人民文学出版社1958年版,第2页。

⑥ 例子之一是,1958年上海音乐学院集体编写《中国现代音乐史》时,就组织学习茅盾的这篇文章并形成全书的框架。参见上海音乐学院《中国现代音乐史》编写组:《我们是怎样编写〈中国现代音乐史〉的》,《音乐研究》1959年第6期。

究界也不是 1958 年才流行①。苏联文艺理论家涅陀希文（也译作聂托希文）在 1953 年出版的《艺术概论》中说，"现实主义在艺术史上是在与各种脱离现实或至少是片面地、歪曲地反映现实的倾向和流派的斗争中发展的，所以，艺术史也就是现实主义派别与各种反现实主义流派的斗争史"②。《艺术概论》虽然 1958 年才有中译本，但雅·艾尔斯布克质疑涅陀希文这一看法的文章的中译，1956 年就刊于《学习译丛》③。刘大杰 1956 年的《中国古典文学史与现实主义问题》一文的开头，就谈到他认同艾尔斯布克文章的观点，批评"近几年来"古典文学研究界流行的"一部中国文学史，就是一部现实主义与反现实主义斗争的历史"④的观点。当时就这一问题引起的讨论，先后有姚雪垠、李长之、蔡仪等人的文章发表——这方面的情况学术界已经有过梳理。但必须指出，由于茅盾在中国文学界的地位，《夜读偶记》按照这一"公式"对古代作家作品的系统性归类（文章的第二部分标题是《中国文学史上现实主义与反现实主义的斗争》），这个说法的影响力在 1958 年得到提升。

"55 级文学史"对这一"规律"的运用，极大简单化了阐释视野不说，大批作家作品被归入"反现实主义"阵营受到不同程度的否定：谢朓、王维、孟浩然、韩愈、李贺、李商隐、杜牧、唐五代词，欧阳修、秦观、周邦彦、李清照、姜夔……即使是被分配在"现实主义"（或作为"同盟军"的积极浪漫主义）阵营里的作家，肯定的同时在"人民性"、阶级论的标尺下，阶级"局限性"也被揭发。如批评《古诗十九首》的有些作者"实在最没出息，因为他们不会起来反抗"⑤；责备李白"当自己的理想和现实发生矛盾时，并没有完全去接近人民，汲取力量，加强斗志，相反，仍然过着奢华的上层生活"⑥；也不满意苏轼"只是从'清官'的立场来观察

① 苏联文艺理论家涅陀希文（也译为聂托希文，或涅多希文）1953 年出版的《艺术概论》提出，"现实主义在艺术史上是在与各种脱离现实或至少是片面地、歪曲地反映现实的倾向或流派的斗争中发展的，所以，艺术史就是现实主义派别与反现实主义流派的斗争史。"（涅陀希文：《艺术概论》，杨成寅译，朝花美术出版社 1958 年版，第 203 页）涅陀希文在书中还说，"世界艺术史当作对世界的艺术认识史，即当作客观而真实的或者说现实主义的艺术的产生、形成和发展史，并当作现实主义与各种反现实主义流派的斗争史提出来并加以研究。"（涅陀希文：《艺术概论》，杨成寅译，朝花美术出版社 1958 年版，第 202 页）
② ［苏联］涅陀希文：《艺术概论》，杨成寅译，朝花美术出版社 1958 年版，第 203 页。
③ ［苏联］雅·艾尔斯布克：《现实主义和所谓反现实主义》，《学习译丛》1956 年第 7 期。
④ 刘大杰：《中国古典文学史与现实主义问题》，《文艺报》1956 年第 16 期。
⑤ 北京大学中文系文学专门化 1955 级集体编著：《中国文学史》上册，人民文学出版社 1958 年版，第 88 页。
⑥ 北京大学中文系文学专门化 1955 级集体编著：《中国文学史》上册，人民文学出版社 1958 年版，第 293 页。

人民生活而已,没有真正与人民站在一起"①;说罗贯中"还留恋和尊崇正统,不打算根本推翻那个皇朝和改变那个制度"②。针对"55级文学史"说李清照词是"贵妇人生活的写照",是"卖弄风骚,故作娇态",写离别的词是"堕入不能自拔的颓废情绪的深渊"这样的批评,曾沉迷晚唐风格的何其芳怎能不发出这样忧郁的感慨:

> 这些批评都是过分的。好像只因她出身于当时的统治阶级,无论是快乐或悲哀,无论是为了什么而快乐或悲哀,就都应当受责备了。③

但其实,"55级文学史"编写者与何其芳也非道分两途,泾渭分明。年轻学生也同样有柔软的怜香惜玉和恻隐之心。例子之一是,"红皮本"写到《长恨歌》的时候,对"统治阶级"的爱情也有办法网开一面:

> 她(指杨贵妃——引者注)并立下了多么真挚的誓言:"但教心似金钿坚,天上人间会相见。"可是悲剧并没有转为喜剧,作者在无比的同情与感慨中结束了长诗:"天长地久有时尽,此恨绵绵无绝期!"长诗后半部中的明皇和杨妃在思想感情上已经不再是帝王和贵妃,他们已经成为体现人民坚贞专一的爱情的形象了。④

何其芳的看法相信会得到众多学者的首肯。但在当时,这样的批评却不是谁都可以做的,眼界、才情等不说,更需要相应的身份和资格。⑤

---

① 北京大学中文系文学专门化1955级集体编著:《中国文学史》下册,人民文学出版社1958年版,第77页。
② 北京大学中文系文学专门化1955级集体编著:《中国文学史》下册,人民文学出版社1958年版,第294页。
③ 何其芳:《文学史讨论中的几个问题》,《文学遗产选集》第3辑。
④ 北京大学中文系文学专门化1955级集体编著:《中国文学史》上册,人民文学出版社1958年版,第351页。
⑤ 何其芳在五六十年代,在文学界和中国作协,被看作古典文学研究界权威发言人。1957年"鸣放"时,吴组缃曾不满地说:"这几年我们看到何其芳同志对历次发生的有关作家作品问题的讨论,忙忙碌碌发表论文和意见。给人一种印象,好像他的论文和意见是总结性的……现在何其芳同志东摸一把,西摸一把,楚辞、李词、明清小说和戏曲以至鲁迅作品上下古今都要去谈……是不是在古典文学研究工作上何其芳同志代表党的缘故呢?"(《我的一个看法》,《文艺报》1957年第8号)

## 五、"中间性"概念

在强调对立、极端,将一切思想、事物一分为二的时代,如何让检查古代作家作品对人民的态度这一标尺不致过度侵害他们心爱的作家作品,是那些在遗产中浸染过的学者的焦虑。为此,何其芳发言中提出"中间性"的概念,来构筑一个保护的屏障。他说:

> 在文学史上,在同情人民和反对人民之间,在明显的进步和明显的反动之间,还有大量带有中间性的作品。它们并没有表现出反对人民,但其中也找不到同情人民的内容。它们并不反动,但进步意义也不明显。像王维、孟浩然的许多山水诗和田园诗,李贺、李商隐和杜牧的许多诗,李煜、李清照和姜夔的许多词,马致远的有些杂剧,大致就是这样的作品。①

"中间性"提法的前身,可以追溯到 1955—1956 年的李煜词讨论。这个讨论参加的学者人数之众、规模之大实属罕见;这是"新时代"开启之初,以马克思主义阶级论来占领文学遗产研究界的大型操练②。何其芳在 1956 年 6 月 13 日、6 月 20 日北京大学文学研究所李煜词讨论会上的发言,和毛星撰写的论文《关于李煜的词》和《评关于李煜的词的讨论》③,都提出古代文学存在既没有人民性,但也不是反人民的作品。毛星文章的主旨、倾向是批评当时学界"过高赞扬"李煜,但他指出,"李煜的词没有什么人民性的内容,但也不能说是反人民的。那些写一般相思、伤春等小小哀愁的词和那些写一般离愁别恨的词,自然不能说是反人民的,就是那些分明以帝王身份出现的词,也不能归入反人民之列"④。这个"没有人民性

---

① 何其芳:《文学史讨论中的几个问题》,《文学遗产选集》第 3 辑。

② 这场讨论的参加者(包括发表文章和讨论会上发言),有文学理论家和古典文学研究者几十人。除讨论文章外,北京大学文学研究所(中国科学院文学研究所前身)古代文学组、北京大学、北京师范大学、中山大学中文系的文学史教研室,以及作协上海分会的古典文学组,都举行了讨论会。《光明日报》文学遗产编辑部还编辑出版了《李煜词讨论集》(作家出版社 1957 年版)。

③ 何其芳讨论会的发言,参见乔象钟整理:《如何评价李煜的词》,《李煜词讨论集》,作家出版社 1957 年版,第 125—133 页。毛星《关于李煜的词》刊于北京大学文学研究所编《文学研究集刊》第 3 册(人民文学出版社 1957 年版),《评关于李煜的词的讨论》刊于《人民日报》1956 年 2 月 23 日(另见《光明日报》"文学遗产"1956 年第 96 期)。

④ 毛星:《关于李煜的词》,《文学研究集刊》第 3 册,第 98 页。

也不是反人民"的说法,1959 年由何其芳提炼为"中间性"的概念,并引发了 1959 年到 1960 年间有关"中间作品"的争论;这个争论也关联到"无害文艺"、文学欣赏的"共鸣"等问题①。"中间性作品"的概念,也被"55 级文学史"编写者接纳,运用到修订本的作品分析之中。

"中间性"概念的提出,是企图释放被挤压在两端的作家作品,拉伸分析的光谱,扩大灰色的地带。关于这一"当代"难题,钱谷融早先在他的《论"文学是人学"》(《文艺月报》1957 年第 5 期)中提出的方案是,对王维、李煜、李清照等,从他们那里寻找"爱国主义""人民性"是徒劳的,应该用"人道主义"的原则来解释这一现象;"人民性"是最高标准,而"人道主义"是最低标准。由于这样的策略性背景,"中间性"以及"人道主义"都包含暧昧,也脆弱的成分。在当代中国,"中间"(中间作品、中间人物、中间立场)多数时间处于可疑、尴尬的处境:既没有独立的位置,也没获得应有的尊严;因为据说"中间状态是一种暂时的,表面的,不确定的状态"——这是 1964 年对"写中间人物"的批判语②。

## 六、"黄皮本"和流产的再修订

"红皮本"文学史其实也有很多优点,如何其芳说的,正在学习文学史的学生在四十天里写出这样的著作是个"奇迹",而全书语言的流畅一致在多人合作的情况下也实属不易。另外,鸦片战争到五四一段的"近代文学",在学术界也首先由"55 级文学史"奠定基础——在这方面,阿英、季镇淮等先生发挥重要的作用。

由于形势的变化,学术界开展的讨论和批评,使"55 级文学史"编写者在 1959 年意识到他们"还是处在学习与摸索的过程中",承认"正确处理"丰富的文学遗产,"是一件非常复杂艰巨的工作",检讨他们曾有的教条主义观念和工作方法:"不能期望以几个简单的原则来解决一切问题。对待祖国文学遗产的盲目的无批判的歌颂,和一律粗暴的否定,都不是马列主义的态度",对待不同意见,不应"轻易给对方扣上这样或那样的帽子"③。于是,这部出版不足半年的文学史,就启动

---

① 关于"中间作品"问题的讨论,从 1959 年 4 月到 1960 年底,《光明日报》"文学遗产"共刊发讨论文章四十余篇。
② 《文艺报》编辑部:《"写中间人物"是资产阶级的文艺主张》,《文艺报》1964 年第 8、9 期合刊。
③ 北京大学中文系 1955 级编写《中国文学史》全体同学:《投入新的战斗——我们要在学习的基础上修改〈中国文学史〉》,《中国青年》1959 年第 3 期。

了大范围的修订。

修订仍然采取集体大协作的方式进行,与写作"红皮本"相比,发生的重要变化是师生关系。在修订进行的1959年,部分教师和学生原先设定的对立的阶级关系已被淡化。古代文学教研室的教师游国恩、林庚、吴组缃、季镇淮、冯钟芸、彭兰、吴同宝(小如)、陈贻焮、沈天佑、吕乃岩、周强等都参加编写工作,新的编委会也有六位教师加入,其中包括在1958年作为"资产阶级学术"代表的游国恩和林庚①。游国恩、林庚、王瑶诸先生在当代身份的浮沉起伏难以预测。20世纪50年代初他们备受尊敬,许多学生报考北大中文系,既慕其历史形成的名声,也为传道授业的诸多著名学者的吸引。但1958年他们的学问就成为批判对象。到了编写修订本时,学生们在时势的引导下收回了咄咄逼人的言辞,写下这样诚恳、温暖的文字:

> 老师们和我们一起战斗,使我们非常兴奋,过去我们从他们那儿学到了很多东西,也得到他们不少的帮助,在这次工作中,我们一定要更加虚心地向他们学习,更多地争取他们的指导和帮助。在学术研究工作中,他们比我们先走了十多年乃至数十年,积累了许多宝贵的经验和有用的知识。②

> ……当同学们写成初稿后,老师们又在酷热的天气里,放弃了假期的休息,仔细审阅了初稿,并作了必要的修改和润色。为着探求真理,师生们也展开了热烈的争论和互相批评。师生之间开始建立了民主平等的关系。③

游国恩、林庚等先生地位、身份的这种变化,并非他们个人所能选择,大体反映了当代政治运动的走向,由政治运动的诉求和策略所支配、推动。因而,这里的师生关系就不是一种"自然人性"的关系。60年代初的时候,林庚等学者恢复了学术权威的地位。但"文革"前夕,原先背诵着林庚"马路宽得就像一条河/……汽车的喇叭唱着牧歌"④诗句的学生,又开始重演1958年的一幕,课堂上批评他的布衣精神、他的"尊李抑杜"。林庚在黑板上写了"真理超过一步就等于谬误"后,一言不

---

① 参加编委会的教师除游国恩、林庚外,还有吴组缃、季镇淮、冯钟芸、陈贻焮。

② 北京大学中文系1955级编写《中国文学史》全体同学:《一浪高一浪,我们要争取更大跃进!》,《文汇报》1959年3月18日。

③ 北京大学中文系1955级编写《中国文学史》编委会:《向祖国汇报》,《光明日报》1959年9月29日。

④ 林庚:《马路之歌》,《人民文学》1956年第11期。

发拂袖而去①。他的怒气自然无法阻挡"滚滚向前"的"历史车轮"。

修订后的"黄皮本"扩展到120万字四卷的规模,资料、学术性等方面确实大大增强。民间文学主流论、现实主义与反现实主义斗争等"规律"被放弃,"修改了原书中一些简单粗暴和论证和不全面不妥当的地方,并且尽我们最大努力补充了原书中一些薄弱部分,几乎百分之九十以上的章节都经过重写和改动"②。

不过,编写者没有想到的是,修订本出版前一个月,中共中央八届八中全会在庐山召开,形势开始从纠正1958年"左"的倾向转为批判"右倾机会主义",思想文化领域也开始展开对修正主义、人性论、人道主义的批判。"55级文学史"编写者在这种无法预判的情势下,对他们的修订开始反悔,转而检讨修订本的问题:

> 这种观点("存在着既不反动又没有什么人民性的中间作品"——引者注),对于分析作家作品,造成了一些混乱和错误……例如对王维的山水诗和田园诗,批判其没落阶级的闲情逸致不够,反而说:"这里诗人并不是去写农村生活的本质,我们自然不能拿这个标尺去衡量。"
>
> 用了一些抽象的、不明确的词句去评价作家、作品……如说高适的诗"抒发了人们普通的细致的思想感情",贺知章《回乡偶书》"有浓郁的人情味"……说王维的《忆山东诸兄弟》等小诗是"表现了对真挚的人与人之间关系的追求"……至于分析一些爱情题材作品,也有一些无原则地歌颂的词句。
>
> 对某些战争题材的作品的分析也是有毛病。有些地方对战争的性质未作认真的分析……修订本中关于民族矛盾和爱国主义的某些问题的具体分析上,有些地方也缺乏鲜明的阶级观点……
>
> 本书对于社会历史的叙述,还受了尚钺历史观的若干影响。主要是过分夸大了"资本主义萌芽"的作用,忽视了封建社会农民与地主的矛盾是主要矛盾这一真理。③

于是,1960年春天,他们打算利用毕业前的半年时间,启动对修订本的再修订。计划在1961年"七一"出版第三版,"务其在兴无灭资的斗争中发挥更大的作

---

① 参见么书仪:《家住未名湖》,北京大学出版社2018年版,第114页。
② 《中国文学史》编委会:《我们的节日献礼》,《北京日报》1959年9月16日;另见冯钟芸、费振刚、谢冕、张炯、张少康、孙静:《"中国文学史"修改中的几点认识》,《光明日报》1959年11月20日。
③ 自印《中国文学史第二次修改初稿的一部分》"前言"。

用"。他们将部分再修订的稿子集合,印制了"供有关同志提意见时参考"的《中国文学史第二次修改初稿的一部分》①。因为是白色封面,有时被称为"白皮本"。

再修订的第三版并没有完成,原因有多个方面。如毕竟已经毕业,许多同学已离校(虽然 1955 级有不少留校任教),又如有人会为不断反复感到厌倦(这点纯属推测,没有材料证明),还有是作为高校文科教材的《中国文学史》编写已经启动。其中主要原因之一应该是受到劝阻。毕业留在中文系任教的一位编写者回忆说:

> 1960 年冬,周扬等来北大中文系听课要找 55 级同学谈话。我已留校任教,又恰在系里备课,听到了周扬的意见:"你们那四卷本先不要急着改。不要这股潮流来了,这么改,那股潮流来了,又那么改。书还是先用,用一段时间再说。当初《文学研究》不是很好么,为什么一定要改为《文学评论》?我反对这样改来改去。"②

回忆讲述的这一情况,在周扬后来的讲话中得到证实:

> 北京大学的《中国文学史》受我们某些报告③的影响,用反人道主义、反和平主义的标准去衡量中国古代文学。第一版本来是比较"左"的,第二版肯定了一点古人。文代会后,又想改得比第一版还"左"。我劝他们不要这样做。我们的报告是针对目前的国际政治斗争而言,怎么能以此去套历史呢?④

北大的文学史曾想用文代会的精神进行修改,反对人道主义、和平主义,这怎么得了?按照这个标准,古人哪一个也过不了关。马克思主义之前,没有阶级论,人道主义、和平主义还是好东西。后来,有的地方讨论杜甫有无和平主义,批判杜

① 《中国文学史第二次修改初稿的一部分》共 350 页,署名北京大学中文系专门化 1955 级集体编著。无印制具体日期。内容涉及诸子散文、两汉词赋、建安文学、陶渊明、王孟诗派、李白、白居易、晚唐诗人和唐五代词,苏轼、柳永、李清照、明代诗文、《长生殿》《红楼梦》以及近代文学等。
② 黄修己:《自言自语说自己》,谢冕、费振刚主编:《开花或者不开花的年代》,北京大学出版社 2001 年版,第 21—22 页。文学研究所 1957 年主办的学术刊物原来刊名为《文学研究》,1959 年改为《文学评论》。
③ 指周扬 1960 年在第三次文代会的报告《我国文学艺术的社会主义道路》。
④ 周扬:《在文科教材外文组汇报会上的发言》,《周扬文集》第 4 卷,人民文学出版社 1991 年版,第 3 页。

甫的《兵车行》和《三吏》《三别》。这种现象,一方面反映了当时紧张的政治斗争的气氛,一方面反映了我们的文化水平太低。①

当然,批评年轻学生没有稳定性,批评他们在汹涌的潮流激荡下欠缺"定力"的反复,那是不尽情理的苛责。即使有丰富生活、知识、政治经验积淀者,如周扬,如反复修改《中国文学发展史》的刘大杰,也难以做到这一点,他们也是或被迫或自愿地选择趋时的转向。

## 七、作为文科教材的"蓝皮本"

从 1960 年冬天开始,政治经济开始进行全面调整,高等教育领域也试行在调整方针下制定的"高校六十条"。在中央书记处和中央文教小组的策划、领导下,包括文科教材在内的高校教材编写启动。时任中宣部副部长、中央文教小组成员的周扬,承担了文科教材编写的领导负责工作。1961 年 4 月 11 日,中宣部、教育部、文化部共同召开全国高校文科和艺术院校教材编选计划会议,教材编选工作全面开展②。在文科教材中,中国文学史(包括古代和现代)显然是重要的项目之一。

在中国文学史古代部分的编写上,曾有人提出以"55 级文学史"为基础修改提高的方案,但这个方案没有被接纳③,确定的是由著名专家领衔的主编负责制。在整体的编选方针上,是建立在检讨 1958 年"大跃进"集体科研错误、偏差的基础上。1962 年 5 月 5 日,周扬给中央书记处的《关于高等学校文科教材编选情况和今后工作的意见》中指出:

> 一九五八年以后,教育革命,解放思想,青年人集体编了许多教材,出现了一种新气象,但由于对旧遗产和老专家否定过多,青年人知识准备又很不足,加上当时一些浮夸作风,这批教材一般水平都低,大都不能继续采用。

---

① 周扬:《在北京文艺工作座谈会上的讲话》,《周扬文集》第 4 卷,人民文学出版社 1991 年版,第 30 页。

② 相关情况,参见傅颐:《"大跃进"前后高等学校文科教材建设的历史回眸——兼论我国人文社会科学学术体系的初创》,《中共党史研究》2010 年第 8 期。

③ 1967 年 12 月 12 日,北京大学中文系主任和文学史家游国恩、林庚曾在 60 年代文科教材编选问题的座谈中讲到这一点。杨晦说:"(关于 55 级文学史问题)我对林默涵说,你们应该在 55 级基础上修改,不应该重编。林默涵说,修改要修改,但是重编已经决定了。"游国恩说:"开始还是提在 55 级文学史的基础上修改的,所以把费振刚也吸收进来。但后来就不讲了,提新老结合,说青年人材料不熟悉。"座谈会记录未正式发表,此处根据笔者当时的记录。

这一次文科教材编选工作就是在这样一个基础上开始的。我们在总结过去经验的基础上,重新制定了文科各专业的教学方案,集合新老力量,重新编选教材。①

一个重要的改变是由集体编写改为专家主编责任制。由周扬提议,《中国文学史》由游国恩担任主编,游国恩提出王起、萧涤非、季镇淮等也一起担任,而费振刚任主编则是周扬直接提出:"费振刚是 1955 级的,参加过编写的全过程,他可以作为青年代表参加做主编。"②高教本《中国文学史》的"说明"指出:"按历史顺序分别由游国恩主要负责先秦两汉部分、萧涤非主要负责魏晋南北朝隋唐五代部分,王起和季镇淮主要负责宋元明清近代部分。"③

另一重要变化是检讨 1958 年历史编纂中盛行的"以论带史"的研究方式。周扬说,"这个口号(以论代史——引者注)是有毛病的……其结果就会引导人专门讲原则,不讲史料。研究历史就是向史料作调查,向文字的,地下的史料作调查……'以论带史',就是叫青年拿历史作为公式去套。从原则出发,而不是从实际出发……一个人如果想成为有知识的人,还要伸两手,一手伸向古代;一手伸向外国"④。因此,周扬重视作品选的编选。他说,"我觉得选教材,不但是正面反面要选,对一个人的作品也要选全面。这样使得青年学生对历史的发展有个全貌,不致于把古人想得太好,或者想得太坏,尤其是不要把古人想得太现代化。"⑤

---

① 周扬:《关于高等学校文科教材编选情况和今后工作意见的报告》,《周扬文集》第 4 卷,人民文学出版社 1991 年版,第 143 页。不过,1963 年之后,在强调阶级斗争和批判修正主义的形势下,周扬这方面的观点发生转变。他说,"教材建设,总的来说还是起了作用的,比原有教材质量有所提高。如果说有缺点的话,是不是对一九五八年的'破'的经验还总结得不够。一九五八年有错误的东西,有些简单化,过多的大批判。但总的精神是好的,不搞苏联的,搞我们自己的一套,政治挂帅,走群众路线……1961 年批判一些错误,但对该肯定的肯定得不够。教育革命的方向是对的,但有些走过头了;纠正缺点也是对的,但对正确的肯定不够。"(周扬:《高校文科教材编写工作漫谈》,《周扬文集》第 4 卷,人民文学出版社 1991 年版,第 249 页)

② 参见方铭、马庆洲:《一史封皮三易色,此中甘苦费君探——费振刚教授访谈录》,《文艺研究》2013 年第 1 期。

③ 游国恩、王起、萧涤非、季镇淮、费振刚主编:《中国文学史·说明》第 1 卷,人民文学出版社 1963 年版,"说明"第 3 页。

④ 周扬:《在少数民族文学史讨论会上的讲话》,《周扬文集》第 3 卷,人民文学出版社 1990 年版,第 292—294 页。

⑤ 周扬:《在高等学校文科教材选编计划会上的讲话》,《周扬文集》第 3 卷,人民文学出版社 1990 年版,第 320 页。

最后完成的四卷本教材,1963 年 7 月由人民文学出版社出版,封面是蓝色的,被称为"蓝皮本"。虽说是重编,但也可以看出,"黄皮本"为"蓝皮本"的叙述框架提供了基础,两者之间还是存在承接的关系,包括文学史分期的方法。而作为配套教材的《中国历代作品选》,则由林庚、冯沅君主编①。"蓝皮本"在"文革"后又做了三次较大幅度的修订,主编之一的费振刚在 2002 年最后一次修订的《再修订后记》中说:

> 这部中国文学史编写于 1961—1963 年,正是"阶级斗争"高潮之间相对平静的时期,当时强调实事求是,注意吸收已有的研究成果,力求公允稳妥,再加上游国恩、王起、萧涤非、季镇淮四位老一辈学者广博的学识、严谨的学风、坦诚无间的合作态度以及对我们这些当时还是年轻学人的细心指导和严格要求,使得它虽然不能不有那个时代的印记,但它仍以内容全面、材料翔实、体例适当、便于教学,既有一定的学术深度,又符合教学规律的要求,而受到高等院校中文系师生的欢迎,至今出版已近四十年,发行量已接近二百万套,有不少高等院校仍用作中国文学史课程的教材。②

## 八、余波

1960 年 8 月,北大中文系 55 级毕业时,编辑了《战斗的集体——北京大学中文系 1955 级毕业纪念》(自印,未正式出版)的纪念册。该书辑录了陈毅、康生等的来信,以及 1958 年到 1960 年报刊上发表的有关"55 级文学史"的社论、文章,和编写者介绍、总结经验的文章和会议发言。纪念册前面有谢冕执笔的题词:"革命斗争中成长/群众运动里开花/我们五五级/走的是红专道/骑的是跃进马/听的是党和毛主席的话/此去扬鞭万里/一生为祖国画最新最美的图画"。

四十年后的 2000 年夏天,该年级的部分同学重聚学校,也出版了毕业四十周年纪念册。纪念册名字原拟采用林庚先生为 55 级毕业 30 周年题写的诗句"难忘的岁月"("那难忘的岁月,仿佛是无言之美"),最后确定为《开花或不开花的年

---

① 《中国历代作品选》上编一、二分册由人民文学出版社 1964 年出版,下编由于"文革",延至 1979 年才出版。

② 游国恩、王起、萧涤非、季镇淮、费振刚主编:《中国文学史·后记》,人民文学出版社 2002 年版,第 458 页。

代》(谢冕、费振刚主编,北京大学出版社 2001 年版)。从"群众运动里开花"到"开花或不开花的年代",这里蕴含着"回望逝去的岁月"时的"难以言说的思绪:欢乐和痛苦,纯真和复杂,获得和失落,自责和醒悟"①。

当年这个年级的文学史编写者,多人后来成为知名批评家、作家、学者,如谢冕、费振刚、张炯、杨天石、孙玉石、孙绍振、黄修己、孙幼军、陈铁民、陈丹晨、吴泰昌、温小钰、王水照、孙静、张少康、谭家健、李汉秋、张毓茂等。回顾这段经历,他们的感受和看法有同有异。"历史"可能有一个主题,但也有众多侧面和细节,何况亲历者位置、立场、感受的不同,差别是自然的。下面试举几例:

> 我觉得我们在文学史的编写过程中要充分认识到 1949 年后用马克思主义思想方法来研究文学的意义……还是应该继承和研究马克思主义的思想方法。
>
> ……中国文学史的写作,集体写作有集体写作的好处,不能一概否定。……上世纪 80 年代以后,有人提出集体科研扼杀个性,甚至认为游先生主编的《中国文学史》是一道"没有特色的汤",但在我看来,科学研究,包括人文科学研究,可以有多种方式,既可以以个人为主,也可以进行集体研究。……具体到北京大学中文系 1955 级学生编写的 1958 年、1959 年这两套《中国文学史》的集体方式,我现在认为不值得提倡。……我们当时是一群没有经过很严格学术训练,没有多少学术素养的在校大学生,仅凭一腔热忱,我们当时的做法只能是一种比较莽撞的行动。②
>
> ——费振刚(北京大学中文系)

那时我们是多么的鲁莽,用现在流行的话来形容当日的我们,可真的是:"无知者无畏!"可未曾想到的是,一次幼稚的行动(指"拔白旗",批判"我们的老师"——引者),却意外地造就了一个成熟的集体。那时我们并未有意识到,我们是在用一种精神补偿我们的过失。在一个充盈着破坏性思想和行动的年代里,我们不自觉地采用了当时通行的方式,实现了一个有悖于世的建设性目标。这个集体编写的行动,逼使我们在最短的时间里,阅读并掌握了大量的资料……而且由于充分的讨论和交流,使个人的思考和众人的智慧得到融

---

① 谢冕:《开花或不开花的年代》,北京大学出版社 2001 年版,《序——难忘的岁月》第 1 页。
② 方铭、马庆洲:《一史封皮三易色,此中甘苦费君探——费振刚教授访谈录》,《文艺研究》2013年第 1 期。

合,并由此产生了一种奇妙的效果。①

——谢冕(北京大学中文系)

现在看起来,这部书"左"得很,其名声完全是适应形势需要,哄抬起来的……"红色文学史"出版后,我们奉命继续革命。我选择了"虫鱼之学",编注《近代诗选》。这样,我便大量阅读了鸦片战争以后的诗文别集和近代报刊的文艺栏目,总共看过几百种。做注释……好在那时,师生关系已经有所改善,季镇淮教授直接参加编选组,和我们一起工作。此外,我还常去请教游国恩、吴小如两位先生,在他们指导下,加上自己摸索、钻研,我逐渐学会了使用《佩文韵府》《渊鉴类函》《骈字类编》等工具书、类书,懂得了搞注释的门道。编选诗选期间,我们对"红色文学史"作了一次重大修改,比较地可读了。这就是黄皮本的《中国文学史》。这次,我撰写的是近代文学。②

——杨天石(中国社会科学院近代史研究所)

这"红色文学史"是应该否定的,事实上在我们的心中也早就将它否定了。那是"大跃进"头脑发热的产物,是为学术领域"拔白旗、插红旗"效力的,是对教育秩序和学术规范的破坏。当然,也是我们幼稚、盲从等缺点的集中表现……我参加"黄皮书"的编写,执笔陶渊明等章节,现在已不敢去看当年写的东西。我对陶渊明毫无研究,手上只有一本王瑶先生主编的《陶渊明集》……仅读此书就敢大发议论,想起来就感到脸红……只有用了大篇幅,完整地记述了鸦片战争至五四运动的文学史,做了前人没做的工作,是不应该否定的……这也要感谢阿英先生的帮助。③

——黄修己(中山大学中文系)

我常想,参加红皮《中国文学史》编写者,特别是一些主要关联者,包括我自己在内,至今有时还在夸耀地谈论、享用那时获得的"战斗里成长"的"成绩"和"荣耀",而却很少,甚至几乎没有更深层次的自赎和反思,很少有一种深深的内疚与忏悔,这是一个问题……我们曾经很深地伤害过包括林庚先生在内的自己的一些老师们,今天我们是有愧于林庚先生的。我觉得我们不应

---

① 谢冕:《开花或不开花的年代》,北京大学出版社 2001 年版,《序——难忘的岁月》,第 3 页。
② 胡波主编:《孙中山研究口述史·京津卷》上,广东人民出版社 2016 年版,第 209—211 页。
③ 黄修己:《自言自语说自己》,《开花或不开花的年代》,北京大学出版社 2001 年版,第 20—21 页。

当在历史过失面前集体无记忆,集体失语。①

——孙玉石(北京大学中文系)

(原载于《文艺研究》2020 年第 11 期)

---

① 谢冕、孙绍振、刘登翰、孙玉石、殷晋培、洪子诚:《回顾一次写作——"新诗发展概况"的前前后后》,北京大学出版社 2007 年版,第 39 页。

# 《诗探索》与"朦胧诗"

霍俊明　中国作协《诗刊》杂志社副主编

## 一、探索的精神永存——《诗探索》发刊词

　　《诗探索》创刊于 1980 年 12 月,至今已 40 年,期间因为经费原因经历过八年半之久(1985 年 7 月—1994 年 1 月)的停刊①以及七次更换出版社的艰难时刻②。这印证了一份诗学刊物极其艰难的生存境遇、经济压力以及复杂多变的文化生态③。

　　作为第一份全国性的以诗歌理论与批评为办刊方向的刊物,《诗探索》已然通过一系列谱系话语塑形出了诗学史的档案编年,"为当代诗歌史留下了一座活生生的诗歌博物馆"④。《诗探索》并非"学院化"或"知识分子化"的圈子刊物,而是如其发刊词所标明的一样,一直秉承了"自由争论、多样化、独创性"的主张,坚持了独立、开放、探索和争鸣的方向,"探索之无止境,正与前进相同。这是已为生活发展的历史,也是新诗发展的历史所昭示了的。要是有一天,我们的诗人和诗评家

---

① 当时没有停刊启事,按谢冕的说法是"《诗探索》放假"。
② 创刊时为四川人民出版社,此后更换为中国社会科学出版社、首都师范大学出版社、天津社会科学院出版社、时代文艺出版社、漓江出版社、九州出版社、作家出版社。
③ 1982 年第 1 期标注印数为 25500,第二期印数为 25400,第三期印数 22000,第 4 期印数 22000。1984 年 7 月出版总第 10 期的时候印数已经大幅缩减为 15000 册。1984 年 11 月出刊总第 11 期的时候印数已经急剧下降到了 9800 册,到了 1985 年 7 月的总第 12 期印数更是跌落到 5700 册。1994 年复刊后《诗探索》更是面临着发行压力和经济压力,不得不在各地成立代销站。《诗探索》1996 年第 2 辑在显著位置标注"四川矛盾实业有限公司资助""画家石虎先生资助",这代表了纯"诗学"刊物维持运营的窘迫与尴尬境地。
④ 程光炜:《吴思敬先生印象》,《南方文坛》2013 年第 4 期。

竟然停止了探索,诗,也就停滞不前了"①。《诗探索》创刊30周年之际谢冕再次强调"三十年来,它以非凡的坚定和毅力,始终坚持学术的、公益的、非营利的,同时也是非官方而不含贬义的'知识分子'的和'民间'的立场"②。

1980年前后的诗学争论形成的诗歌生态和文化场域使得《诗探索》从创办伊始就对重要的诗学问题和诗歌现象予以了格外关注。如果从创刊背景、直接动因以及专题史的角度考量,这40年间最值得我们重读和关注的正是《诗探索》与"朦胧诗"话语谱系及诗歌史叙事所发生的互动、共生关系。40年间,"朦胧诗"的发生、边界、谱系、"前史"构造(包括"地下诗歌"、食指以及白洋淀诗群)以及诗人定位都发生了巨大变化,这自然影响到了相应的研究、选本文化以及诗歌史叙事。

## 二、1980年:新的时代课题或精神词源

公刘在1979年3月14日这天完成了一篇关于青年诗人顾城的文章《新的课题——从顾城同志的几首诗谈起》。此后逐渐扩大、加深甚至产生重大分歧的"古怪诗""朦胧诗""新诗潮"的论争构成了新的时代课题。

1980年成为《诗探索》的起点、诗学原点和精神词源,而关键词就是"探索"。这一聚焦于"探索"的办刊宗旨和方向实则是与那一时期的"思想解放""拨乱反正"和"社会主义现代化"深入互动的结果③。"探索"确实是20世纪七八十年代之交的时代主题——比如于1979年1月8日创办的民刊《探索》,但是极其难得的是在40年的创刊过程中《诗探索》一直将"探索"作为宗旨和标准,而"探索"就必须对时代和诗学的禁区予以突破。

《诗探索》之所以"选择"在1980年创刊,是有着深层的文化背景和动因的,尤其是与"朦胧诗"的论争直接相关。1980年4月7日至22日"全国当代诗歌讨论会"(史称"南宁诗会")在广西南宁、桂林召开,谢冕、孙绍振、洪子诚、刘登翰等"朦胧诗"支持派(当时被反对方指认为是"古怪诗"理论家)对"传统派"集体发难,将论争予以扩散并辐射到全国。孙绍振在后来提到自己的激烈发言是因为会

---

① 《我们需要探索》,《诗探索》1980年第1期。
② 谢冕:《为梦想和激情的时代作证——纪念〈诗探索〉创刊30周年》,《诗探索》2011年第2辑理论卷。
③ 1978年12月18—22日,十一届三中全会召开。没过多久,1979年1月《诗刊》社召集了全国诗歌创作座谈会。

议组织者张炯让他"放一炮"①。尽管时为吉林大学中文系学生的徐敬亚并未参会，但是其论文《复苏的缪斯——1976 至 1979 中国诗坛三年回顾》在会上被传阅、讨论。

"南宁会议"直接推动了《诗探索》的创刊，"《诗探索》是'南宁诗会'的副产品和'可持续发展'的学术平台"②。《诗探索》于 1980 年 7 月召开筹备会并成立编委会③，12 月宣布创刊④。谢冕强调《诗探索》之所以急匆匆地要赶在 80 年代的第一年问世，"是要为那个梦想和激情的年代作证，为中国文学艺术的拨乱反正作证，为中国新诗的再生和崛起做证。《诗探索》和'朦胧诗'理所当然地成为中国新的文艺复兴时代的报春燕"⑤。这一起点和文化环境决定了《诗探索》此后的办刊方向。

"南宁会议"一个月之后，"三个崛起"的开篇之作《在新的崛起面前》首发于 1980 年 5 月 7 日的《光明日报》，而往往被忽略的是这篇文章还刊发在《诗探索》的创刊号上，而谢冕正是该刊主编。从 1980 年的下半年开始，关于诗歌的"朦胧""不懂""晦涩""古怪""传统"以及"朦胧诗""崛起"成为了激烈讨论的关键词。与此同时，诗歌理论和评论工作的重要性就被空前地凸显出来，而长期以来诗歌批评和研究队伍积贫积弱的状况以及诗歌批评专业平台长期缺乏的历史必须予以拨正和改观。

从刊物的文化机制来看，1980 年开始越来越多的刊物和报纸参与到"朦胧诗"的讨论中来。1980 年 8 月号的《诗刊》刊发了在当时引发巨大争议和连锁反应的《令人气闷的"朦胧"》。《诗刊》社在 1980 年 9 月 20—27 日召开了全国诗歌理论座谈会，史称"定福庄会议"。在这次"热烈而冷静的交锋"中，北京和外地的诗歌理论工作者以及《文艺报》《星星》《海韵》《诗探索》的代表共二十人参会。《诗探索》的主编谢冕、副主编丁力、杨匡汉以及孙绍振、吴思敬等参加了此次会议。"定福庄诗会"正处于《诗探索》创刊号的紧张编稿阶段，作为编委之一的孙绍振从福

---

① 王尧：《"三个崛起"前后——新时期文学口述史之二》，《文艺争鸣》2009 年第 6 期。

② 杨匡汉：《〈诗探索〉草创期的流光疏影》，《诗探索》2011 年第 2 辑理论卷。

③ 雷业洪、楼肇明、王光明、刘士杰等参与协助编辑工作和组稿工作，吴思敬从第 11 辑开始负责具体的编辑工作（该期在版权页单独标出吴思敬为责任编辑）。

④ 《诗探索》创刊号并未公布整个编辑部的构成，而是在第 2 期（1981 年第 1 期）才公布了主编（谢冕）、副主编（丁力、杨匡汉）以及 16 人组成的编委会。

⑤ 谢冕：《为梦想和激情的时代作证——纪念〈诗探索〉创刊 30 周年》，《诗探索》2011 年第 2 辑理论卷。

建被紧急叫来编稿,当时住在北京前门附近的一个小旅馆里,所以孙绍振也参加了这个诗会。

1981 年 3 月号的《诗刊》推出孙绍振的《新的美学原则在崛起》①,1983 年《当代文艺思潮》第 1 期刊发徐敬亚的《崛起的诗群——评我国诗歌的现代倾向》。通过谢冕、孙绍振和徐敬亚后来的回忆文章以及口述资料,我们发现这三篇文章的发表和引发的争议都是与此相关的三个报刊事先"谋划"好的,即文本的"异质性"已经引起关注并且要以此为"靶子"来"正本清源"。实际上,当时很多刊物以及研讨会对"古怪诗""朦胧诗"的讨论大体是出自批判目的②。围绕着"三个崛起"多种声音共存甚至相互龃龉,而具有现代性意味的诗论主张却并不是那一时期的"主流"声音。"朦胧诗"所引发的声势浩大且长时间持续的论争以及一些保守人物的反对也使得这一时期的诗坛充满了歧见和博弈③。而在此过程中,《诗探索》陆续推出关于"朦胧诗"争鸣的文章,从而维护了诗歌实践以及诗歌批评作为一种"问题"和"探索"的有效方式。那一时期围绕着"朦胧诗"的论争不可能取得广泛或深度的共识,而是在不断深化、扩散又不断予以校正的"话语场"中加深了诗歌的现代性、现代主义的讨论和探索诗的写作实践。

《诗探索》创刊号专门开辟"新诗发展问题探讨"栏目,刊发了谢冕、刘湛秋等五人的讨论文章以及王光明整理的"探索新诗发展问题的意见综述"。这也是对"南宁会议"和"定福庄会议"的进一步呼应。创刊号还在"新探索"栏目中推出杨炼的诗《铸》以及评点文章。刘登瀚在评价舒婷的诗作时已经注意到了诗人的"自我形象"以及抒写方式与以往诗歌的重大区别,而"朦胧诗"以及现代性诗歌的一个重要特征正是从"寻找自我"开始的。这是"人"与"诗"的时代行动,"她的抒情主人公——诗歌中的'自我'形象的独特性不仅表现在她不是从外部行动展开描写,而是从人的内心领域进行开拓,而且还表现在她所抒写的'自我形象',不是相当长时间以来我们新诗中流行的那种充满豪言壮语的'高、大、全'英雄,而是一个普通的甚至明显带有某些局限的年青人的精神典型。"④这一代年轻诗人的"自我

---

① 原题为《欢呼新的美学原则在崛起》,发表时《诗刊》编辑做了修改。

② 比如《福建文艺》1980 年第 2 期推出的"关于新诗创作问题的讨论"就是为了批判舒婷,且会前专门油印了舒婷的诗歌小册子以供"讨论"(实则是"批判")之用。

③ 1981 年,舒婷的《致橡树》和梁小斌《雪白的墙》获得 1979—1980 年全国中、青年诗人优秀新诗获奖作品,这显然代表了主流诗歌界对具有探索倾向的年轻诗人的有限度认可,比如这份名单就没有北岛、顾城、江河、杨炼等人。

④ 刘登瀚:《从寻找自己开始——舒婷和她的诗》,《诗探索》1980 年第 1 期。

形象"带有怀疑论者的色彩,尤其是北岛发在《诗刊》1979年3月号的《回答》更是宣告了"怀疑一代"的诞生,而这一"怀疑"成分又是与英雄主义和理想主义糅合在一起的。创刊号还刊发了舒婷、江河、张学梦、徐敬亚、顾城、梁小斌、王小妮、高伐林等八位青年诗人的笔谈《请听听我们的声音》。1980年8月,在《诗探索》创刊筹备期间,舒婷、梁小斌等8位首届"青春诗会"的诗人在中国社会科学院文学所二楼会议室参加《诗探索》编辑部召集的小型座谈会,这是作为"新的崛起"的集体呼声。而那一时期具有探索特征的青年诗人显然具有特殊的作用和影响力①,也是不同诗学立场的各种力量要"争取"的特殊群体,甚至涉及诗坛话语权的争夺,"事后有人告诉我:'《诗刊》内部有人说,好不容易把他们引导过来了,《诗探索》又把他们引导回去了。'我笑曰:'但愿这是流言。大路朝天,各走半边。难道连青年人的声音也不能听吗?'"②

《诗探索》创刊号确实体现了"探索"精神,"探索"的途径也是多方面的,而与"探索"相对应的则是"传统"和"保守",这也要求一份刊物要具有容纳各种"探索"以及不同声音的襟怀和开放视角。《诗探索》创刊号不仅重新刊发谢冕的《在新的崛起面前》,而且允许各种声音的争论,比如同期刊发的丁慨然、单占生与谢冕的商榷文章《"新的崛起"及其它》《新诗的道路越走越窄吗?》。即使从《诗探索》内部来看,主编、副主编以及编委之间的诗学观念就有很大差异,"谢冕、丁力在学术观点上'求异',有时为了一、两篇准备发表的文章,我只好'两头跑',以沟通'求同'"③。作为早期《诗探索》副主编的丁力就是"古怪诗"的反对者,比如他在《新诗的发展和古怪诗》《古怪诗论质疑》等文章中就认为这些诗是"反现实主义"的"脱离现实、脱离生活,脱离时代、脱离人民"的。

关于"古怪诗""朦胧诗""读不懂的诗""思索派""现代派""现代诗"等新诗问题的论争涉及新诗传统、新诗的艺术形式(音乐化、散文化)、民族化、大众化以及诗歌中的"自我"形象等诸多问题。在时代和诗学的双重转折点上,各种"新老"意见的碰撞、博弈甚至交锋不仅不可避免而且有时趋于白热化。那一时期的论争更多带有社会学批评的特征。从艾青回答《诗探索》编者提问的意见中我们可以

---

① 比如1979年9月9日《今天》编辑部在紫竹院公园召集的作者、编辑、读者漫谈会,北岛、芒克、江河、史康成、黄锐、徐晓、鄂复明、刘念春、黑大春、赵振先、刘建平、甘铁生、周郿英、王捷、万之等参会,他们已然在读者和"群众"中产生了不小的影响甚至冲击波。

② 杨匡汉:《〈诗探索〉草创期的流光疏影》,《诗探索》2011年第2辑理论卷。

③ 杨匡汉:《〈诗探索〉草创期的流光疏影》,《诗探索》2011年第2辑理论卷。

看到他已经注意到了当时的各种论争,并着重对诗歌的"懂"与"不懂"、诗歌的现代派、诗坛新人、探索诗美学等问题发表了看法。这些看法显然已不再是个人观点而是具有代表性甚至影响效应,这也是《诗探索》将其作为开篇的原因,"中国人,有些年青人中间,学外国看不懂的诗。看不懂怎么学? 学外国的看不懂。这个倾向,我以为是应该排斥的"①。艾青在这里提到的"年青人"学习外国"看不懂的诗"显然包括了北岛、顾城等人,也是针对谢冕《在新的崛起面前》一文——"一批新诗人在崛起,他们不拘一格,大胆吸收西方现代诗歌的某些表现方式,写出了一些'古怪'的诗篇。越来越多的'背离'诗歌传统的迹象"②。在 1981 年《文汇报》组织的"朦胧诗"系列讨论中艾青又发出了否定的声音③。

## 三、从"探讨""争鸣"到"评论员文章"

《诗探索》的"新诗发展问题探讨"栏目对于那一时期"朦胧诗"的争鸣起到了推动作用,如此高密度地推出大量争论文章④也印证了这份诗学理论刊物的重要性。

《诗探索》1981 年第 1 期尽管容纳了"新旧""左中右"的各种声音⑤,但是显然强化了对北岛、舒婷等青年诗人的关注,比如"新探索"栏目分别推出了关于北岛的《回答》以及舒婷《暴风过去之后》的评点文章。这些评点文章已经涉及年轻诗人在艺术上崭新的追求——比如隐喻、象征以及曲折的暗示,但更为重要的是注意到"一代人"特异的心理活动、精神世界以及诗人的主体形象,而诗歌中的"话语角色"或"角色意识"一直是当时和后来关于"朦胧诗"或"新诗潮"诗歌史叙事中格外倚重和强化的部分,"它来自一代被'史无前例'的现代迷信所愚弄、欺骗、践踏、损害的心灵。偶像的崩塌,宗教彩漆的剥落,一时的无所适从,一时的迷惘昏晕,失望、悲慨、怀疑,乃至把对什么都'不相信'的戒备心理当作防身自卫的盾和进攻的矛,是一代青年在特定历史条件下的一段心灵历程的写照。《回答》的主人公是迷

---

① 艾青:《答〈诗探索〉编者问》,《诗探索》1980 年第 1 期。

② 谢冕:《在新的崛起面前》,《光明日报》1980 年 5 月 7 日,《诗探索》创刊号再次刊发此文。

③ 艾青:《从朦胧诗谈起》,《文汇报》1981 年 5 月 12 日。

④ 创刊号推出 6 篇,1981 推出 17 篇(其中 3 篇是"新诗的争鸣"),1982 年推出 19 篇。总第 10 期(1984 年 7 月)开始"新诗发展问题探讨"被替换为"新诗发展问题论坛"(推出 3 篇),总第 11 期(1984 年 11 月)推出 3 篇。

⑤ 比如严辰的《给青年作者的新》对四十年代的象征派、现代派以及连诗人自己都不懂的诗提出了批评。

惘群中的早醒者,他已经从顶礼膜拜、盲从苟合、随波逐流和浑浑噩噩的状态中解放了出来"①。同期还刊发了杨炼的创作谈《从临摹到创造——同友人谈诗》,文中提到的友人恰是另一位朦胧诗人江河。杨炼在文中谈到了作为语言创造出来的诗歌世界的特殊性以及隐喻、象征和"变形"化的修辞,而这对应于一个诗人真切地理解生活真相的能力以及深度的精神透视能力。在八十年代语境中具有现代性特征的修辞往往被视为是"反传统、反现实、反生活"的,而《新诗的真假现实主义》(1981 年第 2 期)则认为北岛《回答》一诗突破了对现实的摹拟,而以象征等新颖的手法写出鲜有的感受正是代表了真正的现实主义。值得注意的是《诗探索》1981 年第 1 期刊发了长达 24 页的《法国象征主义诗歌概观》(张英伦)。尽管作者提出法国象征主义诗歌的个人自由主义和非社会政治倾向于今"毫无意义",但是艺术上的成功经验却值得借鉴。这实则是从现代主义诗歌"传统"和"世界视野"的角度肯定了"朦胧诗"一代人的艺术探索。赵毅衡对"意象""语象""比喻的老化与活化""象征""私立象征"的详细介绍实则在"诗学"的层面呼应了那一时期探索诗歌的真正写作动因和"现代性传统"的机制②。北岛则强调"诗歌面临着形式的危机,许多陈旧的表现手段已经远不够用了,隐喻、象征、通感、改变视角和透视关系、打破时空秩序等手法为我们提供了新的前景。我试图把电影蒙太奇的手法引入自己的诗中,造成意象的撞击和迅速转换,激发人们的想象力来填补大幅度跳跃留下的空白。另外,我还十分注重诗歌的容纳量,潜意识和瞬间感受的捕捉。"③"新诗发展问题探讨""新诗发展问题论坛"作为《诗探索》的长设栏目关注新诗问题尤其是"朦胧诗"的争论,而其他的栏目"诗窗""诗人诗作研究""诗艺""诗通讯"等也尽可能地以多侧面的形式参与了那一时期的争鸣。

"诗窗"栏目多为译介文论或者关于外国诗歌的研究文章,而它们恰恰从"世界视角"给青年诗人的探索提供了合法化的理论依据和作为"西方传统"的写作事实。裘小龙选译的 T. S. 艾略特的《观点》从"诗的意象""'难懂的'诗歌""听觉想象"等几个方面精准对应了当时诗学论争的核心问题,也回复到了诗歌本体的创作规律,"还有一种难懂的诗歌,那是因为著者省略了一些读者惯于读到的东西,故而,读者就莫名其妙,摸索着找那不在的东西,绞尽脑汁想要发现其实是没有的那层'意义',也是诗人本不想有的意义。"1981 年第 3 期郑敏的《英美诗创作中的

---

① 楼肇明:《〈回答〉评点》,《诗探索》1981 年第 1 期。
② 赵毅衡:《诗歌语言研究中的几个基本概念》,《诗探索》1981 年第 4 期。
③ 北岛:《百家诗论小札》,《诗探索》1981 年第 4 期。

物我关系》就是从当时的诗歌论争来切入的,"最近关于新诗创作的讨论触及一个深刻的理论问题,这就是诗创作中的物我的关系,或主客观关系。对于诗应当反映客观,没有人提出疑问。但对诗可不可以写'我',能不能以'我'为主要表达对象,以及诗人的'我'对他或她的创作活动有什么关系,则有争论"。

《诗探索》1981 年第 3 期对"朦胧诗"论争的关注度空前加大,不仅"新诗发展问题探讨"集中推出六篇文章,而且杨匡汉的《歌唱的八十年代第一个春天——评一九八〇年诗歌创作》和吴嘉的《思索·尝试·前进——诗林漫步》年度诗歌综论文章都提到了青年诗人创作的新趋向。刘湛秋则在看似与新诗问题争论不太具有关联的《新诗出版发行令人忧虑》中开门见山地对青年和中年诗歌作者的不断崛起予以了肯定。卞之琳在《今日新诗面临的艺术问题》为"难懂的诗"予以了一定程度的维护,同时也指出诗歌的创新和探索不能走向另一个极端,比如废除标点而任意排列诗行的做法。针对章明的《令人气闷的"朦胧"》一文卞之琳也予以了回应,"新诗经过多年的停滞以至退化,近两年(严格说是从 1978 年下半年或 1979 年初算起)也涌现了一些并非'穿了制服'的新诗,争取到刊物上一角的位置。于是不少有地位的诗人和批评家马上齐声非议。反对的唯一理由是'难懂'。长久以来,在国内,'难懂'二字,对于一位诗人压力很大,所以不要因为易用而随便滥用"。这一期"新诗发展问题探讨"集中围绕着孙绍振的《新的美学原则在崛起》展开争鸣。李元洛的《是什么"新的美学原则"? ——与孙绍振统治商榷》①从"社会主义诗歌"和"马克思主义美学"的根本性问题的角度质疑了"排斥时代精神和人民情感"的"自我表现""表现自我"的诗歌实践及创作观念。其时,争论时所涉及的"自我""个人""小我"是与"人民""大众""大我"极其复杂地缠绕在一起的,甚至由此形成的观点是不相容的。此时,一些文章已经注意到了以北岛、舒婷为代表的青年诗人不只是通过象征和隐喻指向了现实和自我,而且还有一个极其重要的历史背景,即"文革"动乱十年对他们形成的整体压抑,其中被引用次数最多的是顾城的《一代人》②。

---

① 该文误认为孙绍振这篇文章发表于《诗刊》4 月号。1981 年 3 月号《诗刊》推出孙绍振的《新的美学原则在崛起》是"有意为之",即将之作为讨论的靶的使用——同期刊发了程代熙的批评文章《评〈新的美学原则在崛起〉》,"编辑部认为,当前正强调文学要为人民服务、为社会主义服务,以及坚持马克思主义美学原则方向时,这篇文章,却提出了一些值得讨论的问题"(编者按)。孙绍振曾托关系试图将此文从《诗刊》撤回,因为他已经知道了刊发此文的目的以及可能引发的后果。

② 《目前新诗的美学突破》(鹿国治)则以北岛、舒婷、顾城、江河和杨炼、梁小斌为例提出"人"、"人道主义"、"人性"、"自我"、"内心世界"以及"人的异化"等重要问题,并意识到这些诗歌作为现代性美学的突破。

"新诗发展问题探讨"在延续了四期之后，在 1981 年第 4 期临时调整为"新诗的争鸣"，从"探讨"到"争鸣"证明了大规模论争的激烈程度以及引发的越来越高的社会关注度。这一期刊发了吴思敬关于江河的《让我们一起奔腾吧——献给变革者的歌》的评点。这篇文章实则是以江河为代表分析了这些年轻诗人在表现内心世界方面的探索精神和写法的意义，是一篇态度鲜明而又言说有据的支持"朦胧诗"的学理文章。这一期的"百家诗论小札"出现了北岛和江河的声音。尤其是北岛对诗歌作为独特的人性、正义和正直世界的强调以及对传统和固化的诗歌形式进行突破的意识都具有"诗学宣言"的意味，北岛还提及诗歌的民族化并非是简单的戳记而是复杂的民族精神的挖掘和塑造。

总第 10 期（1984 年 7 月）用"新诗发展问题论坛"替换"新诗发展问题探讨"。这一期"新诗发展问题论坛"刊发 4 篇文章，而"新时期诗歌研究"刊发了 3 篇，这 7 篇文章基本上都是围绕"朦胧诗"问题展开的。此时，对"朦胧诗"问题的关注已经不再局限于"大方向"的整体讨论框架，而是开始聚焦诗人的个体研究，比如吴思敬《追求诗的力度——江河和他的诗》以及王光明、唐晓渡合写的《舒婷诗的抒情艺术》。吴思敬的这篇文章揭示了江河诗歌的重要特质，比如"男子汉的诗""英雄气质""理性""自我和人民的混合""抒情主体的多义性""史诗性追求"。尤其是南斯拉夫的舒蒂奇·德拉加娜在《我这样看中国当代诗歌》的短论中重点肯定了舒婷和顾城的诗，因为这些诗歌代表了"人"的声音，因为他们与外国人眼中的惯常意义上的"当代诗歌"不同，"和外国诗人相比，中国诗人笔下的形象是高大的、负责的，因为这不是一个诗人，而往往是一个伟大的革命家在说话。因此我们必须先放弃一般的艺术分析方法，才能深入中国当代诗歌的境界"。

这一时期的诗歌讨论持续成为热点，成为了时代紧迫的命题。今天已经成为常识的诗学问题在当时却处于胶着的境地。《诗探索》刊发的那些支持"古怪诗""朦胧诗"的文章在当时是冒着不小的风险的。"朦胧诗"的"自我表现""思想的迷惘"以及"现代修辞技巧"在当时流行的社会学解读和实用主义、功利主义的批评中是不为主流语调所接受的，而被认为与时代的发展是格格不入的。

《诗探索》1982 年第 3 期（总第 8 期）开篇推出"本刊评论员"文章《加强诗歌内容的时代性》。这与《诗探索》一贯的话语风格与办刊宗旨不太一致，其背后是宣传部门以及各种复杂的文化因素参与的结果，"《诗探索》创办以后，也每期送贺敬之同志，他专门约见过张炯（仲呈祥作陪并记录），对刊物提出了与时代同步、与人民同心的要求。张炯随后执笔写了《加强诗歌内容的时代性》的专论，以'本刊评论员'的名义于第八期上发表。"①这篇"评论员文章"的"出炉"正是相关领导约谈然后进行整改的结果②。

"评论员文章"属于"匿名文本",这样的文本往往是在重要的时间节点出现,可以借助各种名义来代表"权威"和"大多数意见",其目的更多是"拨乱反正"。《加强诗歌内容的时代性》提到的"灰暗""低沉""片面""狭小"显然是指向了"朦胧诗"。一份理论刊物的创办和发展在那一时期是受到了各方面的压力和约束的,而要继续进行诗学"探索"就不只是"勇气"这样简单了。

## 四、食指的"发现"与"朦胧诗"前史

随着史料的发掘、累积以及认识的深入,"朦胧诗"的边界和研究发生位移,渐渐产生了"朦胧诗"的"前史"构造,"前朦胧诗"的诗歌史叙事逐渐呈现出来。1994年,陈超对"朦胧诗"的时间边界提出了一个极其重要的看法,"随着历史时针沉重的扫过,有一些问题得以水落石出。现在,我们知道,对中国当代诗歌探索的历史而言,更需要提醒人们记住的年代,是60年代末——比1980年要早十余年"③。

尤其通过《诗探索》组织的"整理""发掘""发现"和"打捞"等历史考古学工作,食指作为"朦胧诗"的"先驱"和"小小的传统"的历史叙事架构不断被强化。

《诗探索》1994年第2辑推出食指关于两首代表作《四点零八分的北京》《鱼儿三部曲》的创作谈,显然当事人的说法更具有历史的现场感和文学史的可信度,"1968年底,上山下乡的高潮兴起。在去山西插队的火车上(火车四点零八分开),我开始写这首诗。当时去山西的人和送行的人都很多。再有,火车开动前'咣当'一下,我的心也跟着一颤,然后就看到车窗外的手臂一片,一切都明白了,'这是我的最后的北京'(因为户口也跟着落在山西)"④。食指的自述以及林莽撰写的《并未被埋葬的诗人——食指》一起揭开了"食指研究热"的序幕。不仅林莽提到的

---

① 杨匡汉:《〈诗探索〉草创期的流光疏影》,《诗探索》2011年第2辑理论卷。
② 整个过程如下:1983年1月22日《诗探索》编辑部召开编委会扩大会议,对创刊以来的编辑工作以及存在的问题进行检查并形成《关于〈诗探索〉刊物检查的报告》;1983年3月,《诗探索》1982年第3期出版时刊发了这篇由张炯执笔的"评论员文章"。《诗探索》1982年第4期(总第9期)的版权页却标明出版时间为1982年9月,系勘误,应为1983年9月。
③ 陈超(陈默):《坚冰下的溪流——谈"白洋淀诗群"》,《诗探索》1994年第4辑。
④ 食指:《〈四点零八分的北京〉和〈鱼儿三部曲〉写作点滴》,《诗探索》1994年第2辑。

《相信未来》《这是四点零八分的北京》《命运》《疯狗》《热爱生命》《海洋三部曲》《鱼儿三部曲》在后来成为"经典"文本，而且这篇文章对食指进行了较早的诗歌史定位，"食指的作品处处回响着那个时代的声音，他曾是一代人的代言人。正因为如此，在现当代诗歌史上他的历史地位是不容忽视的。在那个没有诗歌的年代，他写出了影响一代诗人的诗歌作品，称食指为新诗潮诗歌第一人是恰如其分的。"食指作为"新诗潮诗歌第一人"的定位甚至影响到了此后"文革诗歌""地下诗歌""知青写作""潜在写作""'朦胧诗'前史"的相关研究、诗歌选本文化以及诗歌史叙事。加之当时食指作为精神分裂病人在北京第三社会福利院（位于昌平）已达四年之久，这一特殊的"精神病人"作为时代受害者的形象得以树立和凸显，"在这种环境中他依然以坚忍不拔的毅力生存着，写作着"①。

《诗探索》对食指的"发掘"分为1994年、1998年、2006年和2015年等四个时间节点，其对食指作为"新诗潮"的"源头""传统"的文学史定位起到了不可替代的作用。

1998年成为名副其实的"食指年"②。

继1994年第2辑推出"关于食指"小辑之后，《诗探索》1998年第1辑又推出"食指研究"，刊发《食指论》（林莽）《食指：朦胧诗人的"一个小小的传统"》（李宪瑜）《食指生平年表》（林莽整理，刊发时使用了笔名"建中"）。尤其是收录的二十四张照片、手迹进一步推动了食指在"新诗潮"以及"地下写作"中为一代人立言的"先驱者""启蒙者"的角色。值得提及的是1997年11月21日食指49岁生日当天，林莽、苇岸、徐晓、田晓青、王立雄、李恒久、姜诗元、魏革等到福利院看望食指。没过多久，即1998年元旦，在1968年曾和食指一同插队山西杏花村的知青一行12人到昌平的北京第三福利院看望食指，照片中的食指穿着病服。杏花村、"文革"、知青和食指恰好构成了一条清晰的历史线索。1998年第1辑《诗探索》还单独刊发了一个书讯《〈诗探索金库·食指卷〉即将出版》："本书拟于上半年出版。书中选入诗人食指代表作81首、历年创作一览、生平照片24幅、手迹及本期发表的食指论、食指（郭路生）生平年表。是一本集资料和作品为一体的作品集。本书装帧、印刷精美。定购可与编辑部林莽联系。地址与186页相同。"《诗探索》1998年

① 林莽：《并未被埋葬的诗人——食指》，《诗探索》1994年第2辑。
② 1998年2月，郝海彦主编的《中国知青诗抄》收入包括《相信未来》《这是四点零八分的北京》在内的食指诗作6首且排在首位，谢冕和林莽分别为该诗选做序《记忆是永恒的财富》《以青春作证》。1998年6月，林莽和刘福春编选的《诗探索金库·食指卷》由作家出版社出版。此外，9月份的"一代诗魂、朦胧诗先驱——诗歌朗诵会"暨签名售书和11月的"相信未来，热爱生命——诗歌朗诵演唱会"（《诗探索》编辑部均为主办方）都推动了食指的新诗史地位。

第 2 辑又再次刊发了这一书讯。

林莽的《食指论》在此前《并未被埋葬的诗人——食指》的基础上进一步强化了食指作为"天才诗人""先驱""启蒙""传统""划时代""开创""新诗潮第一人"的文学史地位,"新诗潮的重要成员们都曾宣称,食指是开辟一代诗风的先驱者。那是比 1978 年要早十个年头的'文化大革命'运动初期,这位当代中国文学史上不可或缺的天才诗人,已写出了数十首具有历史价值的光辉诗篇。他以独特的风格填补了那个特殊年代诗歌的空白,以人的自由意志与独立精神再现了艺术的尊严与光荣。而他的后继者们正是在这种人格力量的启示下,开创了中国诗歌艺术的新篇章"①。食指已经被提升到文学史和诗歌"传统"的高度,比如"70 年代以来为新诗歌运动趴在地下的第一人"(多多《1972—1978 被埋葬的中国诗人》)、"文革新诗歌第一人"(杨健《文化大革命中的地下文学》)、"新诗潮诗歌第一人"(林莽《未被埋葬的诗人——食指》)。多多还说过一句话,"郭路生是我们一个小小的传统"。这一说法后来被广泛援引,比如崔卫平的《郭路生》以及李宪瑜的《食指:朦胧诗人的"一个小小的传统"》。《诗探索金库·食指卷》的出版旨向正是"诗歌史叙事","《诗探索》编辑部选编的系列丛书,以个人卷和汇编卷的形式推出新诗史上的重要诗人和作品"(见该书封底)。1998 年第 4 辑《诗探索》开篇推出钱理群在《诗探索金库·食指卷》发行座谈会上的发言《"跨越了精神死亡的峡谷"的自由歌唱》。钱理群很少谈论当代新诗,而这次的"破例"显然是出于食指极其特殊的现代知识分子精神史的重大意义,而这篇文章也正是从政治文化视角指出了食指作为"民主写作"的重要价值,"幸亏有了食指(和他的伙伴),否则中国的诗人真要愧对自己的时代了"②。

此前基本都是北岛、舒婷、顾城、江河、杨炼的"朦胧五诗人"谱系③,1993 年 10 月出版的《在黎明的铜镜中·朦胧诗卷》尽管收入了食指的诗作 10 首,但是在"朦胧

---

① 林莽:《食指论》,《诗探索》1998 年第 1 辑。

② 时隔不久,2000 年人民文学出版社出版《食指的诗》("蓝星诗库"),这进一步奠定了食指的文学史地位,正如该书的推荐语所认定的"食指,原名郭路生,1948 年生于山东,60 年代开始诗歌写作。早期作品广泛传诵于插队知青和都市青年中。80 年代逐渐引起诗界重视。90 年代后其创作成就和诗歌史地位得到公认。已出版《食指黑大春现代抒情诗合集》《诗探索金库·食指卷》等"。较之《诗探索金库·食指卷》和《食指的诗》,出版于 1988 年的《相信未来》(漓江出版社)和 1993 年的《食指黑大春现代抒情诗合集》(成都科技大学出版社)显然并未引起足够大的反响。

③ 1985 年 1 月老木编选的《新诗潮诗集》中只选了食指的一首诗《愤怒》,而北岛、舒婷、江河、芒克、顾城、杨炼、多多、梁小斌都是作为"第一梯队"的"重要诗人"予以收入。较之食指极其可怜的 1 首,北岛则高达 48 首且占据了整整 55 个页码(舒婷入选 37 首)。

诗"的认定中仍然处于边缘的位置,"北京大学五四文学社编出了第一本'朦胧诗人'作品合集《新诗潮诗选》,将新时期以来的'朦胧诗'的主要诗人以及第三代诗人基本囊括其中。但这本选集对郭路生还缺乏应有的了解,书中只选了他的一首诗"①。随着不断"发现""打捞""发掘",食指的文学史地位有了很大调整。尤其 1994 年和 1998 年《诗探索》对食指的"发掘"起到了历史化的效果。食指的"出现"也使得当代新诗史的秩序、选本构成以及文学史定位和叙述重心都发生了变化②。尤其是 1998 年之后,相关的文学史研究、回忆录、访谈以及诗歌选本都不断强化了食指在"地下沙龙""白洋淀诗群""朦胧诗"这一当代先锋诗歌史上的"前驱者"形象③。谢冕就将新诗巨变的准备阶段提至"文革"时期的"地下阅读"和非主流诗歌,尤其对食指的创作沟通了传统与现代、历史与未来及其"桥梁"式的历史意义予以重点描述和深入评析,"食指是这类诗的作者之一,也是其中最突出最有代表性的一位。他的诗在'文革'标语口号泛滥中悄悄地在上山下乡的知青群中传抄。他属于热情投入'文革'的那一代人,但却是这一代中最早表达出对于这一革命运动失望情绪的先行者"④。在谢冕看来,食指的文学史意义显然是与"朦胧诗"和"新诗潮"密切联系在一起的。这已不是谢冕的个人观感,而是渐渐成为了从那一时期延续、扩散甚至固定化了的"文学史常识"。"朦胧诗"和"新诗潮"在以往都是围绕"三个崛起"以及 80 年代的"思想解放"背景来予以描述或争鸣的,而此时以谢冕为代表的研究者已将"新诗潮"文学史的叙事重心转移至食指、北岛、芒克、多多等人及"白洋淀诗群"和"今天"的传统上,"几乎与 1978 年底的那个决定开放政策的会议召开的同一个时刻,北京的一个民间的刊物《今天》终于宣告出版"。

---

① 林莽、翟寒乐:《食指生平创作年表》,《诗探索》2006 年第 4 辑作品卷。

② 霍俊明:《变动中的当代新诗史叙述——以〈中国当代新诗史〉出版与修订版为例》,《诗探索》2006 年第 1 辑理论卷。

③ 比如《中国当代先锋文学思潮论》(张清华,1997)、《旁观者》(钟鸣,1998)、《中国知青诗潮》(郝海彦编,1998)、《沉沦的圣殿——中国 20 世纪 70 年代地下诗歌遗照》(廖亦武编,1999)、《持灯的使者》(刘禾编选,2001)、《中国知青文学史》(杨健,2002)、《瞧!这些人》(芒克,2003)、《打开诗的漂流瓶——现代诗研究论集》(陈超,2003)、《朦胧诗新编》(洪子诚、程光炜编,2004,此时的食指已经排在了前三的位置)、《半生为人》(徐晓,2005)、《我们这一代》(肖全,2006)、《左边:毛泽东时代的抒情诗人》(柏桦,2009)、《被放逐的诗神》(李润霞编选,2006,食指排在这本诗选的第一位)、《中国先锋诗歌论》(陈超,2007)以及《往事与〈今天〉》(芒克,2018)等等。此外,还有《黑暗深处的火光——前朦胧诗札》(张清华,1997)、《文革中的地下诗歌》(汪剑钊,1999)、《中国新诗发展的一个重要环节——"白洋淀诗群"研究》(李宪瑜,1999)、《黑夜深处的火光:六七十年代地下诗歌的启蒙主题》(张清华,2000)。

④ 谢冕:《20 世纪中国新诗:1978—1989》,《诗探索》1995 年第 2 辑。

　　与此同时,作为"朦胧诗""前史"的"食指现象"也引发了一些争议,"《食指生平年表》的作者显然意识到了'发掘'对于一个诗人如何走进'公共空间'的重要性。作者更懂得,将一个诗人的个人'苦难'列为年表的'重点',容易刺激起大众文化背景中读者的'好奇心'和'窥私癖'"①。甚至程光炜对自己撰写的《中国当代诗歌史》过于突出食指的做法予以了反思,"在这本 2003 年由中国人民大学出版社出版的'诗歌史'中,笔者曾给食指以朦胧诗运动的'先行者'的显赫篇幅,并把他指认为七十年代以来新诗潮'唯一'的精神'传统'和'源流'。今天看,这样的'结论'未免有些唐突和冒险"②。

　　尤其是在特殊的历史文化背景下"地下诗歌"的系年问题极其重要。食指、芒克和北岛这种"先知先觉"地近乎"超时代"的写作行为给包括唐晓渡等年轻一代读者带来的不只是神秘、震撼和敬畏,还有相形之下的"好奇"、"自我审视"乃至"自我怀疑","我觉得 1973 年就写出《天空》那种诗的人真是不可思议:它的冷峻,它的激愤,它深沉的慨叹和成熟的忧思,尤其是它空谷足音般的独白语气。我诧异于多年的'正统'教育和集体的主流话语在其中居然没有留下多少可供辨认的痕迹(哪怕是从反面),这在当时怎么可能? 莫非这个人真是先知先觉不成?"③在唐晓渡看来,芒克写出"超前的诗"并非有作假的嫌疑,而是出自一个诗人的独特才能。1992 年前后,谢冕曾同唐晓渡就芒克和多多的早年写作交换过意见,而唐晓渡的对作品"系年"的好奇以及认知、解读在 1995 年开始的"重写诗歌史"④的驱动下被一些学者予以了强化和反转。文学史及其叙述中最基础的就是材料,材料的变动必然引起相应的文学史话语的调整。而一些文本的"写作年代"显然在政治文化显豁的时代具有非同一般的历史价值。这些相关作品的"系年"问题至今仍然成为"地下写作""今天"诗群以及"朦胧诗人"绕不开的核心话题和疑问重重的所在。这印证了重要的不是作品"发表"的年代而是"写作"的年代。洪子诚则对"地下"诗歌的系年、挖掘以及食指的文学史定位等问题持极其谨慎的态度,"'地下'诗歌作品只是到了'文革'结束之后,才陆续发表(在'正式'出版物上,或

---

　　① 程光炜:《一个被"发掘"的诗人——〈诗探索〉和〈沉沦的圣殿〉"再叙述"中的食指》,《中国新诗一百年国际学术研讨会论文辑》,2005 年 8 月,第 410 页。

　　② 程光炜:《一个被"发掘"的诗人——〈诗探索〉和〈沉沦的圣殿〉"再叙述"中的食指》,《中国新诗一百年国际学术研讨会论文辑》,2005 年 8 月,第 417 页。

　　③ 唐晓渡:《芒克:一个人和他的诗》,《诗探索》1995 年第 3 辑。

　　④ 北京大学发起重读重要诗歌文本的"批评家周末"活动,《诗探索》在 1996 年第 1 辑开设"经典重读"栏目。

在诗人自办的诗报、诗刊上）。因为这种特殊情况,当时是个活动和作品的'真实'面貌,在历史研究中始终是个问题"①。

《诗探索》于 2006 年第 4 辑(作品卷)在"新诗图文志"推出《食指生平创作年表》(林莽、翟寒乐整理),刊发了食指的 24 张不同时期的照片。《诗探索》2015 年第 4 辑(理论卷)又推出了"2005—2015 食指十年作品辑"以及孙绍振诗学思想研究专辑,它们刚好互相支撑地呈现了"朦胧诗"的创作以及研究的成果。这给食指以及"朦胧诗"的新诗史定位予以了一个近乎"历史档案"式的总结和展示。

## 五、白洋淀诗群:"我们没有预料到这是一个摇篮"

经由《诗探索》1994 年组织的"白洋淀诗群"寻访活动以及相关文章的推出,"白洋淀诗群"的文学史效应迅速扩大并趋于认知和评价的稳定结构,而多多等当事人当初也没有预料到白洋淀会成为"朦胧诗"的一个摇篮……

"朦胧诗"的命名与很多文学概念一样,都是来自于戏剧化的历史误解,而"朦胧诗"的说法也在后来遭遇到了包括当事人在内的越来越多的抵制,比如芒克从来都不承认"朦胧诗"这个概念也从来不认为自己是"朦胧诗人",因为"朦胧诗"的发生、诗学观念以及主要成员构成都更为清晰地指向了白洋淀诗群、《今天》杂志以及"今天诗群"。《诗探索》1994 年第 4 辑刊发了荷兰汉学家柯雷的《瘸子跑马拉松》,从"世界视角"考察了中国当代诗歌,尤其强调了 1978 年至 1984 年间的"朦胧诗"以及食指、黄翔的重要性,"他们的诗作给我个人留下了深刻印象,但必须强调这点:考虑到他们创作的时代和时代精神才如此"。

作为历史化和谱系化的诗歌现象,"朦胧诗"和《今天》继续向历史深处追根溯源,以"地下写作"、诗歌沙龙以及以白洋淀诗群为代表的青年诗人群体则与"朦胧诗"发生了历史效应,甚至食指被指认为是"朦胧诗人"的一员而入选了重要的诗歌选本,并成为诗歌史叙事中的重要组成部分。对于诗歌史的关注也正是《诗探索》从创办之初就予以了强调的,即"我们将加强对于诗歌史的研究以增进诗歌发展的知识"②。

《诗探索》1994 年第 3 辑刊发了一则"简讯",编辑部在 1994 年 5 月 6 日至 9 日组织了"白洋淀诗歌群落"的寻访活动,牛汉、吴思敬、芒克、林莽、宋海泉、甘铁

---

① 洪子诚、刘登翰:《中国当代新诗史》修订版,北京大学出版社 2005 年版,第 110—111 页。
② 《诗探索》创刊号的发刊词。

生、史保嘉、陈超、白青、刘福春、张洪波、仲微光、谷地、程玮东等参加了此次活动。此次寻访活动显然是出于对一段被忽视而又非常重要的史实的清理,"'文化大革命'中后期,以白洋淀为中心聚集了一批诗歌创作者,他们大多是下乡到此地的知识青年,其创作以手抄形式流传。这些诗歌创作活动,对后来'新诗潮'的形成有着直接的影响和奠基作用。这一特殊的文学现象,近几年来越来越受到国内外新诗研究者的重视"①。而早在1988年,作为白洋淀诗群重要成员的多多就这一特殊的写作群体给出了历史性的评价,"芒克是个自然诗人,我们十六岁同乘一辆马车来到白洋淀。白洋淀是个藏龙卧虎之地,历来有强悍人性之称,我在那里度过六年,岳重三年,芒克七年,我们没有预料到这是一个摇篮。当时白洋淀还有不少写诗的人,如宋海泉、方含。以后北岛、江河、甘铁生等许多诗人也都前往那里游历"②。

《诗探索》1994年第4辑"当代诗歌群落"以超大篇幅刊发了关于白洋淀诗群的六篇文章。这些文章涉及食指(郭路生)、北岛(赵振开)、江河(余友泽)、芒克(姜世伟)、多多(栗士征)、根子(岳重)、方含(孙康)、林莽(张建中)、史保嘉、潘青萍(乔伊)、戎雪兰、陶雒诵等,显然这份名单的文学史意义是不容低估的。林莽撰写的"主持人的话"则对"白洋淀诗群"的概念、时间定位、形成缘起、诗歌特征和研究意义进行了总体性概括。此后,这些文章成为了"参考书"级的权威资料,成为了此后被反复援引的"历史话语"。洪子诚则认为这种由"当事人"提供文学史证据的做法在新诗史上并不多见。"白洋淀诗群"的寻访活动和历史梳理是成功的,影响也是深远的,"这些文章如今都已成为各种文学史教材频繁引用的经典文献,90年代末期以来的新诗史和当代文学史也都将'白洋淀诗群'作为重要的内容加以论述,这从一个侧面反映出《诗探索》的史家眼光和独特的贡献"③。

《诗探索》组织的"白洋淀诗群"的寻访、研究以及新诗史的定位并不是孤立发生的,而是处于文学史场域之中,彼此关联且相互影响。早在1986年贝岭就写出了《作为运动的中国新诗潮》,此后又有多多的《1972—1978被埋葬的中国诗人》。尤其是1993年杨健的《文化大革命中的地下文学》④作为专史研究的重要成果产

---

① 刘福春:《"白洋淀诗歌群落"寻访活动》,《诗探索》1994年第3辑。
② 多多:《1972—1978被埋葬的中国诗人》,《开拓》1988年第3期。此文在1991年刊发于《今天》时更名为《1970—1978北京的地下诗坛》。
③ 吴思敬、王士强:《诗路纪程三十年——诗评家吴思敬访谈》,《星星》理论刊2011年第3期。
④ 杨健:《文化大革命中的地下文学》,朝华出版社1993年版。当时是作为"首次披露文革地下文学内幕、真实记录鲜为人知的珍贵史实以及填补我国当代文学史的断档"的"长篇纪实报告"出版的。该书在2013年3月改名为《1966—1976的地下文学》由中共党史出版社修订再版。

生了重大影响,该书对"新诗歌第一人"的食指、地下沙龙以及"白洋淀诗派"予以了较为详细的论述和文学史定位。在 2013 年再版时杨健已经不再使用"白洋淀诗派"的提法而是改为"白洋淀诗群"——刊载了北岛、芒克、多多以及白洋淀的照片,并且将"白洋淀诗群"视为"黄金时期"(1972—1974 年)的"产床"。

《诗探索》组织的"白洋淀诗群"寻访活动以及研究成果产生了极其强大的后续效应,打破了以往新诗史惯性叙述的重心,甚至改写了诗歌史,从而直接启动了文学史叙事的新的话语模式,即食指、"白洋淀诗群"、《今天》诗派以及"朦胧诗"构成了越来越清晰的历史脉络,比如张清华在《中国当代先锋文学思潮论》的"启蒙主义文学思潮:第一阶段"就提到《诗探索》组织的"白洋淀诗群"的寻访活动并援引了陈超、宋海泉、齐简、白青等人的相关观点。张清华还专门提及北岛、江河等人的作品和影响要晚于"白洋淀诗群",而他们加入"白洋淀诗群"的时间也略晚①。质言之,"食指(包括黄翔)—白洋淀诗群—朦胧诗群"的当代新诗史谱系和序列已经成型,"'白洋淀诗群'不但继承和发展了食指等前驱的诗风,使具有现代主义艺术倾向的诗歌在一代青年人中产生了更为广泛的影响,而且它们本身当中就成长出了后来朦胧诗群体中的多数骨干,如芒克、多多、北岛、江河等"②。谢冕在论述"新诗潮"时也不再是以往固化的北岛、舒婷、顾城、江河和杨炼的"五人模式",而是拓展到了食指、芒克、多多、严力、林莽等③。显然,这与《诗探索》所挖掘的"白洋淀诗群"有内在关联,比如《20 世纪中国新诗:1978—1989》涉及的 14 个注释中有 5 个引自《诗探索》1994 年第 4 辑。以至在 2005 年,北京大学召开的第六届未名诗歌节"三十风雨话朦胧"大型论坛活动中,包括谢冕、芒克、舒婷、林莽、田晓青、徐晓、刘福春等在内的与会诗人、史料学家以及评论家将"朦胧诗"的发生史定位在 1975 年④。

《诗探索》在 2008 年第 2 辑(理论卷)又再次推出"白洋淀诗群"的研究专辑,此时的研究已经转到了深度的文化阐释上,并具有视野扩大化的趋向,比如对白洋淀诗群的女诗人、湿地文化的关注⑤。

---

① 张清华:《中国当代先锋文学思潮论》,江苏文艺出版社 1997 年版,第 42 页。
② 张清华:《中国当代先锋文学思潮论》,江苏文艺出版社 1997 年版,第 41—42 页。
③ 谢冕:《20 世纪中国新诗:1978—1989》,《诗探索》1995 年第 2 辑。
④ 刘景荣:《三十年风雨话"朦胧"》,《诗探索》2005 年第 3 辑理论卷。
⑤ 参见该期杨桦《白洋淀的回忆》、霍俊明《隐匿的光辉:白洋淀诗群女诗人论》、路也《白洋淀诗群的湿地背景》。

## 六、时间差、文化事件与叙述重心的位移

谢冕在评价老木编选的《新诗潮诗集》中提到了"朦胧诗"论争时的一个重要的时代背景:"这一论战的一般形态表现为不同诗歌观念的深刻冲突,在某些时期也产生过变异。最严重的一次产生在一九八三年秋季至一九八四年春季的那场不是政治运动的政治运动中,艺术上的分歧被试图解释为政治性的。"①"朦胧诗"论争前后持续了五年时间,最终因为谢冕提到的那场政治运动的干涉而导致正常诗学论争的结束,而徐敬亚的检讨文章《时刻牢记社会主义的文艺方向——关于"崛起的诗群"的自我批评》②也标志着这一旷日持久的关于时代"新的课题"的大规模论争宣告结束。

因为《诗探索》改为"丛刊"形式的不定期出版,延迟期使得一些文章的写作时间和发表时间之间出现了过大的距离,而其"时效性"就会打上折扣。比如吴思敬《追求诗的力度——江河和他的诗》一文写于 1982 年 8 月,而发表时已经过去了近两年时间,这一间隔中批评家的观感、认知以及整个诗学批评现场和生态都已经发生了不小的变化。

1985 年 7 月总第十二期《诗探索》出刊后即停刊,一直到 1994 年才复刊。

《诗探索》在复刊之际却赶上了"朦胧诗"的一个极其重大的文化事件。

1993 年 10 月 8 日,远在新西兰激流岛的顾城在自杀前重伤妻子谢烨并致死……

从 80 年代初开始,吴思敬就与顾城有着交往。1986 年,顾城此时尚在北京,在一封给朋友的信中提到了吴思敬③。而吴思敬早在 1983 年就写出了深入、系统研究顾城的文章《他寻找"纯净的心灵美"——读顾城的诗》。1986 年,顾城诗集《黑眼睛》由人民文学出版社出版。在赠送给吴思敬的那本扉页上顾城写下:"人·类也敬请吴思敬老师指正。"

1993 年的 10 月 9 日奥克兰警方向新闻界发布消息:中国著名诗人 37 岁的顾

---

① 谢冕:《新诗潮的检阅——〈新诗潮诗集〉序》,老木编选:《新诗潮诗集》,内部交流,北京大学五四文学社未名湖丛书编委会。

② 《人民日报》1984 年 3 月 5 日。

③ "巫猛:你好,《春台》四本收到,谢谢! 等稿费收到我一并交吴思敬两本。多快,86 年了,不宁不令,人都不在了。寄上一些近作及评论。我正在设想一种半隐居生活,平淡、洁净。祝长在诗中! 顾城"。

城于星期五(10月8日)吊死在奥克兰附近希基岛的一棵树上,其妻谢烨头部遭斧砍,急救无效死亡。据警方重案组调查,怀疑顾城用斧击毙妻子后吊颈自缢……消息传到国内的时候,吴思敬正在八大处的北京军区招待所开会。当时顾城的好友文昕也在场,顿时痛哭不止。

顾城的突然辞世以及"杀妻事件"使得"诗人之死""诗人形象"作为文化事件被推到风口浪尖,甚至此间也存在着大量的误解、偏见,所以需要及时还原和澄清。为此,吴思敬决定《诗探索》组织一个专辑。这就是《诗探索》1994年第1辑推出的"关于顾城",刊发顾城、谢烨的书信以及《最后的顾城》(文昕)、《顾城谢烨寻求静川》(姜娜)、《顾城之死》(唐晓渡)。这一期还刊发了一则诗讯,《伦敦大学举办顾城、谢烨纪念展览》。

遗憾的是,因为停刊,《诗探索》错过了1980年代中后期至1990年代初期关于"朦胧诗"、"第三代诗歌"、"实验诗"以及"后新诗潮"的重要现象及讨论①。因为停刊的时间差,《诗探索》只能在复刊之后予以"补课"或"后续式的描述"。《诗探索》复刊之际,学界谈论最多的已不再是"新时期""朦胧诗""新诗潮",而是"'朦胧诗'后"、"后新诗潮"、"后新时期"以及"世纪末文化"②。

随着"第三代"诗歌运动轰轰烈烈的展开,"朦胧诗"已不再是诗坛的"中心",而只是成为整体场域中的一个环节而已,比如《中国现代主义诗群大观1986—1988》中,尽管"朦胧诗派"被放在了首位但是其重要性和影响力显然已经被其他60多个诗歌流派和社团给瓜分和撕裂了。尤其从1990年代中期开始,"朦胧诗""新诗潮"往往是作为"第三代诗歌"或"新生代诗歌""后新诗潮"的发生背景来予以提及的,越来越多的研究者将目光聚集在更为年轻也更为复杂的另一代诗人身上,所以谢冕指认"新生代"或"第三代"给中国诗坛制造了前所未有的"混乱","这一场'美丽的混乱',是自有新诗历史以来最散漫也最放纵的一次充满游戏精

---

① 比如1985年11月春风文艺出版社出版的阎月君、高岩、梁云、顾芳联合编选的《朦胧诗选》,1986年12月作家出版社推出的影响巨大的北岛、舒婷、顾城、江河、杨炼的《五人诗选》,1987年春风文艺出版社出版的唐晓渡、王家新编选的《中国当代实验诗选》,1992年7月唐晓渡选了《灯芯绒幸福的舞蹈——后朦胧诗选粹》,1993年10月北师大出版社则整体性推出《磁场与魔方——新潮诗论卷》《在黎明的铜镜中——朦胧诗卷》《以梦为马——新生代诗选》《苹果上的豹——女性诗卷》《与死亡对称——长诗、组诗卷》等。

② 比如1993年9月18日由北京大学中国新诗研究中心与《诗探索》编辑部在北京举办的"'93中国现代史学讨论会"就聚焦于"朦胧诗"之后的诗坛现状和前景,而谢冕则提出了著名的"美丽的混乱"一说。

神的诗性智慧的大展示"①。

"朦胧诗"与"第三代诗歌"之间的差异越来越成为文学史"知识","较之朦胧诗人集团意识、历史使命感好普度众生的愿望,后新诗潮的理论代表则更加强调个体生命的价值"②,"如果说'朦胧诗'和'第三代诗'同样经历了某种隐蔽的、'地下'(即在公共视野之外)的'个人化'阶段的话,那么前者是被时代拘囿的,后者则是被时代解散的。被解散的个人乃是更纯粹、更彻底的个人"③。不久之后,陈超在编选《以梦为马——新生代诗卷》时强调:"1985 年之后,新生代诗人成为诗坛新锐。作为诗歌发展持续性岩层的新断面,他们体现出自己的质素(以及摆脱'朦胧诗'影响的努力)。随着红色选本文化的崩溃,和翻译界'日日新'的速度,这些更年轻的诗人,亲睹了一个相对主义、怀疑主义的文化景观。"④

从 1990 年代中期开始,《诗探索》关于"第三代诗"的讨论次数和篇幅明显多于"朦胧诗"⑤,尤其是 1980 年代末期以来的社会文化转型使得"第三代诗"和"朦胧诗"之间的"断裂"越来越深。陈旭光为了给"后新诗潮"辩护就将"朦胧诗"的权威发言人之一孙绍振拿过来予以批评,显然"朦胧诗"和"后新诗潮"是两种近乎不相容的美学话语,"我大惑不解的是:孙绍振先生当年曾极为难能可贵'先锋'地理解了'朦胧诗'与带着巨大的惯性力而依然盛行的主流诗歌的重要区别","然而,为什么今天就不能再跨出一步从而理解'后新诗潮'与已获得正统地位成为主流诗歌的'朦胧诗'的不同,理解后者对前者的类似的'不驯服的姿态'呢?"⑥陈旭光的这一反问是具有代表性的,因为即使是当年支持"朦胧诗"的谢冕、孙绍振、刘登翰和洪子诚等"老一代"批评家内部也出现了矛盾和分化的声音,"北京大学的洪子诚教授首先提出了一个很有意思的问题。他说,《诗刊》1997 年第 1 期选载了谢冕先生的《有些诗正离我们远去》,由于谢冕的文章很久以来不在《诗刊》上出现,这次选

---

① 谢冕:《20 世纪中国新诗:1978—1989》,《诗探索》1995 年第 2 辑。

② 吴思敬:《编选者序》,《磁场与魔方——新潮诗论卷》,北京师范大学出版社 1993 年版,第 6 页。

③ 唐晓渡:《编选者序》,《灯芯绒幸福的舞蹈——后朦胧诗选粹》,北京师范大学出版社 1992 年版,第 4—5 页。

④ 陈超:《编选者序》,《以梦为马——新生代诗卷》,北京师范大学出版社 1993 年版,第 2 页。

⑤ 比如 1994 年第 1 辑的"他们",1994 年第 2 辑的西川,1994 年第 3 辑的海子,1994 年第 4 辑的王家新,1996 年第 2 辑的"莽汉",1995 年第 2 辑的于坚研究小辑,1995 年第 4 辑陈仲义、陈旭光、罗振亚和汪剑钊关于"第三代"诗歌的研究文章,1995 年第 1 辑和第 3 辑推出的 12 篇"女性诗歌研究",1996 年第 1 辑"第三代诗歌研究",1996 年第 3 辑的韩东,1998 年第 2 辑"后新诗潮"研究(6 篇),1998 年第 3 辑"后新诗潮"研究(3 篇)。

⑥ 陈旭光:《先锋的使命与意义——为"后新诗潮"一辩》,《诗探索》1998 年第 2 辑。

载说明了什么问题？紧接着福建社科院的刘登翰先生发表评论。他说，当年（1980年）在南宁诗会上，谢冕和孙绍振对于别人'看不懂'的'朦胧诗'摇旗呐喊。历史已经过去，事实证明'朦胧诗'不因某些人'看不懂'而失去价值。而今，谢冕和孙绍振对现在的新诗表示'看不懂'，是否也会重蹈历史的覆辙？"①历史确实有着"循环"现象，当年"朦胧诗"论争的焦点正是"自我"与"人民"，而到了"后新诗潮"时期又再次出现了这一话题。而富有戏剧性的则是当年站在"朦胧诗""表现自我"一方的孙绍振被更为年轻的学者们指责为是反"后新诗潮"的代表②。

## 七、余论

尽管诗歌史的叙述重心已经发生了位移，但是在"后新诗潮"、"第三代诗歌"、"女性诗歌"以及"90年代诗歌"的讨论中，《诗探索》仍然对"朦胧诗"历史谱系的诗人、群体以及现象予以了重点关注③。

尤其是《诗探索》推出的"食指""北岛""芒克""根子""杨炼""梁小斌""林莽""田晓青"等"朦胧诗人"专辑把文学史叙事重新拉回到了当年的历史现场。在这些文章中我们感受到了强烈的时间焦虑以及"朦胧诗"一代人"今不如昔"的慨叹，对往昔的怀念以及对一个逝去的诗歌年代的追忆又都是在盛极一时、喧嚣一时的"新生代"诗歌大潮的裹挟和推搡之下生发出来的——

---

① 郜积意：《"后新诗潮"的论争及其理论问题》，《诗探索》1998年第3辑。

② 孙绍振在《后新诗潮的反思》一文批评了90年代以来先锋诗歌图解西方文化哲学而形成的新的概念化倾向，"但是，我并没有说他们脱离人民，脱离群众，我所批评的是，他们脱离了自我，活生生的个体，活生生的自我。他们的毛病是虚假，是在做出一种与真实的自我不同的样子，墓地是为了生吞活剥地图解某种西方文化学说，而不是脱离了抽象的人民"。

③ 1995年第3辑推出"关于芒克"的专辑（刊发《芒克印象》（林莽）、《芒克创作简历》（林莽整理）以及长达21页的《芒克：一个人和他的诗》（唐晓渡），1995年第4辑推出"关于林莽"的专辑（《寻求寂静中的火焰》（林莽）、《林莽的方式》（陈超）以及《林莽创作简历》（刘福春）），1997年第2辑的"关于王小妮"，1997年第4辑关于陈仲义的《中国朦胧诗人论》和《诗的哗变》的评介文章以及伍方斐的《顾城后期诗与诗学心理分析》，1998年第1辑"食指研究"，1998年第4辑"关于田晓青"，1999年第2辑柯雷的文章《多多的早期诗歌》（谷力译），2003年第1—2辑"关于杨炼"，2003年第3—4辑"关于北岛"，2004年春夏卷阿多尼斯和杨炼的对话"诗歌将拯救我们"，2005年第1辑"关于根子"，2005年第3辑《三十风雨话"朦胧"》（刘景荣），2008年第2辑"梁小斌"专辑，2010年第4辑《〈今天〉的创办于诗歌型构》（张志国），2013年第1辑《试论顾城的"滴的里滴"》（岛由子），2013年第3辑《在茫茫黑夜中闪烁的生命灵光——哑默"文革时期"的地下诗歌创作及其精神》（苏文健）和《问道》（哑默），2016年第1辑《八十年代，被诗浸泡的青春——徐敬亚访谈录》（姜红伟）。

　　1987年的某一天,我到久未见面的芒克那儿小坐。那些年正值中国新潮诗歌如火如荼的翻涌之际,诗社林立,流派纷呈,似乎诗歌到底是什么也早已被一片喧嚣所淹没了。此时芒克正关起门来撰写他的长诗《没有时间的时间》。一向爽朗、热情的芒克以沉静的心境说:真想再回到白洋淀那些冷清而忧伤的日子里去,真想一个人静静地坐一会儿。这真挚的生命的渴求使我们眼中都浸满了泪水。①

　　随着"朦胧诗""今天"认知视野的拓边和认识的深入,相应的诗歌史叙事重心也发生位移②,尚德兰(法国)、柯雷(荷兰)、米娜(英国)、岛由子(日本)等汉学家的加入以及国际诗人阿多尼斯的参与使得"漂泊主题""海外写作"等话题被强调。柯雷对多多早期诗歌(1972—1982年)的研究以及对朦胧诗的译介显然代表了"国际视野",即更多强化了政治性、中国性与那一时期中国诗人的特殊关系,"现在我称一首诗多少有点是'政治的',是依赖于那首诗表现现实世界,尤其是文革中的社会政治现实的突出性而言;我称一首诗多少有点是'中国的',依据的是它的读者需要以当代中国的知识作为阅读前提"③。

　　《诗探索》2016年第3辑(理论卷)推出北岛诗歌创作研讨会论文辑具有强烈的文化象征意义,如此超大篇幅地对"朦胧诗人"的专题研究在晚近的《诗探索》办刊过程中非常少见。由此可见,这仍然是当代诗歌经典化的一个重要环节,而不再是"诗学争鸣"意义上的讨论,"相对于北岛诗歌创作的成就与影响,这是一个迟来的研讨会;时间拉开了距离,却也可以让诗人与学者对北岛做出较为客观的文学史评价"④。

　　尤其是21世纪以来,在不断通过口述史、访谈、历史寻访和文化批评所搭建的"重读八十年代""重返八十年代"的历史景观中,"八十年代"甚至带有了"思想解放"和"黄金时代"的时间神话色彩,而其中的一层重要光环仍然离不开"朦胧诗"。围绕着40年间《诗探索》与"朦胧诗"的历史叙事——包括因为停刊而出现的8年半空白期,我们看到中国当代诗歌理论与批评正是在不断地论争、纠正、反拨和创

---

　　① 林莽:《芒克印象》,《诗探索》1995年第3辑。
　　② 伍方斐从创作的深层心理、幻觉模式、原始经验、神秘主义、自然诗学、原型意象、"明亮的疯癫状态"、心理危机以及自我治疗等心理分析的角度切入顾城后期的诗歌(参见《顾城后期诗与诗学心理分析》,《诗探索》1997年第4辑)。
　　③ 柯雷:《多多的早期诗歌》,谷力译,《诗探索》1999年第2辑。
　　④ 《编者的话》,《诗探索》2016年第3辑理论卷。

造中向前发展的,而诗学和社会学的博弈从来都没有停止过。随着文化场域和文学史叙述的调整和变化,"朦胧诗"的挖掘、边界、定位以及诗歌史叙事发生了很大变化。在"朦胧诗"与"第三代诗歌""新生代诗歌"以及"90 年代诗歌"的比较与评估中,不仅"朦胧诗"越来越成为"保守""传统""正统""主流""过时"的代名词,而且"第三代诗歌""新生代诗歌"也受到了越来越多的不信任和反拨的声音。

(原载于《中国当代文学研究》2021 年第 2 期)

# 影意论

## ——中国电影美学的古典阐释

贾磊磊　中国艺术研究院原副院长、研究员

　　对于中国这样一个东方古国而言,电影无疑是一个漂洋过海的舶来品,一个从西方而降的魔盒。我们在接受这样一个会讲故事、会变戏法儿的现代机器的同时,也接受了西方对这个机器的阐释系统与评价系统。当中国电影的艺术家历经世纪的风雨,终于能够在自己的影像世界里创造出独特的中国风景的时候,无疑我们也应当相应地提出一种我们自己对电影文本的阐释体系与对电影艺术的美学体系。这就是说,当我们能够采用西方的技术建造出我们自己的工业产品的时候,我们实际上也同样能够借鉴西方的艺术范式来讲述我们中国的故事,来传播中国的文化,来弘扬中国的精神。我们不仅可以拥有一种通过工业化的生产流程制造出来的中国电影艺术作品,我们还能够生产创造出(拥有)一种中国对于电影艺术作品的阐释系统与价值系统。

## 一、中国电影美学的历史叩问

　　从中国的文化历史上看,"中国文字以'象形'为基础推衍出自己的构字法;中医倡言'藏象'之学;天文历法讲'观象授时';中国美学以意象为中心范畴,将'意象具足'视为普遍的审美追求……意象,犹如一张巨网,笼括着中国文化的全部领域"①。其实,"中国传统美学一直将意象作为自己的中心范畴,围绕审美意象的创

---

　　①　汪裕雄:《意象探源》,安徽教育出版社 1996 年版,第 4 页。

造、传达和读解,衍生出自己的审美原则"①。

意象一词,在中国古代文艺理论中所指涉的艺术创作范围不仅包括了所有的艺术门类,如音乐、诗歌、绘画、戏曲、小说等,而且它的意义随着不同时代的不同用法而不断变化,从而呈现为多义性的特质。如果电影诞生在那个时代,我们的前人会不会将意象美学运用于电影呢? 我们不妨做个猜想,如果按照中国古代艺术美学的思维逻辑,电影意象美学的逻辑起点应当在哪里呢?

我们想强调的是,中国电影的独特美学特质仅仅用西方的美学语汇是不能阐释殆尽的。就像中国的诗歌、中国的小说、中国的绘画、中国的音乐都不是在西方文化框架内生长、繁衍、发展的。所以,西方电影理论的阐释系统和评价系统很难深入中国电影的文化府邸来评判其内在的精神,有时甚至在理论的表述方式上也无法准确地表达中国电影的美学特质。固然,并不是所有关于中国电影的美学评价都是像对武侠电影那么复杂,我们也没有创造出一整套完全适于中国电影评价的电影美学语汇。甚至对于电影这种国际性的视听语言,是不是真有一种仅限于某个国家、某个民族的美学术语都是值得质疑的。可是,这并不妨碍我们去建构一种建立在中国美学思想体系之上的关于中国电影艺术的评价体系,并且将这种评价体系纳入世界电影评价体系之中,使其成为人们认识中国电影、评判中国电影的一种合理的美学依据。

虽然不同的艺术形式之间具有审美的共性特征,可是,其必然也具有各自独特的审美品质。中国古代学者治学历来注重不同艺术形式之间的相互区别,强调"词与诗,意同而体异,诗宜悠远而有余味,词宜明白而不难知。以词为诗,诗斯劣矣;以诗为词,词斯乖矣"②。对于诗、词这两种如此接近的艺术形式都要强调它们之间的区别,更何况我们今天所面对的影像世界与文学世界这两重天地呢? 我们现在如果过于强调电影的诗情画意,一味地追求电影的戏剧张力,岂不是同样也重蹈了"以词为诗""以诗为词"的覆辙吗?

目前,中国电影已经跨越了 110 多年的历史,在这 110 多个春夏秋冬里,中国为世界提供了无数部形态各异、风格独具的影片,它们当中的许多作品已经成为中华民族铭刻社会历史、体现民族精神、承载文化传统的影像纪念碑。相对于中国电影艺术创作耀眼夺目的光辉业绩,中国电影艺术的理论研究,是否能够为世界电影

---

① 汪裕雄:《意象探源》,安徽教育出版社 1996 年版,第 21 页。
② (明)李开先:《西野春游词序》,郭绍虞主编:《中国历代文论选》第三册,上海古籍出版社 1980 年版,第 89 页。

的理论宝库提供一种中国电影的美学体系呢？

今天，我们站在历史的界碑之处，回首相望，是中国古代美学浩如烟海的历史文献；极目远眺，是中国电影艺术流光溢彩的绚丽未来。我们究竟用什么来贯通电影这种现代艺术与中国传统美学的内在关联？在中国电影学的研究版图内我们似乎又重新面对的是柏拉图关于美是什么、巴赞关于电影是什么的历史性叩问。

## 二、影意：中国电影美学的本体命题

在世界电影理论史上，人们是从电影语言的叙事形式来认识电影，还是从电影语言的叙事内容来认识电影，实际上区分为两种不同的电影研究方法。这种差异可以粗略地划分为电影的形式研究与电影的内容研究。在中国电影的理论框架中，我们比较习惯从内容的角度、从题材的角度、从主题的角度来评价电影、认识电影和指导电影，而不太习惯于从形式的角度、从影像的角度、从语言的角度来阐释电影、分析电影和研究电影，尤其是不太喜欢从形式美学的角度来研究电影。好像所有艺术的形式研究都是形而下者，都是浅表皮毛。

在中国电影理论的研究历史中，香港的林年同是从影像语言的角度研究电影美学的开创者。他在20世纪80年代就指出"中国电影是以蒙太奇美学做基础，以单镜头美学做表现手段的电影"[1]。他主张："中国电影，从三十年代开始，在外来电影思想的影响下，却能够与社会实际结合起来，将这两种不同的电影创作理论兼收并蓄，冶于一炉，于是使蒙太奇美学与单镜头美学的性质也改变过来，发展出一套具有中国特点的表达方式。"[2]与那种特别强调电影与戏剧相互联姻的观点不同的是，他认为中国早期电影"既不是文明戏舞台样式的表现，也不受舞台创作规律的支配。这个时期的中国电影是把中远景、全景镜头作为客观事物矛盾规律的表现来了解的"[3]。林年同的理论主旨是想确立中国电影独特的美学特质，这些出发点与罗艺军、刘书亮、王迪和王志敏等在理论主张上都基本一致，只是对于所要寻找的目标路径有所不同。客观地说，我们的思维路径可能更接近于中国传统美学的自身范畴，或是说，更像是在中国古典美学的延长线上所做的一种逻辑推演，它属于中国传统美学道路上当代电影美学的一个时代驿站。

---

① 林年同：《中国电影美学》，香港允晨文化实业股份有限公司1991年版，第8页。
② 林年同：《中国电影美学》，香港允晨文化实业股份有限公司1991年版，第11页。
③ 林年同：《中国电影美学》，香港允晨文化实业股份有限公司1991年版，第11页。

中国电影最根本的美学属性是什么？我们通常都是从逻辑学的范式来给中国电影下定义。这种力图从历史主义的路径上把握中国电影审美本质的命题，是我们破解中国电影美学问题的一贯思路。现在，有没有一种不是从纵向的历史维度，而是从横向的艺术维度来探讨中国电影审美特质的方法呢？易言之，我们在沿着中国电影历史的发展方向寻求其美学本质的同时，能不能参照中国古典美学的横向路径，即能不能参照中国其他艺术形式的美学定义，来认识、概括中国电影的审美特质呢？（如图 1）

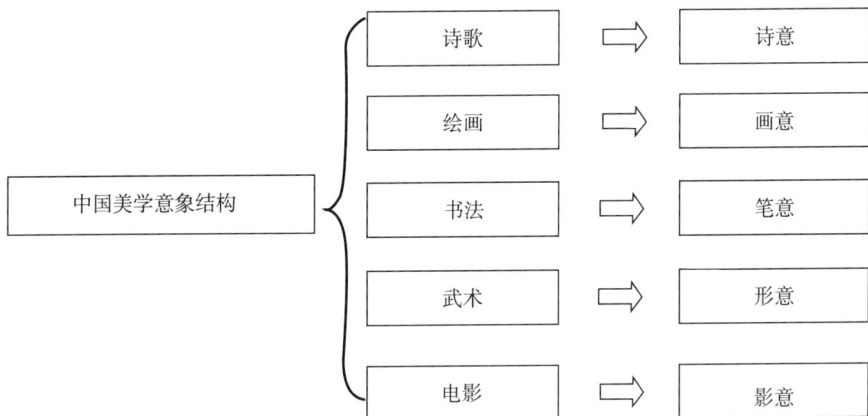

图1　中国美学意象结构

我们知道，在中国传统的审美判断中，强调诗，要有诗意；画，要有画意；字，要有笔意。一首诗，如果没有诗意，那便不成其为诗；一幅画，如果没有画意，便不成其为一幅画；一幅字，如果没有笔意，便不成其为一幅字。这并不是说它们真的不是诗、不是画、不是字，而是说它们失去了诗之所以为诗、画之所以为画、字之所以为字的最根本的要义。一部艺术作品如果失去了诗意、画意、笔意就等于失去了其存在的灵魂而仅仅留下了其自身的躯壳。有鉴于此，参照我们此前对于中国古代意象美学的历史考察，我们可以确认："意"在中国美学体系中占据着极其重要的地位。它是构成中国古典美学体系的基本范畴之一。现在如果我们延续中国古代美学的这种直观、感悟的思维方法，是不是可以在艺术美学的领域中继续迈进，可以与诗意、画意、笔意相平行的美学范畴内建构我们关于中国电影美学的本体论命题呢？（如图 2）我们认为，这不仅对于中国电影美学话语体系的建构是一条行之有效的路径，而且对于整个中国电影学派的理论建构也是一种切实可行的方法。

如前所述，在中国古代美学体系中，"意"是一个贯彻始终的核心的概念，它的

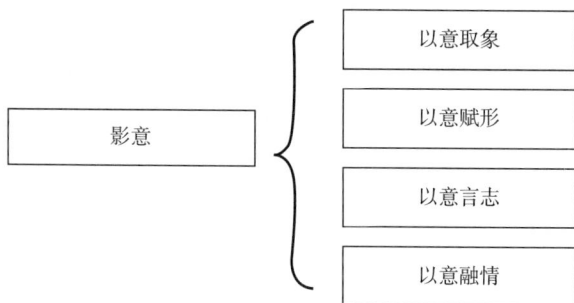

图 2　电影影意结构

本义是指人们通过语言、文字、图像所要表达的意思,即说话、书写、绘画所要表述的意义。中国的古代哲人,生活在一个没有影像的时代,他们生活在一个文字主导文化传播的时代。我们的祖先除留下了关于文学艺术汗牛充栋的经典文献之外,也为我们留下了关于影像的睿智的思维成果。① 现在,如果我们确认,在传统美学体系中有诗意、画意、笔意,那么,在我们现代电影美学体系中存在着的又是什么呢? 这种具有本体论意义的叩问,是我们研究中国电影的历史性命题。进而言之,一部影片如果失去了它之所以被称为电影的核心内容,那么,它还是一部电影吗? 在此,我们无意与古代的圣贤相攀比,也不奢望与他们的著述相提并论。我们之所以认为影意是电影的本体观念——相当于诗中的诗意、画里的画意、字中的笔意,是因为我们在传承与发展中国美学思想的路径上,这是一种合乎中国传统美学思维逻辑的必然选项。即便就是这种选项是一种失败的道路,这条路也必须留下我们自己的脚印,它可以告诫我们的后代就此止步,或是在此处另辟蹊径。如果,我们的选项是一种正确的道路,那么,它必将有其历史的回响。

### 三、以意取象:中国电影的艺术创作路径

所谓以意取象,是指根据创作者预先设定的创作意图选取电影创作、拍摄对象,其中包括影片的故事题材、拍摄景地和生成环境。意,是作者无形的心中之意,象是作品有形的客观物象。如前所述,以意取象,强调的就是心意与物象的融汇,无形与有形的结合,主观与客观的统一。正如明代屠隆所云"景与意会,情缘事起"②。尽

---

① 贾磊磊:《光影论》,《三峡论坛》2020 年第 5 期。

② (明)屠隆:《与友人论诗书》,郭绍虞主编:《中国历代文论选》第三册,上海古籍出版社 1980 年版,第 144 页。

管古人所讲述的景与意有时特指的含义未必一致,但就艺术创作所体现的总体规律而言,古今的艺术依然还是存在着许多可以"通约"的地方。特别是讲情与景会,意与象通其实讲的都是特定的创作意念与景象、物象的翕然相合。在电影的具体创作过程中,这种"以意取象"的方法直接影响到影片美学风格的形成——正像"景与意会"曾经影响到诗歌的创作风格一样。

一部电影的创作意图不论是来自于作者多年的积累还是来自于他的灵光闪现,最终都要找到那个寄予它的物质载体。如果不能找到影片所需要的客观载体,那么整部影片的人物就失去了赖以生存的客观环境。在中国电影史上,20世纪30年代中国电影艺术家袁牧之为了真实地展示上海的历史风貌,客观地再现上海的社会图景,在拍《马路天使》时曾到上海八仙桥、大世界和四马路一带的妓院、茶馆、澡堂、理发店里去观察他所要表现的生活,选择拍摄的对象,积累创作的素材。① 袁牧之把生活在当时社会"底层"的妓女、歌女、吹鼓手、报贩、失业者、剃头司务、小贩的困苦、所遭遇的被人欺凌、压迫的悲惨命运,与这座城市的黑暗、闭锁的空间同时呈现出来,进而在视觉上揭露了中国半殖民地半封建社会的真实本质。剧中摄影机的镜头从外滩华懋饭店的摩天大楼逐渐下移,然后推入"地下层",接着是马路上迎亲场面。影片中的人物开始一一上场。这种影像自上而下的有序位移,既表现出导演对上海整个都市生活的立体透视,同时也表现出在他的眼里,上海这座现代化的大都市也像是一个社会舞台,电影的摄影机就是把发生在这个舞台上各种各样的真实现象通过记录的方式如实表现出来。

在中国电影艺术的发展历史上,电影艺术家历来是根据他们的创作意图、审美意向来选择影片的表现题材和类型,并且根据其相关的内容来确定电影空间的自然景象与人文景象。其中包括以人工方式搭建的影片拍摄场景以及用数字技术合成的虚拟的影戏空间。李安在拍《卧虎藏龙》时,为了将北京古城的全景图像呈现在观众面前,特意让摄影师从不同的角度对北京城进行了实景拍摄,并通过电脑将制作出来的模型和拍摄的视觉影像进行合成,然后在其中加入人物的活动,从而生成了一幅真实而又清晰的古城北京的景象,使影片中的主要人物活动的历史空间得以真实再现。当年黄建新在拍摄《背靠背,脸对脸》的时候,为了能够找到一个与影片所需要的具有传统文化意味的拍摄景地,也是费尽了周折。最后,终于在山西找到了一座破旧的古庙作为影片中图书馆办公区的所在地。他曾经说过,如果

① 李少白:《中国电影发展史》第一卷,中国电影出版社1997年版,第442页。

找不到一个合适的拍摄景地,整个影片的拍摄计划都会放弃。陈德森导演在拍摄《十月围城》时,为了再现香港当年的历史风貌,特别是要再现当年孙中山在香港曾经经过的地方(皇后大道、士丹利街、史丹顿道、百花街、石板街、中国日报社都是有他的足迹所到之处),陈德森决意要把这些景象重新搭建起来。可是光这些外景就需要 2800 万元投资。最后陈德森费尽了千辛万苦才解决了这笔投资。所以,陈德森说拍《十月围城》"最困难的就是搭景"。其实,这里涉及的不仅仅是影片的拍摄场景的问题,而是一部电影完整的艺术构思如何"落地"的问题。不仅是袁牧之、李安、黄建新、陈德森会遇到这样的问题,几乎每位电影导演都会遇到类似的问题。这种"以意取象"的创作方法,是完成整个电影构思不可或缺的必然环节。

## 四、以意赋形:中国电影的影像呈现方式

中国电影的历史发展证明,电影创作者有什么样的电影美学意念,就有什么样的电影表现形态,就产生什么样的电影美学风格,这就是我们所说的"以意赋形"。

中国早期电影曾经被命名为"影戏",这就是说,在电影的艺术层面上,早期的电影创作者特别强调电影与戏剧一律性,把电影看作用摄影机拍摄的舞台戏剧。这样,电影就只是记录戏剧的一种技术手段,一种没有独特美学意义的视觉形式。在中国早期电影理论家们看来,电影真正核心内容是戏剧,戏剧是电影赖以生存的根本。电影,不过是戏剧新的存在形态。建立在这样的戏剧化的美学基础上的电影观念,不仅在电影的表述内容上把移植、记录戏剧作为重要的创作来源,而且在表述方式上也建立了一种与这种美学理念相同构的影像语言的表述系统。这就是说,在某种意义上讲,中国的早期电影在创作的主导观念上实际上遵行的是以戏曲之意赋影像之形的美学传统。

中国第一代电影导演不仅仅是从中国传统的舞台戏曲中吸收了艺术的创作手法,而且他从影之初就将电影的摄影机对准了中国的戏曲舞台,而不是像法国电影导演那样对准的是世俗生活。当时,作为流行文化的中国传统戏曲在城市生活中已经拥有了一个相对固定的观赏群体,即有一个成熟的商业演出市场。将电影嫁接在这样一种艺术形式上,不只是为了传承中国的传统艺术,其中也包括对于电影放映市场与戏曲演出市场的对接。所以,在电影的艺术方面,中国的默片更像是戏曲舞台剧的一种延伸。导演们喜欢用传统的戏剧观念来处理电影的艺术,影片的

空间布景设计带有明显的舞台布景痕迹。特别是在表演艺术上更是延续了舞台剧的表演程式。剧中的人物你方唱罢我登场,拍摄时沿用戏剧舞台的一套办法,许多演员本身就是文明戏的舞台剧演员。摄影机基本固定,电影镜头的景别变化并不突出。中国电影在这个时期尽管在艺术上还不尽完美,在技术上还显得粗糙,但是,这些诞生在中国本土土壤上的电影艺术家,在掌握来"讲故事的机器"的时候,自觉或不自觉地开始将本民族的艺术理念与审美意识注入电影的创作与生产过程中,从而开始形成了自己独特的叙事方式与抒情方式。

其实,以意赋形首先表现在电影镜头语言的设置方面。中国电影在语言形态上究竟有没有一种有别于西方主流电影的表现形态,这一直是我们研究中国电影美学的核心问题。现在,我们通过对于中国早期电影与西方早期电影的对比性阅读,发现好莱坞主流电影是一种建立在正/反镜头基础上的电影语言体系,①而中国的早期电影则是一种以左/右镜头为核心的表现程式。这是因为中国早期电影所秉承的是一种戏曲性的电影观念,他们在电影艺术的创作理念上把电影视为一种中国戏曲的延伸形式。所以,在电影的初始形态上,中国早期电影皈依于中国传统的戏曲艺术,不只是在艺术理念上是这样,在影像语言的设置上、在观众的接受形式上也是这样。确切地说,早期电影提供给观众的观看视点是一种戏曲观众的观看视点。一个坐在电影院里的观众,与一个坐在戏院里看戏的观众他们的视点基本上是一致的。他们的观看目光随着摄影机的运动左右移动,很少采用正/反镜头的表现方法。这种左/右镜头的叙事形态,几乎成为中国早期电影创作中的一种惯例:在早期无声电影中这种以戏曲之意赋影像之形的方式极为普遍。

中国早期的默片电影,不仅仅是在艺术创作的观念上,在电影表演的程式上向这个传统的戏曲汲取了诸多内在元素,而且在影像语言的构成上也受到中国传统戏曲的重要影响。郑正秋与张石川合作的中国第一部长故事片《孤儿救祖记》(1923)。我们看到剧中的镜头基本上是按照左/右序列的方式来排列的。例如在医院看被车撞伤的孩子的场景。摄影机架在病床的一侧,向左拍摄的是小孩躺在床上说话的镜头,向右拍摄是到医院来看小孩的一位大人的镜头。尽管这个叙事段落在整部影片之中并不是什么关键的情节,可是,越是在这种看似平常的镜头中

---

① 法国理论家欧达尔、美国学者丹尼尔·达扬分别在《论缝合系统》和《经典电影的指导性符码》等论著中,揭示了电影通过作为其叙事的基本话语方式正/反打镜头,在看似自然、流畅的叙事过程中强制性地把观众的目光从一处引向另一处。在这个过程中,观众接受了意识形态效果却感觉不到这个符码的作用,从而缝合了观众与影像世界的想象关系中的裂隙。

越是能够发现导演习以为常的语言习惯,而这种习惯恰恰构成了影片的语言风格。早期的武侠电影杨小仲导演的《大侠甘凤池》(1928)全片 23 分钟,从始至终基本上采取的是单一视点的固定机位来拍摄的。剧中人物所占据的空间位置大多数是在银幕中间,对不同人物的对话采用的是左右镜头的表现方式。这与好莱坞电影的正/反镜头截然不同。包括早期的社会问题剧《一串珍珠》,家庭伦理片《儿子英雄》共同恪守的都是这样一种以戏曲的观看视点为轴心、以左/右镜头的交替为模式的电影表述方法。这就是说,在特定的电影发展历史过程中所形成戏剧化的电影美学意识,不仅决定了这个时期的电影被赋予了一种与戏曲美学意念相同的人物谱系,而且也形成了一种电影语言的表现形态。这种电影美学形态的展现过程,就是我们所强调的中国电影"以意赋形"的创作过程,这个意,比古代艺术创作论里所说的"意在笔先"之意,更为宽阔,也更为深远,因为它不仅是预先存在于艺术创作主体主观世界的一种意念,而且也是一种依据艺术的表现题材所设定的语言形态,它最终决定着电影所呈现给观众的影像美学形态。

毋庸置疑,当代电影创作所选择的影像语言的结构形式,要比传统诗学选择的艺术格律形式复杂得多,在某种意义上说,这不是一个仅靠个人的想象和写作就能够完成的任务。然而,在艺术的总体创作过程中,一位导演的主观意念,与一位诗人的主观意念,在思维方式上还是有许多相通的地方。这种相通性主要表现在他们都是在自己的想象世界中完成艺术的形态建构,而这种建构的客观来源就是艺术家内心的主观意念。从这种意义上讲,电影的美学风格在电影的拍摄之前就已经在导演的脑海中形成了。

## 五、以意立志:中国电影的思想表达方法

在中国传统的儒家艺术理论中,志,属于对艺术作品的最高评价范畴。它是一个带有根本性的终极判断。《尚书·尧典》中说:"诗言志,歌永言,声依永,律和声。"《庄子·天下篇》说:"诗以道志。"《荀子·儒效》篇云:"《诗》言是其志也。"这些具有代表性的观点表明,志在中国传统艺术评价谱系中占据着至关重要的地位。特别是《孟子·万章上》有云:"故说诗者,不以文害辞,不以辞害志;以意逆志,是为得之。"①孟子在此说的"意"有两种阐释。其一,认为"是以己之意迎受诗

---

① 赵则诚、张连弟等编:《中国古代文学理论辞典》,吉林文史出版社 1985 年版,第 376 页。

人之志而加以钩考"①,即用自己的想法去揣度诗人的思想。其二,主张是以诗中所表达的诗意去领会诗人所寄予的理想与志向。笔者认为在孟子的论述中,诗的文、辞、意、志是四个不断递进的延伸概念。它们共同组成了孟子诗论的阐释结构。相对于文而言,辞是其更高的表意形态,相对于辞而言,意则是更高的表意范畴,相对于意而言,志则是更高的表意内容。位于文、辞、意这三者之上的是志。在孟子看来,志是诗歌表意的最高境界。所以,他实际上强调的是不能以文害辞,以辞害意,以意害志。意正是通向诗中之志的必经之路。在儒家的诗歌理论中,志的表达在诗歌中被奉为最重要的主旨。为此,笔者倾向于"以意逆志"是指作者所倡导的诗中所表达的诗意去领会诗人所寄予的志向,而不能将意与志相提并论,并且笼统地将它们理解为同义语。现在,不论我们取以上两者中的哪种解释,都可以将其纳入诗所表达的思想意图的范畴。不同的只是这种意图是指读者理解的诗意,还是作者所表达的一种诗意。这就是说,意,在儒家的文艺思想体系中,是通向诗的至高境界志的一种中介形态,一种美学路径,一种意义的阶梯。

根据这个传统美学的理论范式,我们可以将意向的表达作为志向表达的一种有效形式。正所谓以意立志,志就是电影艺术家通过电影所传播的思想导向,也可以称之为"电影的思想取向——它至少包括正确的历史观、积极的人生观和劝善的道德观。在更深层的意义上,它还应当包括揭示历史发展的客观规律,再现社会生活的真实本质,阐释人物的现实命运以及展现国家发展的时代风貌等多重内涵"②。与一般的艺术作品中的思想表达不尽一致的是,电影的以意立志,强调的不仅仅是思想导向的正确性,同时,还强调的是艺术表达方式的正确性——既将正确思想以正确的电影语言方式表现出来。用我们今天的话来说,就是通过影片特定的叙事形态来树立影片正确的思想导向。

在许多中国革命历史题材的电影中,影片所言的不是个人之志、家庭之志,而是民族之志、国家之志。我们在影像的世界里看到了难以数计的英雄志士为苦难深重的中华民族的解放,为中国人民的新生而舍生忘死的宏大志向。他们面对的是像豺狼一样凶残、像虎豹一样强悍的敌人;他们不仅是带着美好的憧憬、带着伟大的理想,也是带着决绝与悲愤身赴黄泉的。"红船辟浪渡关山,万里长风从未还。"从这种意义上讲,电影就是镌刻我们民族精神的影像丰碑,就是记录我们民

① 朱自清:《诗言志辨》,开明书店 1947 年印行,第 77 页。
② 贾磊磊:《思想,电影表述的 N 种方式》,《名作欣赏》2020 年第 13 期。

族气节的历史铭文。

我们所说的电影之志,并不仅仅是指电影对于国家历史的宏大讲述,其中也包括对于个人成长、自我认知的思想表达。影片《攀登者》独特的思想价值除了体现出国家登山队的历史功绩之外,还蛰伏着一个人格成长的潜在主题。"登上去,找回自己"是《攀登者》的一句箴言式台词。在这部以国家登山队的历史为第一主题的叙述中,作者嵌入一个个人成长的人格主题,这标志着中国主流电影正在将国家民族的历史叙事与人格成长的现实叙事融为一体。这种思想价值的设计表明,中国电影已经跨越了单一的价值地平线,即不再以思想的社会意识作为表述的唯一主题,而是在坚持国家利益的前提下充分肯定个体生命的存在价值,并且将这种个体生命的存在价值与集体英雄主义核心价值相互整合并共同构成了整部影片的思想价值体系。"一人为大家,大家为一人"——一根绳索不仅牵动着所有登山队员的集体荣誉,而且同时牵动着每个人生命的意义所在。可见,电影之志,并不仅仅体现在重大革命历史题材影片中,它还体现在不同题材、不同类型的影片之中。不论是硬桥硬马的技击功夫电影,还是钢筋铁甲的重工业动作电影,当代中国电影的思想旨向已经不止于抑恶扬善、扶危救难的道德理想,而是向着强烈的爱国主义情怀迈进。其间最为经典场景的《战狼2》中冷锋用自己的手臂高擎起中华人民共和国的国旗,穿过被恐怖分子占据的交通要道——中国已经成为拯救海外受难同胞、震慑国际恐怖行为的强大力量。

尽管中国电影目前在一种高度产业化的境遇中生存,可是,电影的思想意义从来就不是用产业规模的大小、商业投资的多少来衡定的。我们不否认巨额的影片投资与豪华的明星阵容会为影片的思想表达带来更为充分的可能性;我们同样也不能够否认,一部投资极其有限的人生故事,完全可能实现其在思想价值表达上的产生的震撼人心的心理效果。就像《过昭关》不到50万元的制作经费,可能还不够拍商业巨制的一个镜头。没有巨额的商业投资,没有走红的流量明星,没有鼎力的营销推广,影片的创作者以电影原初的纪录性的叙事性,将一老一小发生在中国乡间公路上看似寻常的访友故事,赋予了真切而深邃的人生志向。它使我们看到了中国当代社会由于激流奔涌所造成的道德蜕变,看到了千年传承的文化传统在中国普通农民身上铸就的豁然旷达的精神品格,看到了一种渐渐远去的乡村文明在夕阳下尚未退去的人性温情。

立志,是一部电影总体的创作意图之中最为核心的内容。它是作品精神主旨的集中体现,即其思想取向所皈依的终极方向,有时它体现在主人公的命运结局之中,有时它隐含在人物不同的精神品格之内。千万不要以为思想的正确表达仅仅是主旋律电影、艺术电影的"独门兵器",在商业电影包括在魔幻神怪电影中,思想的表达同样至关重要。像《大圣归来》这样的神话影片——与传统的《西游记》中天马行空的孙悟空相比,21世纪的大圣更像"北漂"一族,甚至是来自于"蚁族"群体中的大众英雄。尽管蝙蝠侠的斗篷在大圣身上变成了红色的披风,他再现的依然是"心灵获得再生"的精神绽放。他竟能够铸岩为甲、熔焰成袍,当代的大圣在这部电影完成的是一个在"冒险之旅中找回初心,完成自我救赎的故事"。还有《捉妖记》虽然是一部魔幻与神怪、动作与喜剧相互整合的电影,但是,小妖胡巴见证了人类生死与共的爱情之后,被人世的真感情深深地感动了。它完全融入人类的世俗生活。妖的世界开始向人性的世界倾斜。包括《哪吒之魔童降世》中那句人生座右铭:"我命由我不由天,是魔是仙,我自己说了才算!"应当说,这都是中国电影对于社会理想与人生志向的当代表达。

## 六、以意融情:中国电影的抒情策略

意与情在中国美学体系中是相互联系又相互区别的一对范畴。倡导情与意的相互融汇、相互统一、相互映现是中国古代美学一贯的美学主张。中国电影意与情的交汇整合使中国电影的情感世界并不仅仅是表达个人情感的私密空间,而是将个人情感的世界融汇到更为高远、更为广阔、更为深邃的境界之中,使中国电影的情感世界被思想的阳光所映照,被精神的色彩所浸染,进而产生出超越单一情感的精神价值。

在中国传统艺术的抒情方式中,历来特别注重以意融情。中国电影的抒情方式与西方电影,特别是好莱坞电影存在着很大的差异。在好莱坞电影中,男女主人公之间的情感交流主要是通过正反镜头所构成的"缝合体系"引导观众对男女的情感关系建立认同机制,使观众成为男女情感关系的认同者。而中国电影的抒情方式除了建立男女主人公之间的相互交流之外,通常会在两位主人公之间融入一种自然的景象,来强化两人的情感关系。自然的意象成为融入到人物情感关系中的一种抒情力量,有时它甚至在人与人之间充当着一种角色,承担着将自然之美融入人性之美中的作用。

比如影片《柳堡的故事》——这是新中国第一部直接描写爱情的军事题材影片。它的作者赞美了一对处于战火中的青年人纯真美好的爱情。影片作者在表现男女情感交往的故事情节中特别将一系列抒情化的景象如板桥、轻舟、风车以及垂柳、河流嵌入影片的叙事链之中,这些具有地缘文化特征的自然景物,与男女主人公美好的情感融为一体,从而赋予它们一种与影片的叙事主题相契合的审美意义。如果没有这些自然景象的融入,男女主人公的爱情故事似乎就是不完美的。《五朵金花》讲述的是一个发生在苍山洱海、蝴蝶泉边的爱情故事。影片在表现阿鹏寻找爱情的过程中,展现了云南美丽的自然风光。如诗如画的苍山洱海,不仅是白族人民善良、热忱的性格背景,而且也成为见证阿鹏和金花美好爱情的自然依据。阿鹏和金花彼此消除误会的空间正是在一幅幅苍山洱海流动的风情画中完成的。直到他们在曾经定情的蝴蝶泉边再次相会,重温了幸福的爱情,始终都没有离开作为重要的表意因素的自然景象。

即使是在讲述古代社会历史的电影中,融入叙事结构中的爱情段落依然是影片中极为感人的部分。在《夜宴》那座阴云聚拢、杀机四伏的宫廷里,导演并没有因为表现的是一个古代战乱的历史故事,就背弃了所有人性的主题,也没有因为表现的是宫廷里的权力角逐就把世界描绘成暗无边际的人间地狱。无鸾和青女之间所闪现出的生死至爱的爱情母题,使这样一部充满阴谋与杀戮的电影掠过一道耀眼的人性光芒。

电影所描绘的人的情感世界,并不仅仅是艳阳高照的朗朗晴空,在世态轮回的岁月长河中,情感的世界也必然会有阴晴圆缺,风云变幻的日子。像李安改编自王度庐的悲情武侠小说《玉娇龙》的电影《卧虎藏龙》,在李安麾下的主要人物李慕白、俞秀莲、玉娇龙、罗小虎、碧眼狐狸,所有人的心路无一不带着悲剧色彩。不论是称雄于世的武林高手,还是名震四方的镖局首领,不论是系出名门的千金小姐,还是驰骋江湖的豪侠硬汉,没有人能逃脱命运的苦旅。李安从此拉开了中国武侠电影史上悲凄哀婉的动人一幕。除了男女之间生死相依的爱情之外,中国电影还会借助于拟人化的自然意象对人与人之间的伦理亲情深入阐释。影片《那山那人那狗》(1999)在富有浓郁湘西特色的小桥水车、绿树环绕的近村远山,薄雾缭绕的湖水梯田间,讲述了父子二人如何化解内心矛盾的温情故事。父子俩在乡村道路上共同行走的身影,成为中国农村电影里最为和谐的人伦景象。影片所营造的中国农村的田园景象已经达到了如诗如画的境界:通过温馨、舒缓的影像叙事语言传达的父子之间难以割舍的血脉亲情,使农村电影的叙事主题远远超过了题材的限制,升华为一种在电影特定的自然意象中传达亲情伦理的经典范例。

## 七、结语

在电影批评的范畴内,本文所强调的"影意"概念,是在电影的主题(思想)分析与性格(人物)分析与风格(作品)分析之外,建立一种既具有中国传统美学意味,又具有电影本体属性的电影美学分析方法,来弥补中国电影批评作为一种艺术的审美判断体系所缺失的本体内容。

其实,任何一部影片,不论它是什么题材、什么风格,只要它是一部倾心之作,就总会有超越叙事功能之上的影像呈现,特别是在那些着意于影像表达的影片中那种令人心醉情迷的地方——那就是我们所向往的影意的呈现之地。这种影意在张艺谋的电影里曾经是漫天飞扬的红色高粱,在陈凯歌的电影里曾经是横刀断指后那片刻的静穆与骤然发出的震响,在黄建新的电影里是那座雕梁画栋的文化馆,在吴子牛的电影中则是笼罩在战云之中肃杀阴冷的山谷……在电影艺术的语言体系中,只有这种通过影像的独特呈现方式所表现的故事内容才是我们所青睐的影意之所在。

(原载于《电影艺术》2020 年第 6 期)

# 美术批评对革命圣地山水画的语法重构

蒋文博　高等教育出版社人文社科学术事业部副主任

　　20 世纪 50 年代之后,革命圣地山水画的创作方法日臻完善,让画家采取有别于院体语法、文人语法①的角度来观看并表现"山水"。其中,石鲁于 1959 年创作的《转战陕北》可谓典范之作,连同《延河饮马》(1959)、《南泥湾途中》(1960)、《宝塔葵花》(1961)、《东方欲晓》(1962)、《东渡》(1962—1964)等作品,形成革命圣地山水画的"造型母题"。② 一方面,新的"生成语法",③为表现革命圣地题材的绘画创作提供了规则和依循;另一方面,石鲁辩证地将传统、生活和审美追求融会贯通,表达内心深处的革命情感,提出"风格就是人",圣地山水,本质上也是人,亦即人化的山水。这是对传统山水画的继承创新,深刻影响钟涵、钱松嵒、李可染、傅抱石等诸多画家。但很快,石鲁及其革命圣地山水画遭到颠覆性批判——究其根本,是由于石鲁依照新的语法规则进行创作,而美术批评者依然沿用旧的语法标准,产生了不对等的误读性阐释。

---

　　① 所谓"院体语法""文人语法",是在宽泛的意义上相较于"院体画""文人画"的基本语言特征和语法规则而言,亦即在此两类创作类型中,画家观看和描绘山水的基本立场、观念和方法。

　　② 何为造型母题? 钟涵进一步解释道:"这是一个外来的艺术术语(俄文:мотив)。在美术上,一般被称为'造型动机''基调''契机'等,还没有确定的译名。这里暂且借用建筑艺术上用的'母题'这个音义双关的译名。"钟涵:《关于〈延河边上〉的创作体会》,《美术》1963 年第 5 期。

　　③ 生成语法(generative grammar)援引自语言学,结合了洪堡特"有限域的无限应用"(makes infinite use of finite media)规则,是通过对《转战陕北》等作品的离散元素分析,揭开革命圣地山水画创作中从有限到无限自由转换的辩证关系。

## 一、批评的狼烟及意义迷雾

1962 年 7 月 20 日,《美术》杂志刊登了读者孟兰亭①的来信,信中对杂志的导向提出了质疑,认为杂志对于“笔墨功力深的老辈画家的作品,虽有所表彰,但感不足”,但对于那些“无甚功力可言的,虚有其表的画子,却发了又发,谈了又谈”。② 接着指名道姓地对石鲁进行了批评:

> 即以贵刊曾再三推举的石鲁先生之作而言,岂可以视为新国画之方向乎?石先生的画,新则新矣,吾亦佩服他的勇于创造精神,然则仅凭新鲜,而无继承传统的实际功夫,可称之为传统的国画么?真正的传统国画,一笔一划皆要有出处,皆继承有古人的法理,墨有墨法笔有笔法,于无法中也要见其有法,而且有千锤百炼,力透纸背之功。但看石鲁先生的画,只是一片水汪汪的烘染,不讲骨法用笔,充其量而言。有墨而无笔,远不见马夏,近不见四王,乍看似不差,细看则无甚意味了。这就是没有传统的表明。我早有此意而未语,今本百家争鸣的精神,不揣冒昧,聊表所感,希有以见教。③

紧接着,《美术》杂志登载余云的“读者来信”,在孟兰亭“我国绘画传统之精英,要在笔墨”观点的基础上,进一步对石鲁的绘画展开批评:

> 我觉得石的画虽则新鲜,勇于创造,却传统继承还是不多,所画的画也不美观,似乎很粗浊,笔划很乱。例如《家家都在花丛中》这幅画,近看远看都不觉得美,用笔不见功力,也很潦乱。我们虽然不反对粗笔写意画,但也要使人耐看。像白石老人的画,很粗放,但粗中见细,小中见大,小者更妙,显神气,活泼可爱。当然,石的画也有很多好的,也注意了传统的手法,如《饮马》等。④

---

① 经查证,发现不存在“孟兰亭”其人,有观点认为此信是王朝闻等人为挑起中国画界的大讨论而集体研究而为,笔者认为现有证据不能完全支持此观点,待考证。持此观点的口述材料可参见刘艳卿:《长安画派口述史研究》,西北大学博士学位论文,2016 年,第 74 页。

② 孟兰亭:《来函照登》,《美术》1962 年第 4 期。

③ 孟兰亭:《来函照登》,《美术》1962 年第 4 期。

④ 余云:《读者来信》,《美术》1962 年第 5 期。

在同一期《美术》杂志"关于中国画的创新与笔墨问题"的专题中,刊发了施立华的《喝"倒采"》,文中对孟兰亭的来信进行了发展,指出:"对石鲁同志作品的评价,肯定其成就是对的,在传统的创作方法上确实有所发展和提高(这里暂不作详论),但是把他的作品看作中国画山水方面创作方向的典型来提出,那问题就大了。继承传统方面现实主义的创作方法、人民性,予以发扬固然重要,但这一切都应该通过传统的艺术技巧来表现,才称得上是中国画。离开了这一点就没有什么东西可谈了。"①认为包括石鲁、林风眠等人在内,"甚至有部分作品看来还不能算属于中国画的范畴"。② 显然,这里将作为手段和媒介语言的"传统笔墨"提到了至高的位置,不惜贬低艺术表达的内容来维护"笔墨",并以此来批评石鲁,倡导在回归笔墨传统的标准下发展中国画。

**图1** 石鲁《家家都在花丛中》1962年纸本设色 96 cm×71 cm 中国对外艺术展览有限公司藏

1963年,《美术》杂志发表美术史家阎丽川的《论"野、怪、乱、黑"——兼谈艺术评论问题》,对石鲁部分"野怪乱黑"的作品进行了批评。该文认为,潘天寿、李可染和石鲁等人的新作推动了中国画创新,但在艺术语言与艺术"原则"的匹配上还有待商榷之处。文章对"野怪乱黑"进行了界定:"野是艺术技巧的不成熟;怪是艺术规律和生活规律的反常;乱是结构用笔的不严谨,不精练,缺乏节奏感;黑是用墨用色无变化,少气韵,没有虚实关系。"③结合具体的作品,阎丽川从这四个方面展开批评并提出建议,如针对石鲁作品《家家都在花丛中》(图1)"乱"的语言形式:

---

① 施立华:《喝"倒采"》,《美术》1962年第5期。
② 施立华:《喝"倒采"》,《美术》1962年第5期。
③ 阎丽川:《论"野、怪、乱、黑"——兼谈艺术评论问题》,《美术》1963年第4期。

　　我也像其他许多观众一样,非常喜欢《家家都在花丛中》这幅鲜丽夺目富
有诗意的画。我也认为那应该是推陈出新之作。即使如此,我还是觉得其中
左上右下的树法、草法有点横冲直撞,混杂不清。取其印象则可,论其节奏还
有推敲的余地。我不相信把那些主要枝干的结构再画得精确一些,把顺势用
笔的来龙去脉交代得再条理一些,竟会有损于全画的精神而更远离于传统。
古人常画丛兰蓬草,枯木繁藤,想必可以借鉴。当然,这是我们为了说明推陈
出新问题,顺便提出的,更高的美的要求,不是吹毛求疵对于这幅画的有意
挑剔。①

　　基于此,阎丽川认为,李可染和石鲁(包括黄胄、黄宾虹等人)的部分作品是
"江山如此多黑"与"野怪乱黑",把那些具有个性风格的表现手法和表现形式都视
为"不成熟""不符合生活真实""没有达到更美的要求"等。② 与之前几位批评者
相比,阎丽川的论述更为专业,能站在历史的语境中去比较分析,并提出了解决方
案,有更强的说服力。

## 二、语法重构:基于美术批评的再批评

　　上述批评意见在《美术》等专业刊物上发表,并引发巨大的争论,有利于人们
在"百花齐放,百家争鸣"的学术和文艺氛围中讨论真理,对石鲁的革命圣地山水
画语法有着再建构的意义。总体来看,上述批评者存在几个共同的问题:
　　第一,采取机械的传统笔墨本位主义的立场,来评判当代中国画的创新实践,
忽略对笔墨所处的时代语境、文化需求及内容的研究,导致传统标本化、笔墨割裂
化,为维护笔墨标准,不惜将创新者扫地出门,认为他们不属于中国画的范畴。在
严厉的批判下,石鲁保持了清醒的辩证思维来处理艺术对象与笔墨形态的关系。
1963年冬,忽降大雪,石鲁触景生情,画下目之所见心之所感,该画惜墨如金,尽管
大面积留白,却让观者感到满纸飘雪,氤氲浮动。画上题款:"说吾画黑,一场大雪
洗去一斗墨。画当黑者则黑,当白则白。"③

---

① 阎丽川:《论"野、怪、乱、黑"——兼谈艺术评论问题》,《美术》1963年第4期。
② 阎丽川:《论"野、怪、乱、黑"——兼谈艺术评论问题》,《美术》1963年第4期。
③ 周韶华:《大风吹宇宙——石鲁书画全集序》,《美术》1985年第5期。

第二,忽略笔墨的使命,为了保证笔墨的质量,甚至可以将弘扬"现实主义的创作方法、人民性"置于第二位。对这种以谢赫"六法"为标准来指导当代中国画创新的说法,周韶华在《问喝"倒采"者》中给予了直接回应:

> "六法"是我们今天应该批判继承的重要的理论遗产,但能把它说成是我们今天仍然必须遵循的"不移的金科玉律"么? 如果承认作为意识形态的文艺作品,是社会的上层建筑之一,上层建筑必须适应经济基础的要求的话,那末,与表现人民的革命英雄主义和集体主义,表现爱国主义和无产阶级国际主义精神相适应的,应不应该是既有优良传统特色又有新的创造的笔墨技巧呢? 既然艺术技巧必须发展,那么千五百年前的"六法"标准,就显然不是不能移的了。①

第三,将"继承传统"等同于"照搬传统",而不是在"笔墨当随时代"的逻辑中用发展的眼光对传统"批判继承"。就钟涵的造型母题概念而论,石鲁的基本思想意图和基本造型形式的基础就是中国画传统的"书画同源",而素描等其他元素都只是"条件"。这正是石鲁革命圣地山水画生成语法的前提和基石。但是,批评者提出石鲁的绘画有墨而无笔,"只是一片水汪汪的烘染,不讲骨法用笔","远不见马夏,近不见四王"。这便是极为片面的评判。1963 年,李恁在《与孟兰亭先生商榷》中针锋相对地指出:"如果把'骨法用笔'绝对地理解,恐怕国画的没骨法也值得怀疑了。石鲁的画喜用泼墨与积墨,能看出,作者在力求做到'墨中见笔',力求在泼墨中也有积墨的'厚'味,在积墨中也有泼墨的'润'味。"②1979 年,陈丹青在《漫谈动作》中写道:"一动不动的动作有时是非常好的动作,也许还更难表现,更富有表现力。石鲁的《转战陕北》的主席就一动不动地站在那里,可是要比很多画主席走动的画好得多。"③陈丹青意识到,《转战陕北》中毛主席一动不动的形象更富有表现力,但也更难表现,而石鲁成功做到了。这种力量,恰恰来自于石鲁在毛主席形象的刻画中的"骨法用笔"。石鲁透彻地领悟了点、线、面之间的辩证关系,也就是说,无论点、线、面,只要绘画书写,都需要坚持所谓的"骨法用笔",而不仅仅只是线条有"骨"。即便是线条,也有粗细大小之分,也可以转换成点和面。因

---

① 周韶华:《问喝"倒采"者》,《美术》1963 年第 5 期。
② 李恁:《与孟兰亭先生商榷》,《美术》1963 年第 1 期。
③ 陈丹青:《漫谈动作》,《美术》1979 年第 3 期。

此,毛主席的人物形象用笔极为松动自然,干枯浓淡变化与人物姿态浑然融合,并同周边环境空间交往呼吸。在这里,用笔的内在骨架,是由画面各种基本形式语言,按照特定的语法结构共同构成的。(图 2)1982 年,吴冠中在《石鲁的"腔"及其他》中对此展开了讨论,他将石鲁的语法规则归纳为对方与圆(文中的"园"即为"圆"——引者注)关系的整体性处理:

> 《转战陕北》中从毛主席的身影到前山后山,大大小小的形体都基于方形象中"大"与"方"的单纯处理拍合了"大大方方"的概念,产生了磅礴之气势。方的锐角大都被磨掉了,寓园于方。画面于是并存着方与园两种基本形,它们控制了整个画面,它们交错着向外扩展,又交错着向心脏浓缩,浓缩成身影的方块与脑袋及草帽的园点,奠定了方与园的司令部。《转战陕北》以方为基调,《南泥湾》则以园与弧为基调,从树丛到山石都融洽于园弧形中,而所有的园弧形又都接受了方的规范与制约,寓方于园。①

为什么选择方圆构成呢?据石鲁自己解释:圆主柔,方主刚。方,至大至刚,能表现体积的巍峨,力量的强度和庄重肃穆,含有商周文化的凝重和气势,是数学的崇高与力学的崇高。圆则乾旋坤转,宇宙运动,周流不息,是生命运动和宇宙活力的基本形态,具有楚文化缠绵悱恻的阴柔之美。② 可以说,每个存在都是"点",每一种运动都是"线",在静止的画面上,引起视知觉对运动的感应,产生一种心理的"力",一刻也不能离开方与圆的辩证法。这是很值得品味的中国画的美学特点。石鲁说,若"以字形例之,如果表现顶尖下宽,其形如'由';顶宽而下窄,其形如'甲';方而上下相同者,其形如'田';中宽而上下均窄,其形若'申';上平而下宽,形如'用'"。③ 石鲁内心的铮铮铁骨,是在方圆运动的语法规则下行云流水,或磅礴或精微,真正实现气韵生动。

所谓用笔之"骨法",需要从画面整体结构中去建立,即融入语境;而画面整体结构,又得服从造型母题,遵循不断生成的语法规则。可见,石鲁在描绘革命题材的山水画时既有严格的法度(语法规则),又有真挚的革命感情,可说是在用生命书写和描绘。但批评话语进入专业刊物,在社会媒介系统流通之后,影响到相关行

---

① 吴冠中:《石鲁的"腔"及其他》,《美术》1983 年第 9 期。
② 周韶华:《大风吹宇宙——石鲁书画全集序》,《美术》1985 年第 5 期。
③ 周韶华:《大风吹宇宙——石鲁书画全集序》,《美术》1985 年第 5 期。

**图 2  石鲁《转战陕北》(局部)1959 年**

政部门的判断,比如在 1964 年中国革命历史博物馆的陈列审查中,《转战陕北》被取消陈列资格,既带给石鲁巨大的精神打击,也为人们处理此类作品在方式上开了先例。① 这对已经形成的语法规则造成毁灭性的破坏,也为语法系统的成熟完善提出了新的挑战。在此期间,美术批评的建构性和破坏性始终如影随形,如风之两翼,须臾不分。比如谷泉指出,石鲁作为长安画派的代表人物,"无疑熟悉黄土高原的风土人物,他画的山是黄土高原的山,画中透现的感情是那个时代真挚的感情,《转战陕北》完成了对'比现实更为宏大的时空的把握'"。②

## 三、逻辑还原:基于美术批评的话语分析

从造型母题到语法规则,石鲁革命圣地山水画都具有开创性和典范价值,但问

---

①  对于此类批判的综合性描述和评价,详见邹跃进:《新中国美术史(1949—2000)》,湖南美术出版社 2002 年版,第 58 页。

②  谷泉:《一代绝响——评石鲁的"山水"历史画和"笔墨"历史画》,《美术观察》2005 年第 8 期。

题是,为什么还会招致如此严重的批判呢?

第一个原因是随着"批判胡风"和反右派斗争扩大化等影响,对艺术问题的讨论逐渐与政治评价结合。1958 年,周扬指出:"修正主义的文艺路线的主要内容就是否定文艺为人民服务,为革命的政治服务的崇高使命,否定在阶级社会中文艺的阶级性,否定或歪曲民族的文化传统,否定作家的思想改造,否定党对文艺事业的领导作用。"①1959 年,美术史家俞剑华在《美术》杂志上发表的《花鸟画有没有阶级性》,该文认为:"花鸟画是一种艺术,是上层建筑,是意识形态的反映,在阶级社会里所画出来的花鸟画自然应该具有阶级性是毫无疑问的。"②他从古到今分析了许多例子,指出:"花鸟画不但有阶级性,而且有阶级斗争,……在阶级社会里,一切文化无不有阶级的烙印,绘画也不能例外。就是现在社会主义与帝国主义两大阵营的斗争中,花鸟画也具有鲜明的政治斗争性,和平鸽就是一例。"③在上述语境中,这批涉嫌"野怪乱黑"的"革命圣地山水画"受到高度关注,由于美术批评话语标准的变化,石鲁遭遇前所未有的精神压力。有学者认为,石鲁的精神病发作与此亦有关联。④

在不同的历史阶段,根据时代的需要,国家应当对艺术提出基本的意识形态规范和政治要求,以保障艺术的健康发展。但若是将政治与艺术的标准混淆,将带来灾难性的后果。二者混淆后形成的强制性约束力,足以让艺术家绝望窒息。1981 年,王朝闻在《再再探索》中回忆了石鲁被批判并陷入困境的岁月:

> 后来,某天我在中宣部教育楼,碰见陆定一同志,我对他说起这幅作品的遭遇。他以同情的口气对我说,画面上虽只画了几个人,怎能断定山沟里就没有未被直接画出的许多人。这种强调容许观众发挥想象力的谈话,和我那一再受到指责的所谓"间接描写"的论点相一致,我听了感到是一种慰藉。但是,这些谈话并未能改变这幅作品的命运,它在博物馆丧失了公开陈列的机会,而且影响了石鲁画册的发行。⑤

---

① 周扬:《文艺战线上的一场大辩论》,《人民日报》1958 年 2 月 28 日。
② 俞剑华:《花鸟画有没有阶级性》,《美术》1959 年第 8 期。
③ 俞剑华:《花鸟画有没有阶级性》,《美术》1959 年第 8 期。
④ 何循真:《解读徐渭、凡高与石鲁——论精神失常对画家创作之影响》,《美术研究》2002 年第 2 期。
⑤ 王朝闻:《再再探索》,《文艺研究》1981 年第 1 期。

第二个原因是由于石鲁倔强的个性和浪漫主义价值取向,坚持认为艺术上的自由探索应该不受约束。他曾作打油诗来反讥人家对他作品"野怪乱黑"的批判:"人骂我野我更野,搜尽平凡创奇迹。人责我怪我何怪?不屑为奴偏自裁。人谓我乱不为乱,无法之法法更严。人笑我黑不太黑,黑到惊心动魂魄。野怪乱黑何足论,你有嘴舌我有心。生活为我出新意,我为生活传精神。"但严酷的现实环境并没有接受他的信念,其代表作《转战陕北》被曲解为表现毛主席"悬崖勒马"。石鲁便受尽磨难,被反动派批斗迫害,身心俱损。

石鲁的这些创作在当时的主流评判标准看来是极其"反动"的,所以从精神到肉体都受尽煎熬,最后以悲剧收场。在当时的环境下,大多数山水画家策略地发扬石鲁革命圣地山水画的生成语法,即在规定题材下尽最大可能来"安全"地探索山水画的语言形式,完善革命圣地山水画的造型母题。在石鲁的语法规则下,艺术家们不断开拓新的革命圣地山水画视觉图式,钱松嵒便是典型一例。

**图 3　钱松嵒《红岩》1962 年纸本设色 104 cm×81. 5 cm 中国美术馆藏**

20 世纪五六十年代,艺术的教育功能被大力提倡,革命圣地山水画的语法规则被广泛纳入创作之中,比如钱松嵒的《红岩》(图3)、李可染的《万山红遍》(图4)等,便是此类创作的成功典型。[①] 两者都是在处理"革命圣地"题材,不同的是,钱松嵒将"红岩"这个历史事件和物理空间转换成山水概念;李可染以毛泽东《沁园春·长沙》诗意为创作主题,来表现峥嵘岁月中革命领袖的坚定信念和壮志豪情。在对石鲁革命圣地山水画语法规则的继承发展上,二者亦有不同。《红岩》采取了与《转战陕北》类似的构图,在画面的最前端,安排了耸立的红色峭壁,占据画面约 2/3 高度。画面左侧有阶梯小道,自芭蕉丛中蜿蜒隐现至山顶。山顶云雾缭绕,繁茂的汉柏树下坐落着红色屋顶的院子,依稀可见在雾里缥缈的山峦树影。右上题款:"风雨万方黑,红岩一帜红。仰钦奋彤笔,挥洒曙光中。"看得出来,钱松嵒接受了石鲁的观念,表现人格化的革

---

① 李可染在 1962 年画第一幅红色调的《万山红遍》时,就是通幅用朱砂渲染,辅之以墨色。

命圣地红岩村,①和李可染一样,他赋予"红"色以全新的革命诗意,将原址的黄土化为岩石,并以朱砂来画,意味着烈士的鲜血浸透革命的土地,才换来今天的胜利。钱松嵒又将泰山汉柏形象移至红岩纪念馆旁,并以白描手法画芭蕉丛,让红色更为凝重。画中题诗阐明创作主旨,让诗书画印浑然一体。钱松嵒、李可染等人的创作实践,是对石鲁革命圣地山水画生成语法的进一步完善和丰富。

钱松嵒采取这种语法规则创作了许多革命圣地山水画作品,除《红岩》系列之外,还包括《宝塔颂》《黄洋界》等,都鲜明地承续了石鲁所建立的语法规则。通过"傅抱石率团万里写生活动"组织江苏与陕西画家的交流,石鲁对钱松嵒等人的影响得到深化。1960 年 9 月 25 日,钱松嵒随写生团访问中国美协西安分会,参观石鲁画室,看到《转战陕北》后倍受震动:"赶快努力,如果不努力,江苏就要被西安超过了。"②10 月 11 日,在苏陕两地画家座谈会上,钱松嵒说道:"江苏在东南,陕西在西,我们来西天求经,石鲁同志今天又给我们很多经。关于气魄,毛主席说中国气魄,伟大的中国气魄,要无产阶级气魄,西安同志气魄大。我们出来是为了开胸

**图 4　李可染《万山红遍,层林尽染》**
**1963 年纸本设色 69.5 cm×45.5 cm**

襟,看伟大的祖国,跑到石鲁同志的画室,压得透不过气来,被画压住了。"③在与长安画派交流中,江苏与陕西的画家都获得了重要启发。这些收获,也体现在了其他创作中,如钱松嵒的《枣园曙光》,也自觉或不自觉地与石鲁保持了语法规则的一致性。钱松嵒在谈创作体会时指出:

画题是《枣园曙光》,枣园是画面的主体。因为枣园是毛主席在延安时的旧居,是中国革命的圣地,就要画得突出。山水画要见景思人,这就要寄离我们缅怀

---

① 红岩村是抗战期间中共中央南方局和八路军的重庆办事处原址,1945 年毛泽东赴重庆谈判居住于此。
② 徐湖平:《钱松嵒绘画艺术学术研讨会发言纪要》,《书画世界》2006 年第 1 期。
③ 黄名芊:《笔墨江山——傅抱石率团写生实录》,人民美术出版社 2005 年版,第 67 页。

的深情。不论是一个朴素的窑洞,甚或一草一木,都要画得充满激情,有内在联系,以烘托主题,使人亲切地联想到毛主席的丰功伟绩。现实生活中的一所窑洞在画面上所占地位很小,但是在构图上要烘托得最为鲜明突出,以唤起观众的联想和共鸣。①

如前所述,随着艺术的阶级性被强调,以及新中国成立后对"社会主义现实主义"的提倡,使"艺术为政治服务"成为山水画艺术实践的内在要求。② 20 世纪五六十年代,傅抱石、李可染、赵望云等画家组织山水画写生的地点,选择的都是中共革命的原址。换句话说,此时期山水画艺术实践的对象和内容,包含着革命的概念。艺术的语言和政治的主题,在山水画形式中被严密地统一起来,这是前所未有的。由于这样的原因,使得"新中国的山水画朝着背离传统文人画的方向向前发展"。③ 因而,红色主题成为画家的首选,推动山水画创作中主题和语言的转向。但由于人们对文人画的澄怀味象、静观悟道等方式恋恋不舍,在转向过程中仍夹杂着剪不断理还乱的矛盾性。1959 年,傅抱石的言论也反映出其艺术观念的转变:"过去,国画家的迷信较多。……比较突出的是迷信古人和迷信笔墨。……古人谆谆教导我们的,就是要我们积极地逃避现实生活,远离广大的劳动人民,远离'人间'。……脱离了党的领导,脱离群众的帮助,'笔墨'!'笔墨'!我问'您有何用处'?"④

第三个原因是石鲁在其独特经历中形成的人生立场和价值取向。据水天中考证,可将石鲁的一生经历分为四阶段:第一阶段是 20 岁前,学习生活于四川仁寿、成都;第二阶段是 20 岁至 30 岁,读到《毛泽东的自传》深受感染,赴陕北参加中国共产党的政治训练和革命工作;第三阶段是 30 岁至 45 岁,在西安从事绘画创作和美术组织工作;第四阶段是 45 岁以后,在动荡起伏的逆境中,他对个人和民族文化的命运进行了深刻反省。⑤ 根据石鲁自己回忆,其高祖父冯家驹从江西景德镇来到四川,初以贩卖药材、棉花为生,获得高额利润,在文宫镇置田安家,成为大户,到其曾祖父冯鹿荪时,拥有田产五六千亩、佃户千家。父亲冯子融是有文化有政见的乡绅,家藏从南方购来的大批卷轴书画和古籍善本。石鲁在这样的环境中接受传

---

① 钱松喦:《衷心敬绘〈枣园曙光〉》,《美术》1977 年第 6 期。
② 孔新苗:《二十世纪中国绘画美学》,山东美术出版社 2000 年版,第 298 页。
③ 邹跃进:《新中国美术史(1949—2000)》,湖南美术出版社 2002 年版,第 61 页。
④ 傅抱石:《政治挂了帅,笔墨就不同》,《美术》1959 年第 1 期。
⑤ 参见水天中:《追访石鲁早年行迹》,载于《美术历史与现状思考》,北京时代华文书局 2016 年版。

统教育,到 12 岁前后,家族学堂改授新制课业,除了国、英、算之外,还有图画课。大致也是在此阶段,他家及其外祖父家收藏的卷轴册页成为了他自学绘画的重要"老师"。此后,进入二哥冯建吴等人在成都创办的东方艺专学习。此时期,有两件事情对石鲁产生了重要影响:一是哥哥每天晚上讲述绘画历史故事,让石鲁对气节高尚的画家格外崇敬,奠定了影响其一生的文人品性;二是在哥哥及同学的影响下,石鲁逐渐明白,具备高超的文化修养是成为大艺术家的必需条件,因此在学习绘画之余发愤读书。

石鲁头脑敏捷,意志坚定责任心强。在 1937 年初离开东方艺专回文宫镇中心小学教书之前,石鲁大胆尝试融合中西,在学校组织去峨眉山写生时,采取水彩与水墨兼用的方式创作 30 多幅作品,被同学和老师争抢一空。回乡在小学任教时,他又喜欢上了"狂热的教学工作",承担国语、历史、公民、劳作课和全校各年级的图画课。教学工作受到一致好评,老师们尤其觉得他善于管理女生,深受女生欢迎,便安排他担任高小女生班的级任老师。① 石鲁对生活、学习和工作的极度真诚,让人想起早年在煤矿担任传教士的凡·高,同样的专注和执着,这或许已经超越艺术范畴,成为人在处理自我与世界关系时的基本准则。

石鲁后来将此归纳为"一个真正的人"。这种为人处世的可贵品质,既透明又无处不在,让石鲁直面各种境遇时能够清醒地把握内心。在某种意义上,石鲁决定离开华西大学历史社会学系,骑着自行车前往陕北,义无反顾地投身革命及其后来艺术上的丰富创作,都是在用心处理自己对世界的真情实感。唯有如此,才有可能建立与历史、时空和现实的通透认知,才有可能心无挂碍地接近艺术的本原之道。比如,对于绘画之道,石鲁总结道:"师古当观其变,师其创造之心可也。至于陈法当识之为具。至于技术,则古、今、中、外,各家各派无所不师。"与石涛"泥古不化者,是识拘之也""无法而法,乃为至法"等观点遥相印证。又如,对于客观物象、书法与绘画的错综复杂的关系,石鲁指出:"画之结体,则以抽象而具体化,如观书体真、草、隶、篆以悟画,观其屋漏痕、墙裂痕、骷髅痕、乱柴纹、卷云纹、解索纹、劈斧痕、披麻纹、弹窝、矾头等等,而创各种笔法。"②如果说石鲁形成了一套理解世界、表达感悟的艺术方法,建立了完整的革命圣地山水画生成语法,那么,他的艺术方法和生成语法,以及在此方法和语法中呈现出来的艺术图像、作品图式和艺术样

---

① 参见水天中:《追访石鲁早年行迹》,载于《美术历史与现状思考》,北京时代华文书局 2016 年版。

② 王川:《论石鲁》,《西北美术》1997 年第 3 期。

**图5　1979年石鲁在北京李季家中谈话**（原照片背面自题：天怒像疯狂，其实老头儿没牙了）

式，都离不开他独特的人生经历，以及他高洁的品性。（图5）

石鲁的人生充满磨难，但就算直面死亡，他依然选择真理。在1964年这个人生转折点上，艺术上进入黄金时期的石鲁，却被命运彻底颠覆，"红画家"变成"黑画家"。石鲁于1962年至1964年呕心沥血创作的巨作《东渡》，被人扣上"丑化领袖形象、丑化劳动人民""形式主义"等大帽子，不能送往北京展出，后来下落不明。同时，《转战陕北》被撤展，《石鲁作品选集》停止发行，致使石鲁精神错乱。1965年秋，石鲁肝病加精神分裂症，住进精神病院；1966年10月，又被突如其来的"文化大革命"打进了黑暗的深渊，在非人的待遇中仍为真理和正义斗争，他写诗怒斥："不堪一笑是尔曹，公然一直上竿高。平生多有何竟是，不过一纸文《纪要》！乱吵乱骂登龙榜，啼笑姻缘更一楼。可堪半打新权贵，豺狼当道世忧忧。"这首诗让石鲁成为"反中央首长"的"现行反革命分子"，险遭枪决，后经多方周旋，证明他是"疯子"才幸免于难。为反抗"四人帮"的压迫，石鲁两次出逃。1969年七八月间，他逃到四川广元山区，在荒山野地走了50多天，状同野人。在广元，石鲁写下《吟泽句·补天网（其一）》：

> 苍夷黛典兮，奔青山而恸哭。汨罗之鱼鳌兮，吾不道地窟。屈子何茫乎于楚烟兮，你不晰乎共产之路。我何必饱鱼腹，落个"叛徒"。收住眼泪向天去。①

王朝闻认为，这首近似屈原《离骚》的情绪以及文句的"悲愤词"，表明了石鲁

---

① 周韶华：《大风吹宇宙——石鲁书画全集序》，《美术》1985年第5期。

对党的事业的绝对忠诚。过着野人般生活的石鲁在诗中写道,我的命运之典尚存何处? 奔至深山来痛哭。汨罗江的鱼鳖啊,也不会让我谈论地狱。屈原为何感到楚国无望而投江自沉? 是因那时你还未了解共产主义道路。我是共产党人,何必投江喂鱼鳖,还落个"叛徒"的名义呢? 擦干眼泪,继续往前走!① 这首感人至深的诗,表明石鲁的坚定的信念和超绝的品质。如王朝闻所言,体现出一个忠于党而不是"看行情"的画家,在那种"你死我活的阶级斗争"面前,究竟应当怎样对待自己的生死问题,他并没有把他所尊敬的屈原当作样板加以模仿,可见他有革命艺术家的自知之明。②

在 1969 年 4 月的一次批斗会上,石鲁斩钉截铁地声明:"要把我的艺术思想重新改变,不可能。如其那样,不如罢笔!"③1977 年,石鲁仍被"审干专家"剥夺参加全国美展的权利,朋友们善意让石果劝说父亲"策略"地去找相关领导通融,引发石鲁勃然大怒,断然拒绝:"艺术家的原则不需用策略来保护,艺术家只靠真善美。"石鲁内心纯净,对艺术执着,对革命充满真挚情感,有清晰的处世准则:"把事物的意义和真挚的感情看得比实际生活高而更高。重气节、重品德、重情义、重真理,轻利欲轻名财轻物欲,这正是艺术家成为艺术家的修养条件,因为艺术是不计任何代价的创造。"④这种可贵的秉性,让石鲁年少时就放弃了富庶自足的家庭生活,义无反顾投身革命事业,立志追求艺术真理,报效祖国人民,屡遭磨难仍不改初心,一往无前。

隔着历史的烟尘,当代美术批评家对石鲁的艺术贡献作出了不同于半个世纪前的评价。可见,美术批评的话语建构永不停息,生成语法总有新章。石鲁及其革命圣地山水画以绝对的静止,容纳并不断生成语词的温度和情感的重量。

(原载于《美术研究》2020 年第 4 期)

---

① 王朝闻等人对该诗"汨罗"一句的翻译似有误,笔者进行了调整。
② 王朝闻:《再再探索》,《文艺研究》1981 年第 1 期。
③ 王朝闻:《再再探索》,《文艺研究》1981 年第 1 期。
④ 石果:《忌辰的家书——给我的爸爸石鲁》,《美术》1983 年第 9 期。

# 评杂技剧《战上海》：发挥杂技特色 讲好英雄故事

金浩 北京舞蹈学院人文与教育学院党总支书记、教授

近日，作为"庆祝中国共产党成立 100 周年优秀舞台艺术作品展演"剧目的杂技剧《战上海》在北京天桥剧场上演。该剧以同名影片为故事蓝本，从中选取最具代表性的动作场面与表现段落，以原著中的原义为"筋脉"，以杂技语汇为"肌肉"，将剧体结构与杂技语汇进行了有机整合，将杂技与多种艺术形式相结合，实现了"剧与艺"的艺术创新，是一部敢于打破"路径依赖"，挑战传统杂技表演范式的新作。它以其新颖时尚的形式、扣人心弦的内容被观众津津乐道，也在社会各界引起了强烈的反响。

与以往同类作品相比，该剧从题材创作到内涵表达，都有了较大变化，其编创机理从一种传统的"宏大叙事"转变为对"人性品质"的观照。主创们将杂技语汇不着痕迹地、细腻地使用在每一个细微的点上，隐淡并融化在舞台人物形象塑造的全过程里，从每一个技术技巧入手使杂技剧的表达意象得以一点点地凝现、交织、融会，最终形成该剧极具文化性和观赏性的独特审美品位。在表现英雄人物的性格与情感方面，该剧注重挖掘人物内心情怀与鲜明个性，追求宏阔的主题和恢宏题旨下的细节闪现与提炼，侧重用内心独白式的杂技动作语汇呈现。传统的线性叙事被综合性的视听表演空间取代，观众欣赏的自主性被强化凸显。编剧董争臻说："希望通过实践，努力让杂技的技艺再回归到生活中去，这种回归不是追求草根化的倒退，而是建立在生活审美基础上的创造。"该剧由"形"入"象"，并破其形、扬其神，打破了传统杂技的表演样式，弘扬了杂技的"精魂"，提供了杂技表意的成功案例。

剧无理不服人。《战上海》努力追求叙事的合理性与抒情性的艺术表达，创作

者对历史素材的构织和呈现，反映出他们对那一段革命时期的认知程度和情感呼应。剧中的连长、特务、弄堂里的阿婆等许多角色形神兼备、栩栩如生，杂技演员的戏剧化表演水平的提升令人兴奋难喻。剧中"智取密件"的片段给人留下深刻印象，集体换装的舞蹈场景不间断地融合在角色表演进程中，众演员在服装变化中巧妙地帮助白兰成功脱身，白兰通过身体、表情、眼神的生动细微处的种种变化来配合表演。这一系列动作为白兰后面成功脱身的情绪蓄能，让她在"飞车追赶"中情感爆发力更强。这样的剧情设置，合乎人物逻辑、事理逻辑，在创作手法上也构成了情节铺垫和层次鲜明的对比。编导对身体舞台感的设计与理解使其不仅能在动作中呈现力量，也能在静默中制造力量，从而使舞台上英雄形象跳动的肢体情态更具个性、自信，同时也指向观众的心灵深处，引燃观众的欣赏热情及对革命者的敬畏之情。剧中也有仿效电影《黑客帝国》"子弹时间"的设计理念，慢动作营造了一个相对魔幻的舞台时空。这个慢动作对于年轻观众而言，是一个信号，暗合与弥合了代际之间审美欣赏心理的落差，对于"二次元"年轻的一代，"子弹时间"就是他们的经典性标识。我们在杂技剧的舞台上见证了"子弹时间"，共同构筑起青年一代与老一代"杂技人"遵奉追寻的文化密码。

剧无技不惊人。创作者将技巧作为全剧的一抹亮色，努力在"高、难、新、特"上另辟蹊径。例如，在"暗巷逐斗"场景中，创作团队运用滑稽戏调节全剧表演的紧张节奏。尤为吸睛的是一位"反串"阿婆的杂技男演员所营造出的"谐趣"意象，他将上海平民生活中司空见惯的晾衣杆进行了夸张运用，在令人发笑的幽默中透露出机变百出的斗争精神，看似插科打诨实则诙谐中见正气。在翻腾技艺上，大胆突破对杂技传统道具特别是"圈"的使用。编导将颇具上海弄堂特色的生活场景和日常物品，衍化为演员在剧情中展示技术技巧的辅助工具。该剧真正的咏叹调是通过硬件道具体现出来，比如攻坚战大软梯和苏州河雨夜飞渡等场景。其中，"梅花桩"被巧妙地设计为渡河过程中的桥墩、暗桩。传统的"舞狮"双人配合程式化的高难度技巧，准确地表现了我军战士淬火成钢、不畏艰险、一往无前的英勇气概。此外，"铁骨攻坚"桥段中的"软梯"表演，与激战正酣的解放军战士前赴后继的革命精神高度契合，男演员们为了以最强烈的手段体现最强烈的情感，在强化密集的训练下成功拿下"软梯"的全部技术要领，堪称创举；为满足老上海高级宴会厅女子穿高跟鞋的造型细节要求，女演员挑战性地将以往惯用穿平底胶鞋表演的爬杆节目，改为穿高跟鞋进行表演，增加了难度系数，使观众不仅欣赏到那个时期上海滩衣香鬓影的风情万种，又领略到杂技本体之美的丰富、惊奇及隽永。

剧无情不感人。杂技剧《战上海》有诸多"动情"之处。如剧中用滚环、绸吊等双人配合表现江华、白兰在青年、热恋和相思各个时期的场景。剧目开始用滚环，把青春活泼的朝气表达出来了；两人转环时要求对手平稳，寓意两人的感情趋向稳定；到最后用绸吊飞起来时，两位演员抓得非常紧，寓意着两人深刻的爱情。这种"以物喻人""以人化物"的情感递进式处理，生动细致。最感人的场景是尾声"碑"。一组表现力与美"较劲"的造型出现后，一只和平鸽缓缓飞落在"雕塑"的掌心，许多观众都被这只和平鸽感动得潸然泪下。这道画龙点睛之笔隐喻性极强，充满着灵韵的白鸽也预示对美好生活的无限憧憬，使观众的思绪长久沉浸在那结束的造型上……正如编剧董争臻所说："杂技剧《战上海》走进了观众，这种走进不是生拉硬套地用'互动'或所谓的'滑稽'串场形式上的'走进'观众席，而是通过对'技艺'和'剧情'的有机融合，让观众在技艺的表演中看到了动人的故事，在故事的感动中欣赏了技艺。《战上海》成功地超越了观众群体不同年龄段对文艺品类的爱好倾向，让杂技技艺通过剧直达观众内心，引发了广大观众内心深处的情感共鸣。"这部震撼人心的杂技剧也印证了具有充沛情感饱和度和思想腠理的红色艺术作品，当得起人们敬意的目光！

杂技剧《战上海》的创作给了我们诸多启迪。杂技剧的创作要寻找艺术与演出市场的平衡点。与十年前的杂技剧创作环境相比，今天的杂技人更容易获取创作上的资本，也更容易寻找到各类演出平台和资源。杂技剧的艺术生产需要集合那些优秀的创作班底、经验丰富的演员，加上有效合理的市场运作，才能不断地研磨出具有精品意识和品质的杂技剧。创作者怎样去寻找杂技窠臼之外的剧艺观赏性与思想性的最佳契合点尤为重要。杂技剧的制作要做精，不能做空，要尊重杂技艺术的规律，不能跟风、速成，更不能把心思全放在怎样包装、怎样用舞美来帮衬，片面化追求舞台上的造势，这些都不足以构成杂技剧创作的良性循环生态。杂技剧不再单纯崇尚奇技淫巧的"视觉奇观"，应该更多从剧情结构、动作编排及杂技本体方面下功夫，以戏剧的杂技化为出发点，发挥杂技特点，讲好中国故事、英雄故事。在创作过程中，要找准剧情和艺术的结合点，强调杂技语汇表现的独立性。同时，杂技创作者需要巧妙地打通杂技剧中戏剧化与杂技性的界限，使杂技语汇与戏剧情感高度融合，达到"血水相融"的表意状态，避免造成孤立不相称的戏剧因素与单纯炫技"两张皮"现象。

杂技剧《战上海》获得了口碑和市场的双丰收，充分证明了舞台艺术工作者只要深入思考、耐住性子、悉心打磨，这类高扬革命先辈精神的红色题材、礼赞英雄的现实主义作品,始终是为广大人民群众所喜闻乐见的作品,尤其对于年轻观众而言,影响力和感召力是巨大的。杂技剧作为文化的活细胞也必须在不断地追求新意中才能保持自身的生命力,在创造、更新下获得活力的迸发。杂技剧《战上海》的横空出世,作为具有一定预兆性质的舞台艺术"症候",这部作品很有可能影响整个中国杂技剧今后的发展。期待未来的日子里中国杂技剧会创作出更多的高峰之作!

（原载于《人民日报》2021 年 6 月 17 日）

# 印迹：晚清民国岭南印学的发展及其文化融贯

邝以明　广州博尔赫斯文化传媒有限公司文艺总监

## 一、导言

清道光二十九年（1849 年），长年剿匪、征战于广西的张敬修以弟丧辞官回到东莞故里，开始营建可园。尔后，随着张氏从宦生涯的三起三落，可园历时十五载方构筑完备。在这个断断续续的建园过程中，张敬修内储书史，外莳花木，并招邀文士、印人雅集于此，作文酒、金石书画之会，盛极一时。由此，张氏一门诸子和活跃于可园及其周边城市的岭外篆刻家余曼庵、徐三庚、黄牧甫以及本土印人何昆玉、梁垣光等就流传着大量与东莞可园张敬修家族相关的"印迹"。

然而，张敬修《可园印谱》以及容庚在可园素行堂中所见的"张氏印稿"和张氏在武缘军中所刻印均未传世。① 就目前所知见，除了冼玉清《广东印谱考》、马国权《广东印人传》等文献著录的印作以及相关书画作品的印鉴以外，与东莞可园张敬修家族相关的"印迹"主要有孙慰祖《可园遗印与岭南篆刻》②一文提及的可园遗印（原石）一百五十余方，以及自东莞可园后人处散出，今归红棉山房庋藏的《印迹》《印谱》《静娱轩印存》《静娱轩集印》四种印谱③。④ 可园遗印已由孙先生大文

---

①　容庚：《东莞印人传》钤印本，自钤，1921 年。

②　孙慰祖：《可斋论印新稿》，上海辞书出版社 2003 年版，第 314—315 页。

③　四种印谱共辑存张氏一门五代及其友朋的用印 955 方，涉及张应兰、张熙元、张敬修、张嘉谟、居巢、居廉、常云生、余曼庵、徐三庚、黄牧甫、何昆玉、何瑗玉、张葶桦和邓尔雅等共 67 人，时间自清嘉道间至民国中期，横跨清、民两代近 120 年。

④　（清）张嘉谟：《印迹》钤印本，自钤，1873 年（同治十二年）立秋后至 1877 年（光绪三年）上元日前；（清）张嘉谟：《印谱》钤印本，自钤，1880 年（光绪六年）立春后至 1887 年（光绪十三年）；张葶桦：《静娱室集印》钤印本，自钤，1922 年；张葶桦：《静娱室印存》钤印本，自钤，1924 年。

进行了探讨,而作为辑存了阶段性代表篆刻家的作品最多、印风最丰富、时间跨度最长的系列印谱之一——四种印谱至今尚未见深入的考证与思辨。从微观的个案研究来看,四种印谱近千方印作为研究东莞可园张敬修家族的金石家学与交流等方面提供了许多一手的资料,弥足珍贵。就宏观的史学研究而言,从四种印谱所考证出来的印蜕作者,如游粤之士余曼庵、徐三庚、黄牧甫以及本土篆刻家张敬修、张嘉谟、梁垣光、何昆玉和邓尔雅等人都是晚清民国期间岭南印坛的一时俊彦。他们的篆刻创作以及相互之间的艺术交流与文化融贯,既为梳理这一时空的印学发展甚至文化变迁提供了楔入的方向,更为探讨岭南文化(艺术)如何在不同的文化对流与交融中发展找到可资参照的体系。

## 二、东莞可园张敬修家族的金石研析与倡导

东莞可园张敬修家族之于晚清民国岭南印学史的意义不在于技艺、风格方面的影响,而在于他们集聚印人、文士于可园,通过金石研析、印谱辑拓、篆刻交流等一系列的艺术活动,促使不同地域的印人进行频繁交流,从而整体提高了可园及其周边城市印人的印艺水平。民国期间,岭南印坛出现了邓尔雅、容庚和李凤公等众多在海内外产生过一定影响的东莞籍篆刻名家,实与可园张氏息息相关。

(一)东莞可园张敬修家族的金石家学

张氏一门数代风雅,张应兰(敬修父)、张敬修、张嘉谟(敬修侄)、张度(嘉谟四弟)、张其光(嘉谟长子)和张崇光(嘉谟次子)等人或工诗词,或善书画,多有诗文集或书画作品传世。诗词书画而外,张氏一门嗜好金石、擅长篆刻者亦不乏其人。容庚先生《东莞印人传》载历代东莞篆刻家19人,可园张氏即占有4席之多。"自髫龄即喜刻划金石"的张敬修无须赘言;绘画与居廉并称"古泉石,鼎铭兰"的张嘉谟拥有张氏一门最多的用印(含自刻印,风格也最多样),其号"鼎铭"也是直接取自鼎彝与铭刻之属,甚至其后人所辑《静娱室题画诗》的扉页上"遁叟老人遗像"也是他手捧"永寿无疆"瓦当的形象,可见他对金石篆刻的浓厚兴趣;另外,还有兴至率尔奏刀,有解衣磅礴之概的张度和篆刻师徐三庚,得吴带当风之姿的张崇光,以及传世自刻印甚伙的张萼桦(嘉谟孙、其光长子)等皆为其时印坛精英。

(二)东莞可园张敬修家族对金石研析风气的倡导

《静娱轩印存》辑存的徐三庚刻(白文印)"臣庆举印"、(朱文印)"翔墀"以及佚名刻(朱文印)"乙未翰林"是东莞宝安书院山长尹庆举的用印。尹氏与可园张

氏同邑,并世代交好。张敬修《可园遗稿》、张蝶圣(嘉谟三子)《花活草堂遗稿》辑成之时,尹庆举胞兄尹晟举(季雅)即分别题词祝贺;①张蝶圣《尹翔墀太史招饮学耕堂花昼轩,即席赋此》《约尹翔墀太史同游沪上,有感而作》《赠尹翔墀太史》(有"屈指交深已六年"句)②等诗亦可证其与尹庆举的交情甚笃。明清文人结社风气浓厚,诗词唱和、金石书画雅集是文人群体活动最为常见的方式。何国泰在给张蝶圣《花活草堂遗稿》题词之《满江红》自注中称"昔与公在学耕堂文酒之会无虚日……";张蝶圣《学耕堂看水仙花会》称"雅集名流赋洛川……吾辈盟深水石缘……";③晚清岭南词坛名士潘飞声《游罗浮日记》曾记其常与张蝶圣、尹庆举等人夜宴、征歌、选艳之盛况;④以及张萼桦等人频繁参加东官诗社、清娱书画社等活动⑤。凡此种种可见,张敬修广邀友朋雅集于可园,诗酒唱和,切磋书画印艺。张氏殁后,其子孙相沿此风,艺术交流依旧繁仍。由于张氏一门诗文歌赋、金石书画无不嗜好,因此这种长期的、频繁的交流自始至终呈现出多元化的特点。在好友居廉六十大寿时,张嘉谟作祝寿诗《题居古泉少尉得寿图》云:"……我与君结交,敢云金石友……"⑥是即张、居二人的艺术交流是金石与绘画并举的(甚至金石交流更早、更频繁),从四种印谱所涉及的人物来看也是如此。同时,这些人物明确可考者分为三种类型:一类是东莞可园张敬修家族本身以及同邑的宗亲、姻亲或友朋,如张熙元、梁禧(嘉谟婿)、尹子薪、尹庆举和邓尔雅等共26人;另一类追随张敬修军旅或闲居可园时的幕僚、清客,如居巢、居廉、居燨、葛绪堂和叶汝才等共6人⑦;最后一类则是张氏一门诸子游宦、游学在外时所结交的文士,如余曼庵、于式枚、阳元晖、梁垣光、徐三庚、黄牧甫和何昆玉等共11人。在这三类人中,除了梁禧、阳元晖和葛绪堂等居廉的弟子和于式枚、尹庆举为纯粹之画人或文士外,其余诸子皆擅篆刻。他们或长期客于可园作清客游食;或受邀到可园与张氏诸子切磋

---

① 杨宝霖:《东莞可园张氏诗文集》,广东人民出版社2008年版,第26、361页。
② 杨宝霖:《东莞可园张氏诗文集》,广东人民出版社2008年版,第379—389页。
③ 杨宝霖:《东莞可园张氏诗文集》,广东人民出版社2008年版,第363、386页。
④ 参见(清)潘飞声:《游罗浮日记》,丰源印书局1910年(清宣统二年)版。
⑤ 见张萼桦:《次寄翁〈十四日东官诗社雅集即席赋诗〉原韵》《清娱书画社义展筹助东坡阁重修有感》等诗,载东莞《民国报》1947年1月16日,东莞《平报》1948年7月5日。
⑥ (清)陈良玉:《啸月琴馆寿言》刻本,1887年(清光绪十三年)。
⑦ 相关证据包括:居巢《可园月夜梅下小集同朗山、东洲、铁渔》等三十多首诗文和传世大量画作的相关描述;清咸丰八年(1858)居廉《龙舟竞渡图扇》边款:"戊午桂林彭君冠臣,湘潭葛君绪堂与余同客东莞……"以及清同治八年(1868)张崇光《洛神图扇面》边款:"戊辰二月,桂林葛君绪堂假馆余家,为作洛神小幅,描写尽致……"

印艺;或向张氏一门诸子借观收藏的金石古印摹习钻研。邓尔雅、容庚就分别云:
"先世本通家,过从久徘徊……印盟与声党,少小曾追陪。"①"叶汝才……尝客张
氏素行堂中,得纵观诸名人印谱,及徐三庚所刻印,恣其抚仿,故作印时有可观。"②
由于当时还处在外来印风与岭南印风交汇的初期,张氏一门诸子及其友朋的印艺
实未臻妙境。然而,活跃于可园及其周边城市的岭外与本土艺术家却始终处于由
张敬修及其后人所倡导的金石研析氛围之中,优游于艺。

由此,随着辑存于上述四种印谱的印蜕作者余曼庵、徐三庚和黄牧甫等岭外印
人先后游粤,并与张嘉谟、梁垣光、何昆玉和邓尔雅等岭南本土印人进行了频繁的
艺术交流。多个不同地域的文化(印学)在晚清民国的岭南一隅碰撞与交融,最终
形成了受"浙派"和徐三庚影响的时人印风、本土印风以及黄牧甫("粤派"或"黟
山派")印风三分天下的岭南印坛大格局。

## 三、"浙派"与徐三庚印风在岭南的传播与发展

从四种印谱的梳理与分析中可知,岭南"赏奇好异"的人文特点,外来印人常
云生、余曼庵、徐三庚的印艺习气,以及张氏一门及其友朋的师学方式是形成受常、
余、徐三人影响的岭南时人印风发展与式微的主要原因。

(一)"浙派"印风泽被岭南的路径与特点

清代中叶,浙派印风,一时风靡全国,广东亦受濡染,特别是浙派印人常云生、
余曼庵的来粤,授徒传艺,更起了推动的作用……柯有榛是常云生的学生,而张敬
修、张嘉谟则曾从余曼庵问学。③

马国权《广东印人传》阐述"浙派"印风在岭南传播与发展的时序脉络中分为
两条主线,一条是常云生一脉,另一条是余曼庵一脉。杨其光贤婿、传人方绍勋
《蓬居印存》自序云:"吾派为杭州七家的传汉印之正宗(陈曼生传赵次闲而常云
生、柯云虚、柯管生而至杨仑西)……"④清道光间,"浙派"印人杨澥的弟子常云生
游粤,柯有榛礼事之,遂通印学。柯氏主持广州粤雅堂多年,为粤中名士治印甚伙,
影响颇著。其印艺传其子柯管生、柯铁生、柯琯生以及杨其光、叶期和胡曼等人,杨

① 杨宝霖:《东莞可园张氏诗文集》,广东人民出版社 2008 年版,第 362 页。
② 容庚:《东莞印人传》钤印本,自钤,1921 年。
③ 马国权:《广东印人传》,南通图书公司 1974 年版,第 3 页。
④ 方绍勋:《蓬居印存》钤印本,自钤,1923 年。

叶二人再传于方绍勋与罗叔重。常云生印作流传甚少,他的印艺主要由柯有榛发扬与传播。而余曼庵则分别在东莞、广州、顺德、佗城等地盘桓有时。因此,他的印风辐射范围较为广泛。居巢《今夕庵印存》①和陈融《印谱》②辑存了数方余曼庵带有时间和地点内容边款的印作,分别是款署"曼庵拟汉人玉盘法,庚子冬"的(白文印)"萍叶随潮少定居"和"己酉长至日作于龙江官廨,时泣翁伏案指示奏刀,曼庵"的(白文印)"光照"以及款署"甲寅上巳作于佗城薇署冻乳研迦室,曼庵"的(朱文印)"梅生"。从这些印款可知,清道光二十年庚子(1840)余曼庵已和粤人居巢作金石往来,并于己酉(1849年)、甲寅(1854年)先后在岭南的龙江、佗城担任官职。虽然苏展骥《文印楼印存》跋称"余曼庵挟铁笔游吾粤,名动一时"③。但是余氏实际上是游宦而非以篆刻游食来粤的。从"光照"一印边款"时泣翁伏案指示奏刀"的语气来看,余曼庵曾游于陈光照(1809—?)幕府或与陈氏同为龙江某官僚之清客。又陈融《印谱》辑陈钟麟用印附有手抄书款一则云:"厚甫先生吴中名宿……过从麾间。先生精音律,予亲授按拍,深得奥旨……丙辰长至日,灯右,曼庵谨识。"陈钟麟自吴中来粤从宦,并于清道光初年先后掌教粤秀、越华两书院,直到道光十二年(1832)正月离粤归杭④⑤。因此,余氏与他"过从麾间""亲授按拍"的时间自然在此之前。马平王《乐石斋印谱·序》云:"盖(何昆玉)少小时即以其技屡见赏于林苩南、余曼庵、孟蒲生诸名宿,曼庵授以近人陈赵之法……"⑥何昆玉生于1829年,从"少小时……见赏于"的语气来看亦可证此说不误,也于此得知何氏少时曾得其时已有一定影响的"名宿"余曼庵亲授"浙派"技法。由此,广州粤雅堂受常云生印风影响的一派与活跃于东莞、广州、顺德、佗城等地受余曼庵印风影响的一派可算作徐三庚、黄牧甫来粤之前的印坛代表,并峙于岭南。

常、余二人印风均源于种榆仙馆陈曼生,与张氏一门过从甚密的居巢、居廉、居燧和潘飞声等人亦与"南海柯氏"(柯有榛家族)和"瑶溪杨氏"(杨其光家族)数代交好,或得此因缘促使这两派的印人时相往来亦在情理之中。⑦然而,可园张氏相

① (清)居巢:《今夕庵印存》钤印本,自钤,清同光年间。
② 陈融:《印谱》钤印本,自钤,1916年。
③ (清)苏展骥:《文印楼印存》钤印暨剪贴本,自钤,1892年(清光绪十八年)。
④ 陈澧:《腊月朔日厚甫师招同吴石华、何惕庵两学博、杨藟香、张玉堂学海堂探梅,因兴玉堂登镇海楼》自记云:"十二年壬辰正月,厚甫先生归杭州。"
⑤ (清)陈澧:《陈东塾先生遗诗》,汪兆镛刻本,1931年。
⑥ (清)何昆玉:《乐石斋印谱》钤印本,自钤,1866年(清同治五年)。
⑦ 杨宝霖:《东莞可园张氏诗文集》,广东人民出版社2008年版,第4页。

关的印迹并未见常云生一派的印作,仅有数方临作。可园遗印(朱文印)"括囊"即出自对常云生同名印作的习仿,①上述《印迹》第 7 册佚名所刻的(朱文图形印)"双鱼"也仿自柯有榛。同时,常云生一系的相关印迹同样未见习仿曾客广州多时的余曼庵印作。清光绪三十四年(1908),杨其光密友饶平陈子丹把余曼庵所刻的潘仕成海山仙馆石印,嘱杨氏重刻之②,③并称"原篆无取"。而得到常云生"素心"一印则称"洵可宝也"④,不知是否标榜"传汉印正宗"的门户之见故。

虽然四种印谱辑存了数方余曼庵刻赠张敬修的用印,但是上述马国权称"张敬修曾问学于余氏"似有待商榷。一方面,张氏《可园印谱》自序中已直接表明他的篆刻出于"师心自用"。另一方面,《印存》所辑(白文印)"可楼珍藏"、"可园珍藏"、"德父心赏"、(朱文印)"可楼珍藏书画之章"等临仿余曼庵印风之作见于何昆玉自镌印谱《端州何昆玉印稿》,可见这些印作并非使用者张敬修、张振烈父子亲镌。同时,可园遗印一百五十余方以及《广东印人传》所辑的张敬修自刻印(白文印)"虎头山弄潮客""敬修之印""无官一身轻"⑤亦未署张氏名款,更遑论以此知其篆刻师承了。就目前所知见,有明确边款、直接署明张敬修亲镌的印作仅得四枚,即香港中文大学文物馆所藏的(朱文印)"谷庵""敬修"原石两方("敬修"一印又见于《印迹》第 6 册,原与"德甫"为对章),以及《印迹》第 7 册的(白文印)"宜子孙"和《今夕庵印存》(白文印)"巢居子"。"宜子孙"取法汉玉印,以单刀刻就,字法圆劲舒展,线条瘦硬劲挺。"谷庵"则师法宽边细文的古玺,以入石较深且稳健娴静的冲刀刻就,线条凝练古拙。二印明显不属"浙派"印风。"巢居子"下附行楷书款云:"乙卯春,德甫。""乙卯"即清咸丰五年(1855)。《今夕庵印存》还辑有清咸丰四年(1854)六月,西泠印人胡震刻赠居巢的(白文印)"梅生画印",胡氏曾在是年游桂时获交追随张敬修军旅的居氏,得此因缘与张氏做金石之交则在情理之中。"巢居子"与"德甫、敬修"(对章)虽属"浙派"篆刻意趣,但实际上更接近胡震遒劲爽利、浑朴质拙的印风,与余曼庵"斧凿痕多,凌厉太甚"的印风截然有别。

(二)东莞可园张敬修家族及其友朋师学"浙派"和徐三庚印风的方式与趋向

清同治十一年(1872)八月至翌年十二月以及光绪五年(1879)十月至翌年中

① (清)冯兆年:《味古堂印存》钤印本,自钤,1887 年(清光绪十三年)。
② 见陈步墀《石印诗》所述。
③ (清)陈步墀:《绣诗楼诗》石印本,陈氏,1909 年(清宣统元年)。
④ 见(清)潘仁成《墨笔兰草纨扇镜心》下附印屏的题款,深圳博物馆藏。
⑤ 马国权:《广东印人传》,南通图书公司 1974 年版,第 27 页。

秋后(十二月上澣前),徐三庚先后两度客粤。客粤期间,他与李应庚、冯穗知、伍德彝和张崇光等岭南文士时相过从,并为他们刻印甚伙。由此,徐氏婀娜妍媚的印风引起了张嘉谟、叶汝才、梁垣光和何瑗玉等岭南印人竞相师学的风尚,从而逐渐打破了常、余印风并峙岭南印坛的局面。徐三庚首次来粤时,张应兰、张敬修、居巢等均已谢世,较为长寿的居廉中年以后苦于病腕,绝少刻印,更为另习一种新印风的可能。因此张敬修父辈或同辈诸子及其友朋均未问学于常云生与余曼庵,亦未受到徐三庚印风的熏染。《印迹》辑存张嘉谟于清光绪七年(1881)所刻(朱文印)"乐无事日有喜宜酒食""遁叟""屋里山人书画"、(白文印)"以意为之"四印。其中"乐无事日有喜宜酒食""以意为之"二印款署"仿万庵",而另外二印则明显取法于徐三庚。从张氏其他印作来看,同样存在着"仿万庵"和"仿袖海"两种风格(张氏一门"印迹"偶见仿常云生的印作,但无名款,作者待考),这种现象在张嘉谟同辈和子孙辈的用印、自刻印中时有发现,可见学习余、徐印风自张嘉谟辈及其友朋起。

就四种印谱统计,张嘉谟临仿余、徐印风的用印数量比为85∶9,这些印作的数量比虽然未必同样适用于他同辈诸子的用印,但他们的用印也同样均呈现出余多、徐少的趋向。这个趋向到了张嘉谟的子、孙辈及其友朋就发生了转变。张崇光、张其光和张伯克等人的用印虽然仍有二种印风并存的现象,但是徐三庚印风之作明显要比余曼庵的多得多。张蝶圣、张秉煌(嘉谟孙、其光三子)和尹庆举等人的用印甚至仅见徐氏风格的作品。另外,传世张嘉谟、张崇光等人的篆刻作品虽然有许多是直接署明"仿袖海"或风格明显倾向于徐三庚的,叶汝才在张氏素行堂中也得以综观诸名人印谱及徐氏所刻印。但是,四种印谱所辑存的徐三庚印作边款均署"穗城""五羊寓斋",而非"东官"(东莞别称)。徐氏前后两次来粤均不足一年,他所刻赠张氏一门诸子的印作也仅见"小圃"(张重轮、敬修子)①和"子勉"(张崇光)②。因此,虽然张嘉谟同辈及子孙辈诸子受徐三庚印风的熏染无误,但是是否亲炙也有待商榷。"时三庚游粤,主其家甚久,故鼎铭受其影响至深。"③"居……东莞可园多时,张嘉谟、张崇光、尹子薪、叶汝才及东莞的一些印人拜其门下学艺……"④诸说似有待更多具有说服力的材料来证明之。

① 王冰、高惠敏:《徐三庚印谱》,广东人民出版社2017年版,第71页。
② (清)伍德彝:《绿杉轩集印》钤印本,自钤,1906年(清光绪三十二年)。
③ 马国权:《广东印人传》,南通图书公司1974年版,第28页。
④ 梁晓庄:《岭南篆刻史》,广东人民出版社2017年版,第207页。

另外,东莞可园张敬修家族诸子及其友朋受"浙派"与徐三庚印风影响的作品主要有三种类型:一是如(朱文印)"梅生"、"微云河汉"、(白文印)"何如如何"、"此中有真意"、"痴传"等印作,对原印内容、形式、布局均亦步亦趋的刻意描摹,遂用刀反复,线条僵硬,与生辣果敢的"浙派"和徐三庚刀法大相径庭,气韵全无;二是如(白文印)"风雨相思"、"可园珍藏"、(朱文印)"可园"等印作,通过集字挪移、朱白相易和冲切变换等手法对原作的布局、用字、刀法等稍作变化、率意临仿。其过程相对自由轻松,偶见佳构;三是如(白文印)"张琮私印"、(朱文印)"沅溪钓叟"、"伯克"等张氏一门及其友朋的名号印、闲章。这类作品并无直接可参照的对象,必须对"浙派"与徐三庚篆刻的用字、布局、刀法等要素深入理解的基础上,取其气韵,融汇己意才能创出佳制。从四种印谱的辑存情况来看,这三种类型的作品从第一种到第三种在数量上呈现出直线递减的现象,并且虽属创造的第三类型作品实与常、余、徐三人印风相去甚远。

(三)受"浙派"和徐三庚影响的岭南时人印风发展与式微的原因

几乎在"浙派"与稍晚的徐三庚印风风靡岭南之时,就出现了质疑和反对的声音。本来就师学"浙派"的柯有榛提出了"时流易趋古意难复"(柯氏印语)的观点,告诫从学者必须善学活用而不能究心死摹。晚清岭南"朴学"大儒陈澧亦云:"好古印者少,好时样者多甚矣……浙派今时盛行,其方折峻削似《天发神谶碑》隶书,近人变本加厉,或近粗犷,或又织仄颇乖大雅。"①这种声音毋绝如屡,延续到民国时期,邓尔雅、蔡守甚至分别说道:

> 斧凿痕多,凌厉太甚,曼庵于此。盖仿汉印残缺者,既由切刀入手,未能逆入直冲,每一画分数次切去,遂令如犬齿状……此即俗工所称'烂铜派'者是也。②
>
> 三庚初来吾粤时……特变顽伯朱文而纤柔婀娜之态以媚俗人。自以为能独树一帜,故后来所做竟至丑劣不堪入目。但其种毒于五羊印人已不鲜。迄今三十余年,市上印匠,所谓'邓派'之印,莫不是三庚之余毒也……中徐毒则纤柔……皆印学之大弊也。然以上所述,皆指印匠而言耳。③

---

① (清)陈澧:《摹印述》,1926年。
② 邓尔雅:《文字源流与广东印人》,《南金》1947(创刊号)。
③ 蔡守:《印林闲诂》,《中兴报》1936年4月3日。

对于这种鄙讥之论,也有不同的看法,沙孟海先生即云:

> 世人诟谇徐三庚之印,谓其婀娜纤巧,无当大雅。实则三庚尤有真气……朱文不嫌纤弱,时有心得之处。吾人终日玩弄烂铜破铁,偶见金罍一二印,如吴带当风,姗姗尽致,亦觉新奇可喜。①

重感性、重直观、非思辨是岭南文化(艺术)显著的特点之一。岭南人往往通过实惠心理和感官体会来代替科学思辨,追求趣味性、猎奇性、形象性与情节性也就成为岭南人普遍的观世和观物态度。这种态度虽然易于产生敏捷、通俗、务实、多元和顺其自然的人文品格,但是也容易造成思辨性、历史积淀和理论逻辑等相对不足的弊病。自岭外常云生、余曼庵、徐三庚等人相继来粤,他们"姗姗尽致"的印风给"赏奇尚异"的岭南诸子带来强烈的视觉冲击,引起他们竞相追逐,最后甚至发展到"变本加厉、颇乖大雅""中徐毒则纤柔"的程度。事实上,常、余、徐三人印作本瑕瑜互见,既个性鲜明又习气满石。余曼庵有"其苍劲沈厚有足传者……此独不失端重,时露汉人规矩"(上述苏展骥《文印楼印存》跋语)之誉,亦有"斧凿痕多,凌厉太甚"之讥;徐三庚"尤有真气",亦"婀娜纤巧,无当大雅",甚至"丑劣不堪入目"。既然张氏一门及其友朋大多如叶汝才那样仅对"浙派"与徐三庚的相关印作进行"恣其抚仿"而非出自亲炙,这种学习又多流于表面而未能深入内质。那么,势必导致他们容易沾染到这些印风的习气而变本加厉,从而沦为印匠、俗工。因此,这种竞相追逐"浙派"与徐三庚印风的风尚发展到社会变革思潮风起云涌的清末民初时期开始流弊丛生,渐趋式微。更深层的考虑是,这些时人印风缺乏坚固的地基和不断延续的自我理解,没有在岭南形成真正的印学传统。频繁的交流与泛化的审美仅仅只能作为因势利导的产物,而被视作"偶在"的历史机运在这一时空中泛起朵朵的浪花。之于岭南印学的发展,更迫切需要一种价值系统的建立,由此,以"朴学"为依附的"东塾印派"迅速崛起,对其时岭南印坛产生了深远的影响。

## 四、从晚清民国岭南印学发展的时序流变看异质、异域文化的对流与生成

从"东塾印派"的崛起到黄牧甫印风的生成中,得以窥见客粤近二十年的外来

---

① 蔡守:《印林闲话》,《中兴报》1936 年 4 月 3 日。

印人黄牧甫在粤中丰厚的金石积累和"朴学"积淀的影响下,长期实践粤人陈澧的印学理念,从而形成个人印风的主要原因。另外,常、余、徐、黄与岭南印人的互动和相互影响正体现着异质、异域文化在岭南中对流与融贯的动态过程。

(一)陈澧的印学思想与"东塾印派"的崛起

岭南人历来就习惯于以现实取向的思维方式和务实的人文精神行世。因此,由阮元倡导、强调经世致用、"崇实黜虚"的"朴学"迅速风靡于岭南。尔后,主菊坡精舍、学海堂甚久的陈澧以"朴学"之经学、小学、子史和文章课士,门人最盛,为开"东塾学派"。岭南"朴学"自此蓬勃发展,一直延续到民国中期,逐渐形成有着百余年积淀、足以代表岭南文化内质之一的旧学传统。这种传统并非指向于纯粹的艺术审美,而主要导向于文化意涵与价值,它也由此获得了更为坚固的持存基础。

陈澧的岳父、妻兄分别是粤中巨室潘有度的胞兄和潘正炜。潘有度、潘正炜庋藏金石、古印诸物甚富,几甲于粤。因为这种姻亲关系,陈氏得以遍观二人所藏。"朴学"本源于秦汉之学。勤于研经治史的陈澧深受"深于古印之学,摹刻秦汉铜章令人真赝难辨"的谢景卿和"趋步秦汉,少年笃好,至长不移"的黎简等岭南印人前辈的影响,在"浙派"与稍晚的徐三庚印风风靡岭南印坛之际,提出白文宗"古茂浑雅"的秦汉印、朱文宗"似李阳冰篆碑"的元朱文印的观点,创立与"东塾学派"相应的"东塾印派"。作为印派之开山,陈澧强调印章"为物虽小而可与鼎彝碑版同珍;摹印为古人小学之一端,不讲小学不能作篆。"(《摹印述》)。另外,针对"当时风尚浙派,暂流于破碎楂枒""变本加厉,或近粗犷,或又织仄颇乖大雅"等时风流弊,陈氏提出了"古铜印文……古茂浑雅,章法则奇正相生,笔法则圆而厚,苍而润,有钗头屈玉鼎石垂金之妙,与古隶碑篆无异,令人玩味不尽""古印笔画断烂,由于剥落之故,不必效颦,印边断缺亦然""大约不露刀法者,多浑厚精致;见刀法者,多疏朴峭野"(《摹印述》)等对岭南印坛振聋发聩的观点。曾得余曼庵亲授的何昆玉和偶习余、徐印风的梁垣光在中年后改师陈澧,成为"东塾印派"重要的印人。《印迹》辑存何、梁二人所刻的(朱文印)"德父心赏"、"欲寡过而未能"、(白文印)"张重轮"等皆以平实稳重的冲刀法刻就,自有一种静穆古朴之气。又及,《端州何昆玉印稿》辑存数方何昆玉晚年偶作的"浙派"风格作品,作品呈现出的含蓄静穆与他早年师从余曼庵之作已大相径庭了。这种区别显示出这一时期的岭南印学逐渐脱离了追求夸张形式感、以审美为中心的早期原则,而转向以"朴学"——文化为中心的价值规范之中。

（二）陈澧与黄牧甫印风生成的关联以及晚清民国岭南印学发展的文化融贯

《静娱轩印存》辑存了黄牧甫刻呈张其光的（朱文印）"子寿"，颇值玩味。此印亦载于唐存才《黄士陵早年印谱》之中，所附边款云："曼翁阔边朱文，穆父仿其意。"①《早年印谱》还有黄氏刻给张长春、张崇光的（白文印）"长春"、"崇光印章"（朱文印）"子勉"，以及黄牧甫应张其光之嘱刻给张嘉谟的（白文印）"嘉莫言"。张嘉谟卒于清光绪十三年（1887），遂最迟在此年以前，黄牧甫已和张氏一门及其友朋作金石往来了。而黄氏在清光绪十一年（1885）十二月刻给与可园张氏同邑的尹子薪（朱文印）"笠樵手拓"似乎暗示着这个时间应该更早。清光绪七年（1881）十一月黄牧甫初次来粤②。尔后，他仿陈曼生（曼翁）阔边朱文之意刻"子寿"一印呈张其光。翌年，黄氏所刻的"士陵印信""穆父读碑""览取云山入画图""同听秋声馆"等传世诸印作，其款亦署"摹完白山人意""拟曼生翁意""仿巴莲舫""仿敬叟"等语。可见，这一时期黄牧甫基本上以"浙派""皖宗"印风为取法。

与常、余、徐三人游粤时印风已基本成熟不同，黄牧甫游粤时个人印风尚未生成，他是居粤近二十年的游食生涯中才逐渐生成个人印风的。因此，黄牧甫印风的生成与发展势必与其时粤中物质、人文环境密不可分。黄氏居粤期间，既得以饫览粤中丰富的金石彝器诸物，又置身于由陈澧所倡导的岭南"朴学"氛围之中，更直接参与了"朴学"最为重要的传播阵地——广雅书局的校刊之事，并与广雅书院、广雅书局的众多陈氏弟子过从甚密（如梁鼎芬远寄《篆刻丛书》给黄牧甫等）。一方面，正如长年研经治史的陈澧作篆"谨持有则"（马宗霍语）一样，作为官方经史典籍的《广雅丛书》编校自然需要扎实的小学基础和细致谨严的态度。长年参与这项工作势必催生了黄氏"（写字）然多一分学力则多一分是处……""博综小学，谙究六书。""必修旧文而不穿凿"的艺术思想，并间接促成了他平实端庄的书印风格生成。另一方面，作为黄牧甫印风代表的"季度长年"一印边款云："汉印剥蚀，年深使然，西子之颦，即其病也，奈何奉心而效之……"此说无疑是刊发于《广雅丛书》的陈澧《摹印述》"古印笔画断烂，由于剥落之故，不必效颦"观点的直接转引。同时，黄氏成熟期印风以平整中寓变化，善用曲线、斜笔造险的艺术特色，又与《摹印述》"印文当平方正直，纵有斜笔当取巧避过是也。然此所论乃常格，古印亦有

① 唐存才：《黄士陵》，上海书店出版社 2007 年版，第 208 页。
② 见传世可考黄牧甫最早的在粤之作（朱文印）"安雅"，其款云："光绪辛巳长至，牧父作于珠江。"

用斜笔、圆笔者……"有着某种密切的关联。亲灸黄牧甫的李茗柯曾云："悲庵之学在贞石，黟山之学在吉金，悲庵之功在秦汉以下，黟山之功在三代以上。"①不少人以此论为黄牧甫印艺之评，认为他的篆刻主要汲取了三代以上的吉金营养，自成一家，开创"粤派"篆刻（又称"黟山派"或"岭南派"）②的。然而，虽然黄牧甫的篆刻面貌丰富而多样，但无论在作品的数量还是风格的趋向上，他主要还是孜孜于铦锐纵横、光洁挺劲的秦汉印印风的追求，而非三代吉金。这无疑是岭南积累雄厚的金石物质条件以及由陈澧所倡导的"朴学"之风及其印学理念合力的结果。

文化发展有赖于不同类型、不同地域文化交流、冲突与融合。岭南地处东亚大陆边缘、南海之滨，得天独厚的地理环境所形成的岭南文化，必然长期处于与不同文化的对流与交融之中。由此，岭南文化多基于本根文化与异域、异质文化的相互影响与作用，融汇升华，自成宗系。从浙人常云生、余曼庵、徐三庚相继来粤，岭南印人竞相追随他们的印风并渐趋式微；到粤人陈澧力纠时弊，提出白文宗秦汉印，朱文宗元朱文印等一系列的印学观点，开创"东塾印派"；进而到皖人黄牧甫得岭南物质、文化之助，并践行陈澧的印学理念，生成个人独特的印风；最后到民国时期粤人邓尔雅、易大厂、李茗柯等延续陈澧和黄牧甫的印学脉络，并进一步发展。这一过程恰恰体现了不同类型、不同地域的文化在岭南共生并存、对流碰撞、吸收容纳、融贯新质的动态发生。

## 五、余论

东莞可园张敬修家族的四种印谱还辑存了（朱文印）"护封""乾坤""寿"等七方非汉字系统的印蜕以及一处满文墨迹。这些佚名的作品极可能对张蝶圣的"印盟"邓尔雅产生过影响。以非汉字系统文字入印是邓尔雅之于"粤派"印学发展的开拓之举，这一举措也伴随着可园张氏倡导的金石研析风气和岭南外来新知的得风气之先，以及留学思潮的此起彼伏而产生；又如"粤派"一脉的再传弟子简经纶以甲骨文入印，自出机杼，也同样可看作他对时代恩泽的主动把握；而并非"粤派"一脉的"东方马蒂斯"丁衍庸，其篆刻将中国古玺、现代西方绘画的某些意象进行糅合，生成了稚拙神秘、奇崛幽默、写意奔放的印风。这何尝不是他留学东瀛，眼界

---

① 参见黄少牧：《黟山人黄牧甫先生印存》石印本，西泠印社潜泉印泥发行所 1935 年版。
② 这一派包括黄少牧、李茗柯、邓尔雅、易大厂、乔大壮等亲灸或私淑弟子。

既开,知识学养横跨许多门类以后,创作融会贯通的结果? 文化不是僵死之物,而是运动之流,素有"移民文化""海洋文化"等外向特征的岭南文化更不能例外。因此,一方面,结合岭南的政治、经济、地理、人文等各个要素、基于动态的文化交流视角是把握作为岭南文化(艺术)的一支——篆刻艺术的内质及其发展的关键。另一方面,通过对岭南印学文化依附的考察,既可回应学界部分因表面的浅视而造成对其价值严重低估的声音,也为篆刻艺术创作关于区域印风的文化内质、不同文化的博观约取,以及篆刻创作的取资、拓展与创变等方面提供有力的参照系——这或许正是当代印坛发展最为重要的路径吧!

(原载于《南京艺术学院学报(美术与设计)》2020 年第 6 期)

# 艺术史及其三种可能

## ——对艺术学理论学科的一种思考

李洋　北京大学艺术学院副院长、教授

在中国艺术学理论学科背景下,跨门类艺术史的可能性不来自于对各门艺术史的整合与收编,艺术学理论下的艺术史与其他门类艺术史是彼此平等平行的关系。从知识形态上看,门类艺术史的书写从 18 世纪兴起时,就存在诸如民族性、单线史学逻辑、泛政治化或媒介物质边界等问题,这些问题恰恰是新的艺术史研究的起点。艺术史不能成为一个无所不包的历史,恰恰相反,它在门类艺术的矛盾、边界、断裂处和背面去寻找新的可能性。

## 一、艺术史与美术史

"艺术史如何可能",这在美术史研究中原本不是问题,但在艺术学理论一级学科建立后,反而成为一个新的问题。围绕艺术史方法论,国内相关研究已非常丰富[1],这些讨论包含一部分相似的内容,比如对核心概念的历史语义的考辨,以及这些概念在德、英、日、中不同语言中的流转移译。许多文章回溯到以维也纳学派为中心的 19 世纪奥德美术史论方法[2]。

---

[1]　作者依据中国知网进行了简单统计,仅 2014 年 1 月至 2019 年 12 月间,探讨艺术史方法论的重要中文论文至少有 30 篇,这个数字还不包括题目中包含"艺术史"的其他学术论文和学位论文。

[2]　概念的语义考辨主要包括"艺术""美术""艺术史""美术史"、Art、Fine Arts、Beaux-Arts、History of Art、Art History 等,尤其聚焦于每个表述方式在不同时期、不同国家所包含的艺术门类的差异。美术史方法论的辨析主要关于 Philosophie der Kunst(艺术哲学)、Kunstwissenschaft(艺术科学)、Kunstwollen(艺术意志)、Ikonologie(图像学)、Pathosformeln(情念程式)等。

　　为了有效推进讨论,本文结合近年来国内学者的主要观点①,立足于两个出发点:其一是中国艺术学理论一级学科发展的实际需要,其二是在论述方面,力求在国内学者相关讨论的基础上"接着说"。在"艺术史"的表述方面,本文沿用彭锋的做法。在《艺术史的界定、潜能与范例》一文中,彭锋梳理了"艺术史"与"美术史"的范围与区别。本文中的"美术史"指通常以"艺术史"之名讨论的造型艺术史,而"艺术史"则指跨门类的艺术史。本文认为艺术史是一个新的研究领域,这个领域不仅可能,而且让艺术学理论的研究充满了潜能。彭锋的文章给出两个"艺术史"的范例:黑格尔的《美学》(1831)与李泽厚的《美的历程》(1981)。他指出,这两部影响深远的著作虽然通常被认为是"美学"著作,其实既不是美学史,也不是美术史,而是"艺术史"②。

　　本文将尝试围绕"艺术史如何可能"这个问题,结合经常与艺术史混淆的美术史,对艺术学理论学科下的艺术史研究做如下基本判断。首先,艺术史不仅区别于通常以"艺术史"之名进行的美术史研究,而且,艺术史与美术史(以及任何门类艺术史)之间不是一种包含关系。艺术史不等于各门艺术历史的"汇总"或"集合"。其次,艺术史与美术史(以及任何门类艺术史)之间是一种平等、平行的关系。艺术史既不会覆盖和吞噬美术史,也不会终结美术史;恰恰相反,艺术史与美术史之间是一种对话与互补的关系。艺术史依托艺术学理论,正是在美术史(以及任何门类艺术史)的研究遭遇局限、遇到困境时,作为一个新的领域才成为可能。艺术史就是为了应对美术史方法论上的困境而出现的,为美术史(以及任何门类艺术史)激活新的潜能。因此,"艺术史如何可能",应该集中关注美术史在方法上的争议与问题。

　　2005 年至 2013 年,詹姆斯·埃尔金斯(James Elkins)在美国发起一系列关于美术史(英文为 Art History,主要指美术史)的讨论,总结了美术史研究遇到的问题③,

---

① 最近五年来,中文出版的讨论艺术史方法论的著作有且不限于:高名潞《西方艺术史观念》(北京大学出版社 2016 年版)、张坚《另类叙事:西方现代艺术史学中的表现主义》(北京大学出版社 2018 年版)、李军主编的《跨文化美术史年鉴》(山东美术出版社 2019 年版)等。在重要学术刊物上发表的与"艺术史"的方法论重要论文包括且不限于:曹意强的《艺术史的性质、意义与方法》(《当代美术家》2014 年第 2 期、第 3 期);王一川的《艺术史的可能性及其路径》(《文艺理论研究》2014 年第 4 期)、鲁明军的《福柯的绘画研究与 20 世纪艺术史学范式的转变》(《文艺研究》2015 年第 4 期)、沈语冰的《艺术边界及其突破:来自艺术史的个案》(《北京大学学报》2016 年第 6 期)、周宪的《艺术史的二元叙事》(《美术研究》2018 年第 10 期)。

② 彭锋:《艺术史的界定、潜能与范例》,《文艺理论研究》2014 年第 4 期。

③ 詹姆斯·埃尔金斯主要在他主编的"艺术论坛"(Art Seminar)和"斯通艺术理论学院"(The Stone Art Theory Institutes)两套丛书的总序中提出了这些问题,并在每一本书的导言中,非常详细地提出了每个主题所遇到的争论。

对于本文来说是一个便捷的入口。笔者发现，埃尔金斯整理出来的问题，其实从18世纪美术通史写作兴起的时候，就已经种下了因，并且，从温克尔曼至今250多年的美术史书写中，这些问题始终以不同的方式表征出来。概而言之，"美术通史"这种理想的知识形式，尽管不断完善、丰富，依然无法真正实现其学术构想所承诺的全部层次和所有内容。任何具体门类艺术的历史，都不能包容这门艺术在历史中的全部事实、作品和风格，也无法把这门艺术的发展与其他艺术彻底切割开来。

## 二、从通史到百科全书

在温克尔曼的《古代美术史》(*Geschichte der Kunst des Altertums*, 1764)出版前后，欧洲出现了两种知识观，它们分别对应两种知识的理想形态：通史与百科全书。在18世纪之前也有美术史性质或百科全书式的文本，但只有在温克尔曼这个时期，才出现了以美术史(Geschichte der Kunst)和百科全书(Encyclopédie)为目标的著作。从通史与百科全书的差异，可以反观美术史书写的问题。

首先，在《古代美术史》前后，其他门类艺术史的书写也在欧洲兴起，如乔万尼·马尔蒂尼(Giovanni Battista Martini)的《音乐史》(*Storia della Musica*, 1757—1781)和托马斯·沃顿(Thomas Warton)的《英国诗歌史》(*History of English Poetry*, 1774—1781)。通史是在一定范围内运用固定的史学模式，把其范围内趋于无限的作品、艺术家、事实及其价值，按照线性时间建构进一种具有连续性的知识系统。通史是以历史的方式表达这门艺术的本质，无论采用什么方法论，这些方法都是这门艺术在历史中存在的基础与根据。"美术史是要表明艺术的起源、进步、变迁和衰落，连同各民族、时期和艺术家的不同风格，尽可能根据现存的古代遗物证明全部内容。"①《古代美术史》虽然没有实现温克尔曼所宣称的包容性，但是导言中的这段话代表了艺术通史在兴起时最基本的知识设想：以考古学作为支撑，把全部可能的研究对象，在线性时间中建立起有效的因果逻辑。

---

① ［普鲁士］温克尔曼：《古代美术史》，傅新生、李本正译，范景中主编：《美术史的形状 I》，中国美术学院出版社2003年版，第118页。陈平、陈研译本发表于《新美术》2007年第1期，这段话的译文为："艺术史的目标是要将艺术的起源、进步、转变和衰落，以及各个民族、时期和艺术家的不同风格展示出来，并要尽可能地通过现存的古代文物来证明整个艺术史。"

几乎同时,主题式百科全书也在欧洲兴起①。钱伯斯(Ephraim Chambers)的《百科全书》(*Cyclopædia*,1728)在英国畅销,法国出版商勒·布勒东(Le Breton)效仿它而邀请达朗贝尔和狄德罗主编法文版《百科全书》。值得注意的是,在启蒙主义的背景下,法国的百科全书是以反对历史的权威性而登上思想舞台的。达朗贝尔把历史学理解为只是单纯依靠记忆的学问②,狄德罗反对那些用来服务于君王和贵族的知识,因为其目的是为统治者辩护,认为造福人类的艺术家和工匠在历史中默默无名,而人类的破坏者即征服者却通过历史而无人不知。尽管启蒙主义者认为历史是最高的知识③,但知识最科学的形态是百科全书。

百科全书与通史在知识形态上的差异,是理解埃尔金斯罗列的美术史问题的关键。"通史"展示和叙述艺术在历史中的关系,它目标明确,边界清晰,在线性时间中从过去延伸到未来。百科全书则把知识(词条)之间的关系从历史秩序中抽离,形成彼此平等、独立的开放系统。按照达朗贝尔的话说,百科全书与通史的区别在于,"在考察各门学科的起源和特征的同时,也应当考察知识的'谱系'(généalogie)"④。百科全书对所有可能的知识进行定义与说明,不追求中心与边界,"以最清晰的方式去表述每一个思想",让人们能够以直接的方式获取知识,并力求做到"传递的信息最终准确无误"⑤。

当各门艺术的历史书写出现时,有了通向通史与百科全书这样两种可能。如果通史的目标是挖掘具体艺术的知识在历史中的延续性与深度,那么百科全书则试图打开艺术知识在逻辑中的广度和开放性。这两个知识生产(带有浪漫主义)的目标,至今仍是学者们追求的学术理想:在一个研究领域内令人尊敬的学术成就,要么是某种形态(宏大或微观)的通史,要么是某种形式的百科全书。如果把这两种知识形式进行对照,就会发现启蒙主义者试图通过百科全书的开放性和客观性,建立一种去中心化、反权威的知识系统。直到今天,这两种知识形式的张力依然存在。汉斯·贝尔廷(Hans Belting)在《艺术史的终结与今天的文化》这篇重

---

① 百科全书的编撰始于中世纪,如博韦的文森特(Vincentof Beauvais)撰写的《镜子》(Speculim)。但《钱伯斯百科全书》出版之后,各国纷纷出版百科全书。关于百科全书的出现、发展及其对知识生产的影响,参见[英]彼得·伯克:《知识社会史》(上卷)第五章《课程、图书馆与百科全书》,陈志宏、王婉旎译,浙江大学出版社2016年版。

② [英]约翰·布罗:《历史的历史——从远古到20世纪的历史书写》,黄煜文译,广西师范大学出版社2012年版,第339页。

③ 《百科全书》开篇介绍知识谱系的《人类知识体系详解》中,最高级的知识依然是"历史"。

④ [法]狄德罗:《狄德罗的〈百科全书〉》,梁从诚译,花城出版社2007年版,第56页。

⑤ [法]狄德罗:《狄德罗的〈百科全书〉》,梁从诚译,花城出版社2007年版,第64页。

要的文章中,借用麦克米伦出版社由 6700 位工作者合作,总 34 卷共计 533000 个词条的艺术辞典,发出这样的感慨:"一种遍及全球的艺术史的发展呈现在我们的眼前……艺术史的世界已经变得很大,以致于它只有通过百科辞典才能被人们了解。"①

## 三、百科全书与美术史的局限

　　首先,百科全书总是尝试超越民族性。百科全书会包含许多关于民族艺术的知识,但整个知识系统的生产与民族性没有关系,而是尽可能趋向于人类普适的科学性。狄德罗在《百科全书》中嘲讽了狭隘的民族化的知识,强调开放的百科全书对应的是"人性",是"人类的知识"②。而美术史则从最初就具有民族性,温克尔曼虽然研究了许多古代民族,但他对希腊美术的强调等于把美术的价值、成就与兴衰视为民族智慧的最高产物。我们可以从温克尔曼那里感受到,一个民族最杰出的性格是由美术来表达的,而美术史的书写就是通过美术作品去辨识民族内在的性格与渴望。英国史学家约翰·布罗发现,民族性与艺术史的关系从温克尔曼一直延续到黑格尔、约翰·罗斯金(John Ruskin)、布克哈特甚至泰纳③。哈斯克尔肯定了温克尔曼的艺术民族论:"希腊艺术之所以伟大,是由社会、政治、宗教、气候和其他因素的合理所致,它们在古代希腊是如此特殊,因此也是独一无二,除非现在的世界有一个根本转变,否则这些条件永远不可能复现。"④

　　如果艺术想再次繁荣,难道只有回到古希腊才能实现吗? 我们可以把约翰·布罗的名单进一步延伸到倡导"艺术科学"的格罗塞。格罗塞认为"艺术科学"可以拓展到所有民族,但依然要从人种学入手,先研究低等民族的艺术⑤。因此,民族性成为美术史书写与生俱来的边界和目标。法国艺术史学家埃里克·米肖(Éric Michaud)认为,美术通史的发生与 18 世纪欧洲以政治发展为目的的"野蛮

　　① 　[德]汉斯·贝尔廷:《现代主义之后的艺术史》,洪天富译,南京大学出版社 2014 年版,第 21—22 页。
　　② 　[法]狄德罗:《狄德罗的〈百科全书〉》,梁从诫译,花城出版社 2007 年版,第 190 页。
　　③ 　[英]约翰·布罗:《历史的历史——从远古到 20 世纪的历史书写》,黄煜文译,广西师范大学出版社 2012 年版,第 396 页。
　　④ 　[英]弗朗西斯·哈斯克尔:《历史及其图像》,孔令伟译,商务印书馆 2018 年版,第 285 页。
　　⑤ 　[德]格罗塞:《艺术的起源》,蔡慕晖译,商务印书馆 2011 年版,第 17 页。

人"想象有着密切关系,美术史书写从诞生时起就把与资本主义发展中形成的关于蛮族的想象,植入进对美术史的动力和兴衰的理解中,这种艺术风格兴废的"民族/种族"(national-racial)论始终伴随着美术史的历史叙事一直延续到 20 世纪①。埃尔金斯之所以提出"美术史能否全球化",就说明民族性对于美术史来说依然是一个没有克服的问题,所谓"全球艺术史"②,依然建立在对艺术与民族性的内在关系之上,对白人中心主义的美术史进行修正。然而这样的美术史只能是修正,而无法进入超出民族性的领域重新开始。

如果说百科全书对应了一个新的艺术史的可能性,那么这个艺术史不否认艺术的民族性,但会尝试从非民族性的角度重新建构艺术的知识。这种知识不试图解决艺术作品的民族身份和文化源头的问题,这些工作可以交给美术史和其他门类艺术的历史。这个艺术史也不去还原与考证作品在时间、空间中的历史情境,那完全可以相信人类学和考古学的成果。从艺术学理论的学科来看,这个艺术史与民族艺术史、门类艺术史都有所区别。新的艺术史聚焦于人类艺术创造活动的共性,在不同的种族、民族和地理区域的艺术中,寻找人类共同的精神特征。它在新的场域工作,尊重历史学与考古学,也会使用民族艺术史研究中通用的概念,但民族性问题不是其研究的边界,也不是起点与终点。况且,以艺术作品的民族性为前提,相当于在知识中重建边界,这不符合百科全书固有的开放精神。

其次,百科全书克服了单一历史与线性时间的束缚,在平行的词条之间取消了秩序。美术史通常以线性时间为线索,把不同的作品与史实收拢在统一的历史逻辑中,并赋予其意义。在维也纳美术史学派方兴未艾之时,既是历史学家、又是美学家的克罗齐就直言不讳地指出,艺术史不仅可以包括文学和美术之外的其他艺术门类,更提出这种"艺术史"的几条重要原则。第一,这种艺术史不存在作为开端的源头,因为艺术作为直觉,发源于主观精神世界,任何尝试研究艺术史起源的努力都是徒劳而且错误的。第二,这种艺术史反对进步史观,即当时人们受到科学

---

① 埃里克·米肖认为,"艺术史是从蛮族入侵开始的。当然,这不是说艺术史实际上是从我们这时代的第四世纪和第五世纪的罗马帝国的入侵开始就被野蛮人或日耳曼人所书写下来,更不意味着在这些'宏大'入侵之前艺术就没有历史。相反,这意味着,真正的艺术史只有在 19 世纪之交的那一刻之后才成为可能,当时野蛮人入侵被视为允许西方进入现代性的决定性事件,即进入其自身历史性的意识"。Éric Michaud, *Les Invasions Barbares*: *Une Généalogie de l'Histoire de l'Art*, Paris: Gallimard, 2015, p. 11.

② James Elkins, *Is Art History Global*? New York, London: Routledge, 2007, p. 9.

史观的影响,相信晚近的艺术一定高于原始的艺术,这是错误的。第三,他反对艺术史的线性史观,"把人类艺术创造的历史视为沿一条进步和后退的路线展开,是完全错误的"①。

如果说百科全书对应了一种新的艺术史的可能性,那么这个艺术史不研究源头,它不相信所有的艺术都有统一的发端,但相信不同艺术的本源。本源既不是历史化的也不是静态的分类,不是时间意义上唯一的开始,而是把各门类的艺术、不同的现实卷入一个具有张力和强度的情境中,带来新的可能性,本雅明称其为"旋涡"②。这个艺术史不臣服于线性的因果逻辑。克罗齐认为,"这种单线观对科学来说是否正确,需要长时间探讨。但对艺术来说肯定是错误的"③。正因超越了单一线性的历史框架,这个艺术史的研究对象不是有史以来的全部艺术品,恰恰相反,而是历史中那些旧有结构所无法预知和言说的"事件"。伏尔泰在他为《百科全书》撰写的"历史"词条中写道:

> "所谓人类见解的历史,那不过是人类错误的汇编而已……一切不能用数学来表示的确实性都只不过是最大的可能性而已,除此以外无所谓历史的确实性。"④

因此,如果美术史的目的是造型艺术发展的连续性与历史逻辑,那么新的艺术史则关注知识之间在历史中的差异、错位与裂缝,关注艺术品在时空中的偶然性与意外,关注被美术史(以及其他门类艺术史)的书写所遗忘、忽视、压抑、遮蔽和否定的内容,关注那些美术史仅凭自身无法理解的对象,或将其视为无价值而忽视的对象,或视为不合法而切割的对象。

再次,百科全书知识克服了对政治史和社会史的依赖,让知识进入自主的书写中。纵观学术史,美术史虽经过方法论的变革,却始终没有摆脱对政治史与社会史的依赖。克罗齐在20世纪初就敏锐地发现,美术史研究逐渐成为某种形式的社会史,他反对完全抛弃感性层面的问题去研究艺术史,认为这在本质上成为一种非美

---

① [意]贝内德托·克罗齐:《美学的理论》,田时纲译,中国人民大学出版社2014年版,第117页。
② 关于本雅明对"本源"(Ursprung)和"发端"(Entstehung)的讨论,国内不同的译者、学者对这两个概念的翻译与理解都不同。本文使用了作者自己的理解,感谢贺询、姜宇辉和姚云帆与笔者进行的讨论与澄清。本雅明的先关阐述见《德国悲悼剧的起源》的《认识论批判·序言》中。
③ [意]贝内德托·克罗齐:《美学的理论》,田时纲译,中国人民大学出版社2014年版,第117页。
④ [法]狄德罗:《狄德罗的〈百科全书〉》,梁从诚译,花城出版社2007年版,第253—254页。

学的社会学式的历史研究①,让美术史失去了感性的内容:"它们就不再是主体了,而只不过是塑造历史的手段或工具"②。美术史(以及其他门类艺术史)逐渐成为政治史和社会史的注脚,无论作为政治史的"效果",还是作为社会史的"深描",美术史都成为宏大历史的分支或附属品,其研究价值无非是丰富了宏大历史在既有框架中的局部与细节,成为其验证与装饰。从个案研究到风格流派,从民族美术的发展到工艺美术的兴衰,美术史研究都不得不以政治的运动、民族的盛衰兴废为参照。在 20 世纪 70 年代去政治化的呼声之后,社会史取代了政治史,成为美术史研究的出发点和归宿,而美术活动的创造性和艺术作品的感性则始终处在被支配的地位。

最后,百科全书是超越艺术门类的。狄德罗《百科全书》的副标题是"科学、艺术与技艺",词条不仅覆盖了绘画、戏剧、诗歌和修辞术等多种艺术形式,而且远远超出了艺术的范围。达朗贝尔在《百科全书》的绪论中就系统说明了绘画、雕刻、建筑、诗歌和音乐的本质和来源,对所有艺术门类都做了评述。与此相比,美术史则始终把工艺、技术和作品的物质媒介边界作为限定。事实上,造型艺术史自身的范围也在不断拓宽,从绘画到壁画,从版画到浮雕,从建筑到工艺美术,等等。埃尔金斯的问题之一就是美术史与美学的对立,而美学向美术史提出的挑战之一,就是倡导从具体的物质媒介、不同门类的艺术语言,转移到人的感性模式和一般规律。门类艺术史尽管固守边界,但研究对象也是无限延伸的:艺术家生平、作品、文献和事实等,而且这种"广博"会伴随考古发现与史学方法论的革新而不断拓展。但是,从诗歌到音乐、从舞蹈到戏剧、从摄影到绘画,不同门类艺术之间在技术和物质媒介上的相互激发和借鉴,难免被单一门类艺术史所忽略和排斥,而在媒介技术迅速发展的今天,这种单一门类艺术的历史书写逐渐走向死路。

从百科全书与通史的知识形态差异来看,新的艺术史倡导一种非线性的、跳跃的艺术史,不是对既有的门类艺术史的概括与提炼,即便这项工作很难一蹴而就,但可以从艺术观与历史观两个方面尽可能排除中心与干扰,成为一种开放的、无边界的、自由的和抵抗性的艺术史。以下,笔者将尝试在艺术学理论学科下,为艺术史的这个研究方向给出三种可能性,以与同行探讨。

---

① [意]贝内代托·克罗齐:《文学艺术史的改革》,载《美学或艺术和语言哲学》,百花文艺出版社 2009 年版,第 169、175 页。

② [意]贝内代托·克罗齐:《文学艺术史的改革》,载《美学或艺术和语言哲学》,百花文艺出版社 2009 年版,第 175 页。

## 四、艺术史的历史

艺术史的第一个可能性就是艺术史的历史,对历史上不同时期、不同国家、不同门类门艺术的历史书写及其方法进行研究。艺术学理论既然是对艺术一般性质的研究,那么艺术学理论下的艺术史,必然首先是对古今中外曾经出现的艺术史方法的研究。因此,艺术史的对象不是,或不止于艺术作品,更包括各个时代不同形式的艺术史文本与方法,这包括那些可以被认定为任何形式的艺术史文本,比如艺术家传记可以理解为一种微型史学,无论欧文·斯通(Irving Stone)这样的作家写的《激情生活》(*Lust for Life*, 1934),还是阿尔珀斯(Svetlana Alpers)这样的美术史家撰写的《伦勃朗的企业》(*Rembrandt's Enterprise*, 1988),再比如黑格尔的《美学》与豪泽尔(Arnold Hauser)的《艺术社会史》(*The Social History of Art*, 1990),这些哲学、社会学与艺术史的交叉文本。无论哪一门类的艺术史研究,都或隐含或彰显一种在历史中处理艺术品、艺术家和艺术风格的原则、尺度与标准,尤其是艺术通史的写作在18世纪兴起之后,大量的艺术史文章和著作出现,这些文本的历史方法都可以成为艺术史的研究对象。

对史学方法的反思和研究,在文学史和美术史中已非常深入地展开了。以美术史为例,20世纪80年代以来,对美术史方法论的研究在西方已成为新的研究趋势,一方面,美术史方法论成为专业核心课程,另一方面,学者自觉整理本门类艺术自身的历史书写传统,热尔曼·巴赞(Germain Bazin)、亨利·齐纳(Henri Zerner)、迈克尔·波德罗(Michael Podro)、温尼·海德·米奈(Vernon Hyde Minor)等人的美术史研究著作,与经典美术史著作共同构成专业的必读参考书。新世纪以来,克里斯托弗·伍德(Chirstopher Wood)尝试超越这种简单的美术史文本的整理,对书写范式进行了反思。他在《艺术史的历史》(*A History of Art History*, 2019)中挑战宏大历史分期和国族变迁对美术史的统治,全书采用自然编年法,每个章节以自然年为题,力图为美术史做出更独立客观的描绘,而战争、社会运动、大师、著作、艺术风格等常见的美术史历史框架不再发挥作用。对于这种探索,伍德采用带有双关含义拉丁语"诺维西马"(Novissima)来颠覆传统线性美术史学的单一线性兴衰论,这个词同时表达"最后之物"与"新生之事"的含义,即在不断呼喊艺术终结的时代,艺术的创作却完全没有给人以终局之感,"相反,一切都在开放,在扩张。视角在增加,外在变成内在,艺术摒弃了所有的规范。"①

研究艺术史的历史,不能将之等同于比较艺术史或跨文化艺术史。艺术史不是沿着门类艺术历史已经铺建的历史框架,依照顺序去完成的某种补足,艺术史的目标不是成为另一种形式的美术史(或其他任何艺术史)。不同艺术的历史面貌与评价方式不同,艺术史不是去占有和描绘各种艺术门类在历史中的共性、连续性和因果律,而恰恰聚焦于不同的艺术在历史中制造的差异、断裂和错位,研究被门类艺术史所忽视、压抑、排斥和否定的人物、作品或事件,艺术史去重新发现这些对象并赋予新的意义。艺术史不与门类艺术史共用相同的历史框架,艺术史不仅为门类艺术史激活潜能,更帮助我们理解当代艺术和未来艺术以什么方式与艺术的过去发生关系。

贝尔廷和埃尔金斯都对美术史方法进行了系统性反思,完成了从美术史向艺术史的转向。贝尔廷完成对现代主义美术史的反思(1983—1995)后,认为单线的、强制性的艺术史已经终结,从而转向对图像的研究。从《图像人类学》(*Bild-Anthropologie*,2001)到《脸的历史》(*Eine Geschichte des Gesichts*,2014),贝尔廷后期的研究虽然离不开专业的美术史修养与训练,但是远远超越了美术史的范围。同样,埃尔金斯在思考美术史与全球化、美学和艺术批评的关系的同时,也在《图像的领域》(*The Domain of Images*,1999)中展开了一项非凡的图像分类学,他关注的图像不是通常意义上美术史的对象,而是处在文字与符号、符号与绘画、绘画与图像、图像与浮雕之间的图像,那些处在美术史的边缘和交界的图像。与本雅明所说的"历史不是分解成故事,而是分解成图像"②相对应,贝尔廷认为:"艺术被理解为一种事件的图像,这个图像在艺术史里具有它的合适的框架。"③

贝尔廷与埃尔金斯实际上打开了艺术史的第二个可能性:作为图像史的艺术史。

---

① 英语原文为:"On the contrary, everything is opening up, expanding. Perspectives multiply; outsides become insides; art eschews all norms." Christopher Wood, *A History of Art History*, Princeton University Press, 2019, p. 387.

② 此处英文原文为:"History does not break down into stories but into images." in Alison Ross, *Walter Benjamin's Concept of Image*, Routledge, 2015, p. 108.该引文由作者从法兰克福的舒尔坎普出版社(Su-hrkamp)七卷本本雅明德语作品集的第一卷引出,第 577 页。经作者核对,英译本与德文原文不能一一对应,此处采用了英译本。

③ [德]汉斯·贝尔廷:《现代主义之后的艺术史》,洪天富译,南京大学出版社 2014 年版,第14 页。

## 五、作为图像史的艺术史

人们对图像史最容易产生三种误解,以下将一一阐明。

第一,图像史不是图像化的美术史。把图像理解为对美术作品的副本的研究,那是对图像史最大的误解。图像史的研究对象包括图像化的美术史,但远不止于此,它包括各个时代任何形式的图像,以及各门艺术的视觉副本。美术史重视和强调艺术品原作及其真实的历史还原,图像在其中只是有限的辅助工具,只能复制艺术原作非常有限的视觉信息,有时甚至会被复制技术所歪曲和误导。图像史则更重视作为副本的图像本身,重视被美术史的知识秩序所压抑、排斥和遮蔽的底层图像和边缘图像,甚至是无法考证创作者的图像。

第二,图像史不是帕诺夫斯基的图像学,不以对美术作品进行分析的一套研究方法,以追求艺术作品的内在意义和象征价值。图像史不是一种与形式分析或图像志互为参照的研究方法,而是打通美术史与未来艺术的新领域,其范围远远超出了美术作品。图像史不排斥任何一种美术史方法,从中世纪的图像志到人工智能图形处理,尽可能吸收所有的图像分析方法。

第三,图像史也不等于摄影史与电影史。"图像"(image)概念在艺术研究中的复兴,主要发生在摄影术和电影术诞生之后,但是,图像史不以技术和媒介作为其边界,技术边界不是从化学显影到数字成像,媒介边界也不限定在胶片到互动银幕,而是拓展到人类(甚至后人类)所有可能形式的图像,可以是平面的和二维的,也可以是三维的和立体的,可以是装置性的(电影院与装置艺术),也可以是沉浸式的(游戏与虚拟现实)。

在今天,图像不再是现实的复制品或附属物,图像本身形成了一个新的世界。图像不再是人与现实的二元对立中一个次级的、可替换的、媒介化的、娱乐化的存在,不只是居伊·德波所批判的无始无终的广告与表演,也不只是波德里亚强调的媒体世界的拟像,从人的认知与教育、从工作到社交、从自然科学研究到现代医学诊断、从交通管理到太空探索、从治安到当代艺术,图像本身形成一个独立的流动的领域,一个人与现实相互生成的领域。绝对没有图像的世界是不可想象的,只能在生命存在出现之前。图像与人类的生命形式和意义不可分割,图像把现实转化为可感的形式,同时传递信息、关系与感受,而不同类型的图像从造型艺术的技术与形式中汲取灵感,所有类型的图像生产、表达与接受,都是图像史研究的对象。

由于本雅明《机械复制时代的艺术作品》流传太广,导致关于原作与图像之"灵韵"(Aura)的讨论,让许多人认为摄影术、电影术等影像技术与绘画研究形成了紧张的对立关系。事实上,令人吃惊的是,19世纪德国那些顶尖的美术史家很早就接受并热情地赞美图像技术,图像史早在该世纪美术史的研究中就已经酝酿了。这些美术史家不仅接受摄影术和电影术,而且强调图像的重要性。阿尔弗雷德·沃特曼(Alfred Woltmann)在1864年提出,摄影术"无限地扩大、促进和改进了艺术再现的工具和目的",柏林大学第一位艺术史全职教授赫尔曼·格林(Hermann Grimm)在1873年呼吁搜集艺术史照片,认为这些照片可以"比最大的原作画廊更重要"①。德国第一位艺术史学术型全职教授安东·斯普林格(Anton Springer)也用媒介史的角度为摄影术辩护,认为书刊印刷术终结了糟糕的书法家,而书法家也迫使书刊印刷术成为一门艺术,所以手工图形艺术不会被摄影术所摧毁,相反摄影术会强化它们的艺术性②。布克哈特的观点与本雅明正好相反,他认为摄影术是一处"灵韵"的宝藏,伟大的作品将消失,这种失落灵韵力量的危险将被摄影所避免③。

在这个时期,最为直接地从美术史转向图像史的代表人物就是阿比·瓦尔堡,他的《记忆女神图集》标志着图像史从美术史研究中分化出来。这些图板研究的不是作品本身,而是作品的图像,瓦尔堡非常明确且清醒地选择了图像,而且,图板的形式不再奉行美术史的线性与连续性原则,这些图像无法等同于美术史中的主题史、地域美术史和技术史,图像之间的时间关系、地理关系和物质联系也都被悬置。图板与图集的形式,让瓦尔堡同时研究不同年代、媒介和门类艺术的图像,打通了美术史通向摄影和电影的道路,也打开了美术史研究在时间(断代问题)、技

---

① 德语原文为:"wichtiger heute als die grösten Gallerien von Originalen"。Herman Grimm, *Uber Künstler und Kunstwerke*, Berlin: F.Dümmler, 1865, p. 38。此处德文翻译感谢北京大学艺术学院贺询老师的帮助。卡雅·阿马托(Katja Amato):《雅克布·克哈特的素描和摄影》(Skizze und Fotografie bei Jacob Burckhardt),收录于马提亚·布鲁恩(Matthias Bruhn)主编:《图像和意义:艺术史的图像》(Darstellung und Deutung: Abbilder der Kunstgeschichte),(魏玛[Weimar]:VDG, Verlag und Datenbank für Geisteswissenschaften 出版社,2000),第47—60页。

② Horst Bredekamp, A Neglected Tradition? Art History as Bildwissenschaft, in *Critical Inquiry*, Vol. 29, No. 3, (Spring 2009), p.421.

③ Cf.Katja Amato, "Skizzeund Fotografie bei Jacob Burckhardt", in *Darstellung und Deutung: Abbilder der Kunstgeschichte*, ed. Matthias Bruhn, Weimar: Verlag und Datenbank für Geisteswissenschaften, 2000, pp. 47-60.

术媒介（胶片技术）与地域上（民族国家）的封闭性，与雕塑、建筑、版画、壁画、工艺美术、电影的图像共同建构了一个新的历史①。

20世纪70年代，德国学界兴起了"图像科学"（Bildwissenschaft），由于英语中没有与德语Bild的对应词，因此英美学界出现了"视觉研究"（visual studies）。尽管这两个方向的学者对其定义各有侧重，但都预示了图像成为一个与传统美术史平行的新领域。德国的"图像科学"更多从传播学、人类学、媒介学等理论研究图像，英美的"视觉研究"则从文化研究那里强调了政治关切。从某种意义上看，"新艺术史"的提出正是对"视觉研究"的延伸。德国艺术史学家霍斯特·布雷德坎普（Horst Bredekamp）是图像科学领域的代表人物，他的《图像行为理论》（*Theorie des Bildakts*, 2010）探讨了图像对人的能动性，以及图像对人类社会的改造。他在对图像的基本认识上，与雷吉斯·德布雷（Régis Debray）《图像的生与死》（*Vie et mort de L'image*, 1992）和克里斯托夫·伍尔夫（Christoph Wulf）《人的图像》（*Bilder des Menschen*, 2014）完全一致。

图像史可以打通美术史、摄影史和电影史。除了德国的"图像科学"，法国的于贝尔·达弥施（Hubert Damisch）、迪迪—于贝尔曼等人也把目光转向了摄影与电影。达弥施在晚年重点研究电影与绘画、摄影的语言关系，在《电影线》（*Ciné-fil*, 2008）的导言中，他提出自己在探讨的是："如何才能对一种艺术实践进行定性，使之与异质的表达物质在自身和交界处同时发挥作用？"②迪迪—于贝尔曼从美术史延伸到当代最活跃的图像史，他的《存活的影像》（*L'image survivante*, 2002）为瓦尔堡的图像史研究建立了方法论体系，他随后出版的六卷本《历史之眼》（*L'Oeil de l'histoire*, 2009—2016）打破了艺术门类的界限，以图像研究穿插在美术、戏剧、摄影和电影之间，正属于这种图像史研究的实践。英美许多新美术史学家都突破了传统美术史的范围，在T.J.克拉克和乔纳森·克拉里从意识形态与视觉建构的角度重新分析观看行为和绘画作品之后，不同门类的图像自然被新的思想整合起来。维克托·斯托伊奇塔（Victor I. Stoichita）的新作《福尔摩斯效应》（*L'Effet Sherlock Holmes*, 2015）把19世纪晚期印象派绘画中人物目光与对象的分析，与希区柯克电

---

① 关于瓦尔堡的图像史研究与电影的关系，作者在另外一篇文章中有更为详细的论述，参见李洋：《后瓦尔堡时代的艺术史与电影》，《电影艺术》2020年第1期。

② 法语原文为："Et comment qualifier une pratique artistique qui jouerait concurremment de substances d'expression en elles-mêmes hétérogènes, et sur leur jointure？" in Hubert Damisch: *Ciné fil*, Paris: Seuil, 2008, p. 12.

影中运用视觉创造悬疑联系起来,这已经是从图像史的视角把不同门类的经典作品进行整合。

1980 年代,德勒兹与 W. J. T. 米歇尔都发现了图像的重要性,但他们把图像研究带向两个完全相反的方向。米歇尔把文字图像和精神图像排除出去,而德勒兹把图像研究引导到柏格森提出的精神层面,强调图像作为精神性存在的实在性和重要性,彻底打开图像研究的维度和思想活力。德勒兹认为,运动影像与思维是同构的,电影与大脑都是精神的自动装置。从这个角度看,图像史研究可以拓展到历史上的各个学科,比如科学史与哲学史中的图像。弗朗西斯·叶芝对记忆术图像展开了思想史研究(她本人曾在瓦尔堡研究院工作),而苏珊娜·伯格(Susanna Berger)的《哲学之术》(The Art of Philosophy,2018)则开始发掘图像在哲学书写中的重要性。在这些研究中,图像不再是过去理解的插图或装饰,也不是哲学和科学的知识图解,而完全嵌入在文本中,与文字相互交织、不可分割,其结构性、精确性和直观性是文字书写所无法取代的。此外,这些图像是当时的图像技术和艺术观念的折射,表达着独特的审美趣味。所以,图像史作为一个新的领域,还有许多尚未探索的话题。

作为艺术史的图像史更为重要的是:在数字媒介技术高度发达的时代,所有门类的艺术,要么本身就是图像,要么最终转化为图像。文学、戏剧、舞蹈、音乐、当代艺术,无论其艺术作品的媒介和实体是什么,最后都转化为图像形式的档案,被阅读和理解、被保存与传播。20 世纪 60 年代以来的行为艺术、参与艺术和多媒体艺术等,在创作完成后,以图像或运动影像的方式被历史化。从严格的意义上讲,除了图像,没有人可以“还原”这些作品的“原作”,当代艺术的“原作”在展览结束之后就消失了,图像虽然不代表原作,但可以索引历史中消失的作品,以档案的方式成为研究的对象。因此,只有作为艺术史的图像史,才能向未来的各种可能的艺术敞开大门。因此,图像史并不对应美术史,而是对应所有艺术,甚至不仅对应所有艺术,还对应着整个现实世界。现实世界以图像的方式进入感触,我们正是在这个意义上,才体会到德勒兹的“情动”(Affect)与“影像”(Image)这两个概念之间的重要联系,这或许是埃尔金斯试图探寻“情动”概念与艺术史的关系①的答案:历史与

---

① 参见詹姆斯·埃尔金斯(James Elkins)和哈珀·蒙哥马利(Harper Montgomery)主编的《超越美学与反美学》(Beyond The Aesthetic and the Anti-aesthetic)的第六章《理论立场:朗西埃、德勒兹与关系美学》(Theoretical Positions:Rancière,Deleuze,Relational Aesthetics)和第七章《理论立场:艺术史中的情动理论》(Theoretical Positions:Affect Theory in Art History),宾夕法尼亚州立大学出版社(The Pennsylvania State University Press)2013 年版。

现实都进入图像，以图像方式进入感性的世界。

当然，艺术品不可能被完整地"图像化"，与图像这种模式化的感知方式相对应，艺术品还有最鲜活、生动的感性形式，因此，如何既回归感性本身，又能超越民族性、宏大历史和门类艺术的局限呢？这里试图提出艺术史研究的第三种可能性。

## 六、艺术的感性体制

回到感性层面研究不同门类艺术作品的共性特征，势必要面对美学。美学的提出给艺术带来两个问题，这让美学在美术史中扮演着不受欢迎的角色。其一，美学推动与鼓励了艺术评价中的形式主义倾向，而那些主张探讨神话、宗教、民族、社会和政治问题的学者，对形式主义的权威性感到不满。这个矛盾在当下演化为如下问题：纯粹的形式实验，不表达任何现实、历史和政治的意涵，这样的作品是不是好的艺术？或者反过来，那些选择了重大政治、社会和文化话题的"政治上正确"的作品，如果只有平庸形式，还能算是好的作品吗？在这个语境下，美学表达了形式、经验与感知的立场，与内容、政治和现实的立场相对立。其二，美学让艺术品的感受出现两种尖锐的不可调和的形式，即以满足感官快乐的愉悦(pleasure)与经由理性而获得的审美(aesthetics)，这种对立在观念艺术兴起和大众文化研究出现之后日益突出。快感与美感通常被阐述为两种对立的性质，而畅销小说、好莱坞电影或波普艺术，那些被赋予艺术身份的流行作品，坦然地拥抱大众的欣快感，这些艺术品不再是审美的或美感的(丑的、荒诞的)。因此，美学或者代表文化中的保守力量，或者是任何日用品都能成为艺术的罪魁祸首。在艺术史领域之外，分析哲学与大陆哲学(如阿兰·巴迪欧)也对美学展开批判。雅克·朗西埃正是在这种情境下为美学拨乱反正，他的美学理论及其著作《美感论》(*Aisthesis*)①直面美学提出的这两个问题。

朗西埃做出了一个与传统美学研究完全不同的判断：美学不是哲学的分支学科，也不凌驾于艺术之上，美学是艺术的感性体制，是对感性领域特定的配置②。

---

① 该书把 Aisthesis 翻译为"美感"并不准确，朗西埃之所以采用了古希腊语 Aisthesis 而没有使用法语中通用的已经成为哲学分支学科的 esthétique(美学)，就是想还原其这个概念最初含有的"感觉""感性"的含义。

② "美学不是一个学科的命名，而是艺术特有的识别体制的名称"，参见[法]雅克·朗西埃：《美学中的不满》，蓝江、李三达译，南京大学出版社 2019 年版，第 9 页。

这种感性体制是伴随启蒙主义在 18 世纪中期出现的,在鲍姆加登提出美学之前,艺术的感性体制由亚里士多德所定义,即以连续完整的情节对现实的模仿为中心的"诗学"体制。因此,艺术不是美学的对象,黑格尔式的美学作为艺术哲学的等级关系被取消了。相反,美学是艺术的感性体制在现代的一个阶段。感性体制必然以某种感性为中心,来压制其他感性,但不是将其彻底消除。此处的政治术语"体制"即政体,表达了不同的感性在诗学与美学这两种体制中的专政形态。感性体制建构的秩序并不完全封闭在艺术作品内部,而只能通过技巧、语言和风格来观察和分析,更延伸到创作者的感性配置模式,以及溢出艺术,在所处的时代呼唤和酝酿新的感性配置方式,唤醒民众以特定的感性模式去生活。因此,在朗西埃的美学理论中,艺术与日常生活、艺术与现实的对立被取消了。在美学的感性体制中,"属于艺术的事物与属于日常生活的事物之间的区别变得模糊不清"①,所以,现成品艺术的出现是美学的感性体制顺理成章的结果。

据此,朗西埃进一步把美学与政治的对立也取消了。政治与美学都是决定可见与不可见、可感与不可感的体制,政治对现实、美学对艺术都是感性分配的体制,这样,美学与政治的对立就失效了:一个崇尚形式实验的作品,完全可以是政治性的。正如塔可夫斯基在 20 世纪 70 年代之所以被苏联当局限制创作,不是因为他的电影表达了不被允许的政治内容,而是他的表达语言本身过于抽象和费解②。对于政治权威来说,绝对的形式实验构成一种挑衅。而鲍里斯·格罗伊斯(Boris Groys)则展现出,苏维埃政治宣传的艺术作品也能体现出独特的风格③。正因如此,美学与政治可以通过感性分配而彼此连接。

在朗西埃的美学与艺术理论基础上,新的艺术史可以找到重新回到感性的可能性,这种艺术史不再因循形式与主题、快感与美感这些通常用来描绘艺术史发展动力的二元对立中选择其一,而是以感性体制的概念超越让美学陷入窘迫和尴尬的二元对立,重新面对感性在作品中原初的多样化关系。在这个意义上,美学学科

① [法]雅克·朗西埃:《美学中的不满》,蓝江、李三达译,南京大学出版社 2019 年版,第 5 页。
② 塔可夫斯基拍摄的《安德烈·卢布廖夫》在审查期间,苏联国家电影委员会认为影片不仅残酷阴暗,而且电影语言晦涩难懂,以此为借口禁映了电影。参见[苏联]安德烈·塔可夫斯基:《时光中的时光》,周成林译,广西师范大学出版社 2007 年版,第 67—70 页。
③ 鲍里斯·格罗伊斯在《斯大林主义的总体艺术》(*The Total Art of Stalinsm*,1988)中展现了苏联时期,艺术家们通过政治主题去追求纯粹的美学目标,一些精英艺术家用斯大林倡导的社会主义现实主义,实质上吸收了先锋派艺术的经验,如融合了社会主义现实主义与波普艺术的"索茨艺术"(Sots Art),即俄罗斯政治波普艺术。

的出现(1750)与艺术史书写(1764)的出现发生在同一时期,恰恰意味着艺术史是对"美学"体制应运而生的产物。

《美感论》就是一部这样的艺术史,其副标题是"艺术的美学体制的场景"(scènes du régime esthétique de l'art),这本书选择了 14 个历史案例,从 1764 年温克尔曼的《古代美术史》到 1941 年美国诗人、影评人詹姆斯·艾吉(James Agee)的新闻报道,跨越了绘画、音乐、舞蹈、戏剧、杂技、摄影、诗歌、电影、新闻报道等几乎所有艺术形式,阐述"艺术的美学体制"的形成、转型、整合与革新,提出艺术的创新在美学体制下特有的变动,不断消除政治与艺术、艺术与生活、各种艺术之间的边界。作为一种新的艺术史书写方式,这本书研究了"一种认识艺术、感悟艺术、阐释艺术的体制,是如何成立、如何转型、如何将那些看似与高压艺术的理念最为抵触的影像、物品、表演一并纳入其中的"①历史。

艺术的感性体制让朗西埃重新面对艺术品在社会场域中真实的"受感"与"致动"的现实,打破门类艺术史书写奠定的经典性、连续性和媒介物质性,成为一种新的回到感性的艺术史的可能。因此,以艺术的感性体制为对象的艺术史依靠塑造了感性体验的"肌理,关联着一些实际状况,比如表演和展览的空间、流传和复制的形式,同时,它也关系到认识所处的模式、情感所受的制约、作品所属的分类、作品的评价和阐释所用的思考图式"②。

这种感性体制的历史不仅是研究艺术品,更研究艺术品的感性体制所对应的历史情境,人在感性配置中受感与致动的关系,这种关系与美术史的研究对象不同。艺术不仅不是社会运动与政治变动的被动的结果;相反,感性体制的变化总是先于社会运动和政治变革。艺术的创新、艺术与日常生活的互动,本质上来自于感性体制的变动,"这种变动,总是抹消艺术与日常经验之间、各种艺术彼此之间的边界,消除了各门艺术的特性"③。

因此,在感性分配原则所奠定的艺术体制的框架下,可以同时思考政治与艺术:它们的发展与创新都依赖对旧有感性体制的推翻。而且,总是先有审美革命的发生,之后才有社会革命:

> 社会革命,本身就是审美革命的后继产物,它不可能否定如下关系:它

---

① [法]雅克·朗西埃:《美感论》,赵子龙译,商务印书馆 2016 年版,第 3 页。
② [法]雅克·朗西埃:《美感论》,赵子龙译,商务印书馆 2016 年版,第 2 页。
③ [法]雅克·朗西埃:《美感论》,赵子龙译,商务印书馆 2016 年版,第 5 页。

(社会革命)无法另辟蹊径,把一种战略意志作为特别法令而施行,因为这种意志,已经在世界上没有办法依存。①

艺术的革命推翻了旧有的感性体制,进而让人民在发现新的感性形式时,成为社会革命所召唤的主体。这样的艺术史,把感性体制的形式及其变动作为研究核心,回到所谓的"历史场景"中,以艺术品为中心,研究感性体制的变动对人和社会现实的影响。

## 七、结语

综上所述,本文尝试为艺术学理论学科下的艺术史研究,提供几种可能的建议。在中文语境下,艺术史就是跨门类的艺术史,而不是美术史,二者的研究对象不同,彼此是平等的关系。通过比照 18 世纪百科全书与通史,我们总结出美术通史面临的民族性、历史附属性和媒介物质性等局限,为了克服这些问题,本文提出,中国艺术学理论学科下的艺术史,至少可以有三个新的研究方向:研究各门艺术的历史与方法;打通古代与当代的图像史;以及根据美学与政治在感性分配上的同质性,研究艺术的感性体制的变革对审美与社会运动的双向推动。

(原载于《文艺研究》2020 年第 11 期)

---

① [法]雅克·朗西埃:《美感论》,赵子龙译,商务印书馆 2016 年版,第 10 页。

# 音乐评价体系构建试探

明言　浙江师范大学特聘教授、博士生导师

音乐评价＝音乐评论？ 音乐评论＝音乐评价？

音乐评价≈音乐评论？ 音乐评论≈音乐评价？

音乐评价≠音乐评论！ 音乐评论≠音乐评价！

"音乐评价"和"音乐评论"是两个关联度很高,却又有所区别的词语。按照一般语境,"音乐评价"由于其"价"字使然,该词语应当是注重音乐的艺术的(或政治的、文化的、历史的、市场的)"价值"评估——"价"几多？"值"几何？"质"高低？其结果自然就具有了标准权威的属性——一言九鼎、大家遵守。按照通常理解,"音乐评论"由于其"论"字使然,该词语应当是侧重音乐的艺术审视与学术探究层面——作品的意味把玩、文化意蕴发掘。其结果自然就具有了莫衷一是、多元民主的属性——各行其是、聊备一格。

在现实的理论与批评实践中,两者的关系应当是这样的:音乐评价的实现手段——音乐批评(评论);音乐批评(评论)的存在方式——评价音乐。以下将对音乐评价体系建构的基础性问题做出探析。

## 一、音乐评价体系的构成要素

构建音乐评价体系,首先需要考虑的是基本材料有哪些。笔者认为,音乐批评体系的构成要素,应当包括音乐观念、音乐价值、评价标准、作品质量、评价方法、音乐思潮和音乐批评等七个组成部分。

（一）心理基础：音乐观念

居其宏先生曾这样说过："一部音乐发展史，说到底也是音乐观念的更新史"①。由于音乐评价的心理基础是评价者、评价群体的思想观念，所以要想探究音乐评价体系的内在学理、外在形态与构成元素，就必须把视角牢牢地定位在"观念"上。只有如此，才可以从纷繁的现象世界中，提取出一个相对单纯的核心问题，以便于把握该事物的本质。本文将在以下的论述中，以"观念"作为本文的"关键词语"。对于"观念"这一"关键词"，《现代汉语词典》是这样解释的："①思想意识；②客观事物在人脑里留下的概括形象。观念形态：人对于世界和社会的有系统的看法和见解，政治、艺术、宗教、道德等是它的具体表现。"②加上"音乐"这个主语以后构成的复合词语——"音乐观念"。其内涵与外延则不言自明。

音乐观念是音乐评价的社会心理基础。个体的人、民族的群、国家的民，无一不秉持着个体的、群体的、国家的观念。"观念"是人的一切个人行为、群体行为或者国家行为的"动机"、思想的"核心"。个人、群体、国家的音乐行为，无不源自"观念"。

（二）实践要素：音乐价值

音乐的创作、表演、教育、研究与批评的实践发生以后，便形成为物化的视觉、听觉符号系统。当该系统进入社会化传播层面的时候，便时刻面临着社会人针对该系统进行评价活动的问题。于是，该系统"价"几多、"值"几何？这个音乐价值的问题，便彰显出来。

作曲家的音乐创作实践成果——乐谱符号系统完成以后，后续的二度创作者演奏（歌唱）家，势必就要针对其一度创作的系统，展开"价"几多、"值"几何的音乐创作价值问题训诂与评定。演奏（歌唱）家对该作品"音乐价值"的训诂与评定活动，对于后续的二度创作有着举足轻重的基础性、先导性意义，甚至会事关其二度创作之成败。演奏（歌唱）家的音乐创作实践成果——音响符号系统完成以后，听（观）众、批评家，势必就要针对其二度创作的系统，展开"价"几多、"值"几何的音乐表演价值问题训诂与评定。听（观）众、批评家对二度创作成果的训诂与评定活动，是二度创作音乐家的音乐社会化活动效果如何的核心考量环节。教育家的音乐教育实践成果——课堂教学工作完成以后，教学对象、教育行政管理机构等，

---

① 居其宏：《观念更新及自觉意识》，《音乐研究》1986 年第 3 期。
② 《现代汉语词典》，商务印书馆 1978 年版，第 409 页。

势必就要针对其教育行为的实施过程、施行效果系统,展开"价"几多、"值"几何的音乐教育价值问题训诂与评定。通过这个价值评定活动,可以针对教学行为实施者进行综合素质、课程设计、教育行为与教学效果的综合考评。理论家的音乐研究与批评实践成果——逻辑理论文字符号完成以后,社会文化艺术管理机构、被批评者等,势必就要针对其理论研究与批评的成果系统,展开"价"几多、"值"几何的音乐研究与批评价值问题训诂与评定。经过这个过程以后,研究与批评成果的社会、历史、文化、艺术理论的价值与意义,便逐渐彰显出来。

(三)衡量尺度:评价标准

所谓的"评价",就是人们按照一定的"标准"对事物进行"丈量"的活动。俗语讲"每个人的心里都有一杆秤",就是说每个人的心中都有一个对客观事物的衡量标准。这种情况,在音乐的各项实践活动中也不例外。对"评价标准"中"标准"这个主体词语,《现代汉语词典》是这样阐释的:"1.衡量事物的准则。2.本身合于准则,可供同类事物比较核对的事物。"①按照这种解释,音乐评价的标准就是衡量批评对象的"尺度"。这个"尺度",在一般情况下有两个"刻度",这就是"艺术标准"的"刻度"与"思想标准"的"刻度"。前者是衡量音乐作品及音乐活动艺术容量的尺度,后者是衡量音乐作品及音乐活动思想内涵的圭臬。②

评价标准应当是"依据音乐艺术自身的规律,依据社会对音乐艺术的审美趋势与要求,依据音乐批评历史的经典文本及现实文献,建立起一个相对宽泛的、具有开放意义的、适应于历史和时代要求的"③。一般看来,评价标准分为:外在性标准和内在性标准。外在性标准的基本指数有三项:①具备深刻的思想内容;②把握时代文化的脉搏;③可观的社会精神效益。内在性标准,应当是基于音乐形态学(音乐创作、表演的各个层面)而制定的标准。在形态的基础上,建构起内在性的音乐意境、音乐风格与音乐形式的标准。

(四)客观对象:作品质量

音乐的创作、表演、教育、研究,乐器的制作,作品音频与视频的录制等,都会产生系列对象化的成果(作品)——作曲的视觉乐谱、音响的听觉音频、视听的视频、教学的成果、研究的著述、制作的乐器等。这些成果(作品)一旦对象化,即刻便具有了自己的"质量"。由此,成果(作品)的质量便成为音乐评价实践活动不可回避

---

① 《现代汉语词典》,商务印书馆1983年版,第70页。
② 明言:《音乐批评学》(修订版),上海音乐学院出版社2017年版,第100页。
③ 明言:《音乐批评学》(修订版),上海音乐学院出版社2017年版,第125页。

的一个客观对象化的存在。

作品的质量问题,是人类日常音乐生活中时刻都会存在的。譬如:作为乐器的制作而言,工匠的技术高下、材料是否精良,是事关制作结果——乐器质量高下的核心制约因素;作为音视频制作而言,录音(像)师对采录设备的选取、摆弄、调节是否适当,是事关录制结果——音(视)频质量高下的核心制约因素;作为音乐的研究成果而言,研究者对材料的掌握是否全面、采用的研究方法是否得当,研究主体个人的内在修养是否深厚广博,是事关研究成果——著述质量高下的核心制约因素;如此这般,不再一一赘述。

(五)操作宝典:评价方法

古人云"工欲善其事,必先利其器"。这里的"利其器"中的"器",就是评价实践中的评价方法。音乐艺术是一个斑驳陆离的、丰富多彩的艺术世界。面对这个多元、多彩的世界,只用一种方法、一个角度、一类眼光展开评价是不可以的。而是应当针对不同的评价对象,有的放矢地选择合适的方法,才能获得评价活动自身的成功。评价实践成败的根源,在于实践者是否选择(或创造)了适应于评价对象的评价方法。因此,评价实践须臾离不开适当评价方法的选择与使用。对评价方法的掌握,可以从方法的构成、方法的类别、方法的选择与运用层面进入;具体操作中,可以从形式、道德、社会、心理、原型、审美、范畴等角度展开。

(六)社会条件:音乐思潮

社会音乐思潮是各位有思想的音乐家之音乐观念、音乐价值追求的外在化显现的汇集体的社会意识形态,是社会有影响力、有文化能量的音乐思想的潮流。是音乐评价观念、标准、方法等标量与矢量的生长与嬗变的社会文化土壤。在这里,社会音乐思潮是母项,音乐家的评价实践是子项;社会音乐思潮是环境,音乐家的评价实践是结果;社会音乐思潮是原动力,音乐家的评价实践是主动力;社会音乐思潮是常态化进行的存在方式,音乐家的评价实践是事件化进行的呈现方式。反过来看,音乐家的评价实践活动也不是一种被动式的存在,一般情况下更是一种主动化存在。是音乐家的主观能动性在音乐评价实践活动中的具体体现。正是这种能动性使然,某些思潮会随着该类音乐评价实践活动结果的产生而消退,随之被新兴的音乐思潮所覆盖或替代。

(七)实现方式:音乐批评

巡礼古往今来、环视上下左右的音乐评价实践,不难发现他们无一不是以音乐批评的形式彰显出来、留存于世、影响历史的。故,音乐评价的实现途径只有音乐批评实践一条,或者说音乐评价实践的具体化就是音乐批评的活动本身。在这个环节里,音乐批评所有的标准、观念、方法等,都将付诸实施。而评价实践的成败,也都会在这个环节之内呈现结果。所以,音乐观念的先进与否,评价能力的大小与否,评价方法的适当与否,都要通过音乐批评的实践操作,才能彰显出来、影响开来、传播出去。

## 二、音乐评价体系的要素关系

音乐评价体系构建的"立足点"、"出发点"和"归结点",只有一个——构建一个适于音乐艺术自足、自在、自如发展的社会生长环境与现实生存空间。在构建音乐评价体系的时候,要处理好音乐观念、音乐价值、评价标准、作品质量、评价方法、音乐思潮、音乐批评七者之间的相互关系。

(一)观念:社会心理基础

如上所述,个人、群体、国家的音乐行为,无不源自这个"观念"。音乐观念是人类一切音乐实践活动的心理根源、一切音乐实践行为的"动力源";音乐观念是社会心理基础,是个体的、群体的、社会的、历史的音乐评价的"达芬奇密码"。故音乐观念应当成为构建音乐评价体系的"核心要件"。分析音乐评价实践与成果案例的时候,应当时刻把音乐观念作为打开"混沌"音乐评价之门的"钥匙"。

(二)价值:社会实践要素

根源于音乐观念的实践活动及其成果,同时也是按照音乐家、批评家、理论家、教育家心目中的"价值"刻度,实施音乐的创作、表演、教育、研究与批评实践的。音乐艺术自诞生以来,就有其艺术的、工艺的、娱乐的、文化的、历史的、政治的、军事的、经济的,等等价值"刻度"。其中的价值类别,根据其对象的不同,呈现出各个不同的状态。把握好价值要素,对于立足于观念之上的评价活动而言,是一个关键节点。

(三)标准:现实衡量尺度

建立在音乐观念、音乐价值之上的评价标准,是音乐评价实践活动中的衡量"刻度""尺度"。从一定程度上可以说音乐的评价活动,是围绕着标准这个"核心"来运转的。它是音乐评价体系逻辑链环的重要的中间环节,评价标准的选择使用当否,直接事关音乐评价实践的成败。由于不同的评价者可能会各自持有不同的评价标准,在评价实践中,在同一个对象面前,会出现各方见仁见智甚至得出截然相对结论的情况。

（四）质量：客观实体存在

各类音乐作品（产品）的质量问题，在人类日常音乐生活中都是时刻存在的。作为人类各类音乐活动之后的对象化存在，音乐作品（产品）的质量，无疑就是作曲家、演奏家、歌唱家、教育家、理论家、制作家以自己头脑里的音乐观念、价值、标准进行各自类型的实践活动以后的对象化。音乐的作品质量问题，也就成为音乐评价体系链环里不可或缺的重要的一个环节。它的一端连着音乐家的心理层面的诸多元素，它的另一段直接面对人的音乐评价活动。

（五）方法：实践操作宝典

评价方法是评价体系操作链环里处于链环重要的末端实践节点。评价方法需要在观念驱动、价值追求、标准衡量下，根据评价者观念、价值、标准的要求，有选择地运用于评价实践。某种程度上看，使用怎样的评价方法，就会产生怎样的评价结果。基于道德伦理观念价值标准之上的批评方法，无论中西均有着深厚的历史传统；基于艺术自律观念价值标准之上的批评方法，与前者相伴而生、相对而立；两者彼此成为诸多方法体系中的核心矛盾体，伴随着整个音乐艺术的历史始终。

（六）思潮：社会文化条件

如上所述，社会音乐思潮是各位有思想的音乐家之音乐观念、音乐价值追求的外在化显现的汇集体的社会意识形态，是社会有影响力、有文化能量的音乐思想的潮流。是音乐评价观念、标准、方法等"标量"与"矢量"的生长与嬗变的社会文化"土壤"。社会化的音乐思潮，是个体化音乐观念、音乐价值、评价标准的"母体"与"载体"，是个性化观念、具体化价值、实体化标准、实用化方法的共性体现。在这里，社会音乐思潮是"矢量"，观念、价值、标准、方法等则是"标量"。

（七）实践：价值实现方式

如上所述，音乐观念的先进与否，评价能力的大小与否，评价方法的适当与否，都要通过音乐批评的实践操作，才能彰显开来。如果缺少了音乐批评的实践，音乐评价体系自当是建构不起来的。

以上七方要素链环结构关系如下：

音乐观念→音乐思潮→音乐批评

音乐观念→音乐价值→音乐批评

音乐观念→评价标准→音乐批评

音乐观念→作品质量→音乐批评

音乐观念→评价方法→音乐批评

（内核）（中介）（外延）

## 三、构成板块与评价内容

在此借鉴物理学的评价、衡量的几个专业术语：（1）标量：只有大小，没有方向的物理量（与矢量相对而立）；（2）恒量：也叫常量，具有固定的或接近固定的价值的抽象数目或物理量（与标量相近似）；（3）矢量：不仅有大小，而且有方向的物理量（与标量相对而立）；（4）变量：在运动过程中数值变化的量（与矢量相近似）。

以下几个板块，可以分别设定数值以及各类、各级考核内容的分值。之后，予以分别统计、总体核算、乘以系数，即可得出最后的总体评价结果。

（一）音乐创作评价体系

音乐创作板块：专业音乐创作、社会音乐创作。

1. 专业音乐创作

专业音乐创作，指的是国内各级、各类专业艺术院团专职从事音乐创作工作者，专业音乐艺术院校专职从事音乐创作教学工作者的音乐创作行为及其成果。此类创作，是当代中国音乐创作的主体部分，也将会成为未来中国（乃至世界）音乐生活作品曲目库的主要（或重要）来源。故作品的创作与评价遴选的历史积累，是社会国民音乐生活的"源头活水"，重要性不言而喻。

（1）作品形式

音乐作品的形式，主要由这三类构成：①声乐曲（独唱、齐唱、重唱、合唱等）；②器乐曲（独奏、重奏、室内乐、管弦乐、协奏曲、交响乐等）；③音乐戏剧（歌剧、舞剧、音乐剧）。

音乐作品的形式，是以客观的标量（恒量）的方式呈现出来的，评价时难以（也不能）对作品采用的形式本身价值判断。对不同作品形式之间的评价，要确立"形式自身无高低，作品质量有优劣"的理念；确立"小（初级）形式可以写出'大作品'，大（高级）形式未免写出'平庸作'"的音乐评价心理定式；还要确立不同艺术形式之间，从外部形态上不具有可比性的音乐评价心理定式。评价时，重点观察创作者赋予作品的艺术思想内涵，是如何通过音乐形式的技术手法而实现的？实现的艺术效果如何？等技术化、艺术性、人文性的指标。

（2）作品品质

音乐作品的品质（也可称之为"质量"），指的是作曲家赋予作品的内在艺术品质。这是展开音乐评价实践时必须把握的核心观测点。根据作品的形式，可以分别从以下几个层面进行观察与评价：①对于声乐曲（独唱、齐唱、重唱、合唱等）类作品，需要观察、评价的是，音乐的技术手段对歌词的文学意境的阐释与表现的手法和艺术效果。②对于器乐曲（独奏、重奏、室内乐、管弦乐、协奏曲、交响乐等）类作品，需要观察、评价的是，作曲家赋予作品的思想内涵与技术手段之间的关系处理得如何，技术手段是否较好地为艺术构思与思想内涵服务。③对于音乐戏剧（歌剧、舞剧、音乐剧）类作品，需要观察、评价的是，作曲家是如何有效地运用音乐的技术手段，为表现剧本的艺术构思而服务的，这些技术手段运用得如何，音乐与文学的关系处理得如何，音乐的戏剧性张力是如何表现的，表现的效果如何，等等。

除了以上的几点之外，在评价音乐作品的品质时，还需要区分实验类作品与守成类作品的差异。前者观察的是作曲家是如何以自己的"新理念"表现自己的"新技法"的；后者观察的是作曲家是如何在忠实地继承前人的技术手法的基础上，以"情理之中"的技术手段实现"预料之外"的艺术效果的。

（3）作品资质

音乐作品的资质，也是以客观标量（恒量）的方式呈现出来的，是音乐评价活动的重要观察点。从现行的国家各级考核机制上看，资质类的观测点主要分为以下几个层面：①国家、省市自治区艺术基金支持创作；②各级政府委约创作；③国际、国内各类机构委约创作；④个体自由创作。

第一类中的国家艺术基金支持的音乐创作，属于国内最高资质的创作委约；其中的省市自治区艺术基金支持的音乐创作，属于各省市自治区最高资质的创作委约。第二类中的国家职能机构委约的音乐创作，属于国家最高资质的创作委约；其中的省市自治区政府委约的音乐创作，属于各省市自治区最高资质的创作委约。第三类中的国际机构委约的音乐创作，需要根据委约方的具体资质情况予以具体考量审核（譬如：国际奥林匹克委员会发出的委约，当属于国际最高资质的机构类委约创作）；其中的国内机构委约的音乐创作，也需要根据委约方的具体资质情况予以具体考量审核（譬如：国家奥林匹克委员会发出的委约，当属于国内最高资质的机构类委约创作）。第四类中的个体自由创作，指的是没有获得国家、机构的各级创作委约计划支持，完全由创作者个人的自由创作行为完成的音乐作品。这类创作难以套用前面的客观标量（恒量）予以评价，就需要采用主观矢量（变量）方式予以评价。这类创作属于创作者个人的发自于内心冲动的自由自主创作行为,其创作过程不受外部因素制约与牵制,更能体现出艺术作品的自律性美学属性与艺术特征。同时,由于这类作品的个人自由行为的特点,如果不是业内名家之作,其成果很容易被社会所忽视,甚至于无视。在评价作品的资质的时候,应当在这类创作的观察与评价活动中,多多投入注意力。

(4)作品影响

音乐作品在社会中的传播情况及其社会影响,是以主客观综合矢量(变量)的方式呈现出来的。这个观测点的情况最为复杂,相对于前三者,这个观测点更能衡量出符合艺术规律的作品质量的量度与品类。作品影响力这个观测指标,可以分为五项观测内容:①听(观)众数量;②演出场次;③唱片、乐谱销量;④乐评情况;⑤获得奖项。

这里的五项观测内容,都是音乐作品(新作品)社会传播情况的客观数据。第一项,听(观)众数量,观察的是作品自诞生以来在社会传播中的听(观)众上座的累计总数。这个数字通过音乐厅、剧院的票务系统,就可以获取。第二项,演出场次,虽然与上一项内容基本相仿,但该指标观察的是作品自诞生以来在社会传播中的演出频率。这是因为有些作品(小型的独奏、室内乐形式等)是不适合在大剧院、广场演出的,所以只是观察听(观)众数量,不能获得这类作品的真实传播的情况信息。从场次的数据,就可以弥补这个观察的局限。第三项,唱片、乐谱销量,观察的是作品自诞生以来在社会传播中,视听觉介质形态作品的销售情况。这个观测点的数据,可以通过唱片公司、出版社的出版发行机构获取。第四项,乐评情况,观察的是作品在社会传播中的受众反映情况(在当下的互联网+时代,也可以称之为"网络舆情")。这个观测点的数据,可以通过各个网络媒体的浏览数据库获得。还有一个核心的观测点,就是各类乐评人士针对作品的创作与表演撰写的乐评发表情况。第五项,获得奖项,通过作品在国际作曲比赛(以文旅部列出的国际音乐比赛名单为参考,结合具体情况适当予以扩充)、国内作曲比赛(中国音乐金钟奖、各类专业作曲比赛活动等)中获得的奖项,进而观察对象在专业权威人士中的评价情况。

2.社会音乐创作

社会音乐创作,指的是各行各业非专职从事音乐创作工作者的音乐创作行为及其成果。此类创作,也是当代中国音乐创作的重要组成部分。只是由于该类创作者的素质参差不齐,其创作质量在多数情况呈现出"鱼龙混杂""鱼多龙少"的状态。对此,就更加需要完善的音乐评价机制的遴选与淘汰。需要指出的是,社会音乐创作的创作体裁多为小型的歌曲类作品。其中,又以流行歌曲为主。鉴于此类评价的观测点与评价方法,与上面的专业音乐创作相同,在此不再赘述。

（二）音乐表演评价体系

音乐表演板块:专业音乐表演、社会音乐表演。

1. 专业音乐表演

专业音乐表演,指的是国内各级、各类专业艺术院团专职从事音乐表演工作者,专业音乐艺术院校专职从事音乐表演教学工作者的音乐表演行为及其成果。此类创作(音乐表演被称之为"二度创作"),是当代中国音乐创作的基础性的组成部分,也是当代中国音乐生活日常精神产品的核心供给主体。

（1）表演形式

音乐表演的形式,主要由这三类构成:①声乐类(独唱、齐唱、重唱、表演唱、合唱等);②器乐类(独奏、重奏、室内乐、管弦乐、协奏曲、交响乐等);③音乐戏剧(歌剧、舞剧、音乐剧);④指挥(合唱、管弦乐队、音乐戏剧)等。

音乐表演类的形式,也是以客观的标量(恒量)的方式呈现出来的。评价时难以(也不能)对表演的形式本身的价值高下进行判断。不同表演形式之间的评价,也要确立"表演形式自身无高低,表演作品质量有优劣"的理念;确立"小(初级)形式可以唱(奏)出'大境界',大(高级)形式未免唱(奏)出'平庸作'"的音乐评价心理定势;还要确立不同的音乐艺术表演形式之间,从外部形态上不具有可比性的音乐评价心理定式。

（2）表演品质

音乐表演的品质(也可称之为"质量"),指的是演奏(唱)家在二度创作的实践中,赋予作品的内在艺术品质。对音乐表演类的作品进行评价时,重点观察表演者对作曲家赋予作品的艺术思想内涵、艺术手法、音乐语言的诠释是否到位? 在忠实地尊重原作的基础上,演奏(唱)家是如何赋予作品以新型的艺术人文内涵的? 在忠实地尊重原作的基础上,演奏(唱)家是如何充分展示个人的音乐风格的;等等。

根据表演类作品的形式,可以分别从以下几个层面进入观察与评价:①对于声乐表演(独唱、齐唱、重唱、表演唱、合唱等)类作品,需要观察、评价的是,歌唱家对音乐语言、音乐技巧的把握能力,对词作家、作曲家赋予作品的文学意境、音乐手段、艺术思想的阐释与表现的能力和实际的舞台艺术效果。②对于器乐演奏(独奏、重奏、室内乐、管弦乐、协奏曲、交响乐等)类作品,需要观察、评价的是,演奏家能否胜任作曲家赋予作品的技术手法,演奏家对作曲家的艺术思想内涵诠释得如何,演奏家的二度创作有何新意。③对于音乐戏剧(歌剧、舞剧、音乐剧)类表演作品,需要观察、评价的是,指挥家、乐队演奏家对作曲家总谱的诠释是否到位,歌剧演唱家是如何有效地运用自己的歌唱技术为创造性地诠释角色而服务的,指挥家、演奏家、歌唱家们对作曲家的创新性诠释体现在哪里,等等。④对于指挥家指挥的表演类(合唱、管弦乐队、音乐戏剧)音乐作品,需要观察、评价的是,指挥家是否忠实于作曲家赋予作品的艺术内涵的诠释,指挥家与演奏(唱)家的现场互动关系如何,指挥家在其艺术诠释中有何个人的艺术风格,等等。

在以上四种类型的音乐表演形式之外,还有一种看似"不靠谱"的现场即兴表演的音乐表演类型。这种类型一般出现在室内型的独奏、独唱、重唱、重奏、小型合奏的艺术形式的现场演绎中。即兴表演分为两类:一是在照谱演奏的高潮段中出现,演奏家按照原作的基本乐思、基本情绪,做炫技性自由发展;一是在独奏或重奏中,独(重)奏者按照事先拟好(或完全即兴)的乐思即兴展开独奏(合奏)表演。对于第一类,需要观察、评价的是,演奏家即兴炫技的表演是否符合原作基本的艺术构思要求,这段表演是对原作的"锦上添花",还是"画蛇添足"。对于第二类,需要观察、评价的是,即兴演奏的乐思是否清晰严谨? 音乐结构是否完整流畅? 音乐表演是否娴熟自如,如果是合奏的话,还需要观察各个声部之间的配合是否严谨,各声部的复调进行情况如何,等等。

(3)作品资质

音乐表演类作品的资质,是音乐评价活动的重要观察点。它是以客观标量(恒量)的方式呈现出来的。从现行的国际、国家各级各类考核机制看,音乐表演资质的观测点主要分为以下几个层面:①国家、省市自治区艺术基金支持的表演项目(传播交流推广资助项目);②各级政府支持的表演项目(传播交流推广资助项目);③国际、国内各类机构委约的音乐表演项目;④个体自主进行的音乐表演项目;等等。

第一类中的国家艺术基金支持的音乐表演(传播交流推广资助)项目,属于国内最高资质的表演传播项目;其中的省市自治区艺术基金支持的音乐表演(传播交流推广资助)项目,属于各省市自治区最高资质的表演传播项目。第二类中的国家职能机构委约的音乐表演项目,属于国家最高资质项目;其中的省市自治区政府委约的音乐表演项目,属于各省市自治区最高资质项目。第三类中的国际机构委约的音乐表演项目,需要根据委约方的具体资质情况予以具体考量审核(譬如:国际奥林匹克委员会发出的委约,当属国际最高资质);其中的国内机构委约的音乐表演项目,也需要根据委约方的具体资质情况予以具体考量审核(譬如:国家奥林匹克委员会发出的委约,当属于国内最高资质)。第四类中的个体自主进行的音乐表演项目,指的是没有获得国际、国家、机构的各级表演委约支持,完全由表演者个人的自主行为完成的音乐表演项目。这类项目难以套用前面的客观标量(恒量)予以评价,就需要采用主观矢量(变量)方式予以考核。由于这类作品的个人自由行为的特点,如果不是业内名家之作,其成果很容易被社会所忽视,甚至于无视。在评价这类项目资质的时候,应当多投入精力。

(4)作品影响

演奏(唱)家的作品在社会中的传播情况及其社会影响,也是以主客观综合矢量(变量)的方式呈现出来的。这个观测指标,也可分为五项观测内容:①听(观)众数量;②演出场次;③唱片、乐谱销量;④乐评情况;⑤获得奖项。

第一项,听(观)众数量,观察的是音乐表演在社会传播中的听(观)众上座情况的累计总数。这个数字通过音乐厅、剧院的票务系统,就可以获取。第二项,演出场次,虽然与上一项内容基本相仿,但该指标观察的是音乐表演在社会传播中的演出频率。这是因为有些作品(小型的独奏、室内乐形式等)是不适合在大剧院、广场演出的,所以只是观察听(观)众数量,不能获得这类作品的真实传播的情况信息。从场次的数据中,就可以弥补这个观察的局限。第三项,唱片、影像销量,观察的是音乐表演在社会传播中,视听觉介质形态制品的销售情况。这个观测点的数据,可以通过唱片公司、出版社的出版发行机构获取。第四项,乐评情况,观察的是音乐表演在社会传播中的受众反映情况(在当下的互联网+时代,也可以称之为"网络舆情")。这个观测点的数据,可以通过各个网络媒体的浏览数据库获得。还有一个核心的观测点,就是各类乐评人士针对表演作品撰写的乐评发表情况。第五项,获得奖项,通过音乐表演在国际音乐比赛(以文旅部列出的国际音乐比赛名单为参考,结合具体情况适当予以扩充)、国内音乐比赛(中国音乐金钟奖、各类专业音乐比赛活动等)中获得的奖项,进而观察对象在专业权威人士中的评价情况。

2.社会音乐表演

社会音乐表演,指的是各行各业非专职从事音乐表演工作者的音乐表演行为及其成果。此类音乐,也是当代中国音乐生活中的重要组成部分。只是由于该类音乐表演属"民间"行为,其音乐的技术水准、艺术品位、文化素质呈现为参差不齐的状态。这类音乐表演的质量,在多数情况下,呈现出"鱼龙混杂""鱼目混珠"的状态。对此,就更需要完善的音乐评价机制的监督、遴选、鉴别、淘汰。出于考察对象不宜过于宽泛的考虑,笔者在此不将民众日常音乐生活中普遍存在的自娱自乐类音乐表演列入评价体系之内。鉴于此类评价的观测点与评价方法,与上面的专业音乐表演相同,在此不再赘述。

(三)音乐教育评价体系

音乐教育评价板块:专业音乐教育、社会音乐教育。

1. 专业音乐教育

所谓专业音乐教育,指的是以向社会培养输送具有专门从事音乐艺术活动技能的人才为目的的学历教育机构的音乐教育活动。国内具备这类教育资格的院校有:十一所专业音乐学院、七所综合艺术学院内设的音乐学院(系),以及各类综合大学、师范大学内设的音乐学院(系),各级地方院校内设的音乐系科、专业等。由于专业音乐教育以音乐创作、音乐表演、音乐理论教学活动等方面专门人才的培养为目标,所以针对专业音乐教育的评价方式,也要做到分门别类、有的放矢。

针对音乐创作教学活动的评价,就需要从两个方面分别进行:①对于作曲专业教学对象,观察的是教学对象(作曲学生)的作业是否扎实掌握了传统的作曲技术理论与作曲技法?是否将自己独特的艺术思想有机地融入作品?在作曲技法运用方面有何创新点?②对于教学主体,需要从三个层面对教学主体(作曲教师)的教学行为予以观察:教学内容、教学方法、教学过程。评价其教学内容,要观察主体的教学内容是否明确、丰富?评价其教学方法,要观察主体围绕内容实施的方法是否科学、有效?评价其教学过程,要观察主体双方的教学过程互动情况是否良性、积极。

针对音乐表演教学活动的评价,也需要从两个方面分别进行:①对于音乐表演教学对象的观察,需要考核评价教学对象(表演学生)的课下练习曲目,是否已经熟练掌握?作品的表演技法能否娴熟运用?作品的艺术内涵能否了然于胸?能否将自己独特的艺术诠释融入作品?②对于教学主体的观察,也需要从教学内容、教学方法、教学过程三个层面予以观察考核与评价:对教学内容的评价,要观察表演内容是否明确、丰富?对教学方法的评价,要观察围绕内容实施的方法是否科学、有效?对教学过程的评价,要观察教学过程中师生的互动情况是否良性、积极。

针对音乐理论教学活动的评价,还需要从两个方面分别进行:①音乐理论专业的教学对象,观察考核评价的是:课后论文写作的选题是否具有新意? 围绕选题的资料收集是否扎实、全面? 论文的写作是否扎实掌握音乐学术理论的基本研究方法? 论文中是否有自己独到的见解? 等。②对于教学主体的观察,还需要从教学内容、教学方法、教学过程三个层面予以观察。对于教学内容,要观察教师的教学内容是否明确、丰富? 对于教学方法,要观察教师围绕内容实施的方法是否科学、有效? 对于教学过程,要观察主体双方的教学过程互动情况是否良性、积极? 还要观察的是,是否将"资料第一性""研究第一性"的原则贯穿于教学过程的始终。

2. 社会音乐教育

所谓社会音乐教育,指的是不以专业学历教育为目的,面向社会各类人士开展音乐技能培训的教育活动。这类音乐教育,也是当代中国音乐生活中的重要组成部分。

构建社会音乐教育的评价体系,需要注意这个评价对象的以下两个特点:①当代中国社会音乐教育的教学对象,主要为学前阶段的幼儿、初级与中级学习阶段的青少年、退休阶段的老年的年龄结构。施教对象呈现出社会人群的"两头端点"(工作前、工作后)特点。②当代中国的社会音乐教育实施主体,多是专业音乐院校的专职教师、专业学生;社会音乐教育的管理主体,是以营利为目的的社会艺术培训机构。基于以上特点的考量,我们的评价活动在上面专业音乐教育的评价方法的基础上,还要注意到这个音乐教育系统,实际上是专业音乐教育的"前端系统"(专业音乐学院学生的生源),还是国民终身音乐学习的"终端系统"。

由于这个种类的音乐教育的评价主体部分,仍然是音乐艺术本体。鉴于在前面的专业音乐教育中已经有所论述,在此不再赘述。需要特别提请大家关注的是,由于此类教育事关国民音乐整体素质的提高,评价之前应当将此类教育实施者基本素质(业务水平、艺术素养等)的要求,作为评价体系构建的基础,予以突出强调(关于此,已经超乎于本题内容范围,需另行文著述分析)。

(四)音乐研究评价体系

音乐研究板块:学术论文、理论著述、研究课题。

音乐学术论文,是音乐研究成果的基本呈现方式。对于此类成果的评价操作,可以由以下几个切入点操作。第一,外部客观观测点:学术论文刊发媒体的学术影响因子;学术论文学界同行的学术评价情况。第二,内部客观观测点:学术论文论点论据结论的客观观测。第三,内部主观观测点:评价主体对学术论文论点论据结论的主观评价。

音乐理论著述,也是音乐研究成果的基本呈现方式。此类成果可以分为:专题性论述(问题专论、专门史),工具性著述(专业辞书、经典赏析),通识性集萃(各类专题性音乐史教科书)。对于此类成果的评价操作,也可以分为几个切入点。第一,外部客观观测点:著述刊印出版机构的学术影响因子;著述学界同行的学术评价情况。第二,内部客观观测点:著述论点论据结论的客观观测。第三,内部主观观测点:评价主体对著述论点论据结论的主观评价。

本质上看,研究课题也是以学术论文、理论著述的方式呈现出来的。但是,由于当下学术研究评价实践中已经把研究课题(项目)作为评价考核的基本指标,故在此也单列出来予以审视。

(原载于《音乐研究》2021 年第 3 期)

# 互联网语境下网络剧创作现状的批评

缪贝 中国传媒大学博士后

随着网络媒介的不断发展,腾讯、爱奇艺、优酷、芒果 TV 为主的四大互联网剧集收购平台对剧集创作的影响已经深入到了内容层面。这种影响来自媒介自身,项目前期研发的主要负责人、编剧以及平台的制片人,都会不可避免地卷入互联网媒介的制约之中。这种制约来自网络媒介以点击量为核心的基于流量、互动的热度、话题度的评价标准。这导致互联网语境下的创作逻辑中,媒介的评价机制正在放大其效应。编剧和其他创作者以及平台的制片人都在媒介的属性下创作。这最终也形成了当下互联网剧集创作主要的三种创作现状:第一是各类别互联网剧集集体迎合占据市场主体的 35 岁以下年轻女性观众,但在内容上仍旧缺乏真正的女性主义;第二是在政策的引导下,现实主义创作越来越受到关注,但由于互联网与网络文学的天然亲近性,短期内不会放弃对网络文学的深度开发,那么现实主义创作如何在夹缝中生存就成了当前互联网剧集创作的课题之一;第三是"话题优先"的创作已经成为了互联网剧集研发者的必要工作。本文将以互联网媒介下的创作语境为背景,从以上三个角度阐释当前互联网剧集创作的现状与面临的挑战。

## 一、互联网语境下针对女性受众的网络剧创作现状分析

当前,女性观众已经逐步成为网络长视频平台最重要的受众群体,这必然对互联网平台对剧集内容的选择产生影响。而互联网平台为了进一步满足"年轻—女性"为主导的受众,有意识地在各类型剧集创作之中强调女性视角。然而,虽然目前的影视剧表现出对女性受众的讨好,却并不是女性主义表达。

（一）明星身体欲望的展示："男频剧"的性别迎合策略

"男频"并非传统意义上的剧集类型。"男频"一词最早来自起点中文网，是一种对文学类别的划分，该网站"男性频道"提供了以男性受众为主的网络小说，被统称为"男频文"。因此，"男频文"可以理解为，以男性为主角、男性为主要受众的网络文学，其中的小说类型包括悬疑、冒险、科幻等。

"男频剧"一词从"男频文"衍生而来，一般指改编自"男频文"的剧，也有少量原创剧，如《悍城》（刘殊巧导演，2018）等。二者的相同点，在于依托"男频"网络小说改编的剧集，如《盗墓笔记》《斗破苍穹》等，都是以男性成长为故事核心；然而，二者的不同点是，剧集和文学面对截然不同的受众。阅读"男频文"的客群主要以男性为主，是针对男性的成就欲望（打怪升级）、男性情欲（往往有多个女性爱人）的写作；而当"男频文"改编成为剧集时，必须要考虑以女性为主导的网络剧集市场。从"男频文"到"男频剧"，从文字转化为剧集，并不仅仅是创作介质的转变，更是讲故事对象的转变，即"从男性读者到女性观众"的受众性别的转变。因此，"男频剧"会保留男性主角的成长线，但有意减少对男性欲望的表述，尤其是一夫多妻、始乱终弃等内容的删减，这也导致了"男频剧"虽然仍然在讲述以男性为主角的成长故事，却需要将故事中本不存在的女性的情感欲望融入故事之中。

然而，目前"男频剧"处理女性情感的方式显得简单和表面化，基本上通过"男色"来吸引女性受众。"男频剧"中很少有难以忘却的女性角色，故事中的她们天生空白，因此，以"男频大 IP"组合"流量明星"的方式，即让流量男明星饰演主角，通过女性粉丝对明星身体的欲望，而不是通过故事中的女性人物的书写，来弥补和完成女性欲望在"男频剧"中的满足与释放。例如《择天记》使用鹿晗、《斗罗大陆》使用肖战、《武动乾坤》使用杨洋等等，以明星的"男色"讨好年轻女性受众，可以快速获得点击量与关注度，从而简单地解决原来的网络小说中男性角色对爱情情感的匮乏，但其对女性角色的忽视，依然会造成女性观众流失。使用流量明星虽是一种资本防范投资风险的方法，但从创作角度而言，可以看作是一种以更为方便的方式迎合市场的做法，是放弃解决故事单薄、女性人物不饱满等根本问题的投机策略。

（二）"可见的"情欲释放："甜宠剧"的爱情幻想与情欲表述

"甜宠剧"同样是诞生于互联网语境之下，以女性受众为目标的伪类型剧集，它往往由网络文学改编而成。故事的主角为女性，表现"理想且真空"的男性对女性的"甜"蜜与"宠"爱，故称为"甜宠文"。"甜宠剧"的概念可以追溯至 2017 年，改编自网络文学《爆笑宠妃:爷我等你休妻》的《双世宠妃》的诞生,正式确立了这一剧集品类。"甜宠剧"虽然具备男女相爱的叙事情节,但却不归属于严格类型定位上的爱情片。

"爱情片不是逃避现实的空中楼阁。对爱情的描摹离不开对爱情、婚姻、性三者关系的探讨。"①而"甜宠剧"的做法则恰恰相反,其以一种轻松且空洞的风格,让爱情的过程处于"真空"之中,为观众提供"超越现实"的甜蜜情感体验,最终完成一种逃避现实的表述。不论是《双世宠妃》中王爷爱上穿越至古代的房地产销售小姐,还是《亲爱的,热爱的》中电竞大神爱上软萌小白,都是在批量生产一种女性可以通过爱情、通过男性超越现实困境的价值表述。而《将爱情进行到底》(张一白导演,1998)作为我国青春偶像爱情剧的滥觞,则提供了更为复杂的人物及人物关系。在这一爱情故事中,文慧(徐静蕾饰)、杨峥(李亚鹏饰)、雨森(廖凡饰)在友情与爱情中纠葛,文慧与杨峥相爱,雨森暗恋文慧,故事的基本框架具有现实层面的波折。杨峥和文慧在毕业之际因工作问题产生分歧,杨峥去了南方,两人分手后,一直暗恋文慧的雨森与伤心的文慧尝试走在一起,激情表白后雨森不幸遭遇车祸,而此时为了悼念雨森,杨峥重新回到上海,并试图与文慧重新和好。因为雨森的死亡,文慧无法接受这份爱情,而后,文慧去了美国。结尾,当杨峥决定与另一位女性相爱的时候,文慧却从美国归来。该剧的爱情叙事,将爱情置于毕业、工作、出国等复杂的社会背景之中,并提供了开放式的结尾。若以"甜宠剧"的"甜"为内核标准,文慧与杨峥的现实主义爱情不可能在该类别中存在,因为它未能提供一种真空无杂质的"纯爱"幻想。"甜宠剧"并不是在讨论真正的爱情,它也"异化了女性",使其不愿承受爱情的感伤、痛苦与成长,"而让女性沉浸在白马王子的幻想中不能自拔。"②

然而,从欲望的角度来看,"甜宠剧"比以往任何的关注女性角色的偶像剧、青春剧、家庭情节剧都更为激进,更加赤裸和直白地展露女性的欲望。影视剧作品的创作形成是观看、讨论的话语场,是现代社会公共领域的构成部分之一,是"普通观众形成趣味和社会理想、人的情感的交叉点"③。"甜宠剧"作为"一个大众意愿

---

① 郝建:《类型电影教程》,复旦大学出版社 2011 年版,第 48 页。

② [法]多米尼克·曼戈诺:《欲望书写:色情文学话语分析》,冯腾译,福建教育出版社 2013 年版,第 171 页。

③ 郝建:《类型电影教程》,复旦大学出版社 2011 年版,第 12 页。

形成过程,一个交叉的领域"①,实际上是以假象化爱情的叙事将情欲温和包裹。《双世宠妃 2》中,每一集至少有一场吻戏,全剧 30 集一共出现了 42 场吻戏;除此之外,该剧集还创造性地发明了"喂药吻""三明治吻"等非情节必要的亲吻场面。如若拿掉此类场景,剧情线可以继续推进,那么,这些吻戏实际上是作为段落式的情色影像存在的。故从这种意义上讲,"甜宠剧"并非真正讨论女性的爱情与欲望的剧集,而是通过展示审查范围内的欲望尺度,为女性提供着情欲幻想。

(三)"大女主剧"中女性主义的匮乏

上述以男性为话语中心的"男频剧"与以女性为话语中心的"甜宠剧",是如何通过聚焦女性欲望,最终赢得市场的。此外还有一种标榜为"大女主剧",即以女性为唯一且绝对重要的主角的剧集,相对而言,其更具有前瞻性的女性意识,强调女性的成长,反映女性意识的觉醒,满足女性变强的幻想,以释放现实中的性别压抑,是一种走向女性主义作品的过渡性产品。

"大女主剧"的核心角色由女性承担,叙事围绕着女性角色的成长展开。这类角色在一定程度上展示了女性角色性格中的坚强与力量。但在叙事层面,"大女主剧"也暴露对真实女性缺乏探讨的问题。首先,女主角的成长过程,往往是与其他女性角色对立的过程。以《延禧攻略》为例,魏璎珞(吴谨言饰)的成长线以复仇为核心,在叙事过程中她不断将反派角色打败,并最终为亲姐姐复仇。然而,其中除了作为"另一个姐姐"的皇后(秦岚饰)之外,反派角色均由女性人物承担,这些人物将瓦解女主角的亲情、友情、爱情,成为女主角对抗的对象。其次在如何处理男性角色与女主角的关系上,仍然落入了传统爱情偶像剧的男强女弱的框架之中。以《有翡》为例,该剧改编自网络小说《有匪》,以侠女周翡的成长为主线,"你手握利器,只要刀尖向前,就能披荆斩棘,无处不可去"②是原作者的核心表达,表明掌握高超武艺的女侠就可以拥有人生"无处不可去"的自由。然而,在电视剧《有翡》中关于周翡(赵丽颖饰)的叙事重心却从个人成长转向爱情故事。在原著中,周翡与男主角谢允的第一次相遇段落,侧重点在周翡的人物刻画上,表现周翡以武力对抗复制的机械机关牵机线;而电视剧《有翡》中周翡与谢允(王一博饰)相遇的情节点则被重新改写,原著中周翡以自己的力量对抗牵机线的情节点之前,改编剧中则加入了一段谢允对周翡的"拯救":在周翡即将被机关伤害之际,谢允从天而降,以

① 郝建:《类型电影教程》,复旦大学出版社 2011 年版,第 12 页。
② Priest:《有匪 2:离恨楼》,湖南文艺出版社 2017 年版,第 246 页。

拥抱之姿将周翡揽入怀中,并以慢镜头的方式,在时间上延长这一肢体暧昧的发生过程。就此,该剧中女性角色与男性角色的关系彻底完成了由女性自强、相互对等的关系,回到了传统的女性由男性救赎关系中。

## 二、互联网语境下现实题材创作的困境

### (一)"架空式"网络文学改编当道,现实题材文学文本缺失

在 20 世纪 80—90 年代,严肃的文学作品为电影、电视剧提供了现实主义影像的土壤。

莫言于 1986 年发表的两部中篇小说《红高粱》和《高粱酒》,成为中国第五代导演代表作《红高粱》(张艺谋,1988)的文学基础,该电影斩获第 38 届柏林电影节金熊奖。改编自李碧华撰写的同名小说的电影《霸王别姬》(陈凯歌导演,1993)获得第 46 届戛纳电影节金棕榈奖。可以说,整个中国电影第五代的诞生与繁荣,与当时的中国文学的关系密不可分。在电视剧方面,《北京人在纽约》(郑晓龙、冯小刚导演,1993)改编自曹桂林的同名小说,描绘了从大陆移民美国的新移民的挣扎,以及东西方文化的碰撞。

而当下以严肃出版文学作品为创作基础,并成功改编成具有现实主义属性的影视剧的情况已经不常见。大量存在于屏幕之上的,是由网络文学为基础改编的影视剧。这种时代状况的结果之一,是反映现实思考的剧集内容的缩水。探究其原因是多方面的:

其一,在于以互联网为媒介核心的互联网剧集,对网络文学有着天然的媒介亲近性,二者作为在互联网媒介中诞生和传播的内容,都追求着同样的媒介"流量"逻辑。因此,已经率先经过流量考验的网络文学作品,自然更容易成为影视剧改编的主要内容,进而也就出现互联网媒介话语衍生出的剧集类型,如上文所讨论的"甜宠剧""男频剧"等。这也意味着,互联网平台在面对原创剧时,尤其是原创的现实题材剧时,愈发保守。笔者认为原因是,以互联网的流量思维来看,"原创"意味着"未知",原创剧没有经过互联网流量的检验。

其二,互联网"托拉斯"资本建构体系的建立,进一步压缩着现实题材的创作空间。以腾讯公司为例,腾讯收购了诞生《鬼吹灯》《盗墓笔记》《琅琊榜》《择天记》等大流量网文的阅文集团,这意味着,腾讯从资本的层面也需要将阅文集团下"起点中文网""QQ 阅读"的内容加以影视化开发。然而,网络文学改编最大的难

点之一就是缺乏现实性。当互联网平台从资本逐利的角度出发时,深度开发网文IP 让读者二次购买影像化改编的内容,使其利润最大化,是优先于创作或深化影视剧的现实质感的。大量网文的影视化开发,必然意味着对现实题材在数量、时间、空间上的挤压。除了腾讯之外,爱奇艺等平台也同样在进行本平台的相关网文开发。

其三,大量被改编成影视剧的网络文学并没有提供有现实主义改编基础的"现实的"故事内核,反而是在逃避现实。例如以男性为主要阅读者的网络文学,一般重在表现故事世界观的空大和男性人物的打怪升级的成长线,而疏于处理人物的情感、态度以及价值讨论。本质上,主人公对整个故事的世界观、运行法则是认可的,并力求适应规则。以改编为影视剧的《将夜》为例,主人公的成长阶段往往依托于作者所建立的世界的阶层划分,主人公很少反抗作者建立的世界规则,也就是说,网络文学中常见的男性主角,缺乏对外在世界的观察、反思,其成为"人上之人"的单一价值观缺乏现实主义中人性情感的复杂性。而以女性为主要阅读者的网络文学,一般重在表现爱情幻想。不论是"霸道总裁爱上我"的旧式的言情小说框架,还是包装成独立女性但在行动线中永远有男性角色帮助的"伪女性主义"文学,呈现的都是女性人物对现实情感状况的回避。

(二)现实题材影视剧的夹缝生存

以流量为逻辑的互联网平台,为了点击量追求网络文学改编之时,现实主义影视剧或者具有现实主义元素的影视剧,正在夹缝中生存。一方面,近年来"她视角"的崛起,诞生了多部以女性为主角的都市剧,例如《都挺好》《三十而已》《流金岁月》等,这些作品在一定层面上反映了当代女性从家庭主妇到职场女性的生存状态与精神状况;另一方面,这些作品在面对现实主义时,对真实的情感、人性挖掘的深度,都存在着避重就轻、蜻蜓点水,或者过于理想化处理的问题。也就是说,现实主义并没有成为故事的核心,而是以"点缀"的方式散落于强戏剧冲突的故事之中,而如何平衡现实感与戏剧性,也是当下现实题材网络剧需要考量的问题。

首先,在讨论当下社会问题的女性故事中,女性角色所处的空间与现实感之间存在一种疏离,处于一种不确定的、暧昧的虚空之中。反映职场现实的职场剧的工作场所,往往只是人物发生故事的背景,经过了虚化处理,而非故事展开的实际空间。例如《都挺好》中的苏明玉(姚晨饰)是一名个性独立且富有的职业女性,但在整个故事中,对苏明玉的职场空间展现是极为模糊的。苏明玉在剧中表明其经济能力的方式并没有通过扎实的职业背景来表现,而是通过"给钱"这一单一的戏剧动作来解决其生活中面临的家庭冲突。这种架空式的富有,让女性的职业性变为戏剧上的"真空",通过给予金钱解决问题的表面动作,实际上也在消解人物塑造和呈现的现实主义维度。

空间的游离同样反映了女性主义的悬空。伍尔夫的"一间自己的房间……写出了女性要有自己独立的思考空间这样一种女权主义思想"[①],而苏明玉也拥有了"自己的房间",但却不是表达女性主义的。苏明玉的房间面积很大,物件寥寥无几,展现苏明玉的超越普通人的富有、独立,然而,这同样是一个孤独和匮乏的空间,导演利用巨大的空荡荡的厨房,来展现苏明玉生命中所空缺的内容,偌大的厨房属于其厨师男友石天冬(杨祐宁饰),他从叙事和空间上,填补了苏明玉的生命空缺。厨房空间由男性取代女性是一种性别处理上的进步,但在女性归属方面,应该如何展示拥有房间的女性以及女性在属于自己的空间中的动作,是《都挺好》尚未处理的问题。苏明玉的房间是一种隐喻,它提醒着目前的影视剧对女性的理解,正如苏明玉所呈现的房间一样,范围宽阔但内容空白。

第二,当下网络剧在平衡现实感、真实性与故事主线的强戏剧冲突的过程中,最终呈现出一种"散点状"现实主义的故事样貌。例如《三十而已》的三位主角都出现了不同程度现实感的偏差——王漫妮(江疏影饰)的故事在开篇就进入了偶像剧式的假定情境之中,即一位表面穷酸实际富有的客人因为被销售员的不嫌贫爱富的正义行为所打动,斥巨资购买了珠宝,从而帮助该销售员实现了职场晋升的梦想;其他两位角色则表现出成长上的跃进,顾佳在结尾离婚创业,而离婚了的钟晓芹则通过突发的小说大卖实现了财务自由。不论是故事开头部分的理想化升职,还是突然的人生重启与突然的富有,都表现出戏剧性上的激进转折,节奏过快、铺垫不足造成了现实感营造不充分的问题,最终该剧呈现出一种对现实轻描淡写的浪漫化的处理。

这样的处理方式也存在于《流金岁月》之中。在故事的后半部分,为了给蒋南孙(刘诗诗饰)施加压力,编剧选择了以"还债"作为人物的行动动机,支撑后半部故事的叙事。剧中也给出了更为合理和现实的解决方案,即报警解决讨债的问题,但最终,为了维持故事的主线以及蒋南孙的人物动机的持续,编剧以非现实但却极具戏剧化的方式选择了"承担一切债务"这一缺乏可信度的人物动机,此处的处理

---

① [英]弗吉尼亚·伍尔夫:《一间自己的房间》,吴晓雷译,陕西师范大学出版社2014年版,第2页。

是妥协于戏剧性的流畅,从而牺牲人物的真实感的案例之一。

故事主线的强冲突、强反转,最终导致了上述两部剧集中的现实感无法以脉络的方式贯穿于故事的始终,现实主义成为一种元素式的"点缀",这也是其评分与口碑最终呈现高开低走的重要原因之一。

## 三、话题优先的创作的路径与危险

以上阐述了女性主义表达的缺乏与强有力的现实主义作品的缺失,是目前剧作创作所面临的两个重要的问题,对此,笔者将探析制造这一局面的媒介原因。总的来说,不论是哪种类别的电视剧,如男频剧、甜宠剧、大女主剧、女性群像剧等,都试图抓住当下网站主流女性观众的心理,因此,互联网平台在发明上述伪类型剧之后,目前已经开始出现"女性话题剧"的称呼。平台定位的"女性话题剧"狭义上是指讨论 30 岁左右与女性有关的话题的剧集,而如若从学术的角度切入此命名的核心,有关女性、话题这两个关键词其真正的含义是——吸引女性受众,同时具有互联网的传播力、话题性的剧集。而事实上,"话题制造"的逻辑已经泛化到了目前所有类别的剧集之中。

(一)"话题"引导创作:一场编剧、制片人的拉锯与原创剧可能的空间

依托于互联网平台的影视剧制片人缺乏传统电视台制片人的独立性,尤其表现在其已被互联网媒介裹挟的状况之中。传统的电视台制片人对收视率负责,而网络平台的制片人则对点击量负责。表面上看,二者皆需考量数据压力,但是,由于媒介属性的差异,互联网点击量有着更大的不确定性,热度、讨论度则具有更大的偶然性和变动性,平台的制片人背负着制作"爆款"的压力,然而,至今尚未出现一部"可复制的爆款",爆款在互联网瞬息变化的媒介特性下,成为一种偶像的神秘学。此时,网络平台的制片人,往往试图从互联网的热点话题出发,进而引导创作。而娱乐产品如何与话题结合,成为依托于互联网传播的文娱产品需要考虑的因素。

对于网络剧而言,同样需要话题性。在项目研发阶段,需要设计可以产生话题的内容。这意味着处于开发前端的编剧在提供常规的故事要素(人物形象、故事情节、典型环境)之外,需要具备一种"后作品"的思维——思考和预判作品上线之后,文本中可以产生的话题是否具备讨论的价值。这种"后作品"思维虽然有类似于传统的制片人思维之处——考虑作品的受众群体,是否被受众接纳等,但也有着

突出的互联网媒介特色。它是一种以互联网讨论热度引导故事创作的思路,如侯鸿亮、徐克等创作者,在确定故事框架后,会与营销公司共同讨论故事的创新之处。① 在宏观的选题层面,考虑到制作的较长周期,在设计项目的话题性方面,需要考虑与互联网上的长效的社会热点产生关联,比如,《流金岁月》《三十而已》与互联网上"女权""女拳"话题结合等;在剧本细节层面上,台词、情节点上需要根据具体的项目,有针对性地切中社会热议话题,"每部剧都有自身的话题性……将剧情中的话题打造为社会话题,剧情中的人物打造为社会人物,剧情中的评议打造为社会评议,以引发更持久的共振。"②

简言之,在电视为单一播出平台的时代,编剧只需要向制片人兜售故事,观众的讨论很少被倾听与传播。现如今的网络时代,制片人会向编剧询问故事在内容层面的话题性、传播性在何处。但是,由于传播媒介的改变,互联网的话题的转变更加快速,预测话题变得更加难以琢磨,存在着更多的运气成分,制片人实际上在询问一种自身都无法确定的答案。这也进一步导致了制片人倾向于选择一种更为安全的制作思路,例如选择文学 IP 改编来确保受众基础,选择影视翻拍确保故事质量以及选择顶级流量演员来保证粉丝的话题度,等等。而在原创剧的方面,由于在前期研发阶段,无法提供文学 IP、影视原作、流量明星三大安全要素,因此,在"话题感"方面的要求就更加突出。然而,由于话题的变动性以及一些平台制片人缺乏创新勇气和谨小慎微的态度,导致原创剧创作周期的延长,这更加容易最终错过话题风口。

(二)剧集碎片:制造具有社交属性"情绪痛点"

《2020 年中国网络视听发展研究报告》的核心要点之一,是短视频已经成为争夺用户时间的竞争对手,与其他内容较长的视听产品相比,它的用户黏性最高、人均单日使用时长最长。面对短视频的冲击,如何吸引受众,引导用户观看单位时间较长的视听产品,已经迫在眉睫,因此,在创作上,出现了一种"短"倾向,即每集中需要 1—2 个可以摘录的较短片段用于互联网传播。

这种长视频中的"短视频"思路,需要编剧有意识地在剧本的重要情节段落设计具有话题感的戏剧冲突,目的就是为了通过短视频的传播,引发话题和讨论度。

---

① 郭吉安、宁飞虹:《〈都挺好〉一天能上 13 个热搜? 一文揭秘剧集营销》,《投资界》,见 https://news.pedaily.cn/201903/441587.shtml。

② 郭吉安、宁飞虹:《〈都挺好〉一天能上 13 个热搜? 一文揭秘剧集营销》,《投资界》,见 https://news.pedaily.cn/201903/441587.shtml。

例如,《流金岁月》的第一集中,被广为传播的片段是蒋南孙将头发剪掉,扔向重男轻女的家人的争吵段落;蒋南孙与章安仁(杨玏饰)因价值观冲突分手的段落;《以家人之名》则是李尖尖(谭松韵饰)在4个男人面前大谈自己来月经的段落。这些段落具备极强的话题讨论度,前者以"蒋南孙一气之下剪掉头发""章安仁心机""蒋南孙拆穿章安仁"等上了热搜,后者以"李尖尖宣布自己来例假了""李尖尖好虎"等被讨论;前者切中的是"重男轻女""凤凰男"的话题,后者则是性的暧昧,二者都与性别的矛盾相关。

网络剧创作中的"短"思路,还体现在台词方面。因为台词的口语化属性,容易在较短的单位时间内产生足够的信息量,从而形成话题效应。如《隐秘的角落》中张东升(秦昊饰)的台词"您看我还有机会吗",分别出现在第一集中张东升在爬山时询问岳父母,得到否定的答案后,将岳父母推下悬崖;第二次出现在张东升询问欲离开的妻子,妻子回答不再爱他,而后妻子被杀。"我还有机会吗"包含了另一层信息,如果被拒绝,则会被杀死,等同于"你还想活吗"。从情绪的角度分析,它激起了一种阶层矛盾的恐惧,张东升不被以体制、父母为代表的权威认可,失去了阶层跨越的可能性,产生了一种弱势群体的报复反抗心理,是一种"恨意"的情绪释放。

在长中找"短"的创作理念将对创作产生影响。一方面是在剧作设计阶段,就需要将具有引发情绪效应的价值观融合在情节之中,以备后续营销上对相应话题的继续发酵;另一方面,这种剧集短视频化的方式,形成了一种舍本求末的断章取义、以偏概全的观看方式。观众通过"小红书""抖音"中的短视频已经基本可以了解故事结构、细节等内容,然而,这种观看并不是沉浸于影像的观看,难以深入体会故事中空间的流转。例如,《流金岁月》中暖色调的布光处理对"流金"的时光感的打造,在短视频片段传播的过程中,是极为次要的部分,重要仍是突出相关话题,进行表层情绪传达,由观众借此进行情绪发泄。这样的观看导向越发要求创作者在创作中增加可引起话题的情绪爆点,从而导致创作者重视情绪性话题,轻视剧本的影像化的呈现,营销思维干预创作思维的本末倒置结果。

(三)后创作:编剧为观众参与留出空间

面对互联网的剧集,如何留出空间让观众对剧集进行可能的解读,并形成二次影像制造,这同样需要进行预判。也就是说,编剧要为观众喜好的创作内容,留出相应的余地与开放空间。观众在观看时,可以对原来的故事漠不关心,但是,会自行通过剧作的留白空间产生天马行空的情感关系、人物关系的联想。这样的观众在互联网上聚集,又形成一种新的观看效应,目前较为成功的案例来自改编自耽美小说《魔道祖师》的《陈情令》。

以何种程度来为观众的想象留出空间,是剧本创作的难题之一。在《陈情令》成功之后,有不少剧集为迎合观众,将所谓的情感直白地表露出来,却并没有被观众接纳。如同样是耽美改编的《成化十四年》出现男演员洗澡的镜头,却产生了刻意为之的讨好,反而缩减了观众的想象和创作的空间。

更糟糕的是,这种迎合观众的行为已经从单纯的"耽美剧""男频剧"转向了讲述女性故事的剧集中。《了不起的女孩》是非常直接的对观众需求的迎合,其中沈思怡的出场犹如一个男性救世主的出场,她将拯救陆可的杂志社。沈思怡对着陆可笑,手插口袋,超越社交距离靠近陆可的肢体语言的表演,实际上是将闺蜜的重逢演绎成一种"拯救",沈思怡男性化的表演是对传统偶像爱情剧中男性角色的模仿。在这样的故事基调下,这部讲述女性友谊的剧集在人物关系的设计上却套用了男女关系的模型,这不完全是一种女性之间的友情关系,而是一种将男女爱情关系嫁接于女性角色。同样的问题也出现在了《流金岁月》之中,在剧中纯粹的女性友谊却在宣发阶段被精心经营成一种暧昧的同性恋倾向。

## 四、结语

当前网络剧呈现出现实主义创作倾向以及以女性为主角的剧集日益增多的现象。然而,依托于互联网的剧集创作,仍然有其特殊性。互联网与诞生于网络的文学有着天然的亲近性,改编网络文学仍将是网络剧重要的题材来源,这将进一步挤压原创剧的市场空间,而原创剧需要争夺市场空间,则又需要符合互联网的流量逻辑,遵循话题效应。这已经在一定程度上影响了故事的创作思路,导致虽然出现大量以女性为主角的剧集,但在女性主义表达上仍有进步空间;也导致网络剧现实题材创作直面真实的人性状况的程度不够,转而追求一种能引起话题效应的"点缀式"现实主义。

作为平台制片人,创作者与平台之间的桥梁,对编剧或其他创作人员需要更多专业上的信任,给予原创作品一定的支持;对平台方面,需要站在更高的角度,力求在营利的基础上做出更多具有人文主义、现实主义审美的作品。作为编剧,必须要面临的现状是要适应互联网的新环境的创作以及需要承认这一事实:互联网语境下的剧集创作,除了满足讲故事这一基本要求之外,不能忽视它的媒介特点,在保证故事完成性的同时,对可以引发互联网热度的话题性内容的吸纳与取舍,已成为编剧的新功课。

（原载于《当代电视》2021 年第 4 期）

# 少数民族题材电影："一体多元"问题与共同体意识的形塑

慕玲　北京电影学院国家电影智库副主任

本尼迪克特·安德森将现代民族国家描绘为一个有着确定边界和主权的"想象的共同体"。① 这个共同体通过大规模的文化工业被人们想象和发明出来,同时,共同体中的文化活动又不断塑造与巩固着共同体想象。新中国将电影作为有力的意识形态载体,70 多年来拍摄了众多的少数民族题材电影,它们展现了我国各少数民族独特的风土人情,呈现出有别于其他电影的鲜明特点。在新时代铸牢中华民族共同体意识的背景下,少数民族题材电影在展现"中国精神、中国力量、中国价值"方面的重要性更应得到重视。然而,由于历史或现实原因,少数民族题材电影发展也面临着种种困难和悖论。分析这些困难和悖论,并基于已有的历史脉络、艺术经验和新时代的现实基础去观照当下以及未来的少数民族题材电影创作,是一项有意义的研究。

## 一、历程与现状:从"同种异族"到"一体多元"的演进

根据不同的标准,少数民族题材电影有不同的时期划分。本研究选择"新中国成立前""十七年""新时期""新世纪与新时代"四个阶段的划分方式进行讨论,并分别作出简述以图描绘其概貌:这是一个在话语上从"同种异族"到"一体多元"的演进序列。

---

① Benedict Anderson, *Imagined Communities: Reflections on the Origin and Spread of Nationalism*, Revised Edition, Verso Books, 2006, pp.5-6.

(一)新中国成立前(1949年之前)

1949年之前,少数民族题材电影屈指可数。少数民族与边地作为一些影片中的消费元素在都市的银幕上呈现,"出现过的少数民族电影仅《猺山艳史》《塞上风云》《花莲港》三部少数民族题材电影"①,目前可查的第一部少数民族题材电影是1933年上映的《猺山艳史》。② 1933年9月1日的《申报》上,该片的广告词中出现了"沟通文蛮""发掘原始"的字样,同时不无猎奇地将"猺女裸浴""争风舞蹈""游猎婚礼""盛大展览"作为影片必看的噱头。③ 颇具意味的是,该片的影评则认为,这部深入中国广西郊野拍摄的以"同种异族""开化异族"为题材的影片是对于表现中国切实面貌的积极尝试,且有利于"预伏一架沟通文化的云梯",从而消弭族群间的"仇视"。④ 值得注意的是,《猺山艳史》的相关史料,从一定程度上反映出:在国民党失败的民族政策导致的民族仇恨之外的,是中华民族各民族间互为"同种"的意识,"异族"是作为生活于不同地理空间中拥有不同风俗的"同种"族群。

这种同种意识,在抗日战争这一国家危亡时刻,作为国家宣传话语被不断强化,其中尤为瞩目的是郑君里的纪录片《民族万岁》。该片历时三年,走访中国西部多个地区,不仅展现了中国边疆各民族的多元文化,并从各民族的民俗入手,逐渐汇聚到中华民族共同抗战的主题。换言之,该片的宣传思路和逻辑,即以动员全民抗战为目的,努力尝试在中国各族群之上构建一个更大的民族主体。不过,总体来讲,1949年前的少数民族题材电影虽然已经折射出各民族作为中华民族共同体一员的初步意识,但就影片数量而言,仅是零星探索和尝试。

(二)"十七年"(1949—1966)

新中国成立后,伴随着我国民族识别工作的展开,电影尤其是少数民族题材电影义不容辞地参与到新的民族建构和国家建设议程上来。⑤ 国家利用电影创造和诉说一个新的中国,同时,通过银幕勘绘和勾勒出国家的广袤边疆和丰富民俗。这一时期创作了40多部少数民族题材电影,⑥涉及蒙、回、藏、苗、壮、彝、羌、白、傣、

---

① 饶曙光:《中国少数民族电影史》,中国电影出版社2011年版,第38页。
② 猺,即瑶,新中国成立前用"猺",含贬义。——笔者注
③ 《申报》1933年9月1日。
④ 阿韵:《喊口号与脚踏实地:〈猺山艳史〉的献词》,《申报》1933年9月1日。
⑤ 陈旭光、郝哲:《"十七年"少数民族题材电影:意识形态构建与类型性的隐性承续及开拓》,《上海大学学报(社会科学版)》2014年第4期。
⑥ 饶曙光、李道新、赵卫防等:《地域电影、民族题材电影与"共同体美学"》,《当代电影》2019年第12期。

侗、黎、布依、拉祜、景颇、哈尼、哈萨克、塔吉克、维吾尔、朝鲜等 19 个民族,如《内蒙人民的胜利》《草原上的人们》《金银滩》《太阳照亮了红石沟》《山间铃响马帮来》《患难之交》《神秘的旅伴》《芦笙恋歌》《边寨烽火》等。全国各族作为中华民族的共同成员,其形象相继登上银幕。这意味着这些民族伴随新中国的成立与建设,一同进入了崭新的社会发展阶段。①

就艺术手法而言,诸多电影人将艺术经历融汇到这一时期少数民族题材的影片创作中,"十七年"的少数民族题材电影如同这一时期的其他影片一样,成为新中国文艺的高峰,影响力广泛而深远。此外,这一时期的少数民族题材电影也为略显单调的主旋律影片补充了色彩,诸如《哈森与加米拉》《阿诗玛》《五朵金花》《刘三姐》等,为呈现浪漫爱情、舞蹈歌曲、异域风光等"异质元素"保留了空间。其中,《五朵金花》更是成为新中国外事活动中展现新中国工业建设、民族团结、妇女解放等多维形象的必放影片,成为新生的人民政权的外宣名片。

(三)新时期(1979—1999)

伴随着社会的转型,这一时期的少数民族题材电影呈现出与以往不同的特征。就产量而言,较之前的"十七年"有了巨大飞跃——全国各民族电影制片厂共创作少数民族题材电影近 200 部,展现 30 多个少数民族生活风貌及历史文化。《青春祭》《鼓楼情话》《孔雀公主》《盗马贼》《黑骏马》《奢香夫人》《女活佛》《森吉德玛》《东归英雄传》《一代天骄成吉思汗》《红河谷》等少数民族题材电影,不再局限于意识形态诉求,而是转向风土人情、宗教信仰、人物传记等内容。这些影片拓展了少数民族文化的层次与边界,为少数民族文化的传播作出了贡献。

新时期少数民族题材电影呈现二元并蓄的精神风貌。创作者利用少数民族题材电影对中华文化和过往历史进行反思,驱动了少数民族题材影片在内容层面的多元化以及在价值询唤层面的探索。以汉族为主体的创作者,往往采取边疆少数民族言说方式来反思历史文化,如《青春祭》从汉族知青闯入边疆文化领地的视角切入,在散文诗般的叙事语言中彰显原生态与生命力之美,在两种文化的碰撞中反观过往历史。同时,少数民族创作者开始寻求本民族文化身份在银幕上的确立。与以往由汉族创作者主导的影片不尽相同,他们的影片呈现出更强烈的民族文化意识。影片或从本民族文化历史的角度审视自我,或观照本民族的社会变迁、民族处境以及个人命运,强烈地表达出对本民族文化的虔诚与热爱,并试图在中华文化

---

① 胡谱忠:《新中国民族题材电影 70 载》,《电影艺术》2019 年第 5 期。

和中华民族的大框架下建构起多元化的主体形象和文化认同。

(四)21世纪至新时代(2000年至今)

随着电影产业化改革的深化以及本土纵向经验的积累和海外横向经验的移植借鉴,电影艺术的类型更加丰富、表达手段更加多样化。电影技术的进步则进一步刺激和解放了艺术生产力和想象力,自然也让边疆景观、风俗的拍摄以及呈现获得了更多可能性。《婼玛的十七岁》《塔落》《家在水草丰茂的地方》《冈仁波齐》《阿拉姜色》《第一次的离别》《白云之下》《米花之味》等影片均在国内外获得较好的口碑。尤为重要的是,电影文化和技术的普及使得电影拍摄的门槛和壁垒大幅度降低。电影成为少数民族文化自觉表达的重要方式之一,加上"母语电影"的风潮,一批具有艺术追求的少数民族精英知识分子开始独立创作,成为这一时期的鲜明特点。

此外,少数民族题材电影在商业化探索上初露端倪,出现了如《狼图腾》一类的影片。近年来,随着国内经济崛起和消费主义的兴起,一些民族地区被卷入全国性乃至全球性的文化消费之中。① 与西藏相关的文化产品大热,影视作品自然也不少,如《冈仁波齐》的意外走红,万玛才旦等本民族导演在电影节和主流意识形态中取得了平衡。

正如习近平总书记所指出,中华文化是各民族文化的集大成。新时代以来,国家愈发重视文化发展,并更加强调中华民族共同体意识,多元聚为一体,一体容纳多元。而少数民族题材电影在强调少数民族"多元"文化的"民族性"的同时,也开始更加侧重展示中华文化"一体"之下的各族人民的日常生活。有学者将新时代少数民族题材电影创作概括为"人民性",并认为"人民性"引领"民族性"是今后的一大趋势。② 如果将"一体多元"的框架引入"人民性"与"民族性"的关系中思考,二者的关系就是中华民族作为共同体的共性与各民族自身特性的关系。

## 二、"一体多元"问题:少数民族题材电影的话语张力

少数民族题材电影所表现与观照的是中华民族共同体之下的各个民族。一方面,作为中华民族的一员,各个民族间具有共性且是一体的;另一方面,各民族由于

① Louisa Schein,"Gender and Internal Orientalism in China",*Modern China*,1997(1),p.70.
② 胡谱忠:《新中国民族题材电影70载》,《电影艺术》2019年第5期。

历史、地理、文化等客观原因又相互存在差异。影片创作在尊重差异的同时不应强化或夸大差异,在保持民族特性的同时不应刻意强化特性。① 当然,这是一种理想化的规范与追求。对于创作本身而言,考虑到"一体"与"多元"关系的历史和现实维度,我国的一些少数民族题材电影的创作在话语上潜在或实际产生着一些张力因素:在"一体多元"的大背景下,它们存在于影像/现实、传播/接受、个性/共性等不同层面和维度上。

(一)影像/现实:"异托邦"化呈现与民族地区实际建设成就的错位

福柯所提的"异托邦"概念不同于"乌托邦",它是实际的地方但是又充满社会想象的建构。对于东方的想象在《马可·波罗行纪》中即显现端倪。伴随地理大发现以及文艺作品的不断阐释,萨义德所谓的"东方主义"中的"东方"被西方发明了出来。② 这样一个被创造出的想象被用来寄托和言说现实社会中不能及的理想或者志向。就当下而言,曾经遥远的边疆、异域、少数民族作为想象的对象,在现实层面与主流受众及其文化之间的差别已经越来越小。随着国家在民族以及边疆地区建设和发展的深入,之前难以被了解和触及的"多元"民族地区,逐渐被纳入到更为有效的民族国家"一体"的现代行政管理体系当中,当地居民生活水平日益提升,与周边地区的交往也愈发频繁。然而,与客观事实相悖的是,人们对少数民族与边疆的"异托邦"想象仍然存在并因此造就了电影与现实的错位感。

"异托邦"有一定的真实社会生活基础,但它同时又充满了人们通过文化建构创造出来的虚幻内容。近年来,在少数民族题材电影的银幕上,边疆世界仿佛远离尘嚣以及现代都市生活的强压。它作为一个想象空间是封闭的,在远离国家中心地带的同时,远离了现代社会的各种法则、道德伦理。同时,伴随空间封闭的,是时间的停滞。很多少数民族题材电影中,民族地区和边疆地区被塑造成前现代的地方。

将少数民族形象以及地区时空进行乐园化的想象,也是近年来少数民族题材电影的特征——即便众多具有文化主体意识的少数民族创作者,反对将自身族群进行猎奇化呈现。③ 作为乐园的边疆少数民族文化空间,被认为是封闭的、凝固不动的、不受外界现实社会侵扰的,这样的银幕形象违背了少数民族和边疆地区历史发展的客观现实。一些少数民族题材电影为了迎合观众的观看趣味,孤立地放大

① 参见中共中央办公厅、国务院办公厅:《关于印发全面深入持久开展民族团结进步创建工作铸牢中华民族共同体意识的意见》。

② [英]爱德华·萨义德:《东方学》,王宇根译,读书·生活·新知三联书店 1999 年版,第 6 页。

③ 胡谱忠:《当下少数民族题材电影的文化表述》,《文艺研究》2016 年第 2 期。

了民俗景观等要素。被想象出来的边疆自然是一个不现实的边疆,它脱离了现代国家治理的实体边界,因此,影片往往呈现出一种去国家化的倾向。有学者指出,电影对于中国观众而言是海外舶来的产物,观看电影某种意义上就是在观看"外国(Foreign)"。①

电影对于少数民族及其存在的"异托邦"化的影像呈现,会引发和加深人们对于中国民族地区的历史以及现实状况的误解,甚至会产生继续强化西方的"东方主义"错误想象的效果,对于国家形象、国家统一和民族团结而言,这显然是负面和消极的。简言之,对实际状况的误读或不恰当的影像呈现,通过强化民族地区的"非历史""非时间"的空间特异性,遮蔽了作为"一体"的共同体及其代表——国家在民族地区尤其是经济社会方面的历史与现实成就。

(二)传播/接受:宣传教育诉求与接受视野的隔阂

中国叙事艺术讲求"文以载道",艺术表达追求"含道映物"。通过故事进行寓言式的家国叙事是这一文化传统的具体体现。《庄子》中便通过对边地吴越民风习俗的描述来表达政治理想。② 在少数民族题材电影中宣传国家政策和讲述国家历史,本身就是中国文艺传统的延续,道义宣教也是我国基层治理的传统手段。学者郭建斌在对中国西南民族地区影视传播的田野调查中指出,国家宣传通过影视作为一种重构"家"与"国"的"媒介仪式",是极好的提供国家认同感的渠道。③ 它在"少""边""穷"地区的传播呈现出"视觉展演"的意味,即国家的主动展映与应邀观看的观众之间的互动关系,④也可以称之为"一体"诉求与"多元"共存的互动关系。

就电影而言,虽然作为强大的意识形态载体已被反复强调,但其表达方式不同于传统的直接教化。本雅明在《机械复制时代的艺术》中谈到,在艺术品可以被大规模复制的时代,其所具有的被膜拜的价值逐渐消失,每个观众对作品都产生了评审的力量。⑤ 值得注意的是,这种评审力是建立在观众游离且漫不经心的注意力

① Paul Clark,"Ethnic Minorities in Chinese Films:Cinema and the Exotic",*East-West Film Journal*,1987(02),p.16.
② 《庄子·内篇·逍遥游》:"宋人资章甫而适越,越人断发文身,无所用之"。
③ 郭建斌:《媒介仪式中的"家—国"重构与游离——基于中国西南一个少数民族村庄田野调查的讨论》,《开放时代》2012年第5期。
④ 郭建斌、张静红、张翎等:《"视觉展演":中国农村电影放映实践的文化阐释——基于滇川藏"大三角"地区的田野研究》,《新闻与传播研究》2018年第4期。
⑤ Walter Benjamin,"The Production,Reproduction,and Reception of the Work of Art",*The Work of Art in the Age of Its Technological Reproducibility and Other Writings on Media*,Cambridge:Harvard University Press,2008,p.54.

基础之上的,因此,僵硬或一厢情愿地表达主旋律内容往往很难被观众接受。"处于游移观看状态"的少数民族观众对于影片的选择往往更倾向于熟悉的事物。可以说,选择银幕还是继续手中的农活和家务,完全取决于对影片的认知与理解程度。就目前的市场需求而言,少数民族题材电影还是以中东部汉族观众为主,由于一些以己度人的制作观念"作祟",部分影片在民族地区放映时经常发生少数民族同胞无法看懂的尴尬场面。例如,影片《农奴》中有一个片段:小强巴去佛堂偷白度母的供品以求果腹。这一片段原是为了表达人本斗争的思想,但在藏地放映时,藏区观众难以理解主角的做法,使得本应作为有效宣传工具的电影,因为内容创作的"一厢情愿"而大打折扣。

随着电影文化的普及,在边疆和民族地区,"看不懂"电影的现象极大减少。实际上,以汉族甚至城市观众为潜在对象的当代少数民族题材电影,就其与真正的少数民族观众之间的隔阂而言,仍然是一个不得不面对的问题。

(三)个性/共性:一体化话语的当代困境

"十七年"少数民族题材电影在银幕上对国家的边疆与边缘以及民族进行了具象的绘制,也使得观众能够认识到新生的人民共和国作为现代国家边缘在空间及文化上之所及。可以说,"十七年"少数民族题材电影利用电影这种大规模复制的艺术形式构筑起中华人民共和国的民族共同体。改革开放后,随着沿海地区较其他地区率先接入全球分工网络,全国出现了差序化发展,边疆相对落后的民族地区,其风土人文与发达地区的差异就越发明显,时空上的差异尤其是改革开放以来所受到的西方文化和叙事观念的影响,造就了区别于中国历史的经典叙事。它是基于各族群发展历程的叙事,是一种不再单受政治意识形态影响的、以文化为表征的历史叙事。可是,这种叙事有可能消解一体化的国家形象,也存在对"中华民族"作为共同体的共性避而不谈的问题,进而强调各个族群的独特性。对于多元文化的过分强调,使得观众认为各个少数民族和汉民族之间有着明显的非此即彼的疆界,忽略了民族之间的交流与交融。①

中西方民族观念的差异和误读以及全球化以来西方日益强化的文化霸权与对"多元主义"的刻意强调,与中国的少数民族题材电影创作过程中对多元和民族文化个性的尊重混合起来,有可能加深中国少数民族题材电影在个性与共性之间的张力。换言之,中国少数民族题材电影尊重多元化的、一体化的共同体叙事,在全

---

① 费孝通:《中华民族的多元一体格局》,《北京大学学报(哲学社会科学版)》1989年第4期。

球化语境中被放大,乃至被刻意制造出一种矛盾性。

民族(nation)作为一个外来词汇,在中国传统思想中很难找到对应的词汇。中文的民族包含两个概念:一个是由于文化、历史、地域等诸多要素促成的,在特定地区生活且习俗不一的族群(ethnicgroups);而另一个则是指现代民族国家(nation-state),即民族或国族。事实上,就观念史而言,中国长期以来并没有所谓民族的概念,而是同与异相互并存的"天下国家"①,是"一体多元"的共同体②。

裴开瑞(Chris Berry)曾以大量篇幅试图向西方学界解释和厘清中国视野中"民族"一词与西方词汇对应的复杂关系。③ 但是亦如他所承认的那样,当他与鲁晓鹏试图在更大程度上构建一个涵盖"中华"概念的词汇后,"人们并不去考察这个概念的含义究竟是什么,他们只是以非常随便的方式来使用这个概念"④。不难看出,海外对中国电影及中国少数民族题材电影的认识存在偏差,但同时又具有一种话语自信。这种自信源自"强势的西方学术背景与美国电影霸权,也归因于弱势的中国学术话语以及中国电影在全球化时代很难变易的边缘位置"⑤。

少数民族题材电影的发展,是一个现代化的中国不断将其视野延伸至传统中国的过程,是对于自己疆域从想象、窥见逐渐到知晓的过程。由于中文语境中"国族"和"族群"同属于"民族"一词,人们在观念中时常将两者混淆。从近年的少数民族题材电影中可以看出,不少影片在表现少数民族特性的时候过于强调了其特性,忽略了中华民族作为共同体的共性,即将族群概念误认为是同国族同等并列的关系,而非包含关系。这一混淆给观众尤其是海外观众带来困惑。

事实上,自新时期开始,西方世界在接受中国少数民族题材电影时,就已经表现出对中国少数民族认知的困惑和混乱。在1987年发表的文章中,海外研究中国电影的学者保罗·克拉克(Paul Clark)对新中国成立以来的少数民族题材电影进行梳理和讨论,他引用了表现彝族撒尼人的影片《阿诗玛》,但陈述论据时将《阿诗

① "……天下体系试图解决的是落实为政治的'一与多'(the one or the many)的兼容问题……"赵汀阳:《天下:在理想主义和现实主义之间》,《探索与争鸣》2019年第9期。
② 费孝通:《中华民族的多元一体格局》,《北京大学学报(哲学社会科学版)》1989年第4期。
③ Chris Berry,"'Race':Chinese Film and the Politics of Nationalism",*Cinema Journal*,1992(02),pp.45-49.
④ 张斌、裴开瑞:《国家/民族与公共空间——裴开瑞(Chris Berry)教授访谈》,《浙江传媒学院学报》2011年第2期。
⑤ 李道新:《重建主体性与重写电影史——以鲁晓鹏的跨国电影研究与华语电影论述为中心的反思和批评》,《当代电影》2014年第8期。

玛》归入表现白族同胞的影片之列。① 25 年之后,关注中国少数民族跨文本文化的学者凡妮莎·弗兰维尔(Vanessa Frangville)在讨论所谓"非汉族"(non-Han)影片时同样误把一张杨丽坤饰演阿诗玛的剧照备注为"金花"。② 这不仅体现了西方电影学术界对中国民族实际状况的了解程度,同时也表明,在对外传播实践中,相关题材的影片尚未建构清晰、有效的话语框架。

改革开放尤其是新世纪以来,中国的一些少数民族题材电影,也不可避免地受到现代电影叙事观念和讲述方式的影响。一方面,去中心化、碎片化的故事模式使得一元的家国历史叙述存在被淡化甚至被抛弃的危险。另一方面,少数民族题材电影遭遇全球化语境,一系列影片在反映当地的、局部的、碎片化的民族与社会现代化的同时,会在全球语境中被欣赏和鼓励,并被接受为"中国"的代表,甚至不自觉地成为瓦解中国一体化话语议程的一部分。事实上,在中国学术语境中,"少数民族电影"已经被强行地划归到"华语语系"(一个显然旨在反对"中国"的概念)之中。③ 当少数民族题材电影中的少数民族形象通过国际电影节、国际放映等方式传播到海外,常常被当作中国形象的代表。这种以局部中国话语反对中国一体化话语的危险,似乎是当下少数民族题材电影必须面对的问题和挑战。

## 三、共同体意识的形塑:典型影片分析及其启示

虽然在局部上存在着问题,但随着创作者与观赏者对电影思想性与艺术本体理解程度的提升,少数民族题材电影呈现出前所未有的创作景观:尊重"多元"、强调"一体"的影片日渐增多,形成兼容互洽的叙事风格,贯穿影片中的共同体意识也随之得到强化,少数民族题材电影在本民族的自我认知与中华民族的主体询唤维度寻求平衡。

(一)客观实在性呈现:最好的言说

随着少数民族题材电影增多,对边疆地区风俗与景观的展现,有利于构筑中华民族共同体。事实上,伴随着民族国家的建构,艺术作品中对国家内风景的表达,

① Paul Clark,"Ethnic Minorities in Chinese Films:Cinema and the Exotic",*East-West Film Journal*,1987(02),p.20.

② Vanessa Frangville,"The Non-Han in Socialist Cinema and Contemporary Films in the People's Republic of China",*China Perspectives*,2012(02),p.65.

③ [美]史书美:《华语语系的概念》,吴建亨译,《马来西亚华人研究学刊》2011 年第 14 期。

往往也被认为是塑造其国民性的重要表现手段之一。首先,它可以使观众更加熟悉边疆地区的风土人情,从猎奇的观看心态转变为对"我土我民"的认同。其次,对于各个民族在银幕上的呈现,也促使各民族在现代国家生活中寻求自身的位置,加强民族自豪感与认同感,进而增强中华民族共同体的意识。最后,对边疆民族地区的展示,有助于海外了解作为中华民族共同体的各少数民族的生活风貌以及风土人情,进而在国际上形成思考惯例——这是中国的边疆、中国的风俗、中国的边地。

影片《家在水草丰茂的地方》在呈现民俗的同时,也客观呈现了我国各民族交融的一面:裕固族的老人去世后的葬礼,邀请了藏传佛教的喇嘛进行超度。这样看似迥异的两个族群,由于影像的呈现,刺破了相互孤立的空间,即事实上活佛、喇嘛、净土并非独立存在于一个想象的时空中,裕固族同周边族群的交往交融也得以表现。

如果说民族、国家的概念是西方的发明,其边界自然也是伴随想象共同体的产生而产生的。边界上所拥有的人文风土,某种意义上也是一种文化发明。现代国家政权展示其边疆人文风貌更有着重要的意义——不仅向主体民族昭示了国家边界和疆域,也为自身的文化边界进行了划定。由于经济网络与全球的接轨、文化的沟通、大众传媒的扩张,非西方民族、国家所能涵盖的族群在产生文化自觉的同时,亦会对自身作为国家公民的身份产生诉求,这意味着寻求自身身份的认同与被认同。因为如此,一部关于某个特定民族的少数民族题材电影,即便其创作者出身非本族群,也会得到本族群以及相关人士的高度关注。事实上,对和谐的人际以及人与自然关系的憧憬与想象是人类文明的共性,因此,少数民族题材电影也得以成为中国对外文化交流,讲好中国故事、展示中国形象的有效手段。

正如《好莱坞报道》在谈及中国少数民族题材电影时所言,对于中国边疆地区生活近乎"纪录片之眼"(Documentary Eye)的呈现,可以说是近年来中国少数民族题材电影的一大突破。[①] 观众一方面可以欣赏到壮美秀丽的中国景色、丰富多元的民族文化,另一方面也能认识到当地居民在日常生活中践行的宗教信仰(如《冈仁波齐》)、人际关系的纠隔(如《碧罗雪山》)、个体的烦恼与欲求(如《塔洛》)以及为个人福祉的奋斗(如《诺日吉玛》)。

(二)作为叙事"基础设施"的国家:潜在的力量

新中国成立 70 多年来,国家不断加大对边疆地区的建设。这不仅体现在基础

---

① 参见 https://www.hollywoodreporter.com/review/ala-changso-1124123,2020 年 4 月 20 日。

设施建设,同时也存在于民户家中的领导人画像、使用的移动通信设备以及日益丰富的商品中。事实上,"基础设施"及其衍生成就,不单是当下一些优秀少数民族题材影片叙事的表现对象。作为国家的表征意象,它们也内化成影片叙事本身的"基础设施"。在这样的"基础设施"包围之中,当下一些少数民族题材电影,尽管导演出身少数民族,也使用了少数民族语言,但是影片所宣扬的内涵并非本民族传统文化在当今的"重现",而是侧重于讲述作为中华人民共和国一部分的边疆一路走来的历史进程。影片也更多关注作为边疆民族的个体,如何在全球化和现代化的冲击中面对将来。

《马背上的法庭》是一则呈现我国司法基层治理的故事。影片中,老冯依靠国徽获得了权威,同时,国家也通过老冯具身到了少数民族群众之间。国徽这一形象流转于各个村寨的流动法庭,在解决一系列看似琐碎家务事的同时,也向民众宣传了国家的法律常识。《白云之下》虽为一部"母语电影",但在蒙古语台词之外,仍不断出现以汉语为基础的外来词。男主人公向妻子讲述城里的故事时,直接使用了"一环""二环"等汉族语言进行描述。表面上看,这只是单纯的语言混杂,本质上却透露出这样一个事实:现代的交通网络系统与文化已经刺入看似封闭且凝固的边疆民族地区。在张扬导演的《冈仁波齐》中,朝圣队伍行进着的国道,写着"扶贫开发"字样、代替牲口拉板车的拖拉机,以及用于联络家人的移动通信电话,均是"国家"隐然存在的表征性符号。此外,拉萨既是宗教圣地,也是当地重要的贸易网络节点,朝圣队伍在这里不仅可以休整,也可以通过为他人提供诸如洗车和分拣废铁等服务,将自身劳动力转化为收入。国家以一种温情的方式隐在于影片之中。这未必是导演刻意为之的结果,而是当选择以基层为视角以及用客观影像语言为路径的时候,始终"在场"的国家就会被体现出来。显然,国家在《冈仁波齐》中不再是教条的刻板存在,而是以"基础设施"意指的形式成就了朝圣队伍的信仰之旅,是叙事中的"自然存在",与整个故事浑然一体,成为叙事本身的"基础设施"。

(三)普遍性的追求:人类命运共通感的营造

作为"人类历史上第一个全球化的大众媒体",电影"从一开始就是一种跨地媒介和国际贸易"。① 中国电影历史,也佐证了电影"传达中华文化价值"的媒介属性。除了影片在民族地区放映产生的反响之外,一些由电影工作队采风而编成

① 李道新:《跨国构型、国族想象与跨国民族电影史》,《当代文坛》2016年第3期。

的电影歌曲也广泛传唱。这体现出民族文化虽有不同，但历史上频繁的交流，也使得不同民族在深层次的文化认同上彼此相通。少数民族题材电影所折射出的自然观、人际观、家庭观、生命观、价值观，对亲情、友情、爱情、生命、安全的渴望以及对离别、疾病、贫困、灾难的挣脱等叙事母题，天然地拥有连接人类情感纽带的能量。影片所思考的面对原生态与现代文明、传统伦理和全球化如何抉择等一系列问题，也是世界各国共同面对的时代命题。

《狼图腾》探讨的不仅是人类与草原、人类与狼群相互依存的关系，同时也丈量出一种敬畏自然、敬畏生命、不可竭泽而渔的方寸感。《第一次的离别》以孩童视角诉说与母亲、伙伴、心爱的小羊的分别，以敏感细腻的影像和饱满丰实的情感将"回不去的童年"和"乡愁"寄寓于人生无数次的离别之中。在《米花之味》中，由于家长外出打工，二女儿喃杭出现了留守儿童常有的逆反问题。这些影片所传达的对于简单且亲密的人际关系的追求，不仅是少数民族聚落式生活方式的再现，也体现出都市生活重压之下大众对人类本真时代和谐关系的向往。这种世外桃源式的诉求既是东方式的独特表达，更是人类文明呈现的共性。

对美丽景观、纯真人物关系以及人与自然和谐相处之道的表达，在《阿拉姜色》《狼图腾》《滚拉拉的枪》《花恋》《我们的嗓嘎》等少数民族题材电影中都有涉及。异域风情不再只是影片的外在点缀，而是深入故事内核，讨论人在自然环境与社会环境、历史传统与现实诉求、内心世界与外部因素间的抉择与困境。部分影片还上升到生命观、文化观层面的内向审视。《滚拉拉的枪》以五个具有隐喻意义的场景串联起苗族少年寻父之旅。在这场传统与现代、家庭与社会、生命表象与实相、文化溯源与传承的对话与思辨中，少年完成了他的成人礼。促成这场蜕变的并非是成长仪式所需的器具，而是对流淌在骨血里的家庭观、生命观、文化观的体悟与认同。"生命树"的栽种、成人礼鸣枪都是散落在传统聚落的文化符号。大量民族文化符号的交融与传承，汇聚成人类文化之林。这类影片不断思索个体在走向未来和世界时无法回避的问题，引发个体对于生命意义与人类命运的叩问，回应人类在文明河流前行中的困惑与迷思。

## 四、结语

我国少数民族题材电影自诞生伊始，即被赋予了书写与传承民族文化的使命。同时，周朝以降的天下观念又将少数民族题材电影与国家紧密勾连，无论是"十七年"时期的中华民族共同意识形态的表达,抑或新时期各族"本位"文化的复兴,再到 21 世纪新的"多元一体"的中华民族共同体的建构,少数民族题材电影均是国家发展的见证者与记录者。可以说,少数民族题材电影在发展与演变的过程中,深化了我国"多元一体"的文化表征与家国天下观念。诚然,少数民族题材电影还存在着潜在或现实的问题,但就其创作而言,愈发彰显出自觉意识与自信之态,如从客观视角言说民族地区的风俗与景观,以自然含蓄的风格进行主旋律内容的叙事,以及对少数民族文化连接中华民族和全人类的情感基因、文化共性的探索,均为少数民族题材电影形塑中华民族共同体意识提供了某种典范与借鉴。

(原载于《当代电影》2020 年第 11 期)

# 沈铁梅与川剧《三祭江》

## ——兼谈戏曲的传统与创新

魏锦　重庆市文化和旅游研究院文化发展研究中心主任、副研究员

2018 年 6 月 6 日,在由重庆市川剧院和香港八和会馆共同举办的"港渝名伶汇演"中,戏剧梅花大奖获得者、"川剧皇后"沈铁梅为观众奉献了一出精彩绝伦的《三祭江》。1988 年沈铁梅曾以《三祭江》获得她人生中第一个戏剧梅花奖。30 年后再次完整演出,十分难得。从年龄、气质上说,今天的沈铁梅更适宜孙尚香这个角色。从嗓音条件看,由于良好的发声训练方法,沈铁梅依然保持着"铁嗓子"的极佳状态,在"高、亮、脆、纯"之外,更增添了几分宽广浑厚。这场演出于观众而言更似一场高规格的"川剧演唱会"。《三祭江》并不如《金子》《李亚仙》等广为人知,但说它是沈铁梅的代表作毫不为过。同时,这出戏也是在川剧历史与声腔发展中不断磨砺、日臻完善的一出经典剧目。

一

《三祭江》是川剧传统折子戏。三国后期,关羽战死,张飞遇刺,刘备兵败死于白帝城。刘备夫人、东吴郡主孙尚香在江边设灵祭悼,祭后投江自尽。这出戏情节简单,然感人之处,皆在孙尚香情真意切的唱腔之中。

清道光年间已有《祭江》的演出记录。从艺人传抄的《春台班剧目》①来看,道

---

① 转引自王芷章:《腔调考源》,原载于《中华戏曲》第二十六辑,文化艺术出版社 2002 年版。据考证,所录应为道光末年或咸丰初年春台班演出剧目。

光十年(1830)左右在北京演出的皮黄艺人其擅演剧目就包括《祭江》一出。道光十九年(1839)叶调元写有《汉皋竹枝词》一卷,其中咏及楚调①,有诗云:"风前弱柳舞纤腰,宛转珠喉一串调。情景逼真声泪并,祭江祭塔与探窑。"并注曰:此闺旦之大戏也。② 可知至少道光年间,《祭江》是以皮黄腔演唱的、声情并茂的一出闺旦戏。经历了不同声腔、剧种间的流转传播,《祭江》在今天的京剧、秦腔、汉剧、徽剧、晋剧、豫剧、滇剧、同州梆子、河北梆子等剧种中均有演出,剧目名或称《孙尚香祭江》《别宫祭江》《别母祭江》等。川剧《三祭江》,得名于孙尚香祭的是刘、关、张三人,主要唱段分三段"一祭:祭刘备""二祭:祭关羽""三祭:祭张飞",且三个唱段声腔殊异,因此称"三祭江"。

川剧《三祭江》早期为胡琴③剧目,即以皮黄腔演唱,大概是随湖北汉调传入川渝的剧目,后经艺人加工演变,成为多声腔演唱的剧目。构成今日川剧的昆曲、高腔、胡琴、弹戏、灯戏等五种声腔大约在清乾嘉年间已盛行于川渝一带。其时,很多戏班由原来的单一声腔逐渐改为"两下锅""三下锅",即同班演唱多种声腔。有的剧目演出时,甚至采用几种声腔演唱。《三祭江》就是把胡琴、弹戏、高腔三种声腔融于一戏当中。因而《三祭江》在一定程度上也被认为是川剧多声腔合流的过程性表现。④

今天我们能够欣赏到的川剧多声腔剧目已经不多。《三祭江》能够流传至今、常演不衰,很大一部分原因恰是因为多声腔演唱已成为这出戏的一大特色。演出时,演员身段表演不多,而精彩之处就在于不同声腔演唱在剧中与主人公的情感及所要表现的人物息息相关,贴合紧密,因而演出效果非凡。《三祭江》里的孙尚香是典型的民间视野中的人物。她是雍容华贵的吴国郡主,因此以正旦应工。她是蜀主之妻,如今却夫死、家亡、国破,其情其状不可言说,因而悲情成为全剧的主要基调。她亦是蜀中百姓代言人,她不仅是在祭奠、追忆自己的夫君,更是在歌颂百姓心中的"正统"英雄、万民敬重的结义弟兄,因此她要在百余句唱腔当中,描画出三位英雄的形象,甚至敷衍出半部《三国》。从"三祭"所采用的主要声腔来看:祭刘备唱胡琴"阴调","阴调"亦称"反二黄"——是由二黄唱腔转入下四度调性形

---

① 其时楚调已是皮、黄合腔。

② 廖奔:《中国戏曲声腔源流史》,人民文学出版社 2012 年版,第 178、179 页。

③ 川剧胡琴腔,即皮黄腔。据现有史料,胡琴腔约由湖北汉调或陕西汉中入川,在清乾嘉年间已流行于四川(一说为咸丰年间)。

④ 《中国戏曲志》(四川卷),中国 ISBN 中心 1995 年版,第 57 页。

成。二黄腔调本就婉转多姿,富于跌宕变化,反二黄板缓腔繁,行腔柔曼婉转,更有千回百转之慨,宜于摹写生死离别、肝肠寸断之情。祭关羽唱胡琴"西皮",西皮较二黄腔调简约一些,色调更趋明快,行腔潇洒、爽朗、富有激情。祭张飞唱弹戏"苦皮",川剧弹戏由梆子腔体系中的秦腔演变而成,节奏铿锵,气氛炽烈,苦皮则在这铿锵激昂中增加了悲切的调性,唱来"繁音激楚,热耳酸心"。这三种调式很适合孙尚香对这三个人物的宣叙,准确表达了孙尚香与三者的关系,以及三人本身的个性特征。这种声腔处理所达到的内涵和外延的和谐统一,与其说是声腔合流时期的偶然,毋宁说是川剧艺术家们的匠心创造。

《三祭江》声腔复杂、难学难唱,因此也是川剧中考量旦角唱功的大戏。在川剧史上,《三祭江》是不少名旦的代表剧目。清末民初川剧名旦浣花仙一生精研胡琴、弹戏,唱腔独具一格,川剧界素有"浣派"一说。《三祭江》正是浣花仙的拿手好戏。"浣派"传人白玉琼同样擅演此剧。1958年四川省川剧院研究室音乐组编写的《三祭江》(附曲谱)剧本,就是根据白玉琼的唱腔记录整理的。张慧霞、静环、竞华等亦擅演此剧。竞华是一位擅于创腔与表演的旦角演员,其声腔自成一派,她的《三祭江》也是独树一帜,别具一格。《中国戏曲音乐集成》所收《三祭江》曲谱①即依据竞华唱腔记录整理。在诸多名旦的不同演绎、呈现与传承中,《三祭江》这出戏便也获得了不断的延续与完善,展现着历久弥新的艺术活力与魅力。

二

今天我们得以从沈铁梅的完美演绎中感受到这一出好戏的诸多精妙之处。

"三祭"为演唱的主体部分。一祭丈夫刘备,曲调旋律缓慢、深沉,沈铁梅的唱腔哀婉、悱恻,一唱三叹,如泣如诉,行腔细镂微刻。悲怆、哀苦、夫妻阴阳两隔之情全在时而高入云霄、时而细若游丝的润腔中流淌出来。二祭关羽,悲情略敛,曲风转而明快,沈铁梅着意增加了声音的亮度,行腔则如行云流水,激昂澎湃,声中可见云长高义。三祭张飞,声转激烈、刚柔相济,铿锵、顿挫中刻画出一个"忠直性儿躁"的张翼德。整段唱腔节奏跌宕、哀而不伤、婉转激越,具有悲壮的色彩。沈铁梅的《三祭江》承传于竞华。竞华先生传戏时曾说一祭当如工笔,二祭当如行书,

① 《中国戏曲音乐集成·四川卷》(上),中国ISBN中心1997年版,第582—586、687—692、768—774页。

三祭当如狂草。今天我们从沈铁梅的唱腔中获得的感受,果然恰如其分。

沈铁梅的唱腔往往先声夺人,唱《三祭江》尤其如是。三个唱段,每段起首便能使人凝神屏气,将观众带入主人公或悲或叹的情绪当中。一祭开唱"纸钱灰化蝴蝶随风飘荡",字字带腔,起腔"纸钱灰"三字缓慢、沉稳,如诉衷肠,到"飘荡"时上扬放腔,及至轻吟一声"皇叔啊",在"啊"上大段润腔,虽无一声悲音,但悲情已难自抑,一泻而出!二祭首句"遥望虚空(啊)暗祈祷",纯净、空灵的声音又瞬间将观众带入太虚之境,仿佛整个宇宙都只有这个女子哀哀祷告之声。而三祭起首"止不住泪珠儿点点双抛",在"止不住"后插入的一段极富秦腔韵味的润腔"那咿呀——那咿呀——那咿呀——那咿呀——啊",高昂激烈,不禁让人悲从中来,慨叹不已。看沈铁梅的《三祭江》既可使人沉浸于全剧悲叹斯人长逝、感慨英雄末路的氛围当中,又可随着铁梅的一字一声,字斟句酌、细细品味声中之情。

"三祭"之后的"投江"同样表现非凡。从采用声腔来看,沈铁梅的《三祭江》是胡琴、弹戏"两下锅"。"投江"唱段不采用高腔,而是继续以弹戏演唱。其实,白玉琼、竞华的演出,就已经采用这种唱法了。我想这样的声腔处理,是经过艺术家深思熟虑和反复琢磨的。从整剧来看,皆以上下对句、节律齐整的板腔体演唱,声腔风格更为统一和谐。特别是紧承着"祭张飞"唱段的情绪与节奏,使全剧内在的力量感、情绪的延续性也都大大增强了。

纵然"投江"一段字句不多,却也精雕细琢、自成一格。几句之内,节奏数变,从【一字】到【二流】【垛板】,再到【三板】,以行腔、板式的丰富变化渲染出孙尚香既悲且愤,继而决然赴死、无限悲戚的心情,给全剧装上了一个干净利落、撼动人心的"豹尾"。

> 承前【一字】
> 孙尚香! 孙尚香!
> 只哭得咽喉火冒!
> 要相会,要相会,
> 仙凡阻隔万里遥!
> 【二流】(紧拉慢唱)
> 君也死来将也亡,谁来扶保汉家邦?
> 眼望皇宫身下拜,三叩首拜别儿的母后娘!
> 【垛板】(快速)

非是你儿舍身死,哪堪国破家又亡!

白绣鞋——

【三板】

我脱在江边上,魂归西蜀自投江!

到"白绣鞋"三字,上承"哪堪国破家又亡"紧张、铿锵的节奏,并不换气,而在"鞋"字拖腔,后插入一段过门,由【垛板】转【三板】,在渐弱的锣鼓声中缓缓唱出"我脱在江边上",此时纵有无限悲戚,赴死已是决绝,接着一段利落的过门后鼓乐息声,在静默中唱出"魂归"二字,便在"西蜀"二字放腔,其音响遏云霄,此时唯有几声琵琶伴奏,之后又再次静默,悠悠唱出"自投江",锣鼓的最强音则随"江"而出,伴着孙尚香投入滚滚长江奏完这英雄悲歌、生命绝响!

沈铁梅的《三祭江》继承了传统唱段的韵味与精粹,同时也在精雕细琢中呈现出其自身卓越的艺术见解和她对当代审美特点的观照。

2005年,在中国艺术研究院召开的沈铁梅表演艺术研讨会上,魏明伦曾说过:"沈铁梅在川剧的唱功上超越了有旦角以来的所有演员,超越了前辈。"此言不虚。沈铁梅在唱腔的旋律性、音乐性方面的确是超越了前辈艺术家的。这一方面表现在她的唱腔音域宽广、旋律复杂、润腔丰富。马也先生评论沈铁梅的《三祭江》"高处可穿云裂帛、直插霄汉,凄婉处如游丝细缕,百转千回"①。诚然如是。而这样旋律丰富的演唱来自于沈铁梅坚持不懈的声乐训练和对人物、唱腔的揣摩、设计。她在不断的训练中了解、熟悉自己的声音、知道自己的舒适音区、音域的上下极值在哪里,这样她可以游刃有余地驾驭自己的声音,何时高昂、何时哀婉、何时抑扬顿挫、何时一气呵成,无不拿捏得当,准确而美好地用唱腔来表情达意、表现人物。据说,竞华先生在传授沈铁梅《三祭江》时,不仅倾囊相授,也曾根据沈铁梅的声音条件,为她设计新腔。最后一句"魂归西蜀自投江",竞华先生专为她设计了在"西蜀"二字上的高音,她说:"铁梅,你声音好,这里一定要唱上去!"事实证明,沈铁梅的这一句演唱的确是悲声大放直上九天、悲情难抑一泻千里!因此,这不但是一段梨园佳话,可见竞华先生对爱徒的殷殷之情与无私精神,更足以说明艺术家在创作中精雕细琢、追求完美的可贵态度。竞华先生的精神与态度深深影响了沈铁梅,也促成了沈铁梅今天精益求精的艺术追求和堪称经典的艺术表现。说沈铁梅唱腔的

---

① 马也:《重庆有个沈铁梅》,《中国文化报》1989年1月8日。

旋律性、音乐性强,另一方面还表现在她唱腔音乐元素多元、兼容并包。《三祭江》本就是多声腔演唱,而沈铁梅的演唱往往在一种声腔当中还会添加一些来自其他剧种、乐种的演唱方式,这些"俏头"也使得她的唱腔丰润多变,别有韵味。比如"纸钱灰化蝴蝶随风飘荡"这句,在"蝶"字的行腔上,沈铁梅用了京剧里小擞音的技巧,唱腔听来便就多了一分深沉哀婉,多了一点大青衣的味道。又比如"祭张飞"唱段,用来源于秦腔的弹戏演唱,既保留了秦腔原有的音乐元素,如那韵味悠长、情感炽烈的润腔"那咿呀——那咿呀——那咿呀——",同时又在恰当之处化用了河南梆子的行腔方式,比如"要相会啊仙凡阻隔万里遥"一句里"啊"的大段润腔,顿时使唱腔在热切激昂之外更增加了顿挫与铿锵的力量感。凡此种种,俯拾皆是。但你会发现,尽管沈铁梅的唱腔中有非常多元的音乐元素和技巧,但她都用得恰到好处、不着痕迹,画龙点睛,只此一点。并且无论化用哪种声腔技巧,因统一用重庆方言演唱、统一于一致的节奏韵律当中,听来既耳目一新又和谐熨帖。

沈铁梅的演唱是词情、声情、曲情的完美统一。戏曲演唱的基本功能是传情达意,这其实就是唱词语言功能的实现,也就是词情。在此基础上才谈得上唱腔的审美功能——声情和曲情。从小受到其父亲、著名京剧表演艺术家沈福存先生的熏陶和指点,沈铁梅的演唱非常注重吐字归音,字正腔圆、字音清晰,让每个观众都能听清她唱的是什么(这虽然是戏曲演唱的基本要求,但事实上现在很多戏曲演员并不能很好地做到这一点)。此外,强调演唱的语言逻辑是沈铁梅唱腔的另一个突出特点。演唱时她能够将重音、停顿等语言手段巧妙地与音乐手段相融合,比如在既有旋律内她会增加一些节奏的快慢变化、声音的轻重与高低起伏,这样不仅准确传达出唱词的逻辑重音、表意重心,同时也使得声与情紧密贴合在一起,声随情动,波澜起伏。这便有了声情和曲情。比如一祭唱段中,"起义师诛灭了乱臣贼党",孙尚香的情绪从凄楚的"悲夫"渐渐转为骄傲的"赞夫",相应地唱腔节奏也从"乱臣贼党"处逐渐加快;而"奴为夫有美味我无心去尝"到"无心"处则又悲从中来,放慢了速度,压低了音量,显得柔肠百结。二祭唱段中"误中了吕蒙贼的圈套","圈"字行腔延长,"套"则出字有力、收声干脆,从语言表达的角度来说,正起到了逻辑重音的作用,是对"圈套"一词的强调,之后稍停顿,蓄势唱出"我的二叔叔哇",完整表达出对英雄屈死的无限惋惜。正是因为沈铁梅的演唱以语言表述的基本逻辑为前提,使得观众感觉到她不仅仅是站在台上表演给你看,而就是对着你在倾诉;你并不是在欣赏她精湛的表演艺术,而是通过她的唱腔感受着她的悲苦、哀思。这种超强的"诉说感",使得观众的注意力很难转移到别处。对着一个对你倾诉衷肠的人,你能不仔细倾听? 你能抽身离开吗? 板腔体声腔的曲情还涉及唱腔与配器伴奏之间的关系。川剧板腔体音乐的表现力相对曲牌体的高腔较弱。为了获得更好的伴奏效果,沈铁梅与乐队成员也进行了多种探索与尝试。此次演出,在胡琴的乐队建制中,除京胡、二胡、琵琶、大阮、中阮、笙外,增加了月琴,以呈现明亮、有力度的音色,西式乐器只用了贝斯,强化低音表现力。这样就获得了更丰富的音乐层次。借鉴京剧"几大件"统一的伴奏方式,改善以往川剧中"跟腔"式的伴奏,使伴奏音乐起到更好地"托起"唱腔的作用,同时,充分利用不同器乐的特性,使器乐声也同样服务于人物的情绪渲染。伴奏声、唱腔声相辅相成,实现了"共情",演出的表现力、感染力倍增。上文对"白绣鞋我脱在江边上,魂归西蜀自投江!"的描述便是明证,此处不赘。

相比前辈艺术家,沈铁梅《三祭江》的演唱节奏整体加快。事实上,"明快"几乎是贯穿于沈铁梅所有演出的风格之一。这是沈铁梅从无数次剧场演出经验和她所理解的当代观众审美体验出发做出的调整。她认为,当代生活节奏快,从前缓慢、拖腔的演唱方式在今天容易使观众产生审美疲劳,观众会坐不住。以"祭刘备"唱段为例,沈铁梅比竞华先生的演唱节省了大约四分半钟。但这并不意味着沈铁梅的演唱就削弱了反二黄的柔曼婉转的韵味,恰相反,这段唱在沈铁梅口中变得更加千回百转、荡气回肠。因为她绝非一味求快,而是当快则快,当慢则慢。吐字发音快,宣叙陈情快,干脆利落,绝不拖泥带水;但在需要做腔、润腔的地方,需要慨而咏叹的地方,一字之腔亦可"上穷碧落下黄泉",让观众大呼过瘾、掌声雷动。因而在整体加快的框架下,其实是唱腔的快慢、高低对比更加鲜明,是节奏、旋律变化更加丰富的生动的艺术表现。与"明快"相得益彰的,还有"简约"。删繁就简恐怕是沈铁梅在这出传统戏上所做的最大"手术"了。沈铁梅这出《三祭江》简化了孙尚香出场的烦琐程序和讲诗;将孙尚香对关、张的三叩首改为一拜,但这显然更符合人物身份与关系;删除了"二叔,你就死了哇,死得好苦哇"等"叫悲头"讲白,使人物情绪表达全部归敛于唱腔当中,我们认为,这是一种更加艺术化和现代化的表达。


三

与所有经典传统剧目一样,《三祭江》能够一代代被传唱,并不是因为有艺术家对其作出了大刀阔斧的"改革"和所谓的"创新"。从汉调进入四川的时间来看,

《三祭江》在川渝的演出至少也有 200 多年历史。今天我们所看到的《三祭江》的面貌,并没有颠覆性的改变。而《三祭江》能成为历史上诸多名旦的代表作,我们相信对每一位擅演《三祭江》的川剧艺术家而言,他们都是通过虔诚地学习师辈而得到这出戏的真传,并将其内化为自己的演绎和诠释,使这出戏成为自己那个时代的经典。在诸多名旦的不同演绎、呈现与传承中,《三祭江》这出戏便也获得了不断的延续与完善,展现着历久弥新的艺术魅力。戏保人,人保戏,戏曲的优良传承大抵就是这个样子吧。对于这出戏,沈铁梅所做的,同样是在悉心学习师辈的基础上,通过各种戏曲表演技巧、程式的化用、巧用,使演出呈现更加完善、更符合当代审美的艺术特征。如果我们也将其视为创新的话,那么,用沈铁梅自己的话说:"创新就是完善,改革就是超越",而"传统永远是艺术的母体"。

这个时代热衷于对戏曲的改革与创新。之所以热衷,主要是源于对戏曲艺术过时、老化的忧虑。其心也拳拳。但在谈论改革创新之前,我们认为至少对于艺术自身的发展规律和什么是创新应该有清晰的认识。

艺术样式在其发展中有辉煌也有低谷,如同唐诗、宋词、元曲、明清传奇,各有其辉煌时代。今天赋诗、吟词、唱曲的人少了,但不意味着今时今日这些文学样式便丧失了其艺术魅力,也不意味着今时今日的人们便都丧失了欣赏诗词曲的能力,那些脍炙人口的经典我们永远不会认为它过时。因此,不能说某些艺术在当今没那么流行了,就认为这种艺术老旧过时了,就否定其艺术形式与美学特征。如此改革和创新的逻辑前提是有问题的。一切文艺的革新应当以充分的文化自觉为前提,应该明确和肯定一种艺术在自身发展过程中形成的独特的表现形式、审美价值和优秀传统,也应当明确其在发展中还存在哪些缺失与不足。革新的目的只有一个,就是让"这一种"艺术得到更好的发展。当有人问到著名的梨园戏表演艺术家曾静萍对"创新"的看法时,她的回答与沈铁梅如出一辙,"我更喜欢用'完善'这个表达"。我想这是优秀艺术家的共识。

有清一代,中国戏曲经历了声腔流布、花雅之争、"新声迭出",乃至新剧种的形成、剧种特色、流派风格的固化,一方面呈现了戏曲艺术自身发展与不断"创新"的过程,但这种创新又始终是在戏曲这种艺术形式本体内完成的,无论何种"新声"、新的剧种,都始终具备中国戏曲一般性的本体特征:韵律化、程式化、以歌舞演故事等。同时在不断发展"创新"的过程中,"新"的声腔、剧种又逐渐形成自身的风格、特点而固化下来,成为这种声腔或剧种的"传统"。从一种具体的艺术发展来看,一代又一代艺术的传承者改善这种艺术中粗陋、不足之处,将不同时代人的理解、审美、技巧融入传统的艺术活动中,这就是所谓创新、发展。艺术的创新应该是基于其本身的艺术特色与规律的,是以保持其仍为"这一种"为前提的。正如马也先生所说,"新"虽然引人入胜,但那往往是人们把"新"与"好"、与"优秀"联系起来所赋予的新内涵。当我们把"优秀"理解为创新时,那么真正的艺术创新就离开了"形式革新""花样翻新"的迷惑了。①

(原载于《四川戏剧》2020 年第 7 期)

---

① 马也:《论戏剧的创新》,载《马也戏剧批评文选》,作家出版社 2008 年版,第 84 页。

# 中国当代美术批评的理念更新与理性重建

吴彦颐　常州大学教师

　　美术批评是整个当代美术发展机制中不可或缺的一环,它侧重于作者、作品、思潮、现象的分析与阐释,是一种理性的科学探究活动,其特点是直接引领和匡正美术家的创作与大众接受,促进二者良性互动与活性循环。从时间上来看,中国当代美术批评发端于20世纪80年代,西方现代、后现代美术批评观念的渗入,"85新潮美术运动"开展,《中国美术报》《美术思潮》《江苏画刊》《画家》等报刊相继创办,对整个美术界的理论发展起到了推波助澜的作用,①尤其是一批中青年美术批评家纷纷登场,给中国当代美术批评增添了生机与活力。至20世纪90年代,多种作为"文本批评"的美术类刊物停办,②批评家失去了传播载体,其身份开始向策展人转变。至此,中国当代美术批评与美术创作渐行渐远,其批评话语越发显得微不足道,逐渐走向没落,甚至陷入失语境地。有鉴于此,需要从理念更新和理性重建两个方面展开论述,以此获得更为真切的体认。

---

　　①　1985年7月,由中国艺术研究院美术研究所主办的《中国美术报》创刊,主编刘骁纯。《美术思潮》创刊于1984年10月,1985年1月试刊号出版,4月正式创刊,主编彭德。《江苏画刊》创办于1974年,1985年1月改版。1985年,湖南美术出版社创办《画家》杂志。此外,中央美院主办的《世界美术》创刊于1979年,以介绍西方现代艺术流派为特色。浙江美院主办的《美术译丛》创刊于1980年,以主要介绍英美美术史家的理论文章见长,二刊为青年艺术家思考艺术问题提供了理论资源,以及促进了对国外美术的了解。参见邹跃进、邹建林:《百年中国美术史(1900—2000)》,湖南美术出版社2014年版,第290—291页。

　　②　《美术思潮》《中国美术报》《画家》停办,担任主编和编辑的批评家纷纷"下野"。《江苏画刊》虽然保留下来,但也承受着巨大的思想压力。参见贾方舟:《批评的力量——中国当代美术演进中的批评视角与批评家角色》,《文艺研究》2003年第9期。

## 一、中国当代美术批评的失语危机

回顾当代美术批评的发展脉络,我们发现,方法论的缺失和理论建构的缺乏是美术批评处于两难境地的主要原因。前者体现在过于依赖西方理论,后者体现在缺乏前沿意识和问题意识,没有形成系统的理论范式。加之商业资本与新媒体的影响,导致其发展相对滞后,由此出现失语危机。

(一)过于依赖西方理论,本土美术批评话语弱化

20世纪初期,一些学者以西方美术观念对标中国美术,认为中国美术不够发达,原因在于缺乏写实的技巧和能力。康有为在《万木草堂藏画目》中言:

> 若夫传神阿堵,象形之迫肖云尔,非取神即可弃形,更非写意即可忘形也。遍览百国作画皆同,故今欧美之画与六朝唐宋之法同。惟中国近世以禅入画,自王维作《雪里芭蕉》始,后人误尊之。苏、米拨弃形似,倡为士气。元、明大攻界画为匠笔而摈斥之。夫士大夫作画安能专精体物,势必自写逸气以鸣高,故只写山川,或间写花竹,率皆简率荒略,而以气韵自矜。此为别派则可,若专精体物,非匠人毕生专诣为之,必不能精。中国既摈画匠,此中国近世画所以衰败也。①

由此观之,借鉴西方标准衡量中国传统绘画已经开始。此后,一些西方美术批评术语便充斥于字里行间,诸如抽象、变形、表现、解构、隐喻、消解、后现代主义、后殖民主义、女性主义、行为艺术、装置艺术等,大量涌现出来。与此同时,对西方现代美术批评理论与方法的引介也令人眼花缭乱,如贡布里希的视觉心理学、阿恩海姆的格式塔心理学、弗洛伊德的精神分析学、潘诺夫斯基的图像学、克莱夫·贝尔和罗杰·弗莱的形式主义美学、沃尔夫林的艺术风格学、索绪尔的符号学等广受欢迎,引起诸多研究者竞相模仿与学习。

坦率地说,较之中国传统画论,西方美术批评话语在解读中国美术作品方面有较大的拓展。然而,一些美术批评者盲目崇拜西方理论,唯欧美马首是瞻,以谙熟

① 康有为:《广艺舟双楫(外一种)》,姜义华、张荣华编校,中国人民大学出版社2010年版,第105页。

西方理论体系彰显自身学术水平,在美术批评实践中,没有清醒的历史意识,断章取义,盲目借鉴西方艺术理论,将其奉为圭臬,似乎只有与之相合拍才称得上主流。在西化氛围的濡染下,我国传统艺术精神、审美观念和美术批评要么陷入无法选择或不能选择的境地,要么陷入穷于应付、疲于跟班的悲观。尽管我们对传统美术批评的精髓和智慧推崇已久,但无法将其创造性地转化为现实批评资源和批评武器。事实上,在中国当代美术家与国际"接轨"之时,除了将自己变成西方理论的追随者和传播者,似乎无法从中找到可以依凭的、稳固的新理论来丰富自我、强大自我。至于生搬硬套、堆砌辞藻、削足适履的批评并不是切中肯綮的"文本批评",其没有现实根基,更像是一种"外围战"式的"文化考察"。这种对于西方理论的模仿颇似盲人摸象,并无定见,缺乏原创性和独立价值。

(二)缺乏前沿意识和问题意识,难以体现先锋性与新锐性

一般认为,批评离不开理论,美术理论的层出不穷会带来美术批评的革故鼎新。原因在于,理论家擅长总结艺术规律,他们可以通过当代艺术现象来拓展、延伸其理论。然而,传统美术批评通常把精英美术视为研究对象,而忽略了大众美术。在全球化背景下,随着美术创作领域的扩张和分化,出现了大众美术与精英美术分庭抗礼的情况,从而使中国当代美术理论与批评受到前所未有的挑战。一方面,美术批评与美术创作息息相关,不可分割;另一方面,美术批评需以前沿美术理论作依凭。即是说,但凡与美术创作实践或美术前沿理论相关的各种因素,都或多或少地以不同的途径、不同的方式投射到美术批评领域,直接推动并影响中国当代美术批评的发展。

值得一提的是,作为美术作品的载体,新兴材料的出现打开了我们的视界,若用传统批评标准来衡量则显得没有说服力。例如,波普艺术的发起者、美国艺术家安迪·沃霍尔(Andy Warhol,1928—1987)通过大胆尝试丝网印刷技术,无数次地重复影像,试图取消艺术创作中的手工操作因素来创作美术作品。1964年,他在首次个展上呈现出《布里洛的盒子》,作品看上去和商店里印有"Brillo"商标的肥皂包装盒并无二异。除此之外,还有代表作《玛丽莲·梦露双联画》《绿色可口可乐瓶》等,这些作品恰如画坛里的一股新鲜潮流,不仅颠覆了人们对于传统的认知,同时也是向现成品艺术提出挑战。此后,诸如这类艺术创作现象,逐渐成为当代美术批评的焦点。再如,20世纪90年代兴起的实验水墨,既可以看作本土文化的一面,又可以视为现当代国际身份的一面。面对新作品、新现象和新问题,批评家不能视而不见、充耳不闻。

由于缺乏前沿意识和问题意识,当代美术的出现通常令批评者束手无策,无法找到一个合理的切入点提供精准的解析和学术上的判断,不能凸显美术批评的先锋性和新锐性。正如有学者认为:"当代中国的美术批评,基本上就是西方文艺理论的消费场所,这真是无可奈何的事,因为我们没有自己的理论支撑。谁不想有所建树,但理论建树又谈何容易。"①无奈之下只能以西方美术理论和概念取而代之,于是囫囵吞枣,给人消化不良之感。还有一种情况,一些批评者从业水平不高,视野不够开阔,缺乏良好的道德操守,在对待新的美术创作现象时搬弄概念,牵强附会,无法深入到艺术创作和艺术现象的实质说明问题,往往浅尝辄止,不能从美术创作的机制上分析其产生的内部规律,阻碍了当代美术批评的健康发展。

(三)艺术的市场化与新媒体的普及化,严重影响美术批评生态

随着时代的发展,社会的进步,商业化、市场化悄然涉足文化艺术领域。在艺术市场的产业链中,艺术家的劳动价值和艺术品的商业价值都得到了充分的体现,美术批评也随之受到影响。与美术批评相关的经济行为受商业利益驱动,其内容的优劣与美术作品商业价值的高低捆绑在一起,诸如拍卖、交易、买卖与收藏等,它们成为谋取利益的工具。一些美术批评者完全无视美术作品的艺术技法、文化内涵和审美趣味,只是一味吹捧。他们的评论无异于商业广告,通过美术馆、博物馆、画廊、互联网展销拍卖平台等机构营造艺术品市场的繁荣景象。美术作品作为一种精神产品,通过批评者这一"吹鼓手"进行宣传推介,以此推动其艺术作品的价值。可以说,若无批评者的参与,美术作品很难进入艺术市场。由此推论,美术批评与美术创作之间存在炒作与被炒作的关系,批评者和被批评者是利益共同体,这也是当下艺术品市场乱象丛生的根本原因。有学者认为:"从艺术市场巨额利润中分得一羹的美术批评,已难以抵制丰厚稿酬的诱惑,在市场的妖魔化中,美术批评能坚守多少真诚的理性判断、多少真理性的价值拷问,是我们今天值得警惕的职守沦丧。"②若能找出一条适合当代美术市场的发展之路,美术批评家需以"独立的精神"来保证其评论的真实性和公允性。

20世纪90年代以来,伴随着网络的普及,新媒体的变革与创新为美术批评带来了前所未有的发展机遇,亦给大众提供了广阔的参与平台。随之而来的结果就是美术批评的主体由精英转向大众,几乎人人都成为了批评家,于是,批评者在网

① 郑工:《"美术理论批评化"的困顿》,《美术观察》2008年第3期。
② 尚辉:《中国当代美术批评与国家美术形象塑造》,《文艺评论》2008年第4期。

络世界里众说纷纭,体现出强烈的主体精神。较之传统美术批评的学理性、严密性与思辨性,新媒体美术批评具有即时性、便捷性、简洁性,当然也存在碎片化。更为重要的是,数字化技术在处理图像、声音与文字方面有明显的优势,为美术批评提供了多样化、普泛化的表达方式。基于此,一些批评者面对时下的美术现象自由抒发情感、表达自己的个性,他们在语言上直抒胸臆,在某种程度上呈现出一种主体理念性。更有甚者,他们并没有以客观的、理性的、严肃的态度参与美术批评活动,或者说根本没有深入细微地研读文本,而是以攻击性的话语否定文本,进而否定作者,火药味十足。由于批评主体缺乏审美趣味、理性思考和辩证分析,以至于批评完全与作品背道而驰,丧失批评立场,即便一些美术批评行为与经济利益毫无关系,也因审美趣味的低俗化而无法保持批评的公正性与权威性。在新媒体背景下,如何挖掘具有学术品格与责任意识的中国当代美术批评,增强媒介工具阐释效力,使批评话语学理化,此为亟须解决的问题。

## 二、中国当代美术批评的理念更新

中国当代美术因观念、形式、材料的不同,其范围正在不断扩容,诸如装置艺术、影像艺术、行为艺术等,已经跨越了传统美术的藩篱和审美范式。正因为此,中国当代美术批评需要观照中国近现代以来的创作实践,树立正确的批评观,具体从以下三个方面展开。

### (一)正视中西文化表现差异

比较中西哲学、美学、文学、艺术等学科,我们发现二者之间存在天壤之别。从宏观角度看,中国哲学主张"天人合一"的和谐关系,西方哲学追求"主客二分"的对立观念。中国美学重情,强调缘情言志;西方美学重理,推崇逻辑思辨。中国艺术尚单纯,偏于表现,讲究写意、求美;西方艺术重繁复,偏于再现,注重形似、求真。从整个大文化的视角来看,中国是线性结构,代代相传、薪火相承;西方是框架结构,否定前人、超越前人。正是因为中西方各自不同的特点,才出现了丰富多彩的艺术精品和代表性艺术家。

论及中西方艺术的差异,可以通过不同艺术门类比较进行观照。比如,中国戏曲讲究唱、念、做、打的综合,西方歌剧以演唱表现剧情。中国丝弦乐器音韵独特、空灵幽远、古朴含蓄,西方的交响乐雄壮浑厚、辉煌壮丽、富有激情。中国绘画以散点构图表现出循环往复的意象空间,以气韵生动建构形象;西方油画以焦点透视为中心,以明暗复杂变化追求物象的三维空间。无论是中国还是西方,每一个历史时期都有与之相适应的艺术形式。比如,中国文学中的唐诗、宋词、元曲、明清小说,中国书法中的篆、隶、楷、行、草五体,中国绘画中的绢本工笔和水墨写意,民间画、院体画和文人画的出现,都与不同历史时期的思想及思维方式相契合。同理,西方的史诗、歌剧、话剧、舞剧、交响乐、钢琴曲、雕塑、油画等艺术形式,也代表着西方寻求理想、表达思想的文明痕迹。由此观之,任何一个国家或民族,都有区别于其他国家或民族的艺术样式。即便是同一个国家或民族,在不同的历史时期,其艺术样式也有所不同。它们既不能重复,又不可替代。它们各自独立,毫无高低贵贱之别。即便是后人继承前人,若无创新,也仅仅是因袭与模仿,没有生命力。

吊诡的是,自 20 世纪初以来,随着西学东渐,西方译著大量传播到中国,掀起了一股国际化旋风。与此同时,西方的艺术批评概念、范畴、原理、方法、标准被介绍到中国批评领域,且被作为一种中心话语方式导引着中国艺术批评不断模仿与借鉴。西方艺术批评是建基于其文化背景诞生的产物,是在西方艺术实践、审美价值标准和哲学美学思潮下形成的,与中国的艺术实践和艺术批评并不一致。若以西方艺术批评理论的学理思路分析和阐释中国艺术创作,采用西方意识形态、价值标准、话语方式评判中国当代美术,这样的批评有可能潜移默化地销蚀自身民族特征,特别是导致美术本体丧失。明乎此,我们应当正视中西方文化表现差异,汲取其他国家或民族的异质文化元素,但前提是不能脱离我们本土的民族习惯与传统文化。

(二)坚持中华民族文化立场

立场是指认识和处理问题时所处的地位和抱有的态度,人的思想行为总有一定的立场,对待某一事物或者人作出价值判断,面对批评对象,如若缺乏自身立场,就不能与其进行有效的沟通。中华民族有着 5000 多年的悠久历史,中国美术也同样源远流长,具有鲜明的民族性格和卓越成就,彰显出开放胸怀、创作精神和文化自信。在思想活跃、观念碰撞、文化交融的伟大时代,在改革开放"引进来"和"走出去"的过程中,中国当代美术批评要重视文化传统、坚持民族文化立场、保持民族文化个性。时至今日,诸多学人习惯援引西方学术话语,用西方理论和方法阐释、解读中国美术,甚至用西方理论导引中国美术批评,其结局是不仅丢弃了自身理论话语和研究方法,而且严重偏离当代艺术本质和规律。

仲呈祥曾言:"在文艺批评中,我们要坚守中华民族审美创造力表现上的特点不能变,坚守中华民族心理素质上的特征不能变,坚守中华民族独特的思维方式不能变,坚守中华民族价值系统中的核心概念不能变。倘若变了,中华民族就失去了自立于世界先进民族之林的文化根基。"①我们深知,中国艺术在历史长河的洗涤中凝成了中华民族独特的审美价值取向和独立的美学精神。美术作为这个时代的"名片",如何把中国形象塑造得更生动,如何把中国精神体现得更完美,需要我们站在中华民族文化的立场上发声。因为,中国美术深深植根于中华民族土壤中,在阐释或评判自己国家的美术时,用自己的理论才能解决实际问题。诚如有学者认为:"随着全球交往的日益频繁,每一个民族都应该明白,学习别国的前提是保存好自己的传统,保持自身文化的丰富多样才是对世界文化的真正贡献。欧美不是中心,每一个民族都可以以自己独特的艺术与文化成就成为世界的中心。"②可以想见,有良知的批评者必定熟谙本民族的文化传统,面对西方艺术的风起云涌,美术批评家要叩问时弊,反观内心,不能没有自己的立场和判断。无论是中国美术走向世界,还是让世界来观照中国美术,我们要有"独立之精神,自由之思想",以高度的文化自觉与文化自信,建立中华民族文化立场的当代美术批评体系。

(三)回归美术创作实践本体

一般认为,美术批评建构的根本是对美术作品的评价,像南齐谢赫在《古画品录》中提出绘画"六法",并以此为标准来品评东汉末年以来的画家,如顾恺之、陆探微、宗炳都位列其中。这种以形象的直观感和音韵之美对作品进行印象式批评在今天仍然非常流行。随着艺术批评学科化的发展,出现了一种旁征博引、深刻厚重的长篇大论式的美术批评,其内容通常也是以作品为核心。笔者认为,美术作品的文本离不开形式与内容两个要素。从形式上看,造型是美术作品的主要特征,也就是古代画论中强调的"象形",这一特征使美术更关注外部形态的刻画,而美术作品的内容源自艺术家的情感,是艺术家在意识中创造出来的形象,即内容都是通过外部形态来表现的。然而,在当代艺术语境下,大量的美术创作实践不再局限于"架上绘画",而是大大拓宽了其范围,例如将装置艺术、影像艺术、行为艺术、观念艺术等纳入"作品"的内容,基于此,当代美术批评不得不面临转型。有论者认为:"从艺术内部的'自律'角度来看,当代艺术从架上的'形式实验'逐渐转向了综合材料所塑造的'观念'和'社会批判'的历史性转向,即艺术家更关注于作品背后的社会意义和文化批判的使命;而从'他律'的外部角度来审视,当代艺术创作模式、

① 仲呈祥:《文艺批评:增强文化自觉和文化自信》,《艺术百家》2013年第2期。
② 丁国旗:《我们的文化自信从何而来》,《湖南社会科学》2012年第1期。

生产机制与传播方式领域所发生的种种变化,不可能不得到敏感的艺术批评家们的关注。"①

于是,一些美术批评侧重于从美术作品的外部视角进行分析,并未深入具体文本机制探索其产生的内部规律。除此之外,美术史中的文献研究与美术理论中的观念研究,促使美术批评的思维模式发生了急遽转捩。有必要指出的是,无论是基于美术作品的"外围式"思想批评,还是美术史论中的文献与观念批评,都不应该忽视对美术作品形式和内容这两大构成要素的考察与探究。如若忽略美术作品的文本、作者、接受者、文化意蕴、历史逻辑诸要素的话,即便是对美术作品的技术含量作充分评价,也不足以体现出美术批评的完整性与丰富性。因此,批评者应当回归美术创作实践本体,关注其内在逻辑,理解其发展规律,把握批评方向,要看到一般批评者眼光未触及之处,使美术批评具有穿透力。

## 三、中国当代美术批评的理性重建

当代美术批评若想在国际上发声,理性重建势在必行。那么,如何理性建构以当代意识为基点的中国美术批评视野,笔者从以下四个维度逐一论之。

### (一)注重批评者学术品格培养

学术品格是批评者的基本素养,彰显了一种对学术的道德感、使命感、责任感和敬畏感,主要包括人格意识、使命意识、问题意识和创新意识。郎绍君在《批评的自觉》一文中认为:"批评的自觉须以批评家人格的独立为前提。"②批评作为一种学术行为,批评家应具有高尚的人格意识,其对于批评对象的阐释应该出于个人独立且深刻的思考,做到不从俗、不从众、不跟风,不断冲击传统的观念和模式,不断提出新的方法和见解,要有良好的道德操守,杜绝"红包批评""格式化批评"。使命意识要求批评家要勇于承担社会使命,弘扬先进文化的历史职责,与时代同呼吸,与民族共命运,与人民大众息息相通。通过对美术作品及现象的批评,帮助创作者理清创作思路,校正创作方向,帮助读者更好地欣赏优秀作品的精髓。问题意识要求批评家具备宏阔的学术视野,灵敏的艺术嗅觉和缜密的理性思维,面对艺术作品或艺术现象,能够迅速生成强烈的审美感受和艺术才思,能够发现别人尚未发

① 祝帅:《批评的危机》,《美术观察》2011 年第 3 期。
② 郎绍君:《批评的自觉》,《美术》1989 年第 10 期。

现的问题,并能利用和借鉴其他艺术门类的原理和方法解决美术批评中遇到的实际问题。创新意识要求批评者具备敏锐的时代视角,把握当代社会、文化艺术的主流及审美取向,先进的艺术思潮和新观念,其思维方式能够使人们突破原有的视域,进入新的未知领域,获得新的发现。同时,指出当代美术创作的发展方向,助力其向更高水平、更高层次迈进。

(二)推进美术批评学科化建设

要使美术批评走向新的时代高度,需要有自觉的认识,这种认识表现为系统性、学科性体格的获得和确立。笔者认为,中国美术批评学科建设包含两层含义:第一,从宏观上看,必然建立大美术批评体系,促成批评学科体系化。美术批评体系必须依靠学科,可以是交叉学科,也可以是跨学科,这是基于整个大文化背景下考察的结果。如段炼的《跨文化美术批评》(西南师范大学出版社 2004 年版)就是基于这一点而展开的。第二,从微观上看,必须重视美术批评体系自身建构。如王林的《美术批评方法论》(西南师范大学出版社 2006 年版)就是以"方法论"为核心深入分析美术批评。具体言之,首先,美术批评的学科化能够有效推动美术理论建设。中国美术批评理论资料浩如烟海,在其发展过程中逐步形成了"品、评、史、论"的整一形态。在中国古代美术文献中,品鉴与批评、历史与理论相伴而生,使其具有厚实的学术底蕴与学术价值。其次,美术批评的学科化有利于自身学术规范的培养和建立。规范性是行业的"门槛",当代美术批评需要有行业准入的"门槛",即广博的学术积累、科学的研究方法、精准的对象把握。唯有如此,当代美术批评才能够从印象式向学术化转变,为当代美术的发展保驾护航。最后,美术批评的学科化有助于形成自身理论体系。当代美术批评通常移植西方概念词汇或文学理论的话语形态和研究方法,有生搬硬套、亦步亦趋的嫌疑。加快推进当代美术批评学科的模式和框架,发掘研究课题和研究方向,有利于维护批评专业边界,提升批评专业水准。

(三)加强方法论的建立与优化

所谓方法论,即观察事物和处理问题的方式和方法。中国当代美术发展已经呈现出多元化格局,而过去的方法论已经不足以应对当下的需要。对于美术批评而言,在进行批评实践时,如何寻绎独特的研究视角,如何通过行之有效的方法揭示对象的意义,是一个至关重要的问题,需要加强方法论的建立与优化。

首先,以精读美术史论经典为基础。中国传统美术批评的精髓都散见于古代画论中,只有细细咀嚼才能深刻领悟其神韵和真谛。因此,在开启批评实践的过程中,熟谙传统美术史论显得尤为重要,关键是借鉴和融合中国文化特有的思维方式,学以致用,推陈出新。除此之外,还要广泛阅读哲学美学著作。哲学作为一定的世界观,在很大程度上对艺术创作产生积极的影响。正如方东美所言:"透过艺术看宇宙,透过哲学看艺术。不懂得中国哲学去欣赏中国艺术(文学、绘画),是白费功夫的。"①可见,艺术和哲学之间的关系非常密切。认识到这一观点,有利于我们理解纷繁复杂的艺术现象,从而把握美术作品的社会文化取向。

其次,以切合自身的创作实践为依托。批评者要有切身的创作体验,这是其理解艺术、从事批评的前提。具有实践经验的人对于艺术创作全过程了然于心,在批评时才能够有的放矢,精准解读艺术作品的思想内涵。试想,一个对焦点透视一窍不通的人,如何批评西方绘画的空间感?一个对工笔画和写意画一无所知的人,如何分辨细节真实和追求意趣?尽管流行于20世纪70年代的观念艺术冲击了传统意义上的艺术创作实践,若无对视觉形式、观念或蕴含深刻思想的理解,那么批评从何说起?一言以蔽之,只有把实践和理论联系起来的批评者,才能实现其对艺术语言的理解和深刻感知,否则难得要领,显得空泛苍白。

再次,以深耕细作的文本挖掘为手段。美术批评要实现其价值,先要从阅读文本开始。也就是说,以文本为起点,从美术作品的形式与内容中索解其意涵。这不是单纯的把视觉语言转化为文字表述的"看图说话",也不是对美术作品外围诸如作者的生平和创作意图的研究与评析,而是以某种具体的观点剖析批评对象,用学理化的分析来阐释、评判作品。因此,批评者应秉持客观而又科学的态度,确立美术作品的文本存在模式,对其细致深入地阅读、分析、揣摩,关注视觉语言各要素之间构成的内在关联,通过自身的艺术感知力、审美判断力和理性的科学探究力挖掘作品的深层意蕴,阐释作品的意义和价值。

最后,以中西合璧的理论储备为支撑。当下是"批评的时代",在全球化语境中,批评者具备中西兼顾的美术理论知识储备显得尤为必要。中国美术理论资源丰富,有思想深度与逻辑力量,体现出其美学观念、审美经验和价值取向,与西方迥然有别。西方美术理论暗含西方思维方式和欣赏习惯,有利于开阔中国批评者的视野。习近平总书记说:"文明因交流而多彩,文明因互鉴而丰富。文明交流互鉴,是推动人类文明进步和世界和平发展的重要动力。"②在现代化、全球化的今

---

① 方东美:《人生哲学讲义》,中华书局 2013 年版,第 90 页。
② 《习近平谈治国理政》第一卷,外文出版社 2018 年版,第 258 页。

天,面对中西美术理论,我们应立足于全局,相互尊重、彼此借鉴、求同存异、和谐共生,从而完成新理念、新思想、新论断的提炼与传达。

（四）重视本土学术话语的构建

长久以来,我们惯于用西方逻辑思维传递审美理想,用西方话语方式参与批评实践,用西方价值标准评判中国美术,以至于当代美术失却传统解读方式而被边缘化。季羡林曾不无感慨地说:"我们东方国家,在文艺理论方面噤若寒蝉,在近现代没有一个人创立出什么比较有影响的文艺理论体系……没有一本文艺理论著作传入西方,起了影响,引起轰动。"①我们不得不思考,当代美术批评构建自身的话语体系,必须重视本土学术话语,把中国传统美术批评观念、批评范畴、批评方法、批评标准与当代美术创作中的创新精神、时代特质和人文内涵相融合,以此作为构建本土话语表达方式和学术规则的有益补充,从而展现民族精神和中国气派。比如,中国美术批评向来有重品的传统,魏晋南北朝时期,"品"作为批评的方法有品第、品鉴、品评之意,像南齐谢赫的"六法"成为品评中国画的经典标准"万古不移"。朱景玄在《唐朝名画录》用"神、妙、能、逸"四品为唐朝画家分门别类加以评论。宋代黄休复在《益州名画录》中用"逸、神、妙、能"作为绘画的品评标准对应不同的代表人物……他们敢于直抒己见,表明立场,大胆评说,有思想深度与逻辑力量。再如,"意境"不仅是中国古代美术品评的基本支点,也是美术批评理论的最高范畴,其占有核心地位,而以西方文化建立的美学完全理解不了,也解决不了中国的意境问题。用"意境"窥探、阐释和评价当代美术,诸如以实验水墨、综合材料绘画、新媒体艺术等挑战传统艺术规则边界的作品,可以从传统媒材与实验手法、传统符号与图式拼贴、虚拟性电脑图像等视角,考察其在意境构成中的表现形态、表达方式等无疑是一个有益的尝试,可以在实践中不断改变和丰富。

## 四、结语

综上所言,当代美术批评在失语危机下,从理念更新到理性重建,实质上经历了一个从解构到建构的转变。笔者认为,我们要站在当代美术批评的中国立场,回归本土,回归内心,回归美术创作本体,坚守传统美术批评正脉,防止西方文化殖民

---

① 季羡林:《东方文论选》序,载曹顺庆:《中外文化与文论》,四川大学出版社 1996 年版,第242 页。

大举入侵对中国美术主流形态的戕害。因为,在全球化、现代化背景下,真正作出既具民族特色,又具时代精神,既有独到见地,又有独立判断,既能上接传统文化血脉,又能下启当代艺术智性的只能是以学术为本位且植根于中国的美术批评家,而非来自西方改造并以此自得的评论者或策展人。从这一点出发,探索有本土特色的、有新颖维度的、有公信力的美术批评,最终跃升至当代美术批评的中国学派,任重道远,尚待学界同仁付出更多的智慧和努力实现美好愿景。

(原载于《艺术百家》2021 年第 3 期)

# 建立体系观念，整体认知中国传统音乐创制理论

项阳　中国艺术研究院研究员

## 一、中国传统音乐创制理论的内涵与外延

中国传统音乐创制理论，是在中华文明数千载发展过程中因满足社会群体和个人需求创作群体在实践过程中不断创造积累结晶的产物。其中既有对乐本体（律调谱器）定位，依本体所成体裁、门类、相应作品创制、技法创造；区域人群创造以成特色，依国家制度保障下相关机构和专业乐人在不同时期聚合引领，在传播过程中具有相通性的文化积淀。乐这种以音声技艺为主导的综合形态，具稍纵即逝时空特性，制成后若不能有效展现难为世人所识、所感，须有二度创作，这是不同于非音声主导艺术形态的重要特征。在尚未创造乐谱和舞谱符号系统之先，活态创承是唯一方式，中国传统音乐创制理论涵盖一度和二度创作。当乐谱与舞谱符号系统渐备、科技主导（音响与音像）对乐有相对准确把握之时，人们忽略了乐的特性。当然应将乐之创制一度和二度区分以论，毕竟前者为本，后者忠于原作，特别在非仪式用乐类型中显现不同风格，或变异，或称丰富性存在。

体系是"按照一定的秩序和内部联系组合而成的整体"。中国乐文化体系以中原区域为中心，数千年来经历了孕育、成型、夯实、丰富、规范、汲取、融合、发展、演化等诸多环节以成。不同时期外来因素融入，为体系不断增添"新鲜血液"，中国音乐体系绝非封闭，而是像"汉族"概念一样有丰富性内涵。如同我们的农业文明，河姆渡文化有稻作文明，其后玉米、小麦等进入，丰富了中华民族主粮构成，但这些作物基因不同，即便杂交也是在保留种系自身特性前提下进行，难以混为一体。中国乐文化体系与农耕文明同在，国家以制度形式保障其实施，强调中原乐文

化传统正统性地位，依制在全国范围内实施，虽有外来因素融入，却以制度不断维系中原乐系"纯正性"。"今之乐犹古之乐"①，这种言说有合理性成分。毕竟从周代始便从国家意义上赋予律调器的典型特征，其后不断维系，将外来种属视为"夷狄之音"，降于"国门之外"②。乐律之基因对雅乐之外音乐形态进行"干预"，保障与"国乐"一致，在另外层面则可显现新类型性特征，诸如在乐调、乐器组合乃至结构和体裁类型等多方面，构成体系下的丰富性。有坚守又不断创造，这是中国传统乐文化体系的要义。中国乐文化体系数千年以成，历时性视角不可忽视。20 世纪西方音乐文化强势进入，经百年发展将中国传统音乐文化体系置于弱势地位。探讨中国传统音乐创制理论，应回归历史语境，既把握相关音乐现象，又对其深层逻辑内涵整体认知，努力把握自身机理，将中国音乐创制理论厘清后再与西方音乐形态以行比较。认知中国传统音乐创制理论体系是一个浩大的工程，中国音乐学界应建立体系观念，明确传统深层内涵后再与西方体系对应性比较，方可真正把握两者间差异性内涵。

研究中国传统音乐创制理论体系应有历时和共时双重视角，缺一不可。共时为横向，历时为纵向。两者相辅相成有利于把握发展逻辑。音乐创制理论体系，在一度创作层面应涵盖乐本体、乐技巧技能、体裁形式形态、功能用乐理念。这是基于发展史或称宏观考量，也具认知其内涵和边界的意义。

## 二、音乐本体之创

音乐本体涵盖律、调、谱、器，或称音乐构成要素。乐"生于人心"以形态显现，在创造与积淀中产生社会认同，从音、声组合到乐，从节奏、速度到旋律和音响表现特色以技艺区别于普通音声构成。在实践意义上形成区域社会人群所用律制，专业人士从理论上提升规范，诸如三分损益、隔八相生，呈国家意义上制度化存在，以钟律定位，成为中华文明六艺之乐艺基石③。明代宗室朱载堉创制十二平均律——新法密率，被束之高阁是因"不合祖制"，探索有益却难在国家制度规定下

① 参见(清)姚燮：《今乐考证》，载中国戏曲研究院编：《中国古典戏曲论著集成》(十)，中国戏剧出版社 1959 年版。

② (�䈝)"是进夷狄之音，加之中国雅乐之上，不几于以夷乱华乎？降之雅乐之下，作之国门之外可也"，参见陈旸：《乐书》卷一百三十，文渊阁四库全书全文电子检索版，上海人民出版社 1999 年版。

③ 项阳：《由钟律而雅乐，国乐之基因意义》，《音乐研究》2019 年第 2 期。

付诸实施。由钟律所成乐调,同属区域人群创制、夯实固化后依循发展,中国传统乐调"同均三宫",所谓雅、燕、清商,是与钟律相辅相成之存在,形成规范后以不同功能用于不同场合与类型影响后世数千载,学界从多地音乐活态中依旧可感受其存在。魏晋以降,西域多部伎传入,其乐调与中土乐调相融明确为燕乐调(或称俗乐调),与雅乐宫调系统称谓不同,《大唐开元礼》雅乐所用宫调由十二律名而立,不用俗乐调称谓;二十八调与雅乐相关,或称有内在关联,却为新的表述(定位)。当下鲁西南等地吹鼓手承载以"工尺七调"与越调、二八调等并行,同为历史上官属乐人创制,属不同统系的积淀。有如衙前乐人承载与教坊、乐营体制下的戏曲、散乐等承载话语有差,均为历史上官属乐人承继意义。把握中土宫调理论,既应认知自身发展,亦应辨析外来因素,还应考量功能性用乐。既然讲"燕乐二十八调",不属燕乐者怎样用调? 搞清楚二十八调自身也是必须。因乐曲创制以成旋宫、犯调、煞声等多种技术理论,为历史长河中官属乐人主导、在不断探索实践后转由"民间艺人"延续,工尺七调绝非民间创制,"近代皆用工尺等字以名声调。四字句乃为正调,是谱皆从正调而翻七调"[1]。我们可对乐文化本体微观判研,然有宏观考量方有体系意义。

文献和出土文物所见中土早期记录乐律理论者多为宗周属国,但从骨笛、埙以及夏商时代成编的磬、镈、铙、镛、钲考察,显然是区域人群既成音阶观念基础上在周代上升为理论,见于文献记载是在春秋时期。曾国和楚国均为宗周国度,西周时期即有这样的乐律实践,且有国家制度规范,毕竟如此多的诸侯国在以耳齐声年代其金石乐悬之乐律有惊人的相通性,《中国音乐文物大系》系列卷本可明确这种金石乐悬主导的乐队组合。曾侯乙编钟铭文显现与楚、齐、晋、申、秦等乐律名称不尽相同,但其创制律名理念却有一致性,如此将诸国乐律名称对应,纳入"同文、同轨"中,显现华夏乐律理论和符号系统在其时领先地位,亦确认宗周诸国对华夏乐律系统相通一致性意义。

这宫商角徵羽以及黄钟、大吕之十二音名后世亦称为乐谱符号,但在周代是否乐谱为用有待考量,学界认定乐谱在南北朝时首以文字谱成制,后有燕乐半字谱、工尺谱等传世,虽难对乐舞形态全面把握,却可在基本构架上认知乐之旋律和调式样态。

---

① (清)周祥钰、邹金生等编:《新定九宫大成北词宫谱》"凡例",上海古籍出版社 2002 年版,第621 页。

9000 年前的贾湖骨笛出土,表明中国有了较为完整音阶结构的旋律乐器,自 20 世纪 80 年代中期以来,先后有数批计 40 余支 6—8 音孔骨笛再世。虽属以耳齐声创制,却显现固化、稳定性音阶。骨笛非仅此一地存在,同为新石器时代早期阶段出骨笛者至少有河南汝阳、浙江余姚河姆渡、内蒙古赤峰等地。及至新时期时代晚期阶段,出土文物显示中原区域至少有 9 种以上乐器类型,具代表性当属山西襄汾陶寺和陕西神木石峁遗址,前者在 20 世纪 70 年代中期发掘,出土乐器 7 种 27 件,分别为特磬、鼍鼓、埙、土鼓、陶铃、铜铃和骨质口簧,时段为距今 3900—4300 年。神木石峁遗址在 2018 年和 2019 年连续获得全国重大考古发现称号,出土骨质口簧、石哨、陶响器、骨笛等 30 余件,时段为距今 3700—4300 年间。相当多的中土乐器在此基础上发展演化。由于木制和丝类乐器保存不易,难说止于此,甲骨文中有多处与木质和弦乐器相关的记录。商周时期文字和实物所见弦乐器甚至可把握弹弦与弓弦类分,使得乐器类型在组合意义上完整显现。石峁遗址中数量众多骨质口簧,既显独立性存在,更为其后有簧类乐器发展奠定坚实基础,笙、竽等创制应与其直接关联。始见于陶寺的合瓦形乐器铜铃,经历了商之铙、铎、镛、钲等于口向上、从单音渐为双音彰显阶段,商晚期乃至周初确立了于口向下双音定型。周公制礼作乐,将金石乐悬定为礼乐重器,乐队组合依材质分为八类,所谓金石土革丝木匏竹,成为中国礼乐文化核心为用的标配,后世认定为"华夏正声"代表。八音类分成为中国传统音乐具有核心意义的存在。汉代以降外来乐器增多以及中土新创,形成多种乐队组合并分出不同功用。中国音乐本体特征逐渐完备,形成大区域的典型性存在,音乐创制依此展开。不断出土的音乐文物、图像与文献资料相印证,中国乐文化传统之本体诸种要素整体存在逐渐清晰。

## 三、音乐体裁与形态创制

音乐体裁,是区域人群在认知基础上不断提升由专业人士创制。多族群内部个体创作不可或缺,诸如涂山氏演唱"南音"等,但真正具时代表征当是不同时期具引领意义的形态构成。在氏族部落(聚落)方国阶段,黄帝、尧、舜、禹、汤等均有独立性、象征性、多段体存在、内涵丰富的乐舞形态,文献记载葛天氏、朱襄氏、伊耆氏等氏族乐舞亦如此。宗周国家确立,具有崇圣情结的周公以"拿来主义"方式择取多种乐舞聚集,将周部族乐舞加入以成六乐,为后世之楷模。这种大型乐舞在其时为多段体、歌舞乐三位一体形态,具大曲意义,在最高礼制仪式——"国之大事"

中为用,成为社会标志性存在。这种形态或称结构确立,为王庭和宗周诸侯国代表性乐舞之依循。其结构或称体裁形式影响后世数千载,并拓展到多种礼制仪式类型为用,代表作不胜枚举,诸如唐代《秦王破阵乐》《南诏奉圣乐》等,从西域等地进入中原以部伎名之的乐舞最高形态亦如之,显现中早期乐舞体裁形式的相通性。两唐书以及《唐六典》《唐会要》等多种典籍记录太乐署教乐有众多大曲,国家级专业乐人需用 15 年掌握 50 套大曲为业成,涵盖雅乐大曲①。宋元时期大曲依旧是男性专业乐人必习,且不少于 40 套。《辍耕录》和《唱论》有载。20 世纪 80 年代在山西长治发现传世明代专业乐人手抄本《迎神赛社礼节传簿四十曲宫调》有"男记四十大曲"之规。大曲在发展过程中既有中原自产、亦有外来,经历了丰富性演化,以致学界对大曲本体和存在时段认知各不相同,但大曲确是先秦即在中土产生的音乐体裁形式,从结构和形态上有丰富性意义。这歌舞乐三位一体的形态既独立性存在,又有裂变和派生,从雅乐大曲意义上可延伸至当下,诸如曲阜和浏阳存在的样态。以及由歌舞大曲在唐代生发出杂剧大曲,王国维先生谓"歌舞演故事"便属于此。其后尚有脱离了歌与舞以纯器乐形态而存在的大曲样态。大曲这种体裁类型 3000 年发展演化,对中国音乐文化传统形成至关重要的影响,礼乐和俗乐两脉尽在其中,学界对此有专研,依据相关文献和乐谱资料及当下存在梳理辨析,把握中国音乐创制内涵。②

音乐形态,涉及创作技巧和创制的客观条件,诸如以器乐方式须依赖乐器,以声乐方式须依赖嗓音,当然涉及乐器和嗓音性能开发,以及区域地理、方言、文化背

---

① "太乐署教乐,雅乐大曲三十日成,小曲二十日。清乐大曲六十日,大文曲三十日,小曲十日。燕乐、西凉、龟兹、疏勒、安国、天竺、高昌大曲,各三十日,次曲各二十日,小曲各十日。高丽、康国一曲。鼓吹署捌搁鼓一曲十二日,三十日一鼓,一曲十日,长鸣三声十日,铙鼓一曲五十日。歌、箫、笳一曲各三十日。大横吹一曲六十日,节鼓一曲二十日。笛、箫、觱篥、笳、桃皮觱篥一曲各二十日。小鼓一曲十日,中鸣三声十日,羽葆鼓一曲三十日。錞于一曲五日,歌、箫、笳一曲各三十日。小横吹一曲六十日。箫、笛、觱篥、桃皮觱篥一曲各三十日成。"近卫公府藏版,昭和十年京都帝国大学文学部印,第 24 页。(宋)欧阳修、宋祁:《新唐书》卷四十八《百官志·太乐署》:"凡习乐,立师以教,而岁考其师之课业为三等,以上礼部。十年大校,未成,则五年而校,以番上。有故及不任供奉,则输资钱,以充伎衣乐器之用。散乐,闰月人出资钱百六十,长上者复徭役,音声人纳资者岁钱二千。博士教之,功多者为上第,功少者为中第,不勤者为下第,礼部覆之。十五年有五上考、七中考者,授散官,直本司,年满雪少者,不叙。教长上弟子四考,难色二人、次难色二人业成者,进考,得难曲五十以上任供奉者为业成。习难色大部伎三年而成,次部二年而成,易色小部伎一年而成,皆入等第三为业成。业成、行修谨者,为助教;博士缺,以次补之。长上及别教未得十曲,给资三之一;不成者隶鼓吹署。习大小横吹,难色四番而成,易色三番而成;不成者,博士有谪。内教博士及弟子长教者,给钱而留之。"引自《大唐六典》卷十四,中华书局 1975 年版,第 1243 页。

② 参见柏互玖:《大曲的演化》,上海音乐出版社 2019 年版。

景等诸多层面，最终以作品呈现。在中土，乐律体系定位、自然音阶下分十二半音却又以宫商角徵羽既为旋律构成并具调式特征且为主音意义。所谓"唯九歌、八风、七音、六律、以奉五声"①，说明某些时段存在五声主导的理念，但调式与音列结构绝非仅是五声样态，从初始便可明证。周代产生"引商刻羽"②，尚有杂以流徵、清角等创制技法，既是旋律特色亦为创作技术。这些是由专业乐人不断探索且规范以成并在区域范围形成共识，这是部落氏族方国阶段有夔等乐官以及周王庭和诸侯国用乐机构众多乐师和乐工形成职业化的意义所在。曲式者以音调成曲，由曲结构成式，其后依式成制，式与制间关联密切。周代文献对乐之体裁和曲式有所认知，见于文字揣度，诸如风、雅、颂以及大曲者。

所谓《诗》之"风"，音乐学界更多认定是周王室采自多国的民歌，然其内容难以"民歌"类归，更多为诸侯国有司属下专业乐人创制，对诸侯国君主、后宫和官员诫勉、歌德、循度、叱刺、教化为用。③ 以歌的形态展现诸侯国乐之风貌，或称区域音调特色，以"风"定位，有司传至王室结集，再由大司乐自上而下反播诸侯国有司，往复循环，使王室与宗周属国、属国间有乐的交流互动，也使得王室与诸侯国宫廷层面涵盖"风"之形态其制与式相通，如此孔子在齐、鲁、卫之地能听和看到多国之"风"奏唱，并将其歌诗部分记录，所谓"编纂"意义。

自上而下的传播样态涵盖《诗》中之"雅"。所谓小雅，侧重天子锡诸侯、诸侯之间、群臣之间燕礼用乐，不乏彰显文治武功、见贤思齐、标榜孝道等作品，应是王庭对诸侯国该类用乐的标配；大雅是在更高层级上彰显美德、诫勉、祀典以及春祈秋报礼仪用乐，使诸侯国高层在仪式用乐中铭记王庭功德，同为各国该类用乐标准配置。这些用乐样态由专业乐人创制和活态承载，使得王室和诸侯国有司间用乐（体裁、内容、曲式）彰显相通性。恰恰专业用乐机构、春官属下大司乐与诸侯国有司之交流，使乐在丰富性意义上具有核心为用的一致性，这是孔夫子在鲁国可见、可听"歌诗三百、舞诗三百、诵诗三百"的道理所在。体裁、题材和曲式相通性不再纠结。"颂"更是作为曲体存在，虽然《诗》只有三颂，但周颂应是宗周属国必备，而商颂（孔子去卫记录）和鲁颂则为本国存在。需思考：既然有颂这种体裁，同样需对本国君主赞颂的宗周属国何以不效法？只不过不跨区域存在难以被孔夫子记录下来。鲁颂和商颂具区域性，其他作品应从王室到诸侯国均有之，体裁、曲式至少

---

① 《春秋左传注疏》卷五十一，文渊阁四库全书全文电子检索版，上海人民出版社 1999 年版。

② 《周礼全经释原》卷七，文渊阁四库全书全文电子检索版，上海人民出版社 1999 年版。

③ 陶宗仪：《说郛》卷一，文渊阁四库全书全文电子检索版，上海人民出版社 1999 年版。

在宗周国家通用,这是国家用乐制度使然,真应对此深入辨析。

乐言又称乐语,乐的产生与区域人群语言习惯密切相关,音乐语言涵盖歌词,亦有旋律创制诸要素之意,探究乐与语言之关系至关重要。区域社会间有更多交流时会有新变化。或沉淀延续,或交融发展,如此愈显丰富性。

相关文献所见,中原歌诗在两周至汉魏重齐言、规整性,这种形态至唐达到鼎盛。然而,历经两晋南北朝外来乐部的交融,其音乐参差错落导致隋唐歌唱语言逐渐产生质变。应对西域音乐语言融入中土过程深入辨析,汉唐间"学胡乐"成为时尚,不仅在宫廷太常为用,王府和各级官府用乐机构承载多部伎中有诸多胡部乐,致使国家用乐呈雅、胡、俗三分,市井百姓对胡和俗乐趋之若鹜①,由是在中土形成了有别于诗之规整性的新样态——曲子。如王灼所言,古歌、古乐府、今曲子其本为一②,却有着各自时段特征。唐代诗歌与乐关系密切,文人创制,乐人依词而歌,典型事例为棋亭赌唱③。曲子经历了隋代"渐兴"、唐代"稍盛",其初创为词曲同步,继而在结构、词格固化样态下依曲填词,"旧瓶装新酒""曲重词随"。这种长短结构更具音乐张力,对中土音乐形态有直接影响。曲子与语言密切相关,从齐言为重到长短结构隋唐酝酿发展,宋为定型期,对其后一千又数百年音乐创制形成决定性影响。在结构意义上,曲子词摆脱了规整性齐言四句、八句样态,或长或短,曲牌各自成体固化,诸如《满江红》《浪淘沙》《蝶恋花》《傍妆台》《卜算子》《太平令》等,其后生发出"换头""合尾""集曲""移调"等多种技法,在不断雅化中宫调统系愈加完备,可独立演绎的曲子为"移步不换形"展现极大空间。王骥德云:"曲之调名,今俗曰'牌名',始于汉之《朱鹭》《石流》《艾如张》《巫山高》,梁、陈之《折杨柳》《梅花落》《鸡鸣高树巅》《玉树后庭花》等篇,于是词而为《金荃》《兰畹》《花间》《草堂》诸调,曲而为金、元剧诸调。"④鉴于曲子对中国乐文化的巨大影响,应认真总结其千年来在中国音乐发展中的重要地位和特有内涵,认知中国传统音乐文化的独特性。

曲子的主导群体是文人和侧重女性的专业乐人。一般讲,文人制词,乐人创曲并唱奏,应有文人或乐人词曲皆创的存在。国家在宫廷、京师、军镇乃至高级别官

---

① 项阳:《进入中土太常为用的西域乐舞》,《音乐研究》2017 年第 3 期。

② 王灼:《碧鸡漫志》,载《中国古典戏剧论著集成》(1),中国戏剧出版社 1959 年版,第 106 页。

③ 王灼:《碧鸡漫志》,载《中国古典戏剧论著集成》(1),中国戏剧出版社 1959 年版,第 109—110 页。

④ 参见(明)王骥德:《曲律》卷一,国家图书馆出版社 2010 年版。

府之地设置教坊乐系下相关机构,诸如府州散乐、府县教坊、乐营等,支撑文人和乐人互动,还是由于乐的时空特性所致。"有游心声律者,反从乐工受业;俳优得志,肆为奇诵,务以骇人听闻。常见缙绅子弟,顶圆冠,曳方履,周旋樽俎间。而怡声恭色,求媚贱工,惟恐为其所消。甚者习其口吻,法其步趋,以自侈于侪辈。彼拂弦按拍,执役而侑酒者,方且公然嘲谑,目无其坐上人,不有作者出而正之,殆不知其流弊之所止也。"①文人与乐人交往中习学制曲技能,方可词曲结合地创制。但文人不以特定场合展演为自己谋取生活报酬,其二度创作由乐人或称"女乐"完成。在国家乐籍制度下全国各地广泛存在的专业乐人在一千又数百年间创造并引领潮流。曲子词格参差错落,与其相辅相成的音调亦如之,因不同体裁中为用被纳入宫调体系。其后这声乐曲又被器乐化,诸如"吹歌",这种样态逐渐进入鼓吹乐中仪式为用。

曲子生发之初定位于俗乐,官属乐人承载与宫调体系发展相辅相成,两者互为作用,对宫调体系自身乃至与曲子关系研究至关重要。曲子入宫调体系,以新"物种"展现,说唱与戏曲由此而生,应深辨曲子的发生学意义。② 曲子可独立存在,当多个曲子组合以演绎故事,演唱者一人多角儿"跳进跳出"即为说唱,以宫调系统规范,"诸宫调"定位,风靡一时,诸如《西厢记诸宫调》《刘知远诸宫调》等;当演绎故事中的人物以角色形成行当,表演者一人一角儿,戏曲样态宣告成型,这种曲牌联曲体应角色之需独领风骚上千年!所谓"散乐传学教坊十三部,唯以杂剧为正色"③。散乐属倡优杂伎之乐,为俗乐概称,杂剧"立码头"呈引领意义。一并考量方显中国传统音乐本体之创的丰富性内涵。

独立曲牌/宫调/说唱/戏曲/舞乐/器乐一体为用,变化无穷,传承上千年。关汉卿《钱大尹智宠谢天香》第二折:"(钱)张千将酒来。我吃一杯。教谢天香唱一曲调咱。(旦)告宫调。(钱)商角调。(旦)告曲子名。(钱)定风波。(旦唱)自春来惨绿愁红。芳心事事"④。可见,归入宫调统辖的曲牌在唐宋以降音乐史上的地位。以曲牌结构戏曲、以宫调与声腔配位直至明代晚期属一枝独秀,余姚、海盐、弋阳、昆山诸腔系均如此。这种样态到民国时期依旧有较大空间,上党梆子在 20 世

① 陈庆浩、郑阿财、陈义主编:《越南汉文小说丛刊》第二辑第五册,《雨中随笔·卷上·乐辨》,台湾学生书局 1992 年版,第 31 页;相关辨析可参项阳:《词牌、曲牌与文人、乐人之关系》,《文艺研究》2001 年第 1 期。

② 参见郭威:《曲子的发生学意义》,台湾学生书局 2013 年版。

③ (宋)吴自牧:《梦粱录》,浙江人民出版社 1984 年版,第 16—20 页。

④ 施绍文、沈树华:《关汉卿戏曲集》,中国国际广播出版社 2011 年版,第 212 页。

纪 20 年代称"上党宫调",由昆梆罗卷黄等 5 种声腔构成,50 年代方以此称①,这种现象非孤例,以宫调论者、多声腔为同一剧种者或可更多。不同宫调所用曲牌有相通性,相同曲牌可入不同宫调中为用。在乐籍体系下宫调系统多声腔恰恰由官属乐人全面承载,应把握乐籍制度解体后曾经的官属乐人不同区域传承与传播受区域方言之影响,但曲牌体在中国传统音乐文化中具独特性。曲牌不断创造并被雅化以宫调规范为用成为定式,新创曲牌又会融入统系之中②。清代新创昆曲剧目乃至柳腔、罗罗腔等剧目中既有元之前曲牌,亦有明清"俗曲"曲牌,可见曲牌体形成后创承机制一以贯之,这的确是中国传统音乐长时段的特色构成。曲牌虽以教坊俗乐为重,却非仅用于俗乐,唐宋以降有许多本是俗乐为用的曲牌进而礼乐为用,或礼俗兼用,甚至僧道亦用,毕竟这是音乐创制的主导形态。这道大题值得学界群策群力认真梳理,以把握其对中国音乐创制传统的体系化为用。

明末清初,曲牌体一统情状被打破,板腔体现身。《中国大百科全书·音乐舞蹈》称唐代有板式变化体存在③,问题是宋元时期何以少有这种形态存在? 而引领教坊之"正色"戏曲是曲牌联曲体独占鳌头,板腔体何以到 16 世纪方以秦腔—梆子腔系崭露头角? 板腔体之戏曲的产生应是学界大力研讨的重要学术课题,这代表着中国音乐形态创制的新阶段,打破曲牌体一统,是否宫调体系由此弱化亦需考量。我们看到,燕乐二十八调完整样态在宋明间,其后延续发展。板腔体产生,这曲牌体在戏曲、说唱、器乐、歌舞等多门类中依旧有发展空间,这些形态的存在使宫调系统得以维系,然其弱化却是不争,毕竟板腔体势头猛进,脱离既有宫调发展前行。应考量板腔体与曲牌体之关系,经历了怎样的发展历程? 即由某一曲牌或其中某一段旋律为本形成主腔,多种板式和调式变化,围绕一个或多个这样的主腔展开,诸如秦腔以及其后的梆子腔系和皮黄腔系等,终成戏曲"两大体制",对他种音声技艺门类产生至关重要影响,成为中国传统音乐形态创制的显性存在。就戏曲自身讲来,无论是前面提到的上党梆子,还是在鲁、苏、皖、豫乃至更多区域存在的柳腔,都有本为曲牌联曲体、其后渐为板腔结构的过程。

戏曲两大体制的节点在明末清初,或由曲牌段落或独立创制主题音调,在此基

---

① 王丹丹:《上党梆子生成发展中的几个问题探讨》,载于李卫主编:《音乐礼俗的当代传承》,上海音乐出版社 2019 年版。
② 参见孙茂利:《从明清小曲探究曲子的创承机制》,中国艺术研究院研究生院 2019 年博士学位论文。
③ 参见《中国大百科全书·音乐舞蹈》,中国大百科全书出版社 1989 年版。

础上或增或减、或板或散、或离或转、或变或展,围绕主腔展开,技法多样、张力十足、变化丰富无穷、特色独具,人们可把握其音调特色,却百听不厌,未因似曾相识而违和,这是中土特有的创制。无论曲牌丰富性的独立存在还是以宫调统辖联曲体结构,乃至板腔体结构,都是理念形成后长期积累以成,且为专业乐人创制引领,调关系丰富变化融于其间,有序规范,难道我们的教科书不值得在把握历史语境前提下予以整体观照,为中国音乐形态传统创制的精到总结和发展打下坚实基础?创新与改革,关键要对中国传统音乐创制理论体系化总结,明确优势和缺环,整体观照微观判研,如此方可明确中国音乐传统。

曲牌体和板腔体以声乐创作为重,所谓"匡格在曲,色泽在唱"。礼乐中除雅乐外这鼓吹乐亦有大量歌词内容,《乐府诗集》等可明证;这琴有琴歌一类,面向社会大众俗乐以声乐为重。值得关注的是,当下传统音乐套曲形态所用曲牌当年多可演唱,诸如山西八大套、西安鼓乐、潮州音乐以及冀中笙管乐等。当有为器乐专创者,但声乐曲牌器乐化演奏活态例证多见,河北霸州胜芳南音乐会20世纪80年代与观音堂放焰口经师演唱为一体,观音堂当下乐队亦与南音乐会渊源有自。

《中国民族民间器乐曲集成》诸卷本中传统器乐作品主要为两大类,一是曲体独立存在,二是套曲形态。这套曲又分曲牌联曲体和板式变化体。联曲体中这曲牌多依宫调组合;亦有这样的情状,乐人们讲:曲名是××,可挂几个其他曲牌,如此形成套曲样态,冀中音乐会之笙管乐所谓大曲和中曲基本为这种模式。尚有以一个曲牌为基演化成系列的样态,诸如河北安新县圈头音乐会的《醉太平》《乐太平》《醉乐太平》《翠太平》,《中国民族民间器乐曲集成·山西卷》中以《花道则》为基展开多曲牌,鲁西南以工尺七调具丰富性意义的多种《开门》等,深入辨析会发现这种现象不胜枚举。

十大集成志书中"民歌""戏曲""曲艺""器乐",主导中国传统音乐形态者这两大类为首。这些曲牌为用频率高者多为全国性存在:何以如此体量的曲牌会有广泛性,是否为民间自然传播所致?若不把握历史上国家用乐礼乐和俗乐两条主导脉络,乐籍制度下专业乐人广泛性存在,认知乐籍制度解体后专业乐人转而侧重服务民间,难以明确"官乐民存"。关键在于全国性存在的国家用乐机构转为民间服务近300年间这乐究竟以怎样的方式存在和发展,全国范围内何以会有如此众多曲牌同名同曲、同名异曲、同曲异名、同曲变异现象;板腔体何以全国性多种音乐体裁中存在?对此整体把握再去考量乐脱离官方机构以民间态存在,官话—官乐系统受方言、地方音调影响导致变化。这其间对乐之创作手法深入辨析和总结,诸如借字、旋宫、煞声、犯调、偷声、减字、离调等,可认知历史上国家用乐发枝散叶,同一棵树虽叶子形状有差,但基因相同,这是应明确的道理。

中国传统音乐独特的创作历程值得认真总结,展现独特性后再与外来体系相比较,辨析"不同的不同与不及的不同"。若不对中国传统音乐形态和创制理念全面梳理,仅看到当下松散式的民间存在,不把握深层内涵,真会做出有失偏颇的判断。对中国数千年的音乐文化传统深入辨析,明白其创制机理,便会明确不同思维方式所创造的文化应怎样融合。我们非传统音乐文化"护法者",而是究学理,探内在逻辑,不迷失。

## 四、乐艺创承机构与理论探究

周代,是中土思想理论全方位创造的重要时期,作为六艺之乐艺亦在此时定位。《礼记·乐记》23篇,确立中国文化的大乐学观,对乐形而上认知需建立在形而下之上,涉及乐之形而下有"乐本篇""乐作篇""说律篇""乐器篇""奏乐篇"等。由实践上升为理论,作为乐若无专业乐人团队进行创制、承载、总结、提升,难有形而上认知。乐之创造和理论提升定由相应机构承担,这个机构应是涵盖创造、管理、教学、承载和展示的综合体,其职能和功能具丰富性意义。

鉴于乐艺特殊性,周公"引礼入乐",乐艺首重礼乐为用,礼乐之标志是与仪式相须,且歌舞乐三位一体,这三者相合绝非一个人在展演。乐器即有八类,每类非仅一人,乐不可无序。国家在礼乐意义上吉礼大祀有六祭之说,所谓天、地、山川、四望、先妣、先考,乐舞有对应性,但吉礼还有"国之小事"。五礼观念以成,用乐礼制仪式场合众多,曲目繁复,尚有道路仪仗为用的卤簿乐等,都需训练以成。国家用乐非仅仪式为用,具世俗性的非仪式娱乐之乐也是国家用乐有机构成。因此,必须有专业乐人团队和国家音乐机构以成。商代国家用乐因甲骨文辨识尚难以全面,记载相对周详的是周王室春官属下大司乐领军的团队、在诸侯国则属"有司",为重礼乐却涵盖俗乐的机构。因其存在且有系列社会实践,方可产生《乐记》,这为后世国家用乐奠定了基石。周代有着国家意义上最早、最为明确的乐艺教育与实施机构,王庭到诸侯国建立有机联系,使得国家用乐体系化存在,这是我们对《诗经》和《周礼》《仪礼》用乐辨析的意义所在。

承继周代国家用乐礼乐为重理念,汉代国家乐艺教育和创制实施机构由太常主导,其下与乐相关机构则为太乐和乐府。前者职能重礼乐中吉礼大祀,乐府则礼俗兼具。承继周制，是我们认定其为礼乐制度演化期的道理所在①。其新变化在于，一是国家用乐机构两分：太乐与乐府（乐府强势甚至盖过太乐），这与周代只有春官属下大司乐领衔、诸侯国为有司设置不同。二是乐府负责宗庙和他种礼制仪式，诸如嘉军宾凶诸礼以及卤簿乐。三是引入"胡汉杂陈"的鼓吹乐类型，使仪式用乐之乐制类型丰富。鼓吹乐从军中走来，进入国家用乐首为宫廷，有黄门鼓吹、羽葆鼓吹、骑吹、横吹等多种类型，拓展了卤簿乐以及军乐功用。郭茂倩《乐府诗集》中诸种鼓吹类型有系列作品存在，相应门类必定对该机构属下音乐作品创制促动，全国为用鼓吹乐曲目从此产生和发展。四是乐府还承载非仪式用乐，使汉代国家用乐形态愈加丰富。五是从创制到实施乃至教育都在其中，形成国家用乐引领。说其为演化期，在于依循周代五礼用乐，却未真正建立属于本朝的雅乐体制，虽有叔孙通创制礼乐，却难显特色。汉代雅乐沿袭周制，形式上依循。

两晋南北朝时期外来乐部涌入，对既有国家用乐势必造成冲击。但这些乐部尚各自独立存在。由于其更多在都城（平城、洛阳、邺城等地）和多处高级别官府，诸如凉州、甘州，尚未被纳入国家用乐。这一时期国家用乐之特色在于：一是国家礼乐中雅乐开启了新创承模式，即南朝梁武帝以"十二雅"为称的形态。既然雅乐最高为"乐九奏、舞八佾"，国家太常创制一套 12 首作品，因使用对象最多择其 9 首撰写不同歌章与仪式相须，开这种创作模式之先河，其后以"和""平""安"等定位。其二是佛教入中土带来用乐新变化。虽然佛教自东汉即入，然其大规模传播却在两晋南北朝时期，这与统治者的好恶密切相关。佛教入中土，须经历"改梵为秦、晋、汉、鲜卑"过程。佛教戒律明确"僧尼不得动乐"，但佛教不拒绝世俗人等对其乐舞供养，因此，既有统治者向寺院赐官属乐人的举措，亦有以佛教名义创制相关乐曲世俗为用，更有僧统昙曜向执政者上疏索寺属音声人，如此形成依附于寺院生存、为佛图户职能的奏乐群体。其三是中原与西域乃至周边国度文化交流涵盖乐舞形态，这为融入中土乐文化创造条件。其四是北朝时期先后有多个民族政权在中原立足，依循中原制度，国家用乐查找"坟籍"以宣正统，创制雅乐为用，他种仪式为用中将本民族乐舞融入，为外来乐舞创造了更为宽松的存在空间。

北朝时期一种足以引起学界关注的国家制度是乐籍制度。国家明确专业乐人归乐籍管理，自宫廷和京师，各级官府都有这个群体存在，高级别官府更是人数众多，有力保障了国家用乐整体承载和实施。除乐人主体承载，还有对区域音乐创

---

① 项阳:《中国礼乐制度四阶段论纲》,《音乐艺术》2010 年第 1 期。

制、收集、整理人员,以维系国家用乐之体系化。① 虽然文献显示乐籍制度在北朝偏晚建立,但建立后却成为国家必设。因应国家用乐的专业乐人绝非南北朝方有,建立乐籍制度明确对国家用乐创制、承载乃至训练都归于其下,后世采纳没有违和之感。

隋代再次一统,国家用乐因循中原,又面对两晋南北朝时期进入中土多种外来乐部,由是隋文帝将太常中用乐机构分为雅部乐和俗部乐。雅乐自是沿袭乐悬主导,明确"华夏正声",以国乐定位,所谓"国乐以雅为称"。而俗部乐为仪式和非仪式为用聚合。仪式为用之俗部乐,当是多部伎,或称胡部与中土之非雅类型,这非仪式为用也归俗部乐管辖。唐代太常设置两个乐署,即太乐署和鼓吹署。但开元间专司"倡优杂伎之乐"的教坊确立,首次明确乐之非仪式为用的国家专属机构,其后国家用乐制度基本维系这种局面。

国家体制下承载乐艺的相关机构当涉创承和提升意义,围绕国家用乐机构其教育职能彰显。唐代太乐署选拔来自全国的官属乐人从小抓起,以 15 年为周期学习 50 首以上的大曲、难曲,还有相当数量中曲和小曲,若无创制、教学团队和相关理论构架,难以撑起 15 年漫长教学过程,国家设置教学机构维系国家用乐正统、统一和丰富性,对乐官和乐师有效管理至关重要。作品涵盖雅乐和进入仪式为用的俗乐以及非仪式为用。外来部伎作品涵盖西凉、龟兹、疏勒、天竺、高昌、高丽、康国等②,主要来自于西域。《大唐开元礼》首次明确外来乐舞与仪式相须进入国家礼制为用。结合"城头雄鸡鸣角角,洛阳家家学胡乐"等相关描述,以及太乐署所教次曲、小曲和多种鼓曲,足以说明这些曲目不仅在宫廷,亦进入地方官府和市井社会生活,毕竟这些官属乐人学习后相当数量要回到各地,由其教习未进入宫中太常传习者。其中雅乐、清乐、燕乐作品属中原创制,此外为外来部伎。在国家用乐体制下这胡、俗等多品类乐舞来到全国官府所在地,官属乐人承载形成体系化,西域乐舞形态与中土音乐文化相融合,为包括地方乐人在内的音乐创作接受外来音乐文化影响创造条件。如此循环往复,除雅乐可保持既有传统(由太常寺统一创制规范固化为用,乐队组合、乐舞形态、乐章结构、乐调为用都有专设),至少在下一个创制周期前不许改变,他种礼制仪式中的乐队用乐均可能与时俱进。其中非仪式用乐更是成为各地音乐形态、音乐技能乃至音乐体裁和作品不断发展的引领,毕

---

① 项阳:《重新认知魏晋南北朝对中国音乐文化的价值》,《艺术学研究》2019 年创刊号。
② 项阳:《轮值轮训制:中国传统音乐主脉传承之所在》,《中国音乐学》2001 年第 2 期。

竟官属乐人全国性存在，从宫廷、王府、军镇乃至各级官府的体系化，为音乐创承的亮丽风景。这种存在影响后世上千载，甚至辽、西夏、金、元诸朝亦如之。诸如曲子、诸宫调、杂剧及其派生的诸多形态，都由官属乐人体系为引领，为创作、传承、表演、发展一条龙式的存在。在这种意义上，中国传统音乐之创制理论（涵盖二度创作中诸多技巧、技能）不断生发，当曲谱走向成熟更显以乐籍体系为中心，全国范围对音乐创制的理论探讨真正形成体系化。应明确国家制度下体系化的机构和专业乐人对音乐创制的深刻影响力。

宋元时期，围绕乐籍体系下官属乐人承载，对其理论探讨多星散在笔记中，亦有专论，诸如张炎《词源》、沈括《梦溪笔谈》、王灼《碧鸡漫志》乃至燕南之庵《唱论》以及陶宗仪《辍耕录》等。随着乐谱逐渐成熟，通过乐籍体系创制颁发全国的谱本已成规模。明代雅乐曲谱以《太常续考》①为代表，用于宫廷20多个仪式场合。面向全国祀孔为用的《文庙释奠礼乐》由非乐籍的乐舞生承载。明代亲王封国钦赐乐谱1700本②，如此数量的乐谱对星布于全国30余处府卫上的数百座王府和地方官府当有统一性，毕竟除亲王府外，郡王和公主等府邸用乐要从高级别地方官府调用③。在这种体系下，由遍布各地的国家乐艺机构引领，不断累积亦有新创，自下而上汇聚，整合后反播，如此往复，形成对乐艺的创制、提升、教习、承载、实施，高级别官府所在地为区域音乐创制和展演中心，虽不够平衡，却使得国家用乐有其引领性和丰富性，也为理论与技艺创造提供有效支撑。

明清雅乐自有太常人士不断探索，而俗乐一脉更贴近世俗社会生活，加之社会群体与乐籍中人联系紧密，明代形成探索音乐创制理论的高潮，有众多著作传世。诸如何良俊的《曲论》、王世贞的《曲藻》、王骥德的《曲律》、沈德符的《顾曲杂言》、徐复祚的《曲论》、凌濛初的《谭曲杂札》、张琦《衡曲麈谭》、魏良辅的《曲律》、沈宠绥的《弦索辨讹》和《度曲须知》，黄周显的《制曲枝语》和毛先舒的《南曲入声客问》等，不一而足④。这些书籍主要对社会上存在的音乐体裁和形式探索总结，诸如曲子、戏曲（涵盖南北曲）宫调理论、乐调与语言关系、创制技法等，已成基本定式，有力促进了音乐技法创制的发展。需思考这些创制者和研究者的身份以及所

---

① 项阳：《以〈太常续考〉为个案的吉礼雅乐解读》，《黄钟》2010年第3期。
② 《张小山小令序》："洪武初年，亲王之国，必以词曲一千七百本赐之，或亦以教导不及，欲以声乐感人。"（元）张可久撰，（明）李开先辑：《张小山小令二卷》，南京图书馆藏明嘉靖李开先刻本。
③ 项阳：《关注明代王府音乐文化》，《音乐研究》2008年第2期。
④ 中国戏曲研究院编：《中国古典戏曲论著集成》，中国戏剧出版社1959年版。

密切接触的对象主要是文人和乐人,但不可忽略乐这种音声为主导的技艺形态的时空特性,若无观察审视乃至欣赏的具体对象,则一切都属虚妄,还应是自上而下围绕乐籍或称以专业乐人为中心。不论对曲子自身创制还是依南北曲而创戏曲,由宫调到旋宫,再到唱奏技法探索,至少清中期之前其承载对象是以遍布各地的官属乐人为引领。高级别官府、王府所在官属乐人群体庞大,围绕其周边社会人士越多,越能引发创制和探讨的群体兴趣。魏良辅等本是乐籍中人,国家乐籍体系下教育与创承,以创制实践为基础,有统一性和丰富性,区域乐籍群体有引领性。恰恰国家用乐以太常和由太常分立之教坊,成为引领中国用乐传统的主导创制机构。清雍乾时期乐籍体系消解,女性乐人群体更是被禁止参与一切专业演出,从而向艺术告别。男性乐人摆脱既有体制走上独立成班道路,因角色和行当所需,不得不"男唱女声"成为影响后世两百年所谓的"传统"①。延续一千又数百年中国乐艺官属乐人体系解体,既有官语化向"乡语"发展;既有训练或称教育模式变成各自为阵;既有创演团队承继部分越来越多地适应区域人群,丰富性和多样性愈显。此先官养群体变成官民共养、甚至更多民养状态,渐以"民间态"示人。虽有清中叶之先诸种体裁类型和本体形态延续性意义,却是松散。清中叶直至清末,虽在板腔体创制上发展显著,但整体从"国有"走向"市井"。经历 20 世纪社会动荡变革,特别是欧洲专业音乐文化形成对当下中国社会音乐形态话语权,音乐学界(涵盖戏曲、曲艺等)把握传统所见多是"民间态",如此将欧洲音乐以经典论,将中国传统以孑遗称,难以形成对中国传统自身体系化认知。应该讲,仅从当下"民间态"认知中国乐艺传统必有缺失。

以音声为主导的技艺形态,在乐谱发明之前,在世界范围都不可能有古人演奏和演唱相对准确的旋律样态存世。这乐谱若无节奏和时值符号,同样制约后人对其精准把握。程晖晖博士查找相关文献,从敦煌曲谱中即有板眼符号的存在,继而在明代乐谱中也多见板眼符号,诸如影印敦煌大曲谱【又慢曲子】【又曲子】【长沙女引】板眼与段落符号(《中国民族民间器乐曲集成·甘肃卷》)、影明万历刻本 01—陈所闻编《新镌古今大雅南宫词纪》中的板眼、中国艺术研究院音乐研究所藏明刻本《南九宫十三调曲谱》中板眼等,说明板眼符号系统经历了一个逐渐完善过程,清乾隆年间方见相对系统化,《九宫大成北词宫谱·凡例》

---

① 参见项阳:《男唱女声:乐籍制度解体之后的特殊现象——由榆林小曲引发的思考》,《戏曲研究》第 71 辑,文化艺术出版社 2006 年版。

中有对此的描述①。但清中后期该符号系统未广泛采用,原因尚需探讨。音乐学界对中国传统乐谱挖掘整理做了大量工作,诸如中外学者对敦煌曲谱研究,杨荫浏先生等对宋代姜白石曲谱研究,民乐界多位学者对清版本《弦索十三套》研究等,成绩斐然。袁静芳先生对《智化寺京音乐研究》,杨荫浏、傅雪漪、刘崇德等诸先生对《九宫大成南北词宫谱》译解研究,以李石根先生为代表的研究群体对西安鼓乐曲谱整理研究等更是意义重大。近年来《河北古乐工尺谱集成》以及《昆曲手抄本一百种》等出版,昭示乐谱收集、整理和研究尚有较大空间。云南人民出版社所出《禄劝、武定土司府礼仪乐本》弥足珍贵,可见中原与边地礼仪乐本的同一性。2017 年,由文化部艺术司和中国艺术研究院音乐研究所编纂的十卷本《中国工尺谱集成》(文化艺术出版社)将中国传统乐谱的整理出版推向新高度。我们应清晰地认识到,全国各地依旧使用工尺谱的乐社以及所藏谱本数量是已出版曲谱的十数甚至数十倍不止。我们的研究团队这些年从全国各地收集到的谱本超百册,这些年孔夫子旧书网销售的工尺谱不止千本。问题在于,我们的前辈学者由于家学渊源,对工尺谱随口就唱,亦可将其较为准确地施以口译解乐谱,而当下专业院校和团体承载和传习传统音乐形态,却难对工尺谱认知,除非有乐社和班社活态传承,否则拿到谱本也很难恢复乐曲原貌,全国范围内教授工尺谱的音乐院校只有寥寥数家,音乐本体律调谱器之谱把握不足已严重阻碍了研究进程。

工尺谱作为一种承载工具,其本身承载的文化内涵不容低估,毕竟这是有数百乃至上千年不断传承相对成熟的谱式,涵盖律调乃至乐器以及演奏演唱技法等,都会通过谱式之记写符号显现。我们须关注乐谱记录时的历史语境,尽可能还原其时的音乐样态。诸如我们在河北霸州胜芳镇南音乐会听师傅们演奏笙管乐遇到的情状。师傅们为我们演奏的曲目涉及四调,这与《中国音乐词典》云冀中笙管乐四调相通。若止于没有什么新奇。但当我们看到会社中一个世纪前的曲谱数下来明

---

① "声初出即下者曰'迎头板',亦曰'实板',则用'、'。字半而下者曰'擎板',亦曰'腰板',则用'∟'。声尽而下曰'底板',亦曰'截板',则用'一'。板之细节曰眼,一板原有七眼,连板为八数,细节不能尽列,止将正眼注出,'□'为一板一眼。凡腔之紧慢、眼之迟疾,知音识谱者自能会意。"(第621页);"曲之高下、疾徐,俱从板眼而出。板眼斯定,节奏有程。今头板用'、',即实板,拍于音始发也。腰板用'∟',即擎板,拍于音之半也。底板用'一',即截板,拍于音乍毕也。其衬板之头板则用'、',腰板则用'∟',以别于正板者,易于识认也。至于一板分注七眼,太觉烦琐。今正眼则用'□',彻眼则用'□',举眼瞭然,乐行而伦清也。"引自(清)周祥钰、邹金生等编:《新定九宫大成北词宫谱》"凡例",第618—619 页。

确为七调,请教师傅是否都能演奏时,师傅们讲现其余几调已很少演奏,因为现在用的笙只有十四簧,而不是十七簧了,管子也不再用前七背二之九孔。我们进一步讨教,会社早先演奏者十七簧笙加九孔管是制度吗?回答是肯定的。这与景蔚岗兄著作中认定笙管乐组合七调所需条件为十七簧满字笙加九孔管①一致。师傅言道:现在乐社平常很少能够将谱本上的乐曲全部演奏,只演奏其中部分,习惯性地常用几个调演奏相关曲目,久而久之一些曲目只有几位老师傅还能演奏,而在教授新一代乐手时也再传授这些曲目。乐调不常用,便出现了笙簧缺字现象,即将不用的笙苗置空管状态。既然不用七调,这九孔管背二孔之勾字也便无用,会社虽有九孔管但我们现在多用八孔管。其实这背二孔之音位用八孔管亦可演奏:"以上代勾",即将上字按住半孔用气顶出。会社乐谱曲目中的确有勾字。师傅讲用十四簧演奏七个调也可以,但管子要换哨。于是我们有幸听到了用大哨和小哨将同一首乐曲以七个调演奏(按五度链转调)以及按谱面标注的调演奏的乐曲。师傅告知这是一种无奈的替代做法。

若不是有一个世纪前的乐谱为凭,只听当下乐社实际演奏(即便有谱,你不要求他也不会奏),便会认定乐社只有四调、想必当年考察者即如此。我们在考察中发现,有些乐社甚至只用正调和背调。乐谱反映的信息是乐器乐谱和乐曲体系化存在。冀中和古城西安笙管乐最为彰显,这笙管乐何以会在此积淀值得考量。这笙管乐原本是鼓吹乐早期类型的传承,作为定律乐器笙在乐队中举足轻重,若笙簧缺字太多,必导致七调在正常状态下不能转圆。这七调是历史上国家用乐所有,吉林、山东、河北、陕西、湖北、福建、广东等鼓吹乐类型中当下都可见七调使用,历时性观察到位,方可把握传统国家用乐创制和传承的深层内涵。若不带有研究性质、只以当下演奏论,会难以把握传统的历时性演化。

## 五、围绕功能性用乐的创制

探讨中国传统音乐创制特色,忽略功能性用乐,很多现象难以说清。功能者,功用是也。乐属精神文化,亦具实用性,中国传统用乐创制形式上既有整体一致性,又有类型独特性。周人视乐为"六艺"之一,为艺必有技,因技艺成形态,由形态见特色。乐之功能大致有五:社会、实用、教育、审美、娱乐。周人对乐之社会功

---

① 参见景蔚岗:《中国传统笙管乐申论》,湖南文艺出版社 2005 年版。

能认知独到,谓"安上治民莫善于礼,移风易俗莫善于乐""乐与政通";乐之实用功能例证众多,诸如战阵鼓舞,助猎工具等;至于教育功能,史诗传承以乐的形态表达,"成于乐"者,谓乐教之要义;周人对乐审美有清晰认知,即便"非乐"一派也不否认乐具美的特质。然而丧礼中乐与仪式相须,在场者难以"欣赏"为重,乐恰恰是烘托与制造仪式氛围;乐之娱乐功能与审美相辅相成,乐若不美难以带给人们愉悦感,而美的音乐不同层次的人有不同体味。"阳春白雪"与"下里巴人"难以统一。学人有言:追求"雅俗共赏"其实是弊端。

乐的诸种功能性间千丝万缕,礼乐仪式为用,在发展中渐成类型和层级,以吉凶宾军嘉类分为五,雅乐和非雅乐都为礼乐,之外则为俗乐,与仪式相须与否为标志。虽然仪式用乐亦有认定为俗者(嘉军宾诸礼有些为用如此),不与仪式相须者定是俗乐。在礼乐观念下,非仪式用乐须"合礼乐"。周代两条主脉用乐方式影响中国社会数千载,由是夯实礼乐文明之存在。乐有礼乐形态和俗乐形态,尚有中间态者,或称由俗为礼、由礼归俗,周公定位雅乐是"拿来主义"为用,把握先民用乐类分意义重大。

国家礼乐核心特征是与仪式相须,在发展过程中确立群体性、类型性、等级化、时段固化、体系化,创制者在实施过程中形成专门一脉贯穿数千载,改朝换代时机成熟均要建立本朝雅乐。非雅乐类型不以华夏正声为基准,汉魏以降以鼓吹乐为代表,唐代九部伎亦归此类。其乐队组合乃至乐调谓"胡汉杂陈",用途更广。雅乐和非雅乐类型均为礼乐。

雅乐以"钟律"为定,贯穿三千载以"国乐基因"显现①,基本形态一以贯之。所谓不变:歌舞乐三位一体,努力保持中原自产律调谱器,汉魏以降形成文舞与武舞形态,乐舞沿袭八佾和六佾高端为用。所谓变:东汉后乐悬不再王、侯、卿大夫、士四级拥有,呈宫廷高端存在;南朝梁时以雅定位,创制十二首一套曲目为用,后世千余载延续该机制,改朝换代时或以"和""平""安"等制定雅乐;唐宋以降国家因科举制度在县衙以上普设文庙,在尊孔意义上制《文庙释奠礼乐》为雅乐一支来到县治,学子们必习汉语经典亦应以"国乐"体味崇高与敬畏,多种地方志书详备乐谱和相关仪式仪轨;雅乐亦与时俱进,明代雅乐曲谱打破曲词规整性结构,以长短句制,且有旋宫。可见雅乐在形式合乎既有规范前提下融入新技法。国家太常雅乐曲谱以及清代浏阳邱之稑《丁祭礼乐备考》记录的实际演奏版本,为辨析有谱时

---

① 项阳:《由钟律而雅乐,国乐之基因意义》,《音乐研究》2019 年第 2 期。

代的雅乐创制提供了有效依凭。①

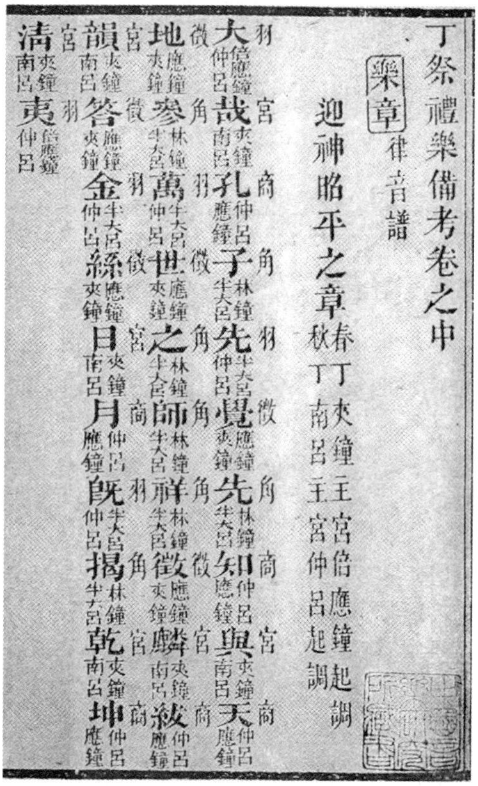
丁祭禮樂備考卷之中

樂章 律音譜

迎神昭平之章

春丁夾鐘王宮倍應鐘起調

秋丁南呂王宮仲呂起調

大 羽 倍應鐘 仲呂
哉 宮 夾鐘 南呂
孔 商 仲呂 應鐘
子 角 林鐘 半太呂
先 羽 半太呂 仲呂
覺 徵 應鐘 夾鐘
先 角 林鐘 半太呂
知 商 仲呂 應鐘
與 宮 夾鐘 南呂
天 商 仲呂 應鐘

地 徵 應鐘 夾鐘
參 角 林鐘 半太呂
萬 羽 半太呂 仲呂
世 徵 應鐘 夾鐘
之 角 林鐘 半太呂
師 角 林鐘 半太呂
祥 角 林鐘 半太呂
徵 徵 應鐘 夾鐘
麟 宮 夾鐘 南呂
紱 商 仲呂 應鐘

韻 宮 夾鐘 南呂
答 徵 應鐘 夾鐘
金 羽 半太呂 仲呂
絲 徵 應鐘 夾鐘
日 宮 夾鐘 南呂
月 商 仲呂 應鐘
既 羽 半太呂 仲呂
揭 角 林鐘 半太呂
乾 宮 夾鐘 南呂
坤 商 仲呂 應鐘

清 宮 夾鐘 南呂
夷 羽 倍應鐘 仲呂

图 1 邱之稑《丁祭礼乐备考》

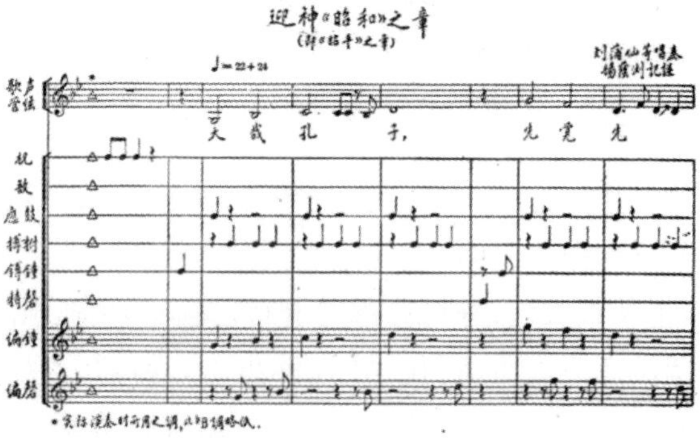


图 2 1956 年杨荫浏据浏阳孔庙乐工演奏记谱

① 项阳:《以〈太常续考〉为个案的吉礼雅乐解读》,《黄钟》2010 年第 3 期;《一把解读雅乐本体的钥匙:关于邱之稑的〈丁祭礼乐备考〉》,《中国音乐学》2010 年第 3 期。

通过杨荫浏先生对浏阳文庙传承邱之稑《丁祭礼乐备考》实际演奏谱记录可见,虽然国家颁布的《文庙祭礼乐》为单旋律谱,但邱记录的是宫中太常乐师到阙里教授实际奏唱版本,邱谱所记既有节奏时值、亦有琴谱、舞谱、管乐笙字谱、律吕字谱、宫商字谱等,可见太常雅乐具有多声思维样态,雅乐形态"金石以动之,丝竹以行之"数千年一以贯之。实际上,中国传统音乐具多声思维,诸如江南丝竹、西安鼓乐、冀中笙管乐乃至多地鼓吹乐等均如此,未以多声思维提升发展是历史的遗憾①。

自汉魏以降,一种新的乐制类型进入公众视野,从军中进入宫廷、继而纳入国家体制遍播全国,成为延续 2000 余载的第一大乐种,这就是"胡汉杂陈"的鼓吹乐。汉唐间国家创制"鼓吹十二案",继而在除吉礼最高层级之外所有礼制仪式类型中为用。鼓吹乐遍及宫廷、京师、军镇、各级地方官府。当下民间礼俗依旧有相当数量传统鼓吹乐曲活态存在。明末顾炎武有论:"鼓吹,军中之乐也,非统军之官不用。今则文官用之,士庶人用之,僧道用之。金革之气,遍于国中"②。如此焉知没有丰富曲目和对应性? 鼓吹乐以打击乐器和吹奏乐器组合,随时代变化生发出纯打击乐组合的"鼓乐"(响器)类型,以笙管笛领奏类型和以唢呐为主奏类型等。当下鼓吹乐有大乐、细乐、鼓乐等多种形态,多地的十番乐等也应归于其下。只要探求曾经属于王府、土司府、宣慰司府、各级地方官府之乐户后人未间断所承载的乐曲,看到当下《中国民族民间器乐曲集成》诸卷本相关乐曲的极大丰富,关注其用在哪里,便可对这种形态何以能传承到当下有所释然。

雅乐最初用于国家高端祭祀仪式,表达情感诉求定为虔敬神圣庄严、祈福保安,虽然音响层次丰富,其旋律不会过于复杂,速度相应舒缓,所谓"大乐必简"。魏晋以降雅乐逐渐拓展到嘉军宾礼最高层级为用。鼓吹乐从军中走来当有威武豪迈雄壮等情感诉求,军礼亦如此。用于嘉礼和宾礼中,则显喜悦、欢抃、热烈等情感诉求。凶礼为用当有哀缅凄婉表达。卤簿仪仗为用,亦会因场合之不同显现情感变化。日常属威仪警严,用在庆典则显豪迈,涉及凶礼也现凄清肃穆。总之,相同乐曲会因场合差异性由演奏者表达出不同情感内涵,这是二度创作的意义。

俗乐之功用大矣! 在礼乐观念下这俗乐有双重定位:用于仪式和不用于仪式。换言之,有作为礼乐之俗乐和非礼乐之俗乐。学界也对此纠结,毕竟《礼记》中有

---

① 项阳:《中国传统音乐多声思维之存在》,《音乐研究》2020 年第 2 期。
② (明末清初)顾炎武:《日知录集释》卷五"木铎",黄汝成集释,岳麓书社 1994 年版,第 168—169 页。

"世俗之乐"。但周之礼乐非仅为祭祀仪式为用,《仪礼》中"乡饮酒""乡射礼""大射仪""燕礼",均是乐与仪式相须,属嘉礼乃至军礼用乐。然而,在记述隋文帝太常设置"俗部乐"的文献中,注疏者将俗部之源溯至《仪礼》,如此明确《仪礼》用乐性质。五礼之吉礼,人生意义为往生之礼;嘉宾军诸礼为今世之礼,当有世俗性,庆典、迎宾等仪式氛围既庄重又欢抃、喜庆;凶礼从人生讲为阴阳两隔临界点,乐重哀婉,所以这俗者为人际交往之礼仪,有世俗性却与仪式相须为用。唐玄宗将俗部乐内涵揭示得比较透彻:"旧制,雅俗之乐,皆隶太常。上通晓音律,以太常礼乐之司,不应典倡优杂伎;乃更置左右教坊以教俗乐。"①

在玄宗之前这倡优杂伎之乐为太常寺所辖应无疑问。上溯应在隋太常俗部乐中。当其独立,俗乐一脉为太常属下的教坊乐,在国家用乐中以明确身份现世。虽然教坊在其后又承担部分礼乐职能,但倡优杂伎之乐为教坊立足社会的"身份证",且建立起自上而下、从宫廷到军镇和各级地方官府的网络体系。俗乐一脉长足发展迎合了社会世俗奢靡之风。白居易《立部伎》诗对此颇有微词:"立部伎,鼓笛喧。舞双剑,跳七丸。袅巨索,掉长杆。太常部伎有等级,堂上者坐堂下立。堂上坐部笙歌清,堂下立部鼓笛鸣。笙歌一声众侧耳,鼓笛万曲无人听。立部贱,坐部贵,坐部退为立部伎,击鼓吹笙和杂戏。立部又退何所任,始就乐悬操雅音。雅音替坏一至此,长令尔辈调宫徵。圆丘后土郊祀时,言将此乐感神祇。欲望凤来百兽舞,何异北辕将适楚。工师愚贱安足云,太常三卿尔何人。"太常重礼乐仪式为用,却出现这种南辕北辙之事,但这的确是社会现实。重整体性表达的礼乐不允许个人炫技,其用乐在与仪式相须中完成,没有仪式仪轨也就没有礼乐。脱离了仪式氛围,似进入音乐厅式欣赏,断难有礼乐体味。我们的先民以礼乐和俗乐类分,以仪式和非仪式为用,各自成主导脉络,注重这种以音声为主导技艺形态的特质,当社会中人越来越追求娱乐审美与宣泄之时,虽然国家明确仪式性为用的礼乐功能不可或缺,毕竟架不住世俗日常为用的不断提升。国家用乐理念并非不考虑这些,涉及度的把握,白居易所见恰恰是天平倾于俗者。实际上,当下社会有过之而无不及,礼乐文明从国家意义上成为空洞的名词,人们追求乐艺的愉悦,却忽略了先民赋予乐仪式内涵表达,两条主脉变一条便是当下样态。我们应思考中国传统社会何以三千载礼乐和俗乐两条主脉互为张力能够因循延展,当下何以会将重要一脉从用乐理念上祛除,从而特色尽失。

---

① （宋）司马光:《资治通鉴》,中华书局 1956 年版,第 6694 页。

作为追求审美、欣赏的非仪式用乐,彰显个性化表达,实乃社会之不可或缺。无论是创作之专业性还是表现之技艺性乃至韵味和风格都是要刻意表现。在国家用乐意义上,之所以从宫廷到军镇和各级官府都有相应俗乐机构设置,还是因为这种音声为主导的技艺样态必须由人活态承载,以满足社会人们与之相关的精神诉求,乐之审美、娱乐功能彰显,教育功能亦融于其间。我们看到,越是高级别官府这官属乐人的数量越多,州以上方有乐营建制,承载的俗乐类型既有区域特色更有相通性内涵,学界关注的诸如榆林小曲、兰州鼓子、扬州清曲、福建南音、常德丝弦、海州宫调、南京白局等,恰恰是历史上高级别官府之存在,无论其体裁形式还是曲牌为用乃至宫调系统都有相通性,真应对其内涵系统梳理,从活态中感知中国传统音乐制度下的整体存在。学界对传统音乐结构和形态研究已向纵深发展,诸如于会泳先生的《腔词关系研究》[1],黄翔鹏先生的《中国传统音乐一百八十调谱例集》[2],王耀华先生的《中国传统音乐结构学》[3],袁静芳先生的《乐种学》[4],冯光钰先生的《中国曲牌考》[5],洛地先生的《词乐曲唱》[6],李吉提先生的《中国音乐结构分析概论》[7],刘正维先生的《戏曲作曲新理念》[8],刘先生还开设"中国民族音乐形态学"课程,随着学者们越来越多地潜心关注,对中国传统音乐本体认知会愈见明晰。

## 六、建立体系观念、以历时和共时相结合视角考辨

建立体系观念,应在国家用乐理念和制度保障下,整体考量中国音乐的发生与发展,而不是仅以"民间存在"定位。若将周代视为国家用乐规则性起始,从文献、考古文物等多层面把握三千年间中国音乐传统的创造、传承、发展与类分脉络,这要建立在国家制度体系化引领基础之上。首先从音乐本体中心特征之律调谱器创制层面认知,继而把握不同时代音乐本体形态承继和发展,创制的音乐体裁和形式,以怎样的方式显现。究竟是中原自身发展还是外来因素融入后演化等等,涉及

[1] 参见于会泳:《腔词关系研究》,中央音乐学院出版社2008年版。
[2] 参见黄翔鹏:《中国传统音乐一百八十调谱例集》,人民音乐出版社2003年版。
[3] 参见王耀华:《中国传统音乐结构学》,福建教育出版社2010年版。
[4] 参见袁静芳:《乐种学》,华乐出版社1999年版。
[5] 参见冯光钰:《中国曲牌考》,安徽文艺出版社2009年版。
[6] 参见洛地:《词乐曲唱》,人民音乐出版社2001年版。
[7] 参见李吉提:《中国音乐结构分析概论》,中央音乐学院出版社2004年版。
[8] 参见刘正维:《戏曲作曲新理念》,西南师范大学出版社2016年版。

研究理念和方法论。中国音乐传统的参天大树应在国家用乐观念下以制度规范发展创制并成长。周公引礼入乐,国家用乐由此走上了礼乐和俗乐两条主脉的道路。

　　历时视角是基于历史人类学研究方法,从活态存在中把握具体研究事项,抓住其本质特征后上溯至与该事项关联密切生发时的原生样态,回归历史语境,明确初义看其演化,再与活态事项对接,认知哪些保有初义,哪些属引申,哪些属发展变异。之所以重历史人类学方法论,在于其重活态存在与历时性考察。该方法论特别适合于以音声为主导技艺形态的研究,我们难以听到留声机发明之前古人唱奏音声技艺,虽不可能复原更早的音乐形态,却可借助文字、图像与出土文物等多方面材料予以揭示。周之雅乐延续八百年,其后在"王者功成作乐"理念下,这雅乐基本属于稳定形态,虽然会随朝代更迭而变,同一朝代也有更张者(诸如宋初之雅乐和其后的大晟乐),但毕竟在一个相对长周期内不变。还应看到这种形态三千年间律调和乐器(乐悬领衔)的延续性,为雅乐标志性存在。至于礼乐中的非雅乐类型,同样具与仪式相须固化为用的特征,虽然有些形态随时代发展而融合,但诸如鼓吹乐类型,其形式和乐曲具跨时代意义。明清时期鼓吹乐形态及其曲目由曾经的官属乐人群体将其接衍为民间礼俗为用传承至当下。民间礼俗在相当程度上对历史上国家礼制仪式承继,乐与仪式相须为用成定式,特别在吉礼和凶礼等礼俗中曲目和仪式形成区域性固化。与明清时代曲谱比对,久远的乐曲竟然活态传承至当下,这是把握历史人类学历时性视角意义所在。若只将鼓吹乐曲定位于民间礼俗,却不认知其与历史上乐籍制度、礼乐制度、官属乐人存在的关系,仅以民间论,难以把握传统当下存在的内涵。

　　礼乐如此,俗乐亦如之。中国音乐一个重要特征:旧瓶装新酒,移步不换形。从曲子看尤为彰显。曲子不仅具自身独立性,且生发出诸多体裁类型,诸如诸宫调(说唱)和杂剧等,尚有声乐曲之器乐化形态。这种创承方式延续一千又数百年。曲子有逐渐雅化的过程,诸如对句式、词格、宫调、依不同朝代的官方韵书把握平仄等多方面规范,显现南北之差异。此间积累了大量经典性曲目和剧目,不断创造、不断积累,从曲子词到南北曲,继而到元杂剧、明传奇,曲牌体戏曲有效传承,诸如昆曲在当下有苏昆、京昆、川昆、湘昆乃至更多存在,多种区域性剧种亦为曲牌联曲体,这便是创承机制,可努力把握传统国家用乐创承机制的整体意义。其用律、用调、唱奏方式和表演程式化,有极大探讨空间。探究中国传统音乐创制理论,从传统出发把握体系意义,应看到中国乐律的不平均性。否则便从根本上"异化"。明代宗室朱载堉发明新法密率,因"不合祖制"被束之高阁。中国有应用土壤,当下使用十二平均律没有什么违和,但探讨传统必须在考察时明确律制的不平均性,这是数千年的主导律制形态,当下在多种区域乐种中依旧保留,为传统活化石般存在,认知传统音乐创制必须考量乐律和乐调之紧密联系,"制出于一"者。

中国传统音乐独有的一曲多用、一曲多变不仅适用于俗乐,也适用于礼乐。从南朝梁始,雅乐中一套十二首作品因对象不同择取其中部分(最高达九首)填撰歌章,这是典型的一曲多用。明代《太常续考》中"十二和乐",有旋宫借字、减字、变奏等,长短参差体现乐曲张力,整部作品无论结构和内容都具丰富性①。

国家意义上鼓吹乐用途广泛,当下我们依旧可在各地吹鼓手班社、音乐会社、佛乐和道乐班中听到和看到丰富的鼓吹乐曲与多类型仪式相须为用的演奏。同一首作品我们依旧可以感受到调式、旋法结构乃至旋律具相通性,使辨析"母体"意义——同名同曲成为可能。同一首作品,在传承过程中因师傅所教在节奏与时值和阿口(润腔)等方面有所改变,同曲变异。班社师傅只记得曲子旋律,曲名混淆,造成同曲异名乃至同名异曲。前两种现象正常,后两种属传承过程中的讹误。

俗乐之一曲多用、一曲多变与曲子的发生、发展息息相关。本体和微观确是学术研究根本,但若不对历史上发生与发展现象进行宏观把握,难免见木不见林。曲子以长短句为基本样态,初创词曲为有机整体,当这首曲子被社会认同并被追捧,在保留曲子音乐形态前提下由社会人士填撰新词,依初定曲名而为曲牌。非所有曲子都可成曲牌,曲牌一定是受社会人士追捧的作品。当社会认同这种创作形态,"成牌"者越来越多,一曲多用理念定型;当这些曲牌在不同体裁类型中用于具体创作,会因具体内容创腔有所变化,诸如音调的繁复简约(词曲对应差异)、词格差异、旋法走向、乐调与落音、节奏变化等,这就形成一个个"又一体",虽然还是那个曲牌,结构大致相同,却变化丰富,有些甚至看不出所谓"正体曲牌"的面貌,是否同名异曲也未可知,一曲多变为创制的重要手法。要知道,《御定词谱》和《御定曲谱》可是有太多的又一体。有意思的是,为南曲中相同曲牌差异都会有这么大的差异,若与北曲同名曲牌相比较又会如何?再有,何以礼乐中为用的曲牌变异相对较小等,都值得思考。毕竟,这旧瓶与新酒间那种状况下移步要变形,那种变得小一些,还真是应该有更多考量。

历代官话系统为官属乐人创制和承载乐艺的通用语言,但毕竟从文化地理和方言视角,各地有丰富性和差异性,通过乐籍传承使音乐体裁、风格与具体内容多

---

① 项阳:《以〈太常续考〉为个案的吉礼雅乐解读》,《黄钟》2010 年第 3 期。

样性汇聚。元代夏庭芝对京师和江南中心区域官属乐人承载的体裁形式总结,涉及杂剧(旦色、驾头、花旦、软末泥、旦末、回回旦色)、绿林杂剧、院本、南戏、嘌唱、歌舞、谈谑(谈笑)、隐语、慢词、诸宫调、小唱、小令、调话、合唱、弹唱、讴唱、滑稽歌舞等①,所见不同区域内体裁具相通性,特别是高级别官府所在地均如此。须明确,元代教坊南北曲均为曲牌联曲体,且一曲多用、一曲多变,明代基本相同。曲学家周来达先生对魏良辅《南词引正》等著述辨析,认定昆曲用规范过的曲牌,在宫调体系下结合语言变化依字行腔,注重"关锁之地"过腔②,曲牌在使用过程中保留原曲之"基因",巧妙地融入新创之中,呈现新风格与新变化。昆曲如此,海盐、余姚、弋阳乃至柳腔难道不如此? 这是一曲多用和多变的意义所在。曲牌之创并未停滞,创承机制如此,其理念社会认同,沿袭这种创作思路,明清俗曲中一些曲子亦会"成牌",为诸多音声技艺类形态增添新血液。

明末清初这板腔体结构成为与曲牌联曲体分庭抗礼且后来居上,由曲牌体派生还是完全不受其影响独立创制尚待深入探讨,毕竟是中国传统音乐创制新潮。板腔体虽在乐籍制度存续期生发,但发展的盛期却是在徽班进京得到国家认同之后,直到20世纪还保持着旺盛的生命力。受西方音乐影响产生的"中国歌剧",作曲家们选择最有活力和张力的板腔体结构运用于歌剧创作之中,使中国特色彰显,真应认真总结中国本土创制的深层内涵。这两种结构形态非仅对戏曲,而是用于多种演唱形态体裁,引申到声乐曲之器乐化。俗乐一脉,涵盖乐调、诸种技巧的生发都与其密切相关,毕竟前者贯穿千年,后者彰显亦有几个世纪。真应对本土文化生态和音乐形态的发展脉络厘清。

我们为本次学术会议设计选题:1. 中国音乐创作理论的体系建构与深层内涵;2. 中国传统音乐本体创造与技术理论的关系;3. 中国不同历史阶段的音乐创作理论与风格特征;4. 中国音乐的宫调、结构及音乐术语的发展与演化;5. 戏曲(说唱)音乐创腔模式与传统器乐套曲结构;6. 礼乐创作与俗乐创作的关系;7. 中国音乐创作的历史与审美。意在请大家从这些视角思考,建立中国传统音乐创制的体系意识和观念,在宏观把握前提下对各论域综合考量,将有利于中国传统音乐文化自身的还原与重构。

对于中国传统音乐创制理论,是盯住本体形态,还是应统筹认知? 是否应建立

---

① 项阳:《一本元代乐籍佼佼者的传书——关于夏庭芝的〈青楼集〉》,《音乐研究》2010 年第2 期。

② 周来达:《昆曲曲牌唱调由何而来?》,《中国音乐学》2016 年第 4 期。

国家用乐两条主脉为用的创制观念? 从本体中心特征考量,要不要在有谱之时依礼俗两脉考察辨析,并分出不同乐制类型? 中国传统音乐创制技术理论是否有体系化? 有国家制度保障,在本体中心特征基础上难道形不成相应技术理论? 所谓宫调体系,犯调技法,五调朝元、七宫还原等①,难道不是我们的技术理论?

讲创制应把握整体,明确中国传统音乐绝非无序,技术理论和思维观念具“体系”意义,否则会见木不见林,难以明确中国音乐发展路径。中国曲体、曲式长期存在有其合理性,应研究透彻。作为学术个体应明确所研在整体中位置,而不应将点、面、类理解为学科整体。探求中国传统音乐文化延续数千载的内在逻辑,思考在世界之区域文化中何以如此,是否具文化基因意义。

先民在创造和积累前提下不断总结归纳,后世因循发展。专业创作须汲取前人经验和理论并化之,以创造卓尔不群新形式和作品,当是在既有体裁类型和音乐本体形态为前提的创制。个体创造其独特之处为后来者借鉴,有认同成为一个时期群体性创作理念,引领潮流形成流派和风格。创作者依旧可在“反潮流”中脱颖,如此生生不息。当我们回首,那些不同时段“脱颖”者或成“传统”或消解在历史长河中。创作者经历痛苦和快乐磨难前行,声称不要回头看,但有个性者方会留下“痕迹”,传统在不断创造中积淀以成。学者既对当下创造和相关成果判研,又要溯源探流,认知本体形态创承发展的历史脉络,梳理相关功用及乐的类分裂变,为区域人群之创造确认身份。创作者和理论工作者视角不同,职责不同,创作与理论总结相辅相成,是有机统一体。

礼乐文明是中华民族共同创造和标志性存在,为中华文明特色构成。礼乐观念主导,仪式和非仪式两条主脉为用,国家设置专门机构集聚和培养专业乐人、创造并整合多种体裁作品为用,各地专业乐人采用区域音调创制相关内容作品亦会择优集于王庭,经规范整合再反播各地,形成良性循环。这些体裁形式的作品既有固化,亦有即时性抒发;既表达群体性仪式情感诉求,又抒发个体审美感受,为中国人以音声技艺为主导、赖以表达情感的重要形态,彰显中国特色。中国礼乐文明延续数千载,当会依丰富性情感诉求建立起乐本体创造体系,且与时俱进。对中国传统音乐创制须建立体系观念,或称整体意识,将其深层内涵讲清楚,中国音乐学界有责任维系这一方文化之根脉。

让从事音乐创作和音乐表演群体去钻故纸堆,的确不是好的选择,需三界共同

① 李来璋:《鉴名录》,香港银河出版社 2001 年版。

建立体系观念。创作和表演领域应回视传统、在整体观念下把握本领域的发展与演化脉络,理论学者同样需有体系观念,否则会见木不见林,多学科共同努力方能将创制体系真正厘清。

　　传统在创造中累积渐成规律,涵盖文化观念等多层面,形态和技法在其间。文化观念决定文化形态,而文化形态必受文化观念制约。中华乐艺传统从不排斥外来因素,但有如生物学界会尽可能保持母本纯正性,雅乐用"华夏正声"、律调谱器均为华夏自产就是这个道理。外来品种可用于非雅乐以及俗乐类型。中华乐艺数千载,若讲不成体系显然说不通,明确本土文化创造轨迹在承继基础上吸收外来以求新发展。不把握传统会"跟着感觉走",在发展中需有传统观念和意识,这是必须明确的道理所在。

（原载于《中国音乐学》2020 年第 3 期）

# 深圳纪实摄影四十年：超级城市化下的叙事与趣味

杨莉莉　深圳大学传播学院副教授

深圳自 1980 年成为中国第一个经济特区以来，这个原本在珠江口上极不起眼的小渔村，以全球最快的发展速度扩大城市规模，积累巨额财富。"深圳速度"就是深圳最大的标志，40 年间成为"中国的硅谷"，迈入城市 GDP 4000 亿美元的国际超级都市行列。1978 年深圳的前身宝安县，人口不过十几万人，而现在深圳的户籍人口加常住人口已经高达 1000 多万。深圳变成了全国人民热衷的"迁徙"之地。"来了就是深圳人"，不仅是深圳的"万神殿"——深圳人才公园里最醒目的口号，同时也是深圳没有"原乡性"的真实写照。

"深圳速度"——放在全球都独一无二的生长速度，对深圳的摄影有着决定性的影响。一个爆炸性的超级都市的"时空生长框架"（time-spacecube），深刻影响了深圳摄影人的心智模式。深圳摄影人几乎被魔幻的现实驱使着不停地按下快门，以至于快门不一定赶上现实的高速。

## 一、深圳：一个超级都市的图像整体案例

如果将深圳 40 年的城市更新看作是一种"空间扩散过程"，这个扩散空间过程中的时间节奏感就变得特别有意思，因为城市地理在不同的时间阶段，对社会中的人形成不同的约束。这些不同的约束，就会造成人们对社会的不同理解方式。而这种理解，也会反映在摄影上。比如，在深圳早期，外资的厂房必然和村社中的居所相结合，工人们虽然是工人，但要住在附近村的民舍或者工棚里面。少量工人对应的是"随地取材"的居住空间。而随着"三来一补"工业利润的扩大，资本变得

稳定,大量的工人雇佣关系产生,就修建宿舍,方便厂工们沿厂而居,缩短生活时间,扩大工厂时间。随着产业的升级,城市功能组团的出现,高端服务业会聚在CBD,而各色的行业从事者可以利用便利的通勤或者汽车自驾来选择居住的空间。而迁移到城市边缘的制造业,利用郊区的土地规模和城市扩展的活跃边界,来实现厂区和街区的收益最大化,实现土地租金和生活便利的效用最大化,最典型的例子就是从深圳市区迁移到深圳关外坂田,甚至扩张到东莞松山湖的华为基地。

我们将40年深圳重要摄影人的作品按照"时空框架"做样本上的排序。首先来检验大部分作品是不是纪实摄影,实际上,的确很多作品都是纪实摄影。甚至可以得出这么一个结论:深圳摄影人几乎对非纪实都不感兴趣。其次,按照深圳地理扩张的时间节奏来对作品呈现的地理和时间进行归类。再次,将主流体制摄影叙事和民间摄影叙事的"焦点对象"进行标签化、编码化。最终,做出来一份整体40年来的图像案例(当然案例太多,有些在文章中就不必提及)。这些案例的选取,有官方的档案系统,也有摄影杂志的刊介,还有重要的美术馆的展览。这些图像案例基本展现了深圳这个小渔村如何在时空中上演"超级都市化"的大剧,这个过程中人的状态、行动、情绪和约束。更重要的是,笔者通过这一份整体的图像案例来反推出深圳摄影人的意识。在其时其地,图像为什么会这样生产?用苏珊·桑塔格的话说,图像背后的那个主观设计是怎么完成的?究竟在快门释放的那一瞬间,谁主导了摄影人的灵光一闪?

## 二、城市化的时空框架:深圳摄影的叙事节奏

深圳还是广东宝安县的时候,在海关工作的郑中健,宝安县文化馆工作的何煌友,都是深圳这一"前身"的优秀记录者。郑中健和何煌友以一种民族志的朴实手法,将深圳作为一个县城的社会经济生态忠诚地记录下来,以至于当人们回顾这些人的作品,恍如隔世,就像一个城市在"发展大爆炸"前的起点:极为平静、毫无特色和毫无欲望。

从他们的摄影作品看,1980年以后的深圳,其城市化起初按照多点状散开。这一点有别于城市化的普遍模式是"中心—边缘"扩张模式。旧城区是发力的起点,而新边界则因移民的到来而不断向外推移。深圳的罗湖承接香港的贸易和物流、中英街承担了边境商业互动、蛇口工业区开始推进"三来一补"制造业,做特区中之特区。直接向中央要了一块地的蛇口工业区,当时有一句响彻全国的口号

"时间就是金钱，效率就是生命"，它也是关于深圳城市化"时间地理"框架的最好表达：时间必须非常值钱，城市的空间价值必然要依靠效率才能生存。

那时候深圳摄影人的代表，如周顺斌、钟国华、刘延芳、赵连勤、薛国良、董方明、刘伟雄、孙成毅等人的作品，就是这一爆炸性时空框架的反映。周顺斌在1984年创作的作品《升》，拍摄深圳城市化下的建筑工人，镜头仰拍工人，视域被正在建设的楼群所围绕，主视线直达头顶的灼日，照片隐喻着一种豪迈的气概。新的城市家园正在完工，新的生活激情正在燃烧，新的城市空间正在扩张。这一切，都是确定无疑、不可阻挡的。孙成毅的《蓝天的诗行》则拍摄蓝天下的巨大脚手架，它更像是一个有关空间的极端认知。空间在蓝天白云之下疯狂扩张，整个生长过程有一种野生式的悄然，这无疑是城市化力量的全部展现。建筑工人在巨型脚手架中呈点的存在，劳动者不是焦点，主体性让位于城市化空间。

坦率地说，周顺斌、钟国华、孙成毅等摄影人虽然具有主旋律的意识，但是并不是为了宣传而宣传。因为深圳特区虽然批复，但是否会因为走资本主义道路而被反转，谁心里都没有谱。改革开放之初，质疑的分贝永远比苦干的动静要高。特区到底可以特多久？永远都是达摩克利斯之剑，悬在这座城市每个人的头上。

对于深圳摄影人来说，城市发生的一切，既是因为发展太快而导致稍纵即逝，又怕道路会被改回去，变成一段沉积在博物馆里的档案。所以，深圳摄影人特别有时间紧迫感，害怕道路的质疑、旗帜的易变、人心的翻腾。即使深圳的官方，在当时全国大体制的话语里面也是边缘的民间。所以，深圳摄影人在这个阶段，其实很难说有纯粹的"体制和民间"的视角之分。深圳摄影人无论是对中英街的日常记录、对蛇口工业区的建设风暴的记录、对城市物流道路的记录、对建设者工房棚屋的记录，都呈现出一种惺惺相惜的礼赞和忐忑不安的表达，对于城市和人，都有一种小心翼翼的分寸。那时候的深圳，整个就是一个民间。

真正的变化是"春天的故事"来了。邓小平同志1992年南方谈话以无比坚定的语气肯定了深圳特区是办对了，"要发展得更快一点，步子迈得更大一点、思想要更解放一点"。深圳的故事变成社会主义市场经济改革洪流中最激进的浪花，没有人担心深圳故事会"烂尾"了。这时候对于深圳摄影人来说，体制和民间的二元开始渐次出现，并开始左右深圳摄影人的城市纪实叙事。

摄影人的体制叙事聚焦在领导人所提"深圳要作为发展的榜样"。但城市化又不仅仅是建构发展样本、向上级客观汇报改革成果这样简单。城市化本身就是一个发展和问题的集合体：产业地理的扩展、农民工的蜂拥、乡村经济的瓦解、城中村的崛起、郊区化的转移、生态环境的变化、中产阶层带领的新消费经济、城市犯罪的问题、青年亚文化、步行老街"士绅化"(gentrification)改造,以及 CBD 引发的高端产业集群、以及"深圳是否失去竞争力"的各类发展忧思和质疑。体制与民间焦点的分野,正式拉开。判断体制与民间,不是根据其人是否在体制内任职,领一份薪水,而是其摄影的焦点,是追随"深圳是'发展是硬道理'的样本"这一主旋律,还是展现深圳城市化的问题:"城市化下人与空间的关系"这一命题。

深圳的"民间视野"发轫于张新民 1980 年代的作品《农村包围城市》,随后一大批深圳摄影人开始关注深圳城市化带来的令人不安的"城市奇特景观"。当时的学术背景是李媚主编的深圳《现代摄影》杂志,在 1986 年提出了未来中国摄影的发展方向,即以"纪实摄影"为主体的现代主义摄影的方向,影响了诸多摄影人的创作路径。

摄影人秦军校则聚焦在"深圳的城中村",他不仅拍摄"握手楼式"的村景,也登堂入室走家串户,拍摄城中村内景。他呈现出一个逼仄的、简陋的但又富有生气和憧憬的空间。这些村域空间有些是历史遗留建筑,如广东特有的客家围屋、碉楼;有些是村民领略城市化的意识,结合自己的村镇意识,自行建造的"四不像"的住宅。村民的城市化意识投射在空间生产上,展现出一种继承与套利的纠结感。

杨俊坡从 1994 年起在深圳街头拍摄,至今仍在坚持这个主题。他照片的背景既有典型的"城中村"、老城区,也有市中心 CBD,以及原来的"关外"地区,呈现深圳多样的社会阶层和在地性。他抓拍了城市化中女性自立优雅的形象。可以说,女性的身份、地位和形象是城市文明程度和性别平等现状的直接反映。作品中所呈现的女性人物大都是职业女性,她们行动利落、谦卑内敛,可以看出深圳这座城市中的女性,在经受城市高速发展和社会性别偏见的双重压力下仍保持着坚忍和自强。

随着深圳城市化的升级,"三来一补"产业开始退却,文化产业、科技产业、金融产业逐浪踏来,深圳也变得阶层森立、形态多元、空间复杂。张新民、陈远忠和郑黎岗关于农民工群像、股灾下的人类、城市爆炸恶性事件的拍摄,隐含着对城市含蓄的批判。

余海波的《大芬油画村》是关于深圳一个奇特的文化景观:用高度原创的方式去复制。按照城市一般的空间规律,在没有政府资金补助的情况下,艺术家村落一般会因为级差地租的原因,被推至城市的边缘,租农民房建工作室。大芬村的神奇之处在于,原本是香港人偶然做的一个仿作画廊,居然被复制成一个产业,变成了规模庞大的画匠手工业集群，余海波用颇为平淡的方式来记录这一空间上的"原创悖论"："以复制作品来满足市场需求，但用纯手工来创造溢价，空间的形态是独特不可复制的"。

李政德的《新国人》则完全摆脱了"猎奇"视角，以一种直接粗暴的"快照"美学，关注这个移民城市中的中产、富人阶层以及他们夸张的消费主义。《新国人》让人联想到罗伯特·弗兰克（Robert Frank）式的意图。但罗伯特·弗兰克的《美国人》是横穿美国国境的人物白描，而李政德则是利用深圳作为超级富裕都市，在城市化时空框架下的消费欲望横空出世这一背景，来刻画"买就是创造"的深圳新国民。

瑞典地理学家哈格斯特朗（Torsten Hagerstrand）提出的"时间地理决定论"，可以作为深圳摄影研究的一个理论框架。他将人类空间活动进行时间衡量，从而准确地了解人类的迁徙模式。比如农民如何进入城市，进入的过程是他们适应城市的时间过程，也是一个他们生存空间的扩展过程。根据深圳城市化展开的时间地理，对应着深圳摄影人的纪实叙事，不难发现其内在的节奏是一致的。城市化的人群形态展开和产业形态升级，基本上对应着深圳摄影人的思考和叙事的节奏。深圳摄影人一直被焦灼的现实所驱赶、被魔幻的现实所触动、被多样的现实所选取。他们不需要花费心思创作更具审美性、更意识流、更具观念性的摄影，他们的内心已经被城市所占据，他们没有力量也没有意愿从现实中挣脱出来，沉迷所谓的"为艺术而艺术"。深圳的爆炸性时空框架就像一个黑洞一样，牢牢地吸附着他们，让他们拥有同一种共同的趣味和自觉。

## 三、深圳的终极摄影趣味：空间与人关系下的纪实摄影

深圳的故事在于，它是从一个渔村开始起步的，从乡村走向了超级都市，这种前所未有的时间地理框架，使得深圳摄影人不仅仅像他们的世界同行那样寻找题材，更重要的是，他们很快就意识到"切片问询"往往不能追逐到像深圳速度这样的城市化社会变迁。快门必须很快，因为事物变化太快，消失得也很快。但悖论的是，曝光时间还要很"长"，因为完整观察它的来龙去脉，是需要一定的长波段眼光。它构成了纪实摄影的一种气质上的平衡。

例如刚改革开放的中英街，门庭若市，它是一个与世界"边境互动"的街市。但是很快，这个象征就变化了，因为全球化已经开始深入到深圳的蛇口、罗湖、福

田。一个商贸街道的命运就开始退却,它快速变成了一个到此一游的景点。到了1997 年香港回归之后,中英街看上去连"深圳必打卡景点"都算不上。所以深圳的摄影师拍摄的中英街,就变成多次命运转折的无厘头呈现。

深圳的"城中村"也是深圳摄影人的重要题材。深圳因村而起,实际上村"包围"了城,开始城小而村大,村域经济犹如一个个社区经济。不过,随着城市化升级,再加上 2003 年深圳开始推行"净畅宁"工程,着重取缔一些"城中村",导致各村面积萎缩,城市化产生的高地价弥补村集体经济的收益,但也抬高了原本安置于城中村的居住成本。最后,随着政府安居房的大量推出,城中村的民间保障房的功能开始变弱,甚至一些聪明的"城中村",开始引入新型人才,招商招租,向各种科技产业园、大数据云计算产业基地转型,追逐时代的风口产业红利。有趣的是,深圳摄影人镜头下的"城中村",不仅要追逐"城中村"的演变,也要受到"城中村"全球化视角的影响(比如在很多西方学者眼里,"城中村"反映的是底层人们的居住权利)。所以,深圳摄影人所展现的"城中村",既有蜗居的愁苦、不安全的忐忑,也有人拍出参差多态的温暖,和人间烟火的世态。

所以,"深圳摄影趣味",意味着在深圳的时间地理里面,深圳摄影人的心智模式被牵引、收敛到以下的属性里面。

(一)深圳 40 年的高速发展,爆炸性的城市化过程以及伴随着的人类迁徙模式,使得这片土地上发生着中国历史上最深刻的经济和社会变化。以至于记录这种变化成为深圳摄影人的焦点题材。深圳摄影人骨子里觉得,深圳进行着的"现实的魔幻"已经足够超越"观念的生造",爆炸性的时空框架,就是摄影主题素材的一切来源。

(二)深圳摄影人善于用累积的影像来判断城市的变化。时代既需要极速的快门来捕捉变化的速度,也需要"长时间曝光"来理解那些看不清的、被遮蔽的东西。所以从"快门"端诞生了深圳摄影的"体制叙事"(例如城市基建面貌的更新),而从"曝光"端诞生深圳摄影的"民间叙事"(例如关于"二奶村""城中村""华强北市场""三和市场"等等作品)。

(三)深圳人的原乡都不是深圳,但"时间地理决定论"依然作用于深圳摄影人在深圳之外的拍摄,他们依然遵循了"累积变化"和"曝光暗处"这两大特征,将深圳之外的地域拍摄,呈现出体制和民间的两种叙事的交织,无论是西藏的长卷纪录、"地球的表情"以及"全国一代人的肖像"等等作品,都充分验证了深圳摄影人的属性:一种源于深圳都市的爆炸性的时空框架所产生的内在摄影观。

正是这种爆炸性的时空框架下"时间地理"，占据了深圳摄影人的心智，使得"深圳摄影趣味"就像蜂群一样，在一只无形之手的指挥下，群体遵循了一种共同的方法论：基于纪实摄影下的长波段累积式观察，坚持城外人的客观中性立场、以体制和民间两种叙事相互交织的摄影方式，在中国建立了一种鲜明的风格：它不是对现实的猎奇，而是对现实的惊奇；它也不仅仅是一种影像的批判，也是一种影像的温和空间生产。它是迄今为止关于中国城市化优秀的摄影卷宗。

接下去的深圳摄影趣味将会如何？我们认为城市化依然会决定深圳摄影人的大部分意识。深圳城市化的下一步是数字的城市化、社交网络的城市化。深圳是数字大湾区的核心地带，几乎所有的产业都在数字化和社交网络化。例如未来的零售消费行业，是需要通过社交网络来引导线上流量来线下体验，买卖这个简单的行为完全可以在线上完成，但被吸引到线下去消费，完全是因为线下的消费是有内容的、有体验的、有趣的。所以，下一步城市化所影响的摄影，必然也是社交摄影。深圳摄影人不仅用数码设备拍摄他们所感兴趣的深圳，而且他们会上传到社交网络上予以分享，不仅仅如此，他们的分享所引发的数字轨迹——别人的点赞、评论、转发、引发媒体介入、再次变成社交网络上的影像话题……这将是一个更为复杂的图像生产循环，卷入更多的、更为复杂的观看，也会诞生更为庞杂的社会互动和社会介入。从这个意义上，"深圳摄影趣味"不仅是深圳 40 年的一个回顾，也是未来40 年的一个期待。

（原载于《中国摄影》2020 年第 12 期）

# 短评作品

# 新时代新曲艺要引领新风尚

崔凯　中国曲协顾问、国家一级编剧

一个时代有一个时代的文化艺术。

具有悠久历史的中华说唱艺术,在新中国成立以后改称为曲艺艺术,以往的民间说唱艺人成为了曲艺工作者或新文艺工作者。随着时代的发展和进步,曲艺在表现内容、演出形式和传播方式上都发生了很大变化。但是,从文化传承的角度看,曲艺的基因并没有发生太大变化,尤其是曲艺界的江湖传统与诸多现代艺术门类相比较显得有些陈旧,与时代发展步调不大一致。

江湖文化是中华传统文化的一个组成部分,其中的江湖道、江湖义气、江湖规矩等内容,在中华武术、中华医道、民间技艺等具有中国特色的文化传承发展过程中发挥过重要作用。世世代代行走江湖以卖艺为生的民间说唱艺人,如果没有江湖道的维系和约束甚至难以生存和实现技艺的薪火相传。

新中国的成立,使曲艺界迎来了有史以来最为辉煌的时代,大多数曲艺人成为了有组织、有团体、有固定收入的新文艺工作者,并涌现出众多家喻户晓的曲艺大师和优秀曲艺名家。曲艺界一些德高望重的领军人物曾试图改变旧时代民间艺人行走江湖养成的某些陈规陋习,以适应新文艺团体的总体氛围,比如:正规场合少用或不用"春典"(内部暗语行话);将原来的师徒关系改变为新的师生关系,打破门户界限,提倡业内团结合作;摒弃"宁舍一锭金不舍一句春"(不向师门以外同行传艺)的保守习俗。大家为繁荣曲艺创作而共同努力,因此形成了曲艺战线团结一心、共图发展的新气象。但是,由于曲艺艺术创作生产和表演传播基本以个体化为主的特殊性,曲艺至今没有形成正规化、科学化的教育模式,培养后续人才还是以传统的师傅带徒弟口传心授为主要方式,这便难以彻底改变旧时代曲艺江湖的行帮、宗派、保守、人身依附等江湖陋习。尤其是曲艺进入演出市场,回到卖艺赚钱的经营模式,以往的某些江湖习气又在曲艺行业内有所抬头。也许曲艺业内认为投门学艺、磕头拜师、卖艺赚钱、靠本事发财、靠"圈粉"成名是天经地义,但在全国上下万众同心奔向现代化的时代,外界群众看某些曲艺团队成员,张嘴闭嘴说的是行话暗语,行为举止一副江湖做派,令许多青少年觉得很丑陋,更有一些所谓"大蔓儿"不时制造新闻或在多媒体、自媒体上传出丑闻,造成了社会不良影响,人们就好像在围观行走在新时代的旧艺人。这种影响虽然属于个别现象,不至于影响新时代曲艺的传承发展,但对于曲艺与新时代文化相适应、与现代社会生活相融合,以及在文化艺术领域树立良好形象极其不利,这是曲艺界值得自省和应该加以改进的现实问题。

新时代新曲艺已经形成了以专业曲艺队伍、新文艺群体和广大曲艺爱好者自娱自乐组成的业余曲艺队伍为一体的新格局,此三种曲艺存在形式,毫无例外都属于中国特色社会主义主流文化的构成部分,所有的曲艺从业者都要把爱国为民、崇德尚艺作为必须遵循的文艺界核心价值观,自觉追求成为新时代有品位、有格调、有担当的曲艺工作者。在继承曲艺传统方面要分辨良莠,自觉继承优良传统,抛弃陈规陋习,紧跟时代步伐实行自我改进,才不至于被时代所淘汰。

新时代曲艺人要继承观众是艺人衣食父母、坚持观众至上的优良传统,不要有了一点成就便妄自尊大、自我膨胀、自我炫耀。曲艺能够跨越千年走到今天全靠人民大众的不离不弃、持久喜爱和支持,无论什么样的"大蔓儿"一旦在感情上疏远了人民,人民大众必然要离你而去。

曲艺人要感恩时代、敬畏艺术,自觉抵制拜金主义。回望曲艺传承的千百年历史,无数曲艺前辈都经历了"下九流"的卑贱境遇,每个曲种的历史都是无数民间艺人用艰辛和血泪书写而成的。新时代提高了曲艺艺人的社会地位,正是在党的正确领导和政府文化政策的保障之下,许多艺人才分享了改革开放的红利,甚至成为富豪,这并非是今天的曲艺人本事比前辈大,而是赶上了好时代。如何以精美的作品、精湛的技艺回报伟大时代,是每一位曲艺人应该担负的历史责任,也是艺术家实现自我价值的正道。

曲艺人要珍惜曲艺家和曲艺工作者的称号,严格自律、谨言慎行,塑造好社会尊重和人民喜爱的公众形象。在网络和多媒体全覆盖的今天,大凡有了些名气的曲艺人才,都生活在大众的监督下,一旦曝出不端言行和不良嗜好,轻则损害自己的公众形象,成为昙花一现的人物,重则会影响曲艺界的行风建设。经曲艺界广大同仁反复协商共同制定的《中国曲艺工作者行为守则》也是曲艺行业内的新行规，需要大家共同遵守。

　　新时代召唤新曲艺，新曲艺要由一批名家大师和一支德艺双馨的优秀队伍共同打造。新曲艺要实现将传统说唱进行创造性转化、创新性发展，就必须自觉抵制"三俗"、摆脱低级娱乐，要以新观念、新思维、新方式创作生产出既符合主流文化价值观又是人民喜闻乐见，叫得响传得开留得下的精品力作，以精品奉献人民、以明德引领风尚。曲艺人站位要高、眼界要宽、格局要大，要以实际行动在实现国家"十四五"规划和2035年远景目标中展示新风采、作出新贡献！

（原载于《中国艺术报》2021年5月10日）

# 脱贫攻坚主题性影视创作也需要艺术性升华

范建华　中国艺术研究院博士后、南京邮电大学教授

2020 年是脱贫攻坚收官之年,经过 8 年的持续奋斗,全国贫困县全部摘帽,如期完成了脱贫攻坚的目标任务,取得了令世界瞩目的重大胜利。

战斗在脱贫攻坚一线的党员、干部众志成城,涌现了许多可歌可泣的动人事迹。文艺工作者在这场历史性的大转变中也没有缺席,迅速行动起来,以在场的身份参与并记录着这一历史性的转变,积极投入到脱贫攻坚影视作品创作中。这些作品激发人们向上的奋斗精神,涌现出了一批讴歌奋战在前线的英雄们的感人事迹,讲述他们在与贫困搏斗的战场中展现出的真、善、美事迹和同舟共济的精彩故事。优秀的文艺作品塑造了一批基层干部形象,如《天渠》中的优秀党员黄大发、《十八洞村》中的杨俊英、以第一书记黄文秀真人真事为原型的《秀美人生》等。反映家乡脱贫过程中出现的酸甜苦辣喜剧电影《我和我的家乡》,表现青年创业历程的《一点就到家》《热土》,讲述年轻人的创业、回报故土、投身生态文明建设故事等,受到青年群体的喜爱。纪实片《出山记》中真实记录了脱贫过程中的搬迁、修路等既常见又难实施的"老大难"问题,在取材视角、人物刻画、地域选择上都呈现出富有成效的探索,承担起文艺工作者的使命担当。

脱贫攻坚有各式各样的路径、方式,有美丽乡村建设、发展乡村旅游、挖掘地方特产加工、生态经济、农家乐、教育脱贫等,让人们在审美娱乐中看到新时代建设取得的巨大成就。

值得一提的是,与以往只注重贫困地区物质脱贫的故事不同,当下的脱贫攻坚题材作品不但表现扶贫,还有扶智,出现了一批反映贫困地区精神、文化方面的脱贫故事,如《遍地书香》《花繁叶茂》《一个都不能少》《绿水青山带笑颜》《从长江的

尽头回家》等。《花繁叶茂》较为真实地反映枫香镇花茂村发展乡村旅游的故事,强化了由输血式扶贫转而为造血式扶贫,塑造了镇党委书记石晓峰、村第一书记欧阳采薇、村主任唐万财等基层干部集体带领村民脱贫致富的形象。其中,头脑灵活的村主任唐万财熟悉基层工作,对基层的形式主义也是驾轻就熟,然而随着剧情的演绎,塑造了他油滑而不失责任的较为丰满鲜活的形象。而剧中涉及关停不达标的小煤矿、土地流转等情节,有故事、见深度,首映时一度占据同时段收视率榜首。

但我们也看到,在数量众多的脱贫攻坚影视作品中,也出现一些缺少沉淀的作品,主题虽好,但立意不深,缺乏艺术感染力甚至不乏夺人眼球蹭热度的浅显之作,或停留在为乡村旅游做广告的层面。

在当下这场脱贫攻坚已经取得胜利的伟大战役中,正如习近平总书记指出的,"脱贫摘帽不是终点,而是新生活、新奋斗的起点"。我们丝毫不能松懈,稍有大意还可能重新返贫。如何从纷繁动人的现实生活中有深度地刻画脱贫攻坚战中基层干部群众的各式本真状态,呼唤时代的精品杰作,实现由数量到质量、由高原向高峰的目标,需要文艺工作者们沉下心来付出艰辛的探索。

文艺作品的主要特质是以情动人、以情感人,是一种情感教育,不是简单直呼式的宣传口号。而这个"情"字,以不失生活起码的真实为前提,如果失去起码的真实在当下的观众口味越来越"刁"的情形下,恐怕也很难打动观众。电视剧《遍地书香》中的下乡第一书记刘世成通过踏踏实实的工作赢得了乡民的信任,但为了送书给村民竟然准备卖掉自己城里的房子。《花繁叶茂》中的第一书记欧阳采薇为了支持村民潘梅开农家乐,自掏腰包垫付前期租金和装修费。笔者认为,这些情节的表现即使生活中实有其事也难具备典型意义。电影《热土》中女主角周悦雅与男主角田轫由出租女友关系而成为正式女友关系以及村民对田轫的信任转变还有些突兀,还难经得起生活的推敲。老知青黄之楠太过年轻的扮相,显然还缺少精雕细琢,削弱了电影的感染力而损伤其美学价值。

心怀责任感的艺术家正应从这场伟大的脱贫战役中所展现出的真实、生动、鲜活的现实事例中体悟、构思、挖掘出人世间的感人事迹,将主题思想与审美趣味、感人故事与娱乐享受融为一体,塑造美的形象。文艺工作者既可以站在国家战略层面,聚焦国家和人民付出极大的勇气、魄力和智慧;也可以以个人的视角表现脱贫过程中的"位卑未敢忘忧国"的基层小人物故事,既要有具体的典型事例又要有血肉丰满的人物刻画。这就需要文艺家们具备敏锐的观察能力、体悟能力和出色的表现能力,对脱贫过程中面对底子薄、观念旧的现实状况涌现出的无私的故事进行艺术的升华和塑造,构筑文艺作品中的瑰丽世界,让人们在美的升华中得到精神上的享受和情感的愉悦。同样,也需要文艺工作者洞察在这场战役中不时冒出的精致的利己幽灵,民众痛恨的推诿、自私,并对这些不足进行勇敢的批判与揭露,这样才能构成认识事件本质的多维视角,这也是文艺工作者们的天职。

好的题材也需要凝聚着作者精益求精的提炼、雕琢,否则会显得牵强生硬,冲淡主题的表达。"脱贫攻坚"主题艺术创作的目的主要在于鼓舞士气、激励人心、增强斗志,但如忽视艺术上的精雕细作、锤炼升华,不探寻符合艺术规律的表现形式和手段技巧,在作品的深度、广度上凝聚着艺术家个性的独特审美体验,则可能起到适得其反的效果。

主题性文艺创作往往有特定的内涵和时代语境,要求在表现形式和主题内容之间做到"文"与"质"的相得益彰。文艺包含有审美价值和愉悦功能。只有饱含审美价值的作品才能打动人心流传后世,反之,那些缺少提炼、停留在标语式口号层面上的东西是难以经得起历史长河的淘洗而会成为速朽的文章。关于文艺的主题性与艺术性关系问题,中国传统文艺理论中有很多的文献指引,"文与质""言与意""形与神"间的内在联系论述,贯穿于古今。西方也有"有意味的形式"之说,无不注重对文艺自身的特点、规律、形式及其美学价值的强调。如何把握其中的"度",需要文艺家多方面的磨炼,这也是衡量一个文艺工作者水平高低的重要标志,关涉着个人的价值观、审美观及符合艺术规律的创造能力、表现能力。不能为了表现主题而牺牲艺术的质量来硬搭脱贫攻坚之名,更要反对主流题材牵强附会生吞活剥的演绎。

无论是对社会的讴歌赞扬或是批评鞭挞,文艺作品总是通过所塑造的个性鲜明、经得起生活推敲的艺术形象去从内心深处感染人、打动人,进而引起人们的情感共鸣。

当然,这是一个艰辛的劳动过程,这个过程往往是殚精竭虑、夜不能寐的凝思,呕心沥血、为伊消得人憔悴的千锤百炼。

（原载于《中国社会科学报》2021 年 1 月 8 日）

# 返回现场：重建批评对文艺实践的关怀和引领

金宁　中国艺术研究院文艺研究杂志社主编

在文艺活动中,批评和评论往往指向同一种话语方式。但若一定要对概念做出区分,我倾向这样理解:"批评"可以更多针对价值形态言说,主要涉及意义判断;"评论"可以更多针对表现形态言说,主要涉及完型评价。这样的理解并不严谨,因为在具体实践中,二者不会截然分开,可以相互置换或涵盖。有时也把"评论"作为一个大的概念,包含批评、阐释和鉴赏。我这里使用"批评"一词,无非是想强调这一实践活动的引领力量,批评的地位应该得到凸显。

一位文学院教授说,如今网上飘的是段子,再有就是爽文和酷评。我们当时在谈批评写作,共同的感受是,如同爽文不能替代严肃意义上的文学,酷评尽管时常语出惊人、辛辣刺激,但真正直面作品、有理有据的批评,终究太少。

批评历来是文艺的重要组成部分。所谓"批评缺失"实际上是个老问题。首先,多年来批评的状况并不令人满意,虽然也可以看到好的批评写作,但总体上处在缺位或脱钩、离场的状态;其次,文艺生活日益多元化,面对多元化中的新旧杂陈、标新立异、良莠不齐,批评却功能退化,处在失语或异化的状态。要改善这一局面,强化批评在艺术创造、审美评价和价值引导上的积极意义,需要我们首先对其有一个恰当的定位,也需要对存在的问题有客观、具体的分析。

文艺是一种创造性的文化生产,就"供给侧"而言,大致可分为创作、批评和研究三个部分。创作是文艺以作品形态的直接呈现,是文化生活的具体内容和精神生活的实现路径;研究是对文艺规律、艺术遗产、美学形态,包括与社会意识形态关系的把握,它不仅要面向民族历史的深厚积累,更要面向未来文化的广泛可能性。不难看出,批评在这里是一个极其重要的中间环节。无论古今,不分中外,实践证明,好的批评既对艺术创作有引领与匡正的作用,也对理论研究有丰富与深入的功效。换句话说,评论既引导实践,又反哺理论,三者共同形塑了社会风貌、审美生活和人的品格与精神状态。

文艺批评长期以来存在三个问题。首先,缺乏理论的深度意识和价值引导意识,既不能击中问题要害,也无法对作品进行恰当的审美评价、优劣评判,体现出某种判断上的模糊。其次,缺乏认真解读作品的意愿和能力,空泛的表述、笼统的概括,看似深入,实际闪烁其词,本质上处在一种悬置状态,既无法进入丰富的感性创造,也无法对作品的技法语汇和情感内涵作入情入理的解析。无论对创作还是对接受,实际上都处在可有可无的位置上。再次,圈子和面子、位子和票子左右批评实践,批评变成捧场,捧场就是交换,一派人情世故,或以"表扬与自我表扬"为主,等等。直截了当说,许多批评就是在炒冷饭、吃闲饭;或者如同艺术家有喜事,批评家就忙着去随礼一样。

除上述这些问题,还有一种现象值得重视。最近二十几年来,存在一种所谓"批评下降、学术上升"的现象。以文学为例。华东师大朱国华教授认为,在20世纪80年代,"文学批评与文学理论难分彼此,而最新锐的文学批评家其实往往就是当时的前卫文学理论家"(《渐行渐远?——论文学理论与文学实践的离合》,《浙江社会科学》2020年第12期)。按照北大洪子诚教授的理解,80年代"文学批评与文学史研究之间的界限其实不是那么清楚。许多优秀的批评家,也是文学史家;反过来亦然"。他们既写批评文字,又写文学史论著,"批评"与"文学史"的品格在当时是"互渗"的。而近年来,比如在当代文学研究领域,"为了能够'有效'地阐释'当代史',也为了使'当代文学研究'成为一种'学术',能尽快进入'学科体制',研究者的态度和方法出现了明显的调整。'批评'和'研究'的界限被强调。不少研究者都在努力和即兴式、随感式地处理问题的态度保持距离"(《当代文学的概念》,北京大学出版社2010年版)。

假如我们正面理解这一现象,从当时的"文学批评与文学理论难分彼此",到后来的"'批评'和'研究'的界限被强调",或可视为学术与学科发展的结果,也是理论研究日益深化的结果。但这一结果未必具有必然性或正当性,其中埋下了问题的伏笔。

大致分析这一变化的原因可以看出,首先,批评被认为是一种"即兴式、随感式地处理问题"的方式,这实际上是对批评的学理定位出现了偏差,忽视了批评对研究的增益和反哺。这一偏差,归根结底,既是方法论上的偏差,更是认识论上的偏差。事实上,从历史看,批评与研究的分野是个很晚近才有的现象,今天被视为文论遗产的众多资源,几乎都是由广义的评论性文字积累而成。真正的批评,本身就是学术,如同批评史是构成学术史的重要组成部分。其次,所谓"学院式"研究在逐渐脱离创作,似乎"进入'学科体制'"的文字无非考据或探究义理,或将作品当作理论的注脚,拆解作品无非是要对应于理论的条分缕析。或者,理论是自说自话、圆融自洽的推论炫技,而批评不过是肤浅的印象评述与未经省思的感性表达。最后,现今的"学科体制",包括学术评价机制似乎也没有给批评写作一个包容的空间。客观讲,"学术上升"的确使科研特别是高校科研取得了丰硕成果,学术进入一个黄金时代。但不应该忽视"批评下降",二者间并不必然存在反向运动的关系。

从这个角度说,我以为文艺批评要树立四种意识。

第一,批评要有学理意识。批评不是鉴赏,不是空泛的点赞或简单的评价,而应该有坚实的理论基础。可以这样讲,理论是对层累的审美意识的研究,是对艺术传统、艺术规律及艺术价值形态的理性把握,它应该通过批评实践作用于当下的艺术创作。理论不是批评的外套,而应该是其核心依据和认识基础。反过来讲,批评使理论不断具有活力,强化问题意识,并检验其效用。批评锻造理论的实践品格,理论增益批评的学理底色。

第二,批评要有审美意识。要真正进入作品,要对作品有深入其内部纹理的解读。经典的批评首先是"懂作品"的批评,有内行的分析,在感性认识的基础上才有理性的把握。脱离了作品分析,批评就只能流于表面,不及物,不接地气,不知所云。艺术家觉得你说半天似乎与他无关,欣赏者更找不到深入理解艺术作品的门径。最终,批评不过是或貌似高深或似是而非的空转。

第三,批评要有推进意识。批评作为艺术生产中重要的中介性的存在,既要有助力创作实践的诚意与勇气,也要有增进理论积累的目标与雄心。换句话说,批评要敏感地呼应艺术的创新意识,在实践中保持在场;同时,批评也要自觉地介入理论的原创意图,在研究中保持活力。真正的推进意识既不来自高高在上的压制,也不来自一团和气的捧场,而应该是讲真话。

第四,批评要有艺术史写作意识。古往今来,一时代有一时代之艺术,事实上几乎大部分文艺作品都会在时过境迁中被抛弃。实话说这并不残酷,这是人类整理遗产的福音,历史一直在"断舍离",即便这样,依然免不了有糟粕留给后人。今天的实践同样如此。批评需要有清醒的清理意识,激浊扬清,这既是现实的,同时也是出于历史责任的。从这个意义上说,批评既是针对时代精神的需要,也是基于历史规律的预设。当然,什么样的作品可以留存下来、流传下去,这确实是个理论问题。批评基于理论,也把这个大话题留给理论。

创作有发展,批评与有荣焉;理论有推进,批评与有荣焉。基于新时代文艺生态乃至精神风貌的塑造,批评必担其责;面对行将历史化的"断舍离",批评应该在场。学者应该拿起批评的武器,面对创作的实际,面对当下理论的积累,以基础理论为批评高度,以历史研究为批评基底,以观念引导为批评指针,以关切现实为批评方式,返回现场,重建批评对文艺实践的关怀和引领。

(原载于《中国文化报》2021 年 1 月 28 日)

# 乡村墙绘的审美思考

孔繁明　江苏省宝应实验小学高级教师

　　随着国家乡村振兴战略的进一步实施,美丽乡村建设也在不断推进,乡居环境美化作为一项系统工程得到了应有的重视。无论是刷白墙,还是乡村墙绘,其目的都在力图改变乡村民居老旧的视觉形象,用富有美感与时代气息的元素更新村容村貌。墙绘已经成为当下许多地方美化农村环境、强化宣传工作的普遍选择。然而在美丽乡村建设中兴起的这波墙绘热,也暴露出了一些问题,需要我们对此进行冷静思考,及时作出相应的调整与改进。

　　在一些地方,随处可见的墙绘由于缺乏合理的规划,成了有违美化初衷的过度装饰,而事实上这些村庄并非是要以墙绘作为其地方特色的。过多的墙绘不但会影响墙体和建筑物本身的质态之美,并且容易造成其与乡村环境的不协调,还会浪费宝贵的人力财力。在环境营造与美化时,一定要讲究"留白"的艺术,所谓的"让每一面墙壁说话",其实是对墙面装饰的一种误导,无视与破坏洁净墙面的本体之美,在墙面上布满说教图文的做法是并不可取的。试想如果在那些著名景点的古代传统建筑物上画些花里胡哨的墙绘,难道不是一种煞风景的做法吗?同理,普通民居白墙黛瓦的素朴之美,也不要被墙绘的过度装饰而遮蔽。

　　乡村墙绘要选取适当的地点与墙面,考虑到与周围环境的协调和谐,尊重民居主人的意愿。墙绘不在于多,在于制作精良、品位不俗、富有特色。粗制滥造、随意涂抹的乡村墙绘,非但不能美化乡居环境,反而有可能变成一种新的视觉污染。这就需要基层领导和墙绘的设计制作者对乡村墙绘有充分的认识,做好统筹规划与整体设计,而不是看到别人搞,就一味效仿,草率行事。一定要根据各地实际情况,考虑到制作成本,选择适合的形式,注意墙绘的适时维护与更新。

一些乡村墙绘艺术价值有待提高。同为墙绘,乡村室外墙绘和城市墙绘、室内墙绘,所展陈的环境与观看的受众是有所不同的。作为一种公共图像的乡村墙绘,形式与内容要为村民们所喜闻乐见,需从题材的选择、艺术性、时代性等方面,进一步优化设计方案。墙绘并非将布面绘画或纸质绘画放大复制到墙面上那么简单,墙绘的基底、画材、画面的风格等,都有其不同于其他绘画类别的专业特点。墙绘的展示方式与场所以及主要受众对象,使其在美术文化传播方面具有独特意义。这就要求设计制作乡村墙绘的美术工作者们,既要有一定的专业技能,还要对墙绘所处的村居整体环境,以及地方特色、社情民意等有一个比较全面的认识与了解。乡村墙绘相对于其他绘画而言,作画者所处的工作空间与背景改变了,相关的观念也要有所转变,才能使自己的墙绘作品真正成为乡村文化的一道美丽风景,以优秀的美术创作引导人们的审美,让与墙绘朝夕相对的广大村民感受到艺术之美。

虽然乡村墙绘需要突出它的宣传功能,但也有部分作品毫无美感而为乡村审美添堵。乡村墙绘应该具有审美引领,文化传播的社会担当,要防止标语式的空泛无力,当今这个时代,宣传的媒介非常丰富多样,过多的墙面宣传已非必要。

风格单一,形式内容雷同是乡村墙绘普遍存在的弊病,这容易造成人们的审美疲劳,难以突出乡村文化建设的地方特色,就像许多地方的刷白墙,确实是美化村容村貌的有效举措,但一刀切的刷白墙却也破坏了一些地方原有的村居特色。所谓墙绘的特色与个性,一是指题材与内容要有一定的创意,避免过多的雷同。二要能反映这个地方的区域文化和生态特点。优秀的墙绘应该能够产生基于地方文化的凝聚力,从而以此助力乡村文化的系统建设。

在充分肯定乡村墙绘美化环境的同时,不宜盲目夸大其在美丽乡村建设中所起的作用,更不能做成表面文章和虚饰形式。美丽乡村建设离不开对村居环境、自然生态的常态化管理,还有必要重视提高村民的审美素养,因为一个人的审美能力对他的生活状态会有较大的影响,如果一个普通村民也能以审美的眼光去考量他所生存的环境,环境美化就会变成一种自觉,家前屋后栽种的花草树木,甚至每家的菜地都可以成为美丽风景。农村基层领导更要以审美的眼光看待乡村建设,主动邀约美术家们为此建言献策。另一方面,美丽乡村建设也为美术家们提供了施展自身才能的广阔天地,贴近生活、彰显大美的创作会更接地气。

（原载于《美术报》2020 年 10 月 12 日）

# 《觉醒年代》是知识分子的心灵史，更是中国文化精神蜕变史

李跃森　《中国电视》杂志执行主编

重大革命历史题材电视剧《觉醒年代》，在北京卫视播出正酣。这是一部颇具创新意义的作品。它传神地渲染出百年前风云激荡的时代氛围，真实地再现了一代仁人志士指点江山的豪迈气概，形象地诠释了中国选择社会主义道路的根本原因，深刻地揭示了从新文化运动到中国共产党成立的历史必然。不过，这部作品最突出的成就，还在于创作者敢于把笔触向历史的纵深处，准确地把握历史的节拍和旋律，真正刻写出那个时代的灵魂。

《觉醒年代》称得上是一部思想的戏剧。它所刻画的人群是中国现代史上举足轻重的思想家、社会活动家，主要场景北京大学是各种思潮交汇的中心和各派力量争夺的精神制高点。这种特殊性决定了作品独有的认识价值。创作者用了三组关系来表现启蒙时期思想的演进：一个是陈独秀、李大钊与胡适的关系，一个是陈独秀、李大钊与青年一代的关系，还有一个是陈独秀、李大钊与同时代知识分子、工人的关系，用不同视角的交叉叙事，匠心独具地梳理出一本杂志、一所大学、一个时代和"社会主义绝不会欺骗中国"这一信念之间的精神脉络。作品不以情节的密度取胜，而以思想的深度取胜。思想的力量来自表达上的直接性，不是靠外在的冲突，而是靠思想碰撞形成强烈的戏剧张力。于是，在这种特殊情境下，思想本身就成为一种鲜活的生命体验。

不过，这不等于说创作者不重视人物塑造，相反，《觉醒年代》以陈独秀、李大钊为核心，塑造了一群在民族危亡之际挺身而出，为挽救国家命运奋不顾身的先进分子形象，谱写了一部革命先驱者的成长史。时代造就了陈独秀、李大钊，陈独秀、李大钊也造就了一个时代。从创办《新青年》到"南陈北李"相约建党，先驱者走过

的是一条艰辛的探索之路,他们为苦难与焦虑中的祖国立下一个个清晰的精神坐标。而且,创作者把两代人之间思想火炬的传递贯穿于全部情节之中,令人信服地写出毛泽东、周恩来所代表的青年一代为何选择马克思主义。陈独秀父子之间的感情是剧中的一条重要线索。表面看来,陈独秀对儿子的态度严苛到了不近人情的程度,但这份感情之所以特别沉重,是因为其中包含了一位革命家对整个青年一代的期许。直到延年亲手为陈独秀端上一份黄牛蹄时,他才真正理解了自己的父亲。黄浦江码头,陈独秀送别即将赴法国勤工俭学的延年、乔年,眼前恍然出现多年后乔年戴着手铐脚镣,蹒跚而坚定地走向刑场的镜头。陈独秀淡定的目光里有期待,有信赖,也有一点留恋,此时,延年回眸粲然一笑,父亲想要冲过去,但终于忍住,默默擦去眼中的泪水。这是父子间情感的交融,更是两个革命者心灵的辉映。此处,现实时空与想象时空相遇,产生了动人心魄的力量。

同时,《觉醒年代》也是一部现代知识分子的心灵史。在此之前,还没有哪一部电视剧如此酣畅淋漓地书写现代知识分子的风采与风骨,如此细致入微地描摹党的早期领导人丰富的精神世界。与李大钊的热诚、坦荡相比,陈独秀的内心更为细腻、复杂。他有从容洒脱的一面,也有傲岸不羁的一面,个性鲜明而又充满了矛盾,但这种性格的内在矛盾恰恰是他人格魅力的来源。他在学生打出的"陈独秀滚出北大"横幅下泰然走过,在狱中向吴炳湘赠诗后,幽默地用拇指蘸墨按下手印,大量生动的细节让一个革命家的情怀和风度跃然荧屏。陈独秀说:"我们青年立志出了研究室就入监狱,出了监狱就入研究室,这才是人生最高尚优美的生活。"离开监狱前,陈独秀放飞了女儿送来陪伴他的白鸽。白鸽是精神自由的象征,而陈独秀超越常人之处在于,监狱的囚禁反而给他带来精神的解放。陈独秀和李大钊都有着义无反顾、视死如归的勇气和以天下为己任的情怀,都有着知识分子独具的英雄精神,但两人的区别也非常明显:李大钊坚信自己找到了中国的最终出路,而陈独秀穷其一生都在为时代寻找答案,他的思想本身就包含了那个时代无法解决的问题。

从更广泛的意义来说,《觉醒年代》还是一部中国文化精神的蜕变史。中国文化精神是陈独秀、李大钊思想的底色,也是他们救国救民之路的根基,在这个意义上,思想启蒙运动可以说是一次文化精神的更新。这一代知识分子深受中国传统文化熏陶,又接受了西方先进的科学、民主思想,他们以改造文学为出发点,在旧文化的废墟上,重新树立起中国文化精神的旗帜。他们来自传统,在对传统文化的扬弃中,让传统文化焕发出更加动人的魅力。值得称道的是,《觉醒年代》还用知识分子的群像的塑造,为世人留下了一幅色彩斑斓的历史图景,从另一个层面丰富了主题思想。它摒弃了过去单纯以是非善恶评判新旧两派知识分子的观点,着力呈现民国大师的学识、品性和神采。在文化精神的范畴里,陈独秀、李大钊代表的是道义,蔡元培、汪大燮代表的是气节,章士钊、辜鸿铭代表的则是良知。陈独秀、李大钊和胡适走上不同的人生道路,但"道不同,情意在",在内心深处,他们仍是高山流水的知己。

作品中反复出现北大红楼的意象。红楼是那个时代精神的灯塔。没有蔡元培"思想自由,兼容并包"的办学方针,没有在真理面前人人平等的学术氛围,北大就不可能成为马克思主义在中国传播的源头。知识分子要有精神、有节操,这无论对于陈独秀、李大钊所处的时代,还是我们今天所处的时代,都同等重要。创作者这种自觉的现实观照,正是史德之所存,诗心之所在。

(原载于《新京报》2021 年 4 月 2 日)

# 脱贫攻坚战的诗意与新时代诗歌创作

李云雷　《小说选刊》副主编

　　脱贫攻坚战，是一篇书写在中华大地上的宏大史诗，其中既有千年梦想一朝实现的历史情感，也有置身其中亲身实践的诸多艰苦繁难。不少诗人亲身参与扶贫工作，写出了许多优秀的诗歌作品。最近《诗刊》社、中国诗歌网以"奋斗在扶贫第一线的诗人"为主题面向全国征集诗歌作品，以专题的形式展出，汇集了 53 组优秀诗歌，以及谢宜兴、王单单、芦苇岸等 3 篇诗人的访谈，集中向人们展示了诗人们的所思所想，所见所感。我们从中可以看到诗人们风尘仆仆奔走在扶贫第一线的身影，也可以看到他们丰富、复杂、独特的内心体验，更可以看到他们如何从艰辛的生活中发掘诗意，并将之锻造成了一首首优秀诗篇。这些诗人作为扶贫工作队员是可敬的，他们亲自参与了小康梦想实现的过程，作为诗人也是可敬的，他们留下了最为深刻的时代印痕。

　　这些诗歌创作的过程，也是诗人们重新发现自我、发现诗歌的过程。如诗人王单单所说，"到花鹿坪之前，我在北京工作、生活了两年，那两年我满天下行走，惯看秋月春风，与坦率豪爽之人交往，诗酒人生，十分快意。哪知在毫无征兆的情况下，突然接了个电话，立即就从万都之首的北京城来到花鹿坪这个偏远的犄角旮旯里……但从另一个层面上来说，正是这次'还乡'的经历挽救了我的写作"，"每个人的身体里，都装着若干个不同的自己，有时候，不是我要拿出什么样的自己去应对什么样的工作，而是什么样的工作摆在眼前时，迫使我释放出与之相对应的那个自己。"芦苇岸是《诗刊》社的驻村诗人，他也谈道："我的本业是新闻，身份是记者，写诗是业余爱好，两种身份的契合与转换，没有丝毫违和感。诗人驻村，不是隐逸，而是下沉现实前沿，通过深度接触重新唤醒自我，在驻村的过程中具体积累家国情怀的诗意感知。"

在这些诗歌中最富诗意的是,作为现代主体的"我"与贫困乡村、扶贫工作的相遇。诗人们大多以第一人称"我"的视角书写自己的感想,但这个抒情主体"我"已不是朦胧诗时期启蒙式的"我",也不是第三代诗以来沉浸于城市日常生活中的"我",而更接近于1942年延安文艺座谈会之后艾青、田间、李季、阮章竞等人诗歌中的抒情主体,即诗人的"自我"不再是封闭的、外在的或高高在上的,而是与他人、与时代、与世界紧密联系在一起的,是一种开放式的、走入民间的"自我"。这可以说是朦胧诗以来诗人"自我意识"的一个重要转变。

从这样新的自我、新的视角出发,诗人们发掘出了新的诗意,所呈现的便是一个新的艺术世界。王单单的《新作十首》和《暮春之初》看似简单随性,但又诗意盎然,下乡扶贫的新鲜经验激活了他的灵感,他的诗歌仿佛山泉一样活泼泼地流淌而出,清新自然,但又饱含着对时世的深刻省思,《早春》中,"山背后有片密林/全是梨树。入春不久/一片梨花便压满枝头平时也只听见叽叽喳喳的喧闹/却见不得一只喜鹊",仿佛一幅山水画,颇富意境,但随之,"我向过路的老乡打听/赵大发家住在哪里/有人指向密实的梨花丛中/昨夜大风,将那儿吹出一个窟窿/两间瓦房,隐约其中",诗到这里戛然而止,但留给人思索的余味无穷。王单单还有一类诗歌直接写扶贫的场景与具体工作,如《易迁户》《小户主》《复垦记》《拆旧记》等,注重从细节中捕捉诗意,生动描摹出了乡村中不同人的生活和精神状态,而在《生命之网》《中国民工》等诗歌中,他则表现出了他对时代问题的整体思考与表现能力。

北乔的《入村记》也是一组优秀的诗歌,"在村里,高原深山里的小村庄/每位乡亲的身影都会按住我的脚步/无意间,抽出一小部分的我""转身,从此伤感成为影子的一部分/鲜亮的村庄,渐成为一幅水墨画/我不得不转身,离开别人的生活"这样的诗句既表现出了不同时期对扶贫村庄的复杂情感,也将村庄与"自我"的关系描摹得细腻入微。周碧华的《陈家湾纪事》同样如此,在《进村》一诗中,"一湾又一湾陈氏在云端/寻找到这个村子/我必须由湘入鄂再由鄂折返/导航失灵了只有一只鸟带路""我深信它是陈家湾派来的向导/鸟语含着浓重的当地口音/它最后歇在一块巨石上/顺着它的目光/林深处露出一角飞檐",生动表现了作者最初进村扶贫时的细微发现。赵之逵的组诗《扶贫手记》中就有《夜访一个贫困户》《入村访贫》《忆建档立卡户老彭》《脱贫攻坚会议》《建档立卡户方美兰》《扶贫日记》《入户小丫口》等作品,仅从这些诗歌标题,我们就能感受到作者扶贫工作的深入细致,其中的诗句如"去年初我来山乡驻村,入户扶贫/手里,总握着一根木棍/不知道:放养的狗,都不咬人//一年又八个月,如今/风见到我,不再陌生/没有村干部引路,我也能/找到每一户贫困的门",则细微地呈现了作者深入扶贫村的过程与细节。远村的《扶贫组诗》中则将现实与历史联系在了一起,"来自不同的姓氏,三个男人,为一个满意的扶助/走到了一起。/他们坐在我对面的石凳上,说着往事。/多年前,他们的父辈把一家人救命的口粮/给了北上抗日的红军。/还把三个后生送给了队伍。/几十年过去了,音讯全无。"这样,扶贫工作便不仅具有现实意义,也具有了更为深远的历史价值。专题中还有不少优秀诗歌,在这里不一一赘述。

值得思考的是史诗与抒情诗的关系问题,脱贫攻坚战无疑是一篇书写在中华大地上的宏大史诗,但我们目前的诗歌创作,大多是以抒情诗或组诗的形式出现的,抒情诗真切自然,擅长抒写个人感受,组诗则以碎片化的方式表现了诗人的零星、具体的感受,都无法从整体上呈现脱贫攻坚战所具有的价值与"诗意",这是否是诗歌本身的局限,或者我们可以探索另外的形式将现实中的巨大诗意转化为诗歌?

*（原载于《诗刊》2020 年第 7 期）*

# 问问自己凭借什么吃饭养家

逄春阶　大众报业集团培训委总监、高级编辑

　　总感觉相声演员马志明没那么大岁数,他怎么会75岁了呢? 总感觉马三立活着,其实他去世17年了。父亲"活"着,就感觉儿子还不算大。

　　马志明最近回忆父亲,有句话让我印象深刻:"我父亲总说,得经常问问自己凭借什么吃饭养家。"凭什么? 凭本事。说相声就靠嘴皮子,没那么复杂,但也没那么容易。"父亲总说""经常问问",说明啥呢? 马三立镌刻在骨子里的忧患是不能忘本,忘了本,就没有吃饭本钱了。

　　本事靠啥? 除了天赋,就靠苦练,下笨功夫。《买猴》这部作品,当年由其他演员最初表演,效果不好,才派给了马三立。他拿回来进行二度创作,拆了改、改了拆,反复琢磨这个本子,因用脑过度,甚至还曾经从凳子上摔下来磕破了头。

　　想方设法把观众留住,留不住,就没饭吃啊! 马三立的话深刻就深刻在这儿。要留住观众,首先要练好基本功,相声讲究说学逗唱,嘴皮子得干净利索,像报菜名、地理图这类贯口,都是基本功。马志明说,基本功不好,传统的东西"拿不动",即便显赫一时,终将陷入沉寂。必须研究观众的心理。如果仅仅是简单的包袱堆砌,这样的艺术是纯粹的技巧,难以真正触碰观众的心灵。没有共鸣,艺术就打折扣。正所谓:"人一能之,己百之;人十能之,己千之。果能此道矣,虽愚必明,虽柔必强。"

　　经常问问自己凭借什么吃饭养家。作为艺人来说,谁是衣食父母啊? 观众。必须从内心深处在乎他们、牵挂他们。马志明说:"我小时候练习贯口,声音大了,父亲就说:'干嘛呢? 你站在台上说相声,要让观众听了舒服、不累,有一种美感。'他多次告诫我,说相声是有底线的,绝不能拿观众找乐子,包袱要谑而不虐,格调低下的不要说,因为说完你自己就成了段子里那个俗人了。"马三立往台上一站,那

是浑身带戏,不温不火、不急不躁、不喊不叫、不荤不咸,喜感满满啊。马氏相声讲究精致和"现挂",传统段子打底,揭露人性共同的劣根性。马志明呢,有其父的一点儿味道。

对观众的尊重和热爱刻进了骨子里,即使在人生最艰难的阶段也没有放弃。这就是马三立。

从尊重衣食父母的角度讲,我觉得相声的当务之急是净口,现在相声演员的嘴太脏,开口就拿长辈、妇女和亲友及自身抓哏,互相糟蹋,你下流,我比你还下流;你无耻,我比你还无耻;你龌龊,我比你还龌龊。如此下去,相声就真没救了。我特别不爱听相声演员口里蹦出的脏话!一听那些词头就大,就对相声失望一次。靠说脏话抓人,是辱人辱己。

最近,和著名曲艺作家、评论家孙立生先生一起参加一个活动,谈到曲艺,他说,现在的相声啊,直来直去,不讲究。曲艺曲艺,有曲才有艺,没有曲折,没有讽刺,就直白了,和白开水一样,哪还有美感啊。孙先生说:"有些能让人发出会心笑声的手机段子为何受到欢迎?因为它来自于生活,是作者对生活的切身体验,独特发现,深刻感悟,是其对生活与人生咀嚼、凝练的结果。许多笑星成名前的作品大多具备这样的品质。只是成名后的笑星们为挣钱或应酬疲于奔命,莫说深入了,连聆听的时间也没有了。只能靠底子、撑面子,隔靴搔痒地造乐子。"

喜欢听马氏相声,喜欢那独一无二的味道。以第一人称"自嘲"式的表演娓娓道来,冷面滑稽,外松内紧,含蓄隽永,口风像在和观众拉家常,不靠炫技,表现风格自然朴巧,等等。

看苍茫大地,群峰连绵,而高峰少,正因为其少,才犹如一面凝固的旌旗成为无可争议的风向标。相声界的马三立,像泰山一样,拔地而起,是自然长在那儿,而不是堆起来的。秘诀无他,就是"得经常问问自己凭借什么吃饭养家"。

孙立生先生说,说白了,吃饭养家还得靠代表作啊。对!没有代表作,就是空头艺术家。像马三立的《大保镖》《文章会》《夸住宅》《白事会》《开粥厂》《买猴儿》《似曾相识的人》《10点钟开始》《家传秘方》《学说瞎话》《逗你玩儿》等,观众耳熟能详。

马志明的代表作呢?我记住的,有《马年说马》。希望马志明先生加把劲儿。没有代表作,就不算艺术家,只能算艺术家的家属了。

(原载于《大众日报》2020年9月24日)

# 重提网络文学批评的有效性

吴长青　安徽大学文学院 2019 级博士研究生

纵观海量的网络文学,现实题材作品并不多,一度我们甚至对网络文学能不能、可不可以介入现实题材的写作深感怀疑。现实题材的网络文学还是不是原来的那个网络文学? 对于网络写作者而言,这是一个带有难度的现实问题,尤其是对于非技术化的现实情境的处理远远要比幻想、虚拟情境处置起来有难度得多。当前,网络文学已成为社会主义文学的重要组成部分。秉持这样的原则和方向,网络文学的现实转向也许是其走向更高层次的一种艺术超越。

毋庸讳言,网络文学的横空出世是中国改革开放以及文化空间拓展的直接结果,也是新一代文学青年依靠汉语文字试图建立起自己话语体系的表征。回溯网络文学的前世今生,不难发现,网络文学的基因里有外来的催生,然后续接上我们自己的文学想象。客观地说,网络文学受到客观的外来文化影响,进而刺激了主观的表达欲望,于是有了今天的网络文学。

这与新文学传统不同,新文学恰恰是一代作家在清末民初思想启蒙的直接影响下,面对深重的民族苦难而产生的主观欲念,因此,自始至终打上了启蒙的烙印,这是中国现代文学的基因,也一直影响着今天的主流文学写作。当今天的人们诟病网络文学的时候,最有说服力的理论资本就是新文学的传统,当然,这里并不排除晚清的大众文学中所包含的"现代性"因素。也正源于此,现代文学的启蒙和革命两大元素也成为今天主流写作的伦理价值,其合法性已经与民族的复兴主义话语紧密联系在一起,同时也印上了具有一定"民族性"的标签。

网络文学生长在世纪之交欣欣向荣的时代里,每一个毛孔里都散发着青春的气息。一出世,就以一种桀骜不驯的姿态木秀于林。看一下这些作品的名字,仿佛置身于一个与以往完全不同的世界:今何在的《悟空传》,江南的《此间的少年》《九州缥缈录》,树下野狐的《搜神记》,萧鼎的《诛仙》,蓝晶的《魔法学徒》,等等。网络文学与清末民初上海小报商业性主导下的通俗文学的繁盛有类似的逻辑原理,不同的是,清末民初的通俗文学有着"重新创造一种完全不同类型的通俗文学以作为全面的精神革命的一部分"的特性,而网络文学既不具备现代文学的启蒙和革命性,也缺乏通俗文学的颠覆性。

学界通常把网络文学成长分为三个阶段:早期、付费阅读、IP 时代,早期具有传统文学的特性,付费阅读进入了商业时代,IP 时代则进入到网络文艺生态时代。按照这样的图式,网络文学的文学性是逐步递减的,文学审美也将是衰减的。于是,用传统的文学理论与批评范式来观照网络文学,就可能会陷入无效的境地。因为网络文学不再是通常意义上的文学,用成规的文学批评理论显得有些张冠李戴。网络文学无根无系,如入蛮荒之地。因此抛弃传统文学批评理论关照网络文学有理论上的预设,同时,也引出一个新的问题来——如何评价网络文学的现实问题?

首先,应破除狭隘的文学观对网络文学的认知,这涉及一个重大问题,也是网络文学作者极有可能混淆的价值观念的错置。网络文学的存在不只是一种抽象的、理性价值的单一"文本"存在,或者干脆把预设的所谓"世界观"仅当作一种构思、虚拟的非现实世界,刻意把技术性质的"假想世界"与人类实际生存的"本体世界"完全割裂开来,以形而上的、超验的"绝对世界"取代人类的"经验世界",并以一种感性的体验取代人类思考的过程,这是根本要不得的。

以玄幻、奇幻为类型的叙事模式开启网络文学纪元的经验再度启示我们,"没有我们,世界即虚无,没有世界,我们即虚无。""文学来源于我们的生存,另一方面又回归我们的生存,指引我们的生存超越。"之所以网络文学存在大量的雷同,正是缺少写作者个人的生命体验参与,将设定的世界观作为一个相对静止的纯粹"客观世界",缺少了个体差异的独立判断。技术化、科学化可以成为评判网络文学的话语工具,但万不可切割掉人文话语的评价功用,这是网络文学发展过程中需要摒弃的一种认识论。

其次,网络文学的多元性恰恰是其活力所在,而不是网络文学丧失独立存在意义的前因。网络文学的多元性是与整体文化生态共生共荣的,单一的文学批评理论不足以解释和评价网络文学,它的复杂性与总体性密切关联。其中有互联网、新媒体技术主导下的媒介特性,有读者、粉丝参与的交际性,还有特定读者群的"青年亚文化"性,等等。在评价网络文学时可以通过多种维度进行深入剖析,文本细读作为基础的文学评价可以为其他维度提供充足的证据。因此,网络文学批评所涉及的学科理论资源也是相当宽泛的,有其广度和高度,如果仅仅局限于传统文学批评理论资源,显然是不够的,也会遮蔽网络文学所能映照到的时代风貌。

再次,网络文学的即时性与历时性的交织,为研究网络作家、文本提供了便利。所谓即时性,是指作者一创作出来就发表在互联网上,读者就可以读到,大大缩短了传统出版流程和时间;历时性是作者的创作是几年甚至几十年一直连载的,还有作者授权网站发布自己的所有作品,读者随时可以阅读到。这些鲜活的网络文本为网络文学的过去和现在提供了对照,同时也成为一个作者不断跨越的参照系。

最后,网络文学关注现实和历史是权宜之计还是转型之需。这虽不是网络文学批评的核心,但是会深刻地影响网络文学的评价。纵观海量的网络文学,现实题材作品并不多,一度我们甚至对网络文学能不能、可不可以介入现实题材的写作深感怀疑。现实题材的网络文学还是不是原来的那个网络文学?对于网络写作者而言,这是一个带有难度的现实问题,尤其是对于非技术化的现实情境的处理远远要比幻想、虚拟情境处置起来有难度得多。当前,网络文学已成为社会主义文学的重要组成部分。秉持这样的原则和方向,网络文学的现实转向也许是其走向更高层次的一种艺术超越。

(原载于《河北日报》2021 年 5 月 7 日)

# 他们能听到地心的蛙鸣

——读三位当代煤矿工人的煤炭诗

徐迅　中国煤矿文联副主席

　　在这寒冷的冬天,突然想起煤炭,想起三位在井下工作的煤炭诗人。他们是:安徽的老井(张克良)、山西的迟顿(李瑞林)和榆木(徐亮亮)。他们都有自己的笔名。无一例外,他们都把煤炭诗从井下写到了井上。但他们仍然工作在矿井深处,"煤层中像是发出了几声蛙鸣,放下镐,仔细听,却没有什么动静"(老井《地心的蛙鸣》)。这没有什么动静的好处,就是他们至今仍能倾听到地心的蛙鸣:"……几小时后,我手中的硬镐,变成了柔软的柳条。"诗人童话般的一次心灵逆旅,竟成就了一首不错的煤炭诗。

　　三位诗人,我只和诗人老井见过几次面,读过他的两部诗集《地心的蛙鸣》和《坐井观天》。若按煤炭诗人曾有的代际和年龄划分,他应该算是煤炭诗第三代诗人中重要一员。他的这两部诗集意象纷呈,展示了他丰富而美丽的想象力。比如,"落日沿着哪个井筒凋零至地心,月亮又是扒着哪座井架爬上来"(《坐井观天》),在工业广场"太阳倾倒了几百桶新鲜奶油,恣意地冲洗着几十匹摇头摆尾的黑骏马",那矿灯如"一根闪亮的长竹竿,在地心深处黑暗的,国度里,捅出光明的县市,这是救命的矿灯",或者"微弱的光柱挂着澄明的拐杖"(《老工作面》);甚至"太阳,这陈旧的矿灯继续擦亮宇宙的,脊梁"(《重见天日》),"在煤体内探险的钻杆,像一个温度表"(《猝然相遇》),"人是其中最柔软的工业配件"(《地心的轰鸣》)……与当代很多煤炭诗人一样,煤炭以及煤炭工业种种物件都能引发他奇特而瑰丽的想象,让他在传统的诗言志中开掘出与诗等同的美学价值。

　　当代中国的煤炭诗从孙友田的《我是煤,我要燃烧》开始,到周志友的《我是矿工,我歌唱阳光》、秦岭的《沉重的阳光》以及叶臻的《铁血煤炭》……煤炭诗的创作一直未有间歇。在煤炭诗的创作中,煤炭、矿工以及煤矿的一切永远都是煤炭诗人抒情与描摹的对象。比如"矿灯"在老井这里,不仅有着"长竹竿""拐杖"的比喻,还有着"关上矿灯以后我的灵魂会走得更远"的沉重思考。而在更年轻的诗人,如迟顿的眼里,矿灯"这萤火般的光芒显得弥足珍贵"。因为那矿井是"被数百米的深井私自收留的"一小片的黑夜(《矿井》)。到了榆木的笔下则是"放下矿灯的同时,也就放下了对一块炭内心火焰的探索"(《在坪上》),因为"有时候,我们拥挤在一起就像一堆煤""我们都是背光而行的人"(《下井》)。他们对矿井、矿灯,对煤矿一切物件的认识走向了更为形而上的理性与思辨。煤、煤矿与矿工的生存与生命本质,在他们自身生命、精神和灵魂的观照下,已然上升到"物我两忘,物我一体"的生命、精神与灵魂相谐的状态,物美与诗美达到了高度统一。

在煤矿,在负八百米深处,矿工们聚在一起谈论,谈论得最多的当然是女人。这在老井的诗《化蝶》就有表现:"告诉你们,哥哥我现在只想,和本矿电视台的柳淮丽,同时变成两只彩蝶,相互追逐着跃入乌黑的煤壁。"当然,他们也会谈论自己的平常生活:"我们聊到工资,聊到女人,聊到未来,当我们聊到矿难时,我们彼此都沉默着,仿佛我们,从来没有活过"(榆木《井下》)。这些来自地心深处的话题,总是日常而特别,简单而丰富,轻松而沉重,然而却找不到一个出井的"出口"。在这三位诗人中,我发觉对"地心"这个词极为敏感和使用频率最高的就是老井,除了《地心的蛙鸣》,他还有《地心小憩》《地心的月光》《地心的梦》《地心的上升》《地心的黑暗》《地心的浪漫》《地心的迷惘》《地心的花香》《地心的戍卒》《地心的轰鸣》《地心的工业区》,他惯用的词语是"负八百米深处"。单从他这些诗名来看,负八百米的深处的"地心"总是他心有牵挂、产生诗意的地方。这地心当然不仅是物理意义的地心,更是他诗歌建构的精神地心,或者说是他的诗歌创作的精神"元核"。

在一段时间里,煤矿事故,即"矿难",也是煤炭诗人们回避不了的一个诗题。老井当年写道:煤层哭了,巷道哭了,化了一半的钢梁哭了,熊熊燃烧的火团也哭了,大地的体内哭声澎湃……报纸没哭,电视没哭。(《矿难发生以后》)矿难一直是煤炭诗人声嘶力竭呼喊和谴责的事件,但在年轻的诗人迟顿笔下,对于矿难的理解开始变得冷静而有理智。"很快,他就一言不发……刚刚获批的假条,死神篡改了他回家的路径"(《倒叙》),矿难让诗人充满无奈:"但我无论如何也不能,让那些为此付出宝贵生命的挖煤人,一张纸上,死而复生。"(《一首不能完成的诗》)榆木在一首名叫《矿难》的诗中写道:"总有一些人忘记来时的路,所以他们,永远地留在黑暗里。可是,也有一些人明明记得回家的路,还是留在黑暗里。"这里,既没有驳杂的意象和语调,也没有任何的煽情。情感深藏在语言内部,因此带有直射的冷峻的光芒。著名诗人叶延滨在给榆木的诗集《余生清白》写的序言里说:"用平实的语言呈现,惊心动魄,入骨三分",但榆木们已"不是血淋淋地就深刻,也不是展示丑陋就先锋"。年轻矿工的诗歌更多的是矿工生命的真正写照,是个体命运的呼喊,是生命发自灵魂深处的回响。这一切源于大地或地心赐予的力量。

我这里想要说的是,煤炭仍然是我们国家的重要能源。在如此情形下,煤炭的诗歌创作仍然有自己上升的空间。像老井、迟顿和榆木这样已有成就的煤炭诗人工作在井下,他们确实需要全社会的关注。有评论家说,"老井们"的写作有着启蒙和自我启蒙的意义,他们的诗有着"为底层立言的意义与历史证词的价值"(秦晓宇《以诗为证》)。这当然是一种理解,但仿佛也是一种暗示。这种暗示就需要"老井们"不断地从为底层立言中走出来,着眼当代煤炭工业现实,而不是故意走远与偏差,从而倾听着地心的蛙鸣——不懈地揭示和还原煤炭工业与煤矿生活的真相。

(原载于《中国煤炭报》2021 年 1 月 7 日)

# 被"拔苗助长"的专题摄影

袁洁　吞像摄影创办人

这几年专题摄影一下热了起来,摄影爱好者们纷纷开始拍组照、找选题,也日渐重视起图片编辑在摄影实践过程的参与。从某个角度来说这是一件好事儿,说明大的摄影环境有了进步,摄影人的摄影意识有了提升。回想起 2012 年我刚做摄影培训的时候还是单幅照片的天下,影友们普遍没有拍摄组照的需求,开设一期专题摄影班也招不到什么学员,大家反馈的想法都是"摄影成败就是决定性的一瞬,为什么还要浪费时间再多按几下呢?这不是重复劳动吗?"诸如此类的观点。

除了摄影人自身的影像自觉以外,当然也有外部的因素导致了专题热的出现:近几年,无论是官方的还是民间的,专业的还是业余的,越来越多的摄影节、摄影展,都开始向专题类摄影作品倾斜,单幅照片与之相比日渐失去了竞争力,提交一组 20 张左右的专题摄影作品成为当下摄影各级市场的切实刚需。

于是,一种从单幅照片全面倒向专题摄影的矫枉过正现象出现了。大家不再热衷去谈论诸如光影空间对画面的塑造,或者摄影瞬间的叙事性等话题,因为觉得这些都是低级的,有关摄影语言等基础课程也冷到无人问津,仿佛中国摄影已经跨越了技术纠缠的基础阶段,全面走上了人人都搞专题摄影创作、人人都是深度话题思考者的高级阶段了。

这显然只是一场摄影的迷梦。有几个问题非常重要,是揭开太虚幻境,让我们回到现实的关键。

第一,何为专题摄影,什么人适合去拍?

当摄影师对某个选题有漫长深远的持续性关注,单张照片已不能承载的时候,可以用组照的方式来进行探索。这意味着专题摄影的关键词是"专题",而不是

"组照"。如果"专题"不成立,由多张照片简单堆砌成组的作品并不是合格的专题摄影。可以说,照片成组容易,成专题很难。而目前中国摄影人其实在选题上都有着巨大的短板:长期对社会问题漠不关心,对自己内在精神麻木回避,这导致了大家思考问题的维度非常单一,毫无想法。

太多的影友在拍摄专题之前,对自己要拍什么完全不知道,一无表达,二无感动,全指望着老师或者策展人能给他们一个选题。而老师和策展人所能给予学员的选题往往具有强烈的他人之感,就算照着要求拍出来了,作品也流露出牵强附会的操纵味和包装味,当一无所知的摄影人硬被包装成了具有社会担当和深度思考的影像工作者,他们就像被经纪人强行装扮出来的蹩脚演员。试问,这种装,能装多久呢?

艺术表达应该是自我驱动的,是由内生发的,而现在却变成了外部人为的填鸭,拍摄专题如指派任务,如此这样的专题摄影很容易就沦为套路,还有什么必要去拍呢?

第二,专题摄影有没有捷径可走,走捷径的专题摄影有哪些特点?

创作者与自己的作品两者之间严重分裂就会导致"我不知道自己要拍什么,但我想当个专题摄影师"。这种需求听上去是不是和"我没什么可表达的,但我要写本书"或者"我觉得事事都很合理啊,但我要做个批评家"一样的荒诞呢?不过,有需求就会有市场回应,专题摄影也不是不能教,因为它同样是有捷径可走的。

之前有一个共识,专题摄影与单幅照片两者在时间成本上很不一样,要想拍好一组专题摄影多则需要几年甚至几十年的积累,而在娱乐化和商业化的今天,一组速成的专题摄影用几天就可以搞定。这主要归功于德国艺术家贝歇夫妇,他们当年提出的"类型学"摄影被中国摄影人简单歪曲成了一种走捷径的集纳式拍摄方法:出门在胡同里拍20个大门,成组!小区里拍20个快递小哥的运货车,成组!公园里拍20只野猫,成组!记录20顿早餐,成组……这种快餐式的类型学组照,让摄影人找到了一种被误解的"创作快感",好像只要把被摄物放到画面正中间,其他一切不管,只要整齐划一地拍20个以上,那就是一组专题摄影了。

贝歇夫妇从1959年开始参与拍摄二战后的德国工业建筑群,跨越了近半个世纪,其中一些特殊建筑比如缠绕水塔一拍就是30余年。而我们则完全忽视了他们为作品所付出的巨大时间成本,也正是基于漫长的时间积累,才让贝歇夫妇的作品延展出了诸多复杂的影像内涵——严谨无比的美学功底,深刻的社会考古和档案价值,对当代观念艺术的启发和贡献,等等,都被一些摄影人选择性忽视了,只是吸取了最为简单的外部形式。

这类中国式的"类型学"专题摄影,真正成立的少之又少,无论是选题还是拍法都透露出无聊感,让人不禁怀疑发问:这么干有什么意义?这些一点也不走心,完全是为了拍而拍的组照,更像是把一个本来就没什么价值的垃圾用 20 倍的力气又给复制了 20 遍,最终,你得到了 20 个垃圾。

第三,你真到拍专题的阶段了吗?

最为严酷的问题或许正是这第三点,很少有人真的有勇气扪心自问:抛去野心和虚荣,我此刻真的有必要去强拍专题吗?

我私下和很多从事摄影教育的同行交流,大家都有一个共同感受:许多摄影人都在原点踏步却并不自知。无论是刚入门的初学者,还是拍了多年的资深摄影师,很多基本的摄影问题其实大家都没有解决,一犯再犯。我知道很多人已经有了一组还算知名的个人代表作,并且也获得了一些摄影奖和媒体肯定,甚至还出了画册,但是,他们的基本功依旧薄弱,对摄影的认知也同样懵懂。只需让他们重新换个新选题,拿掉之前附加的光环,就能立刻暴露出其摄影基本功不足的短板。这让人不禁感慨我们的基础摄影教育依旧缺乏和粗放,只不过,现在大家学会借用专题摄影来遮掩问题罢了。

单幅照片真的就意味着低水平吗?恰恰相反,单幅照片是专题摄影的根基,它体现了摄影最本质的内涵和观看,承载了德国哲学家本雅明对摄影魅力最为精准的"灵韵"概括。那些至今能让人脑中反复回想的画面,不都是一些经典的单幅照片吗?如果你此刻还无法对一张单幅照片的画面深究和负责,则意味着你还没到拍摄专题摄影的时候,我建议放下执念,踏实下来从一张张画面的确立开始。

最后讲一些从业的真心话。相对于单幅照片而言,专题摄影的人为可操作性更大,市面上大部分的专题摄影班的培训费少则几千,多则上万,看在钱的分上,为了保证学员们结课后都能出一组作品,老师们也必然挖空心思提供一条龙服务,过度指导与干涉的现象在所难免,从选题到拍摄,从编辑到打印输出,都下足了猛药,搜刮一切摄影史上的好词为学员写展览前言,直到展览现场亲力亲为帮学员把作品挂在墙上,方才罢休。但哪些学员是有才华的,哪些学员是被拔苗助长的,哪个老师心里不是如明镜一般?我常常想,这累,或许都是自找的吧。

(原载于《中国摄影报》2020 年 7 月)

# 第六届 "啄木鸟杯"中国文艺评论年度优秀作品名单

（按作者姓名首字母排序）

**著作 5 部：**

陈旭光：《电影工业美学研究》

贺桂梅：《书写"中国气派"：当代文学与民族形式建构》

李楠：《从"观看"到"观念"》

李新风：《日本四大美学家》

苗怀明：《说唱文学文献学述略》

**长评文章 20 篇：**

鲍震培：《中华曲艺如何再创时代新经典》

丛治辰：《父亲：作为一种文学装置——理解双雪涛、班宇、郑执的一种角度》

邓添天：《试析抗疫戏剧创作三道难题》

丁帆：《重树"典型环境中的典型人物"的现实主义大纛——重读〈弗·恩格斯致玛格丽特·哈克奈斯〉随想录》

董超、朱律：《家国情与岭南风：舞剧〈醒·狮〉的民族审美建构》

方冠男：《〈梅兰芳·当年梅郎〉：全面贯通的生命通透》

洪子诚：《红、黄、蓝：色彩的"政治学"——1958 年"红色文学史"的编写》

霍俊明：《〈诗探索〉与"朦胧诗"》

贾磊磊：《影意论——中国电影美学的古典阐释》

蒋文博：《美术批评对革命圣地山水画的语法重构》

金浩：《评杂技剧〈战上海〉：发挥杂技特色　讲好英雄故事》

邝以明:《印迹:晚清民国岭南印学的发展及其文化融贯》

李洋:《艺术史及其三种可能——对艺术学理论学科的一种思考》

明言:《音乐评价体系构建试探》

缪贝:《互联网语境下网络剧创作现状的批评》

慕玲:《少数民族题材电影:"一体多元"问题与共同体意识的形塑》

魏锦:《沈铁梅与川剧〈三祭江〉——兼谈戏曲的传统与创新》

吴彦颐:《中国当代美术批评的理念更新与理性重建》

项阳:《建立体系观念,整体认知中国传统音乐创制理论》

杨莉莉:《深圳纪实摄影四十年:超级城市化下的叙事与趣味》

**短评文章 10 篇:**

崔凯:《新时代新曲艺要引领新风尚》

范建华:《脱贫攻坚主题性影视创作也需要艺术性升华》

金宁:《返回现场:重建批评对文艺实践的关怀和引领》

孔繁明:《乡村墙绘的审美思考》

李跃森:《〈觉醒年代〉是知识分子心灵史,更是中国文化精神蜕变史》

李云雷:《脱贫攻坚战的诗意与新时代诗歌创作》

逄春阶:《问问自己凭借什么吃饭养家》

吴长青:《重提网络文学批评的有效性》

徐迅:《他们能听到地心的蛙鸣——读三位当代煤矿工人的煤炭诗》

袁洁:《被"拔苗助长"的专题摄影》

责任编辑:陈佳冉
封面设计:林芝玉

**图书在版编目(CIP)数据**

啄木声声:第六届"啄木鸟杯"中国文艺评论年度优秀论文集/中国文艺评论家协会,
  中国文联文艺评论中心 编. —北京:人民出版社,2022.11
ISBN 978-7-01-025016-8

Ⅰ.①啄…  Ⅱ.①中…②中…  Ⅲ.①文艺评论-中国-当代-文集
  Ⅳ.①I206.7-53

中国版本图书馆 CIP 数据核字(2022)第 156528 号

**啄木声声**
ZHUOMU SHENGSHENG
——第六届"啄木鸟杯"中国文艺评论年度优秀论文集

中国文艺评论家协会  中国文联文艺评论中心  编

**人民出版社** 出版发行
(100706  北京市东城区隆福寺街99号)

中煤(北京)印务有限公司印刷  新华书店经销

2022 年 11 月第 1 版  2022 年 11 月北京第 1 次印刷
开本:787 毫米×1092 毫米 1/16  印张:19.25
字数:342 千字

ISBN 978-7-01-025016-8  定价:90.00 元

邮购地址 100706  北京市东城区隆福寺街99号
人民东方图书销售中心  电话 (010)65250042  65289539